20세기 초
외국 기행가사의 특징과 미학

20세기 초
외국 기행가사의 특징과 미학

김윤희 지음

보고사
BOGOSA

머리말

　지난 2012년에 박사논문을 수정, 보완해서 낸 『조선후기 사행가사의 문학적 흐름』에 이어 5년 만에 두 번째 학술 저서가 나오게 되었다. 박사논문을 쓰면서 조선후기 사행가사 작품들을 통시적으로 살펴보다 보니 자연스럽게 20세기 초의 사행가사 작품들과 외국 기행을 소재로 한 가사 작품들을 만나게 되었다. 타국(他國)을 체험한 후의 견문(見聞)과 감흥(感興)이 가사로 형상화된 특징과 의미화 양상이 흥미로웠다. 돌아보니 그 연속되는 작품들 속에 형상화된 다양한 외국(外國)의 풍경과 내적 반응에 몹시 매료되었던 듯하다.

　이 책은 크게 2부로 구성되어 있는데 1부는 개별 작품론, 비교론에 해당하는 것으로 각 작품들의 특징과 미학을 되도록 섬세하게 규명해 보고자 한 논의들이다. 20세기 초라는 격랑(激浪)의 시기에 이미 서구적 근대화가 진행된 외국의 문물과 풍경에 압도되었던 지식인들의 내면과 그것을 모국어(母國語) 문학으로 형상화한 특징에 주목해 보았다. 그리고 2부는 조선후기 사행가사와 연계하여 해석과 이해의 지평을 확장해 본 논의들이다. 20세기 초의 외국 기행가사는 조선후기 사행가사와 연속된 구도 내에서 더욱 풍부하게 의미가 해석될 수 있기 때문이다.

　이 책을 처음 구상한 것은 2013년부터였으나 실천에 옮기기까지는 무려 5년의 시간이 걸렸다. 가장 큰 원인은 나 자신의 나태함이겠으나 조선후기의 문학이었던 가사를 통해 '감각적(感覺的)'으로 재현된 20세기 초의 다채로운 풍경을 보다 심도 있게 규명해 보고 싶은 욕심도 컸다. 예컨대 〈연행가〉를 읽을 때면 북경(北京) 시장을 지나는 수레들의 바퀴가 굴러가는 소리, 물건을 파는 상인들의 우렁찬 목소리, 중들이 웅얼대는 독경(讀經) 소리가 내 귓속을 맴돌아 마치 그 풍경 속에 들어가 있는 듯한 느낌을 여러 번 받았다. 달랑거리는 바늘들을 코로 넣어 입으로 빼내는 환술(幻術)을 선보이는 이들, 긴 코로 음식을 우물거리는 코끼리들의 모습도 내 눈 앞에 펼쳐졌다. 〈서유견문록〉을 읽을 때는 런던에서 목도한 화려한 불꽃놀이의 색채감이 요란한 폭죽 소리와 함께 그려졌다. 또한 기차와 배를 통해 대륙을 이동하면서 경험하였을 속도감과 이국적(異國的) 웅장함이 작품을 통해 온전히 전달되었다. 일본 시찰단원의 가사인 〈동유감흥록〉에는 당시 동경의과대학에 전시되어 있던 해부된 인체(人體)가 마치 한 장의 사진처럼 생생하게 묘사되어 있었다.

　오늘날의 시청각 자료에 익숙한 나조차 이처럼 감각이 살아나는 추체험(追體驗)이 가능한데 당시 작품들을 접했던 이들은 가사에 재현된 그 장면들이 얼마나 설레고 신비로웠을까. 더욱이 런던, 하와이, 북경(北京), 동경(東京)과 같은 외국 도시의 생경하고 낯선 문물이 감각적인 자국어를 통해 넘실대고 있다니! 이 작품들이 당시의 창작자나 향유자에게 어떠한 의미와 가치로 마음에 남았을까. 감히 그 정서적 감흥과 파장(波長)을 포착해보고 싶었으나 돌아보니 격화소양(隔靴搔癢)에 그친 것 같아 부끄럽기 그지없다.

　어린 시절, 바람이 불 때면 뒷산의 온갖 나무들이 매번 다른 속도와 방향으로 부딪히며 소리의 향연(饗宴)을 이루었던 기억이 선명하다. 그 소리는 내 감각 기관으로 들어와 마음속 어딘가에 자리 잡았는지 가끔씩 기억의 수면 위로 생생하게 떠오른다. 가끔 그 시절의 바람 소리는 사진을 통해 남아 있는 유년 시절의 한 순간보다 더욱 강렬하게 나와 과거를 매개한다. 지금의 우리는 너무도 손쉽게 사진과 영상으로 아름다운 풍경을 기록할 수 있지만 어쩌면 그 미디어나 매체에 인간만의 예민한 감각과 풍부한 언어를 양보한 것인지도 모르겠다. 오롯이 인간의 감각과 사유, 언어를 통해서만 이국(異國)의 풍경을 기억하고 저장하고 재현할 수 있었던 시대의 그 치열한 인식과 다채로운 언어들, 근대화되기 이전의 삶과 문학에서 발견할 수 있는 이러한 인간적 가치를 우리는 주목해 보아야 할 것이다. 이 인간적 가치에 천착(穿鑿)하는 인문학마저 이젠 상업적 효용성이 없으면 홀대받는 시대가 되었기에 더욱 그러하다.

인문학이 대중화되고 어떤 방식으로든 효용적 가치로 환원되는 방향과 고민이 필요한 것은 사실이다. 그러나 그 가치를 재단하고 평가하는 주요 기준이 결코 자본만이 되어서는 안 된다. 수많은 역사적 개개인의 치열한 고뇌와 인식이 녹아 있는 사료(史料)들과 문학 작품들, 현재에도 앞으로도 지속될 인간의 이러한 문화적 감수성과 실천 행위를 어떻게 자본의 가치로만 환산하고, 서열화할 수 있단 말인가. 대학 교육의 본령이라 할 수 있는 순수 학문에 대한 열정마저 취업률을 주요 지표로 한 기준으로 평가 절하하는 몰상식한 제도가 지속되는 한 우리의 미래는 암울하다. 취업을 목표로 삼는 학교 내지는 학과와 순수 학문을 공부하는 곳을 평가하는 지표는 달라야 한다. 졸업 후 당장 취업을 하지 못하는 학생들이 많은 학과들이라는 이유로 학

과가 폐지되고 통폐합되고 있다. 관심이 있고 좋아하는 분야에 대해 다양하고 깊이 있게 공부하면서 수많은 가능성을 탐색해 보고 자신의 능력과 한계를 가늠해 나갈 수 있는 기회의 장(場)이 점차 사라지고 있다. 취업을 목표로 영어 점수, 한국어 능력 시험 점수, 한국사 점수를 올리고 문화 콘텐츠화 기법, 스토리텔링 기법을 습득하는 등 오늘날의 사회와 접속할 수 있는 부분을 공부하는 것도 물론 필요하다. 그러나 자신의 상업 가치를 높이는 데에만 주력하다보면 존재 가치를 탐색하고 의미화 하는 과정이 부족해질 수밖에 없다. 이렇게 되면 시간이 지날수록 '무엇을' 문화 콘텐츠화할 것이며, '어떻게' 스토리텔링화할 것인지를 모르게 되고 궁극적으로 자신이 삶을 살아가는 방식과 이유를 알지 못한 채 그냥 '살아만' 가는 문제적 상황이 초래된다. 학문의 전당(殿堂)인 대학에서조차 우리가 '왜' 존재하는지 대한 진지하고도 깊이 있는 고민을 하지 않은 채 사회에 나가는 학생들이 많아지는 현상으로 인해 앞으로 얼마나 큰 비극이 초래될 것인지는 명약관화(明若觀火)하다.

두 번째 책을 내면서 이렇게 장황하게 요즘의 세태를 한탄해 본 것은 순수 인문학, 그것도 고전 문학의 전공 서적을 또 세상에 내놓는, 나 자신의 무거운 마음에 대한 변명과 다름없다. 왜 나는 오늘날 고전문학을 연구하고 있는가에 대한 고민을 넘어 어떻게 연구하여 의미화할 수 있을까를 보다 적극적으로 고민하고 실천해야 함에 대한 부담감의 수사라고도 할 수 있겠다. 부끄럽게도 아직 나는 고전문학을 일방적으로 사랑하는 단계를 극복하지 못한 초보 학자에 불과하다. 어떻게 사랑할 것인가, 이 사랑의 깊이와 의미를 어떻게 해석하고 표현할 것인가는 앞으로 내 남은 인생의 중요한 화두가 될 것이다.

방향으로 부딪히며 소리의 향연(饗宴)을 이루었던 기억이 선명하다. 그 소리는 내 감각 기관으로 들어와 마음속 어딘가에 자리 잡았는지 가끔씩 기억의 수면 위로 생생하게 떠오른다. 가끔 그 시절의 바람 소리는 사진을 통해 남아 있는 유년 시절의 한 순간보다 더욱 강렬하게 나와 과거를 매개한다. 지금의 우리는 너무도 손쉽게 사진과 영상으로 아름다운 풍경을 기록할 수 있지만 어쩌면 그 미디어나 매체에 인간만의 예민한 감각과 풍부한 언어를 양보한 것인지도 모르겠다. 오롯이 인간의 감각과 사유, 언어를 통해서만 이국(異國)의 풍경을 기억하고 저장하고 재현할 수 있었던 시대의 그 치열한 인식과 다채로운 언어들, 근대화되기 이전의 삶과 문학에서 발견할 수 있는 이러한 인간적 가치를 우리는 주목해 보아야 할 것이다. 이 인간적 가치에 천착(穿鑿)하는 인문학마저 이젠 상업적 효용성이 없으면 홀대받는 시대가 되었기에 더욱 그러하다.

인문학이 대중화되고 어떤 방식으로든 효용적 가치로 환원되는 방향과 고민이 필요한 것은 사실이다. 그러나 그 가치를 재단하고 평가하는 주요 기준이 결코 자본만이 되어서는 안 된다. 수많은 역사적 개개인의 치열한 고뇌와 인식이 녹아 있는 사료(史料)들과 문학 작품들, 현재에도 앞으로도 지속될 인간의 이러한 문화적 감수성과 실천 행위를 어떻게 자본의 가치로만 환산하고, 서열화할 수 있단 말인가. 대학 교육의 본령이라 할 수 있는 순수 학문에 대한 열정마저 취업률을 주요 지표로 한 기준으로 평가 절하하는 몰상식한 제도가 지속되는 한 우리의 미래는 암울하다. 취업을 목표로 삼는 학교 내지는 학과와 순수 학문을 공부하는 곳을 평가하는 지표는 달라야 한다. 졸업 후 당장 취업을 하지 못하는 학생들이 많은 학과들이라는 이유로 학

과가 폐지되고 통폐합되고 있다. 관심이 있고 좋아하는 분야에 대해 다양하고 깊이 있게 공부하면서 수많은 가능성을 탐색해 보고 자신의 능력과 한계를 가늠해 나갈 수 있는 기회의 장(場)이 점차 사라지고 있다. 취업을 목표로 영어 점수, 한국어 능력 시험 점수, 한국사 점수를 올리고 문화 콘텐츠화 기법, 스토리텔링 기법을 습득하는 등 오늘날의 사회와 접속할 수 있는 부분을 공부하는 것도 물론 필요하다. 그러나 자신의 상업 가치를 높이는 데에만 주력하다보면 존재 가치를 탐색하고 의미화 하는 과정이 부족해질 수밖에 없다. 이렇게 되면 시간이 지날수록 '무엇을' 문화 콘텐츠화할 것이며, '어떻게' 스토리텔링화할 것인지를 모르게 되고 궁극적으로 자신이 삶을 살아가는 방식과 이유를 알지 못한 채 그냥 '살아만' 가는 문제적 상황이 초래된다. 학문의 전당(殿堂)인 대학에서조차 우리가 '왜' 존재하는지에 대한 진지하고도 깊이 있는 고민을 하지 않은 채 사회에 나가는 학생들이 많아지는 현상으로 인해 앞으로 얼마나 큰 비극이 초래될 것인지는 명약관화(明若觀火)하다.

두 번째 책을 내면서 이렇게 장황하게 요즘의 세태를 한탄해 본 것은 순수 인문학, 그것도 고전 문학의 전공 서적을 또 세상에 내놓는, 나 자신의 무거운 마음에 대한 변명과 다름없다. 왜 나는 오늘날 고전문학을 연구하고 있는가에 대한 고민을 넘어 어떻게 연구하여 의미화할 수 있을까를 보다 적극적으로 고민하고 실천해야 함에 대한 부담감의 수사라고도 할 수 있겠다. 부끄럽게도 아직 나는 고전문학을 일방적으로 사랑하는 단계를 극복하지 못한 초보 학자에 불과하다. 어떻게 사랑할 것인가, 이 사랑의 깊이와 의미를 어떻게 해석하고 표현할 것인가는 앞으로 내 남은 인생의 중요한 화두가 될 것이다.

방향으로 부딪히며 소리의 향연(饗宴)을 이루었던 기억이 선명하다. 그 소리는 내 감각 기관으로 들어와 마음속 어딘가에 자리 잡았는지 가끔씩 기억의 수면 위로 생생하게 떠오른다. 가끔 그 시절의 바람 소리는 사진을 통해 남아 있는 유년 시절의 한 순간보다 더욱 강렬하게 나와 과거를 매개한다. 지금의 우리는 너무도 손쉽게 사진과 영상으로 아름다운 풍경을 기록할 수 있지만 어쩌면 그 미디어나 매체에 인간만의 예민한 감각과 풍부한 언어를 양보한 것인지도 모르겠다. 오롯이 인간의 감각과 사유, 언어를 통해서만 이국(異國)의 풍경을 기억하고 저장하고 재현할 수 있었던 시대의 그 치열한 인식과 다채로운 언어들, 근대화되기 이전의 삶과 문학에서 발견할 수 있는 이러한 인간적 가치를 우리는 주목해 보아야 할 것이다. 이 인간적 가치에 천착(穿鑿)하는 인문학마저 이젠 상업적 효용성이 없으면 홀대받는 시대가 되었기에 더욱 그러하다.

인문학이 대중화되고 어떤 방식으로든 효용적 가치로 환원되는 방향과 고민이 필요한 것은 사실이다. 그러나 그 가치를 재단하고 평가하는 주요 기준이 결코 자본만이 되어서는 안 된다. 수많은 역사적 개개인의 치열한 고뇌와 인식이 녹아 있는 사료(史料)들과 문학 작품들, 현재에도 앞으로도 지속될 인간의 이러한 문화적 감수성과 실천 행위를 어떻게 자본의 가치로만 환산하고, 서열화할 수 있단 말인가. 대학 교육의 본령이라 할 수 있는 순수 학문에 대한 열정마저 취업률을 주요 지표로 한 기준으로 평가 절하하는 몰상식한 제도가 지속되는 한 우리의 미래는 암울하다. 취업을 목표로 삼는 학교 내지는 학과와 순수 학문을 공부하는 곳을 평가하는 지표는 달라야 한다. 졸업 후 당장 취업을 하지 못하는 학생들이 많은 학과들이라는 이유로 학

과가 폐지되고 통폐합되고 있다. 관심이 있고 좋아하는 분야에 대해 다양하고 깊이 있게 공부하면서 수많은 가능성을 탐색해 보고 자신의 능력과 한계를 가늠해 나갈 수 있는 기회의 장(場)이 점차 사라지고 있다. 취업을 목표로 영어 점수, 한국어 능력 시험 점수, 한국사 점수를 올리고 문화 콘텐츠화 기법, 스토리텔링 기법을 습득하는 등 오늘날의 사회와 접속할 수 있는 부분을 공부하는 것도 물론 필요하다. 그러나 자신의 상업 가치를 높이는 데에만 주력하다보면 존재 가치를 탐색하고 의미화 하는 과정이 부족해질 수밖에 없다. 이렇게 되면 시간이 지날수록 '무엇을' 문화 콘텐츠화할 것이며, '어떻게' 스토리텔링화할 것인지를 모르게 되고 궁극적으로 자신이 삶을 살아가는 방식과 이유를 알지 못한 채 그냥 '살아만' 가는 문제적 상황이 초래된다. 학문의 전당(殿堂)인 대학에서조차 우리가 '왜' 존재하는지 대한 진지하고도 깊이 있는 고민을 하지 않은 채 사회에 나가는 학생들이 많아지는 현상으로 인해 앞으로 얼마나 큰 비극이 초래될 것인지는 명약관화(明若觀火)하다.

두 번째 책을 내면서 이렇게 장황하게 요즘의 세태를 한탄해 본 것은 순수 인문학, 그것도 고전 문학의 전공 서적을 또 세상에 내놓는, 나 자신의 무거운 마음에 대한 변명과 다름없다. 왜 나는 오늘날 고전문학을 연구하고 있는가에 대한 고민을 넘어 어떻게 연구하여 의미화할 수 있을까를 보다 적극적으로 고민하고 실천해야 함에 대한 부담감의 수사라고도 할 수 있겠다. 부끄럽게도 아직 나는 고전문학을 일방적으로 사랑하는 단계를 극복하지 못한 초보 학자에 불과하다. 어떻게 사랑할 것인가, 이 사랑의 깊이와 의미를 어떻게 해석하고 표현할 것인가는 앞으로 내 남은 인생의 중요한 화두가 될 것이다.

'육아(育兒)' 역시 앞으로의 인생에서 같이 해야 할 중요한 화두이다. '육아(育我)'와 '육아(育兒)'라니! 개인적으로 예상치 못하게 지난 5년간 세 아이를 출산하며 대가족의 대열에 합류하게 되었다. 세상에 태어난 지 3년쯤 되니 "엄마 공부하고 오세요~"라고 자신의 시간을 양보할 줄 아는 존재들로 거듭나고 있음에 감사한다. 작년에 기적처럼 찾아온 막내의 환한 미소는 삶에 대한 나의 욕심과 교만함이 얼마나 부질없는 것인가를 일깨워주었다. 무엇보다 아이들이 태어난 후 육체적, 정신적으로 늘 긴장하게 되는 시간의 무게 속에서 마치 당신의 일처럼 우리 아이들을 돌봐주시고 키워주시는 친정엄마께 무한한 감사의 말씀을 드리고 싶다. 친정 엄마께서 이렇게 물심양면으로 도와주시지 않았다면 일과 가정을 병행해야 하는 나의 삶은 지탱될 수 없었을 것이다. 그리고 여전히 자신의 아내가 왜 고전문학을 연구하는지 모르고 혹시나 넷째를 낳으면 가출하겠다고 선언하는, 우리 집의 청일점 남편에게도 여전히 고맙고 사랑한다는 말을 전한다. 어느 추운 겨울날 작은 나비로 잠깐 환생(還生)하셨다 다른 세상으로 날아가신, 그럼에도 늘 가까이 계신 것 같은 사랑하는 아빠. 시대의 가난(家難)으로 당신은 배움을 지속하지 못하셨지만, 늘 책을 가까이 하셨던 열정을 장녀(長女)인 내가 이어받아 대학의 교수(敎授)가 되길 바라셨던 분이다. 그 바람을 위해 어떠한 희생도 감수하셨던 분이었기에, 교수 임용이 최종으로 확정되었다는 소식을 받았던 순간, 내 생(生)의 시간을 되돌려 달려갈 수만 있다면, 달려가 아빠를 꼭 안아드리고 싶었다.

돌아보면 운이 좋게도 2014년 9월부터 안동대학교 국어국문학과에 재직하면서 강의와 연구에 전념할 수 있게 되었다. 학자로서의 임무와 역할에 대해 여전히 많은 울림과 일깨움을 주시는 김흥규 교수님, 이형대 교수님, 신경숙 교수님께 감사와 존경의 말씀을 올린다. 부족함이 많음에도 늘 따뜻하게 배려하고 격려해 주시는 우리 학과 교수님들께도 감사의 말씀을 전한다. 반짝이는 눈빛과 고운 심성으로 성실하게 수업을 같이 해주는 우리 학과 학생들에게도 항상 고마운 마음이다. 상업적 가치는 없지만 존재 가치를 인정하여 출판을 허락해 주신 보고사 김흥국 사장님과 원고의 편집과 교정에 많은 도움을 주시고 예쁘게 책을 만들어 주신 황효은 과장님께도 감사드린다. 요즘은 시간이 날 때마다 안동 지역의 내방가사들을 열심히 탐독 중이다. 조선후기 내방가사의 중심지였던 안동 지역에 학운(學運)이 닿은 이유가 이 자료들과의 인연(因緣) 때문이었을까. 내 몸을 통해 새로운 생명체들이 탄생하는 기적을 경험하고 나니 내 주변의 모든 인연과 하루하루의 생(生)이 경이롭다는 진리를 더욱 자각하게 되었다. 다시, 바람의 소리를 들으며 길을 걸어가야겠다.

2017년 6월
안동대학교에 연구실에서 김윤희 삼가 씀

목차

제2부
조선후기 사행가사와 연계된 접근과 해석

제1부

개별 작품의 특징과 미학

미국 기행가사 〈해유가〉의
문학적 형상화 양상과 시대적 의미

1. 서론

이 글은 20세기 초에 김한홍(金漢弘, 1877~1943)이 미국에 6여 년간 체류한 경험을 토대로 창작한 기행가사인 〈해유가(海遊歌)〉의 문학적 특질을 살펴보고자 한다. 근대화된 세계에 대한 경험을 가사 문학으로 재현한 의식적 동인과 그 형상화 방식에 유의함으로써 〈해유가〉의 문학사적 의미를 재확인해 보고자 하는 것이다.

〈해유가〉는 근래에 학계에 보고된 20세기 초반의 기행가사 작품으로 이미 작품에 대한 개괄적 소개 및 세계 인식의 주요 특징은 박노준에 의해 논증[1]되었다. 국내 최초이자 유일의 미국 기행가사로서 개화기의 의식 있는 선비가 보여주는 내적 번민과 고뇌, 시대 인식을 발견할 수 있다는 점에서 〈해유가〉는 감동을 주는 교술 지향의 문학으로 평가되었다. 나아가 박노준은 이 〈해유가〉를 비슷한 시기에 창작된

---

1 박노준, 「海遊歌(일명 西遊歌)의 세계 인식」, 『한국학보』 64, 일지사, 1991, 194~
   222쪽.

가사 〈셔유견문록〉과 비교함[2]으로써 20세기 초반에 해외를 체험한 후 창작된 기행가사에 대한 입체적 접근을 시도하였다. 문명화된 서구의 외적 측면을 주로 예찬하고 있는 〈셔유견문록〉과 달리 〈해유가〉는 선진 미국의 내면과 실질을 중점적으로 부각시키고 있다는 점에서 두 작품은 상보적 관계로 분석하는 독법이 필요하다고 보았다. 또한 최현재는 이러한 성과들을 토대로 〈해유가〉에 나타난 자아인식과 타자인식의 양상을 보다 구체적으로 해명[3]하였다. 작품을 근대계몽기라는 시대적 흐름 위에 배치함으로써 〈해유가〉에 나타난 인식은 근대 문명성에 대한 적극적 동화이자 서양우월주의의 감염으로 규정하고 있다. 또한 그 결과 〈해유가〉의 화자는 미국 및 일본을 신비화, 이상화하고 있으며 이는 당시의 시대적 한계이자 사회진화론의 현실적 모순을 온전히 보여주고 있다고 평가하였다. 그리고 박애경[4]은 〈해유가〉와 〈셔유견문록〉 모두 구지식에 익숙한 작가가 전통적인 글쓰기 방식인 가사로 서양을 형상화하고 있어 근대와 전근대가 혼류하던 당시의 모습을 전형적으로 압축하고 있다고 보았다.

이러한 연구 성과들은 20세기 초반이라는 역사의 격변기에 미국을 체험한 후 창작된 〈해유가〉의 소재적 희소성과 그것을 통해 추론할 수 있는 화자의 현실 인식을 해명하고 있다는 점에서 의의가 있다.

---

2 박노준, 「〈海遊歌〉와 〈셔유견문록〉 견주어 보기」, 『한국언어문화』 23, 한국언어문화학회, 2003, 127~148쪽.

3 최현재, 「미국 기행가사 〈海遊歌〉에 나타난 자아인식과 타자인식 고찰」, 『한국언어문학』 58, 한국언어문학학회, 2006, 153~174쪽.

4 박애경, 「대한제국기 가사에 나타난 이국 형상의 의미 – 서양 체험가사를 중심으로」, 『고전문학연구』 31, 한국고전문학회, 2007, 53~54쪽.

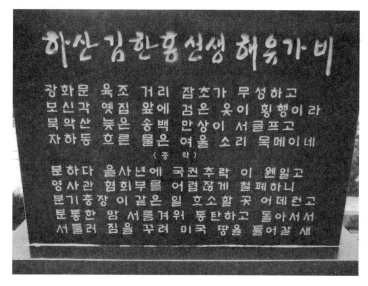

경북 영덕 삼사 해상공원에 있는 김한홍 선생의 해유가 비
김한홍은 경상북도 영덕 출생이다.

20세기 초반의 미국 기행가사로서 〈해유가〉는 학계에 소개된 이후 많은 관심을 받았고 그 실체도 대체로 해명되었다고 볼 수 있는 것이다. 따라서 이 글에서는 이러한 기존의 연구 성과들을 참조하되 〈해유가〉의 문학적 특질과 그 양상에 대해 보다 섬세하게 접근해 보고자 한다. 〈해유가〉의 특징에 대해 외재적으로 접근하기보다는 객관적 기록으로는 충족될 수 없었던 화자의 개별적 내면과 의식의 지향점이 가사문학으로 형상화된 측면들에 주목해 보고자 하는 것이다. 특히 동일 체험에 대한 그의 일기인 〈서양미국노정기(西洋美國路程記)〉(이하 〈노정기〉로 약칭함)가 추가적으로 확인됨[5]에 따라 이 자료와의 비교·분석

---

5 박노준, 「〈海遊歌〉와 〈서유견문록〉 견주어 보기」, 『한국언어문화』 23, 한국언어문

도 진행하면서 〈해유가〉의 문학적 가치와 그 의미를 재조명해 보도록
하겠다.

2. 〈해유가〉의 문학적 형상화 방식과 그 동인

1) 체험 서사의 재조정과 자긍적 재현 욕망

〈노정기〉는 작가가 고향을 출발하여 국내를 여행한 후 미국행을 결
심하고 하와이에 도착하기까지의 주요 여정과 미국생활의 견문을 간
추려 놓은 메모 형식의 문건이다. 비록 일기체이지만 귀국 후 기억을
더듬어 완결한 기록물로 추정되며 원고가 유실되어 귀국한 다음 해인
1909년 3월초에 다시 만들었다는 기록도 '증서인(證書人) 고백(告白)'
을 통해 확인할 수 있다.[6] 〈해유가〉는 이 〈노정기〉를 토대로 창작된
작품이며 경험의 사실적 기록인 〈노정기〉와 달리 〈해유가〉에는 체험
의 주요 국면들이 선별·재배치되어 있는 양상을 부분적으로 발견할
수 있다. 보다 선명한 논지 전개를 위해 우선 〈노정기〉와 〈해유가〉의
주요 서사 흐름을 비교해 보고 균열이나 첨가적 요소가 발견되는 부
분들을 중심으로 그 특징과 의미를 살펴보도록 하겠다.

화학회, 2003, 149~162쪽에 원문과 번역문이 후반부에 첨부되어 있으며 이 글에서
인용하는 원문은 이 자료에 의거한 것임을 밝혀둔다.

6 박노준, 「〈海遊歌〉와 〈서유견문록〉 견주어 보기」, 『한국언어문화』 23, 한국언어문
화학회, 2003, 128쪽.

〈표 1〉

	〈해유가〉의 주요 서사 흐름	〈노정기〉의 주요 서사 흐름
A[7] (1~101행)	출발 전의 내면 세계와 서울까지의 노정기	1903년 9월 28일 출발
B (101행~148행)	皇城 도착과 미국행 결심	10월 16일 皇城 도착 11월 1일 미국행 결심
C (149행~167행)	진주에서 부산까지의 노정	10월 27일 진주부로 출발 1904년 1월 29일 부산
D (168행~268행)	부산, 일본, 하와이까지의 노정기	2월 14일 橫濱港 도착 2월 15~21일 水路 여정
E (269행~343행)	하와이의 풍물 묘사	2월 22일 하와이(布哇府) 도착, 문물과 제도의 묘사
F (344행~378행)	샌프란시스코(桑港)에서의 생활과 미국의 문물, 제도 묘사	
G (379행~471행)	미국 출발과 고향으로의 회정기	

위의 〈표 1〉에 제시된 A~G는 〈노정기〉와 〈해유가〉의 서사적 흐름을 비교한 후 유의미한 특징이 발견되는 부분들을 중심으로 〈해유가〉의 행 단위를 구획해 본 것이다. 그 결과 〈노정기〉에 기록되어 있지 않은 〈해유가〉만의 내용소가 A, E, G 부분에서 발견되었고 다른 부분에서는 서사 흐름은 유사하되 화소의 첨가나 재배치와 같은 변개 현상이 확인되었다.

우선 〈노정기〉와 달리 〈해유가〉는 기행가사인 만큼 국내 여정과 감상에 해당하는 A, G 부분이 추가되어 구조적 안정감을 보이고 있는

---

7 서사 분석의 행 구분은 기존 연구의 분석을 참조했으며(박노준, 「海遊歌(일명 西遊歌)의 세계 인식」, 『한국학보』 64, 일지사, 1991, 199쪽) A~G는 〈노정기〉와의 비교가 용이한 지점들을 중심으로 구획한 것을 의미한다.

데 그 분량이 200여행 정도로 전체 작품에서 40% 이상의 비중을 차지
하고 있다는 점에 유의해 보아야 한다. 기존의 연구에서는 이러한 특
징이 미국에 대한 견문이 소략한 점으로 간주되어 대체로 〈해유가〉의
한계로 지적되었기 때문이다. 그러나 A, G 부분의 분량이 상당하다
는 점에서 〈해유가〉는 미국과 자국 인식이 균형적으로 조정되어 있는
작품이라는 시각도 필요해 보인다. 미국에 체류하는 과정 및 귀국 후
에 형성된 대타적(對他的) 자의식으로 인해 자국에 대한 견문 및 주관
적 형상화의 측면이 강화되었다고 볼 수 있는 것이다. 특히 이 A 부분
의 내용과 표현 양상에 주목해 보면 〈해유가〉라는 가사 문학을 통해
미국 체험을 재현하게 된 내적 동인을 발견할 수 있다.

A. ⓐ【草堂에 혼ᄌ누워 自家事 生角ᄒ니/ 心神니 默亂ᄒ고 意思가
不平ᄒ다/ 나도사 이를망뎡 士夫窟澤 嶺以南에/ 古家世族 後裔로서 年
令將近 三十토록/ 事業니 무어시며 行色니 무어신가】 … ⓑ【草堂春風
寂寞ᄒ듸 高枕假眠 ᄒᄌᄒ니/ 京都가 七百里라 ᄎᄌ오리 뉘기시며/ 獎
率三軍 다시ᄒ야 北征中原 ᄒᄌᄒ니/ 人物니 업서시니 附從者가 뉘기
시며/ 直言疏 다시지어 斥倭拒俄 ᄒᄌᄒ니/ 卄六歲 白頭로서 天顏震怒
悚懼ᄒ고/ 世上事 不關ᄒ고 行吟澤畔 ᄒᄌᄒ니/ 屈三閭의 萬古忠魂 魚
腹中에 可憐ᄒ고/ 千峯萬壑 기푼고듸 太乙經 宿讀찬니/ 翰墨從事 니니
몸니 惑世珮號 ᄒ기쉽고/ 竹裡館 깊피안ᄌ 警世琹 타자ᄒ니/ 昏夜乾坤
同族드리 知音者가 뉘기련고】/ ⓒ【千思萬慮 轉輾ᄒ야 할니라 바히업
니/ 忽然니 生覺ᄒ니 一片心線 將驅로다/ 三千里 槿花江山 帝城니 主
張닌듸/ 近來朗聞 드러본니 外國人物 充滿ᄒ야/ 政府權利 ᄌ바들고 千
萬事 主管니라/ 二千萬 彬彬人士 스람니 업서쩐가/ 洙泗遺風 我東方니
蠻夷奴隸 되단말가/ 憤心이 激腸ᄒ야 觀望ᄎ로 가ᄌ서라】

〈노정기〉는 '황성(皇城)'으로 가는 여정에 대한 간략한 기록[8]으로 시작되고 있는 반면 〈해유가〉의 경우 101행에 이르러서야 '황성'에 도착한 내용이 확인된다. 그러므로 〈해유가〉에는 출발에 대한 감회에 해당하는 내용이 100행에 걸쳐 첨가되어 있는데 위의 인용문은 그 일부에 해당한다. 우선 ⓐ를 보면 '고가세족의 후예'임에도 불구하고 역사적 현실에 참여하지 못하는 무력감과 자괴감을 확인할 수 있으며 이에 관련된 구체적 내면이 ⓑ, ⓒ에도 형상화되어 있다. ⓑ의 경우 '~ᄒ니 ~ᄒ고'의 통사 구조를 반복하면서 앞에는 자신의 소망을, 뒷부분에는 제약과 한계의 요소들을 배치하고 있다. '만고충혼(萬古忠魂)'과 같은 전통적 가치관에 익숙한 화자는 '북정중원(北征中原)', '척왜거아(斥倭拒俄)'에서 확인되듯 역사적 문제를 극복하고 싶지만 그 활로를 찾지 못하는 고뇌가 '혼야건곤(昏夜乾坤) 동족(同族)드리 지음자(知音者)가 뉘기런고'와 같은 구절에서 발견되는 것이다. 또한 그러한 욕망과 현실의 괴리가 심화되면서 고향을 벗어나 문제 상황을 '관찰'하고자 한 의식을 ⓒ의 '분심(憤心)이 격장(激腸)ᄒ야 관망(觀望)츠로 가즈서라'에서 확인할 수 있다.

따라서 이 부분을 작품의 전체적 구도 내에서 생각해 본다면 이후에 전개될 미국 체험이 화자의 심리적 보상이나 극복의 기제로 인식될 수 있음을 강조하기 위한 전제적 장치일 가능성이 크다. 비록 현실에서는 실천의 통로가 막혀 버린 처지이지만 '미국'이라는 선진 세계에 다녀온 체험은 그에 대한 심리적 보상을 충분히 가능케 하기 때문이다. 이러한 내적 동인으로 인해 본격적으로 미국 체험이 진행되는

---

8 "光武癸卯九月二十八日, 發皇城之行, 中道逶迤。"

부분에서 〈해유가〉의 화자는 〈노정기〉의 서사적 흐름을 의도적으로
변형하고 있기도 하다.

> B 十一月十一日, 到蠹府, 訪地契所監理韓鎭稷, 始參右所書記員。
> □ᵖ□□□□□, 際有一交, □余偕往美國云云。此交姓名崔春五, 酒住
> 慶州校村也。□□□□□途, 則當此列强國相通時代, 無妨之□也。卽
> 地完定, 與崔□□□□□交, 束裝治行, 則酒甲辰正月二十六日也。

> B′ 니리저리 逶日ᄒᄌ 數三朔니 줌솬니라/ 鄕懷가 挑挑ᄒ야 回程을
> ᄒ려홀진/ 崔進士 春五君니 날다려 ᄒ는마리/ ㉠世界예 上等國니 英米
> 法德 그안닌가/ 米國行 今番路가 千載예 得一時니/ 年富力强 니스람아
> 與我同件 可如何오/ ㉡余亦挽近 以來로 傷時之歎 痛腸니라/ 狂風에
> 쓰닌마음 夢醉中에 許諾니라/ 不日間 束裝ᄒ야 東萊로 나려갈시

위의 B→B′ 부분은 미국 체험의 계기가 된 '崔春五'와의 만남을
형상화하고 있는 장면이다. 단순히 최춘오가 미국 동행을 제안한 것
으로 되어 있는 〈노정기〉의 내용은 〈해유가〉에서 미국의 우월성을 예
찬하고 경험의 희소성을 강조하는 방식으로 변환되고 있음을 ㉠에서
확인할 수 있다. 더욱이 ㉡을 보면 당시의 역사적 현실에 대한 자신의
울분을 '상시지탄(傷時之歎) 통장(痛腸)'으로 구체화함으로써 개인적·
사회적 층위에서 이를 극복케 하는 계기로 미국 체험이 인식되고 있음
을 발견할 수 있다. 〈해유가〉에서 미국 체험은 화자에게 심리적인 위
안이자 보상의 기제로서 작용할 것임을 짐작케 하는 부분인 것이다.

---

9 '□' 표시는 판독 불능 글자를 의미함.

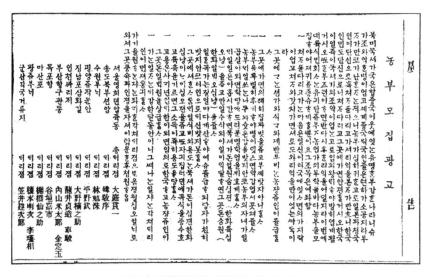

1905년 〈대한일보〉에 게재된 〈농부 모집 광고〉
'멕시코로 가는 경비는 현지 농장주가 부담하고 멕시코가 집과 밭을 제공한다'는 조건이 쓰여 있다.
'농부 출신 이민자를 특별히 우대한다'는 내용도 있다.

또한 '광풍(狂風)에 쓰닌마음 몽취중(夢醉中)에 허락(許諾)니라'라
는 구절을 보아도 미국행을 결심하게 되는 화자의 심적 태세가 현실
초월적 욕구에 기반한 정황도 발견할 수 있다. 이처럼 〈해유가〉에 관
류하고 있는 화자의 자긍적 시선은 서울로 표상되는 자국의 현실에
대한 강한 비판, 자신의 근거지로 표상되는 지방의 풍광에 대한 예찬
과 같은 대비적 구도에서도 확인된다.

이러한 화자의 미국 체험 동기에 대해 기존 연구에서는 '하와이에
서 노동자를 모집한다는 광고'를 보고 미국으로 향했다는 작자 후손
의 증언을 제시하면서 작가의 미국행 목적을 경제적 문제로 해석한
바 있다.[10] 이에 대해 최현재[11]는 현전하는 기록을 본다면 화자의 미국
행은 단순히 경제적 문제가 아니라 선진문물에 대한 신학문을 배워

사탕수수 노동자(하와이 주 자료보관소 소장)

고국의 발전에 이바지하는 차원에서 행해진 것으로 평가되어야 한다
고 보았다. 명확한 사실 여부를 확인하기는 어렵지만 현전하는 자료
로 보았을 때 미국행의 일차적 동기는 경제적 문제이되 〈해유가〉 내
부에서 발견되는 여행의 동기는 미국이라는 선진 세계를 체험한 사실
을 통해 개인적·시대적 한계와 고뇌를 극복해 보고자 한 내적 욕망
으로 보는 것이 적절해 보인다.

　특히 1903~5년에 걸쳐 하와이로 이주한 한국이민의 수는 7천여
명을 넘었으며[12] 이들의 대다수가 농장 노동이민으로 최저 임금을 받

10　박노준, 「海遊歌(일명 西遊歌)의 세계 인식」, 『한국학보』 64, 일지사, 1991, 207~
　　208쪽.
11　최현재, 위의 논문, 162쪽.
12　김원모, 「하와이 한국 이민과 민족 운동」, 『미국사연구』 8, 한국미국사학회, 1998,

았다고 한다.[13] 또한 〈해유가〉에서 화자는 4~5개월 동안 하와이 영사
관 협회부의 서기로 근무했다고 표현한 부분도 있는데 한말 외교 자
료에 의하면 그 시기에 하와이에는 한국 영사관이 개설된 적이 없다
고 한다. 따라서 〈해유가〉의 화자는 자신이 하와이 노동이민이 아니
고 관직을 역임했음을 과시하기 위해 과장과 픽션을 구사하고 있다고
평가되고 있는 것이다.[14] 이러한 정황들을 볼 때 〈해유가〉의 작가인
김한홍도 이 시기의 하와이 이주민이었을 가능성이 높아 보이며 따라
서 〈해유가〉에서 발견되는 과장과 허구적 요소들은 자긍과 과시의 표
현 욕망이 발현된 문학적 형상화의 측면에서 해석하는 것이 적절해
보인다.

이와 관련하여 또한 주목해야 할 현상은 앞서 제시한 〈표 1〉의 F부
분이 샌프란시스코(米桑)에서의 체험과 견문으로 구성되어 있는데
이 내용의 많은 부분이 〈노정기〉의 2월 22일 일기와 일치하고 있다는
점이다. 〈노정기〉는 하와이에 도착한 후 그 곳에서 체험한 자연 환경
과 풍물, 문물 제도 등을 길게 서술한 2월 22일의 일기로 끝나고 있다.
반면 〈해유가〉의 경우 '불일간(不日間) 속장(束裝) ᄒ야 미경(米京)을
드러갈시/ 오주야(五晝夜) 행선(行船) ᄒ야 미상항(米桑港) 도착(到着)
ᄒ니'와 같은 구절로 시작하면서 미국의 수도인 워싱턴을 가고자 한

204쪽.
13 김원모, 위의 논문, 215쪽.
14 김원모, 「이종응의 '서사록'과 '셔유견문록' 해제·자료」, 『동양학』 32, 단국대학교
   동양학연구소, 1998, 204쪽. 이에 대해 박노준은 공식적인 한국영사관이 아니더라도
   특수한 '교민단체'의 성격도 있었을 것으로 보이며 김한홍이 '영사관 협회부 서기'로
   자칭한 것은 정황상 가능할 수 있음을 지적하기도 하였다(박노준, 위의 논문, 145~
   146쪽).

대한인국민회 중앙총회관 모습
'애국관'이라고도 불렸다. 샌프란시스코에 소재했다가 1937년 로스엔젤레스
제퍼슨가로 이전하였다. 이곳에서 〈신한민보〉를 발행하고 한인 2세들에게 한글과
한국문화를 가르쳤다.

의식과 동시에 경유지인 샌프란시스코의 문물을 구체적으로 형상화
하고 있다. 기존의 연구에서는 〈해유가〉의 이 내용이 '사실'로 간주되
었지만 〈노정기〉와 비교해 본 결과 허구였을 가능성이 높아 보인다.
〈해유가〉의 E부분을 보면 하와이에서의 풍물은 피상적인 층위에서
예찬되고 있고 미국에서의 구체적이고 세밀한 묘사는 F에서 확인되
는데 이 내용의 대부분은 〈노정기〉에 기록된 하와이에서의 일기를 재
구성한 것이기 때문이다.

특히 〈노정기〉의 2월 22일 일기를 보면 하와이에서 미국의 수도까
지는 상당한 거리라는 내용[15]이 확인되는데 화자는 이를 〈해유가〉로

---

15 "此距美國皇城, 五萬餘里, 名華盛頓。百餘年前, 美國屬於英國矣。美人華盛頓特
   起, 與英國相鬪, 八年以復自主獨立國"

재구성하는 과정에서 '황성(皇城)'이나 '미상(米桑)'을 직접 체험한 것
으로 변개하여 미국 체험에 대한 의식적 우월감을 강화하고 있음을
알 수 있다. 또한 1905년 샌프란시스코에서는 안창호를 중심으로 정
치 단체인 '친목회'가 설립되어 미주 한국 민족운동의 총본산으로 기
능했다고 한다.[16] 신문을 발행하여 조국 독립과 국권 회복을 위해 노
력했으며 1907년에는 '대동보국회'로 발전하는 등 샌프란시스코는 당
시 미국에서 민족적 거점의 공간으로 인식되었음을 짐작할 수 있다.
이러한 이유로 인해 〈해유가〉의 화자는 미국의 수도가 아닌 샌프란시
스코를 체험 공간으로 상정했을 것으로 보인다. 자신의 우월감을 강
화하기 위해 서사를 재조정하고 있는 〈해유가〉의 형상화 방식은 다음
의 경우에서도 발견된다.

ⓒ 二月七日, 更搭火輪船, 回絶影古島, 望日本ⓐ**對馬島**

二月八日, 朝抵ⓑ**馬關港**, 此港日本初港也。…(하략)

二月九日, 平明到ⓒ**神戶港**, 下陸留三日, 周行玩賞, 奇怪風光, 不可
盡記。但擧語者, 平沙近百里, 周回人家叢立者也。

…(중략)

二十日, 午後船暈難堪, 以溯風次上, 上等艦房, 則有白髮準高(之人
臥), 然起坐通于姓名之言, 善爲韓語, 稀乎異哉。… 彼此東西人物, 語
音相通, 則娓娓酬酌。彼人曰, 余留貴國, 略知貴風俗矣。有上中下貴
賤, 有無識之別矣。以座下等年好志氣, 何不守門戶保靑氈, 誤遊海外,
誠是意外云云。余曰, 子非齊人耶? ⓓ【坐井視(天), 不通世情, 先氏
遺訓也。**當此萬國相和時代, 一出海外, 收拾乎生存競爭之理, 模倣**

16 김원모, 「하와이 한국 이민과 민족 운동」, 『미국사연구』 8, 한국미국사학회, 1998,
211쪽.

乎優勝劣敗之道, 浩然向東之日, 俾我四千載先聖遺國並駕二十世紀
上】, 今吾之行, 何必不當. 白人曰, 子言唯唯. 略布所懷而別.

　　　ⓒ′ ⓐ【對馬島 臨迫ᄒ야 釜港을 도라보니/ 醉中에 一片本情 悵懷
가 시롭쩌다】/ ㉠【宇宙間 男兒之事 域外一遊 常事로되/ 通仕節 안니
어던 使臣으로 가단말가/ 奉命將 안니어던 征伐ᄒ로 가단말가/ 追勢者
가 안니어던 遊學ᄒ로 가단말가/ 雖然니나 余之今行 或非異事 今古로
다/ 萬古大聖 孔夫子도 周遊天下 ᄒ여시고/ 二十年 司馬遷도 南遊江漢
ᄒ여닛고/ 申青泉 申進士도 海遊錄 지엇쩌던/ ⓓ′【하물며 此時代예
坐井觀天 吾耳目니/ 不知中에 十出ᄒ야 世外閱覽 질겨ᄒ야/ 生存競
爭 場을막고 優勝劣敗 理致아라/ 將還鄉 ᄒ는나리 海外風俗 ᄌ랑ᄒ
면/ 新舊學文 兩兼으로 布衣寒士 壯觀니라】/…/ⓑ′ⓒ【行船ᄒ 一
夜만에 馬關港 求景ᄒ니/ 馬港은 僻村니요 釜山은 浦口로다/…/ 二晝
夜 지는後에 神戶港 倒着ᄒ니】

　　위의 ⓒ→ⓒ′ 장면을 보면 '대마도(對馬島)'에서 '신호항(神戶港)'
으로 이어지는 〈노정기〉의 서사가 〈해유가〉에서는 ㉠과 ⓓ′ 부분의
첨가로 균열되고 있음을 확인할 수 있다. 특히 ㉠을 보면 자신의 미국
행은 '사신, 정벌, 유학'이 동기가 아니지만 그 이상의 보편적 층위로
격상될 수 있다는 의식을 '우주간(宇宙間) 남아지사(男兒之事) 역외일
유(域外一遊) 상사(常事)로되'와 같은 구절에서 발견할 수 있다. 더욱
이 해외로 다녀온 자신을 '공부자(孔夫子), 사마천(司馬遷), 신진사
(申進士)' 등과 등위적으로 간주하는 등 자긍적 과장 정도가 강화되어
있음을 발견할 수 있는 것이다.
　　그렇다면 〈노정기〉의 서사를 지양하고 이후 날짜의 일기에 해당하
는 ⓓ 부분을 ⓐ와 ⓑ 사이에 배치하고 있는 이유는 무엇일까. 이에

대한 실마리는 〈해유가〉의 '@'대마도(對馬島) 임박(臨迫)ㅎ야 부항 (釜港)을 도라보니/ 취중(醉中)에 일편본정(一片本情) 창회(悵懷)가 시롭쩌다'라는 구절에서 발견할 수 있다. '대마도(對馬島)'가 보이지만 오히려 '부항(釜港)'을 돌아보면서 자국을 회고하는 동시에 ㉠을 첨가 하여 촉발된 감정을 형상화하고 있기 때문이다.

특히 @'의 내용을 보면 〈노정기〉의 @를 대체로 수용하되 '장환향 (將還鄕)ㅎ는나리 해외풍속(海外風俗) ㅈ랑ㅎ면/ 신구학문(新舊學 文) 양겸(兩兼)으로 포의한사(布衣寒士) 장관(壯觀)니라'와 같은 구절 을 첨가하는 등 행위 주체를 자신으로 설정하여 보다 능동적으로 자 긍심을 부각시키고 있음을 알 수 있다. 해외에 도착하기 전에 촉발된 자국 인식을 개인적·정서적 층위에서 과장된 수사를 통해 표현하고 있는 것이다. 이처럼 〈노정기〉를 통해 알 수 있는 객관적인 서사 흐름 이 〈해유가〉에서 재조정되고 있는 양상은 미국 체험에 대한 화자의 가사 문학적 재현 욕망을 보여주는 현상이다.

2) 관념적·사실적 형상화와 대타적 자의식

앞서 〈노정기〉와의 비교를 통해 〈해유가〉의 기본적 구도와 창작 동 인을 보다 선명하게 확인할 수 있었다. 특히 〈노정기〉는 분량과 내용 이 대부분 미국 체험에 대한 2월 22일의 일기가 차지하고 있는 반면 〈해유가〉는 기행가사로서의 구조적 안정성을 보이고 있다. 그로 인해 미국 체험과 관련된 〈해유가〉의 부분은 〈노정기〉의 내용을 선택적으 로 차용함으로써 사실성이 두드러지며 〈노정기〉의 내용에 근거하지 않은 〈해유가〉의 장면들은 대체로 교술성의 정도가 약화되는 양상을

보이고 있다. 특히 〈노정기〉와 중첩되지 않는 〈해유가〉의 전·후반부
는 대체로 관념적 층위에서의 형상화가 두드러진 특징이 확인된다.

> 草堂에 혼ᄌ누워 自家事 生角ᄒ니/ 心神니 默亂ᄒ고 意思가 不平ᄒ
> 다/ …宇宙中間 一丈夫로 무쓴事業 宜當할가/ 江湖勝地 ᄎᄌ가서 吟風
> 弄月 ᄒᄌ니/ 詩中天子 李靑蓮니 采石江에 먼저갓고/ 繫馬高樓 垂柳
> ᄒ고 十千斗 술먹쌴니/ 長安遊俠 少年드리 新登店에 취히갓고/ …柴桑
> 村 드러가서 採菊撫松 ᄒᄌᄒ니/ 晋處士 陶淵明니 栗里村에 먼저갓고/
> 三江五湖 조혼무러 與客泛遊 ᄒᄌᄒ니/ 赤壁江 秋夜月에 蘇子瞻 지니
> 갓고/ 高山幽峽 드러가서 飮犢上流 ᄒᄌᄒ니/ 潁水물 말근시니 巢父許
> 由 먼저갓고/ 武陵源 ᄎᄌ드러 世外消息 막ᄌᄒ니/ 漁舟子 春光따라
> 人間漏泄 ᄒ기쉽고/…天朝에 拜顔ᄒ고 國家事 參與찬니/ 天涯漠漠 海
> 窮鄕에 王化落落 未及니요/ 負笈師門 다시ᄒᄋᄒ야 兀頭舊業 更從찬니/ 兩
> 先正 五賢집에 不可加於 遺風니며/…압南山 數畝田에 荷鋤鍾荳 ᄒᄌ
> ᄒ니/ 新式이니 更章이니 無名雜稅 귀찬ᄒ고/ 朱舍靑樓 歌舞筵에 携手
> 佳人 노ᄌᄒ니/ 文明혼 此時代예 蕩家子가 羞恥롭고/…憤心이 激膓ᄒ
> 야 觀望ᄎ로 가ᄌ서라/ 厥明日 治裝ᄒ야 서울노 ᄎᄌ갈시

위의 인용문은 〈해유가〉의 전반부로 화자가 서울행을 가기 전까지
의 감회가 형상화되어 있다. 100여 행 정도의 많은 분량인데 '~ᄒᄌ
ᄒ니 ~ᄒ고'와 같은 통사 구조가 반복되고 있어 규칙적 운율감을 느
낄 수 있다. 특히 내용적인 면을 보아도 대부분 관념적 가정과 불가능
의 논리가 반복되고 있다. 앞서 언급했듯이 〈해유가〉의 화자는 현실
적 참여와 소통이 단절된 시대에서의 자괴감을 느끼고 있고 그 내적
고뇌에 대한 문학적 형상화의 방식이 관념적 가정의 논리임을 위의
장면에서 확인할 수 있는 것이다.

예컨대 '엄자릉, 도연명, 소자첨, 소부허유' 등과 같이 도가적 가치관과 관련이 있는 문인들을 언급하며 현실을 초월하고자 하는 욕망을 문학적으로 형상화하고 있다. 그리고 그러한 의식과 동시에 역사적 현실에 대한 자각도 '신식', '문명훈 차시대'와 같은 어구에서 확인할 수 있다. 화자는 미국을 체험한 후 급변하는 근대적 세계에 능동적으로 대처하지 못하는 자신과 조국에 대한 무력감을 강하게 느꼈을 것으로 보인다. 그로 인해 〈해유가〉의 전반부에는 시대적 한계를 인지하되 그것을 관념적으로 초월해 보고자 하는 의식적 열망이 문학적으로 형상화되었을 가능성이 높은 것이다. 이처럼 관념적 요소가 우세한 작품의 전반부와는 달리 미국 체험을 형상화하고 있는 부분을 살펴보면 관념과 교술이 착종되어 있되 후자의 특성이 두드러진 양상을 발견할 수 있다.

ⓐ【此地가 那邊닌가 布哇國 米領니라/ 시원ᄒᆞ고 반가워라 陸地가 반갑도다/ 船艙에 반겨나려 四顧를 살펴보니/ 形形色色 別風景은 置之一邊 姑舍ᄒᆞ고/ 잇쩌가 언지련가 甲辰二月 七日니라/ 二月獲稻 니원일고 寒食剝棘 可觀니라/ 琉璃鏡 窓門밧기 芭蕉實 個個ᄒᆞ고/ 金玉樓 石階下에 枯草나무 落落ᄒᆞ다/ 自衝車 電動車ᄂᆞᆫ 街路에 絡繹ᄒᆞ고/ 電語線 電報絲난 半空예 亘滿니라】/ ⓑ【東金屋 西玉樓난 帝鄉니 依稀ᄒᆞ고/ 空中樓閣 海上臺난 玉京니 如似ᄒᆞ다/ 安期赤松 主人닌가 爛柯山니 彷佛ᄒᆞ다/ 枕上春夢 잠쫜니뤄 槐安國 드롸쩐가./ 松隱集를 朗讀타가 花神國을 ᄎᆞᄌᆞ완나/ 집집니 富豪子오 處處에 烟月니라】/ ⓒ【寒熱니 업서쓰니 冬夏를 難辨니요/ 東西가 遠隔ᄒᆞ니 晝夜가 相左로다/ 人物은 엇쩌턴고 準高毛黃 白人니요/ 人心은 엇쩌턴고 極良寬厚 淳俗니라/ 書同文 先輩言니 觀於今日 浪說니라/ 此地文法 달나쓰니 乙字本文 육ㅏ字라/ 言語가 辨異ᄒᆞ니 交接니 非便ᄒᆞ고/ 文字가 相殊ᄒᆞ니 通情니 相難

ㅎ다/ 니곳서 韓國가기 里數가 얼마련가/ 傍人니 ㅎ는마리 萬九千里
中隔니라/ 다시곰 生覺ㅎ니 悵懷가 절노나너/ 滄茫훈 雲霧밧기 어디지
음 古國닌가】

　위의 인용문에는 하와이에서의 견문이 형상화 되어있는데 〈노정
기〉와 비교해 보면 상당히 간략한 분량에 해당하며 ⓑ의 '괴안국(槐安
國)', '화신국(花神國)'과 같은 어휘에서 알 수 있듯이 그 묘사는 관념
적 예찬의 층위에서 진행되고 있다고 볼 수 있다. ⓐ에서 확인되듯이
화자의 기준에서 2월에 하는 추수, 파초실·고초나무와 같은 낯선 식
물들, 자동차·전동차 등은 모두 생경한 '별풍경(別風景)'에 해당했던
것이며 그로 인해 고조된 감격이 ⓑ에 형상화되고 있다. 자국으로 돌
아온 화자에게 그 기억은 마치 '춘몽(春夢)'을 꾼 듯 남아있어 '옥경(玉
京)니 여사(如似)ㅎ다', '난가산(爛柯山)니 방불(彷彿)ㅎ다'와 같은 초
월적 세계로 비유되고 있는 것이다. 특히 '집집니 부호자(富豪子)오
처처(處處)에 연월(烟月)니라'라는 구절을 통해 그러한 인식의 기저
에는 자본에 기반한 근대적 세계를 체험한 사실이 전제되어 있다는
점에 유의할 필요가 있다. 이 의식은 이후 '샌프란시스코'에서의 견문
을 형상화하는 부분에서 상당히 구체적으로 발현되기 때문이다.
　또한 위의 ⓒ에 나열된 하와이의 계절, 기후, 인물, 언어, 거리 등
을 보면 비교적 객관적 시각을 보이고 있는데 〈노정기〉와 비교해 본
결과 유사한 내용은 있었으나 어휘적 일치도는 낮았다. 〈해유가〉의
화자는 하와이를 미국을 대표하는 곳으로 간주하지 않았으며 이국적
풍광이 인상적이고 아름다운 곳으로만 한정하여 소개하고자 했음을
알 수 있는 것이다.

특히 화자는 ⓒ의 후반부에서 확인되듯이 하와이를 소개한 후 '고국을 회상'하는 내용을 첨가하여 서사를 단절시키고 있으며 이어 가족들로부터 편지를 받는 장면[17]을 삽입하고 있다. 그리고 나서 다시 '샌프란시스코'로 향하는 서사를 진행시키고 있는 것이다. 따라서 하와이에 대한 묘사를 관념적 층위에서 간략히 진행한 것은 하와이가 아닌 미국 본토를 체험한 점을 강조하고 싶은 화자의 문학적 욕망이 개입된 전략적 구성으로 보아야 할 것이다. 앞서 살펴보았듯이 〈노정기〉는 하와이에서의 체류와 문물 묘사로 끝나고 있으며 미국 본토로의 이동에 대한 기록은 나와 있지 않다. 대신 〈노정기〉에 나타난 하와이에 대한 내용이 〈해유가〉에서는 대부분 '샌프란시스코'에서의 견문으로 변용되고 있는 점이 흥미롭다. 자신이 직접 미국 본토에 가 보지 않았더라도 가사 문학에서는 허구와 과장이 용인될 수 있다는 점을 작가는 전략적으로 활용하면서 〈해유가〉를 창작했다고 볼 수 있는 것이다. 두 자료에 대한 구체적 비교를 통해 이러한 점을 보다 선명하게 확인해 보도록 하겠다.

---

17 "쏫밧기 수편기달 일봉가서 득ᄒ거날/ 창황니 바다들고 차래로 완독ᄒ니/ 조문석여 나의 심사 너는분명 아라슬나/ 파제만사 속장히라 숙부주의 기서로다/ … 그편지 뉘기런고 안희의 눈물일니/ 석목안닌 간장으로 루수가 자연니라/ 수로가 면만리라 회정ᄒ기 쉬울손가/ 사고무친 일려객니 주접무처 방황턴니/ 희봉ᄒ니 고국일교 생로을 인도ᄒ되/ 영사관 협회부에 서기명색 참여로다/ 소봉도 풍유ᄒ니 거처로 종편ᄒ다/ 어언간 역려광음 칠팔삭니 잠관니라/ 분ᄒ다 을사년에 국권추락 니원일고/ 영사관 협회부를 무난히 칠폐로다/ 분기출장 차종사을 호소할곳 어디런고/ 불승분장 서름지어 통탄ᄒ고 도라서서/ 불일간 속장ᄒ야 미경을 드러갈식/…"

D

⓪二十二日，…此地布哇，四島中最要衷之界，百餘年前，獨立自主之國，人民愚(强)，仍爲美國附屬，時人稱云美領布哇島耳。…地勢，四島竝立，…土地，節候…木種，松栢楊柳竹最多。…果種，…畜屬，…飮食，…ⓐ衣制，尙黑俠窄，多用毛氈羅屬。…屋建，…

① ⓑ遠則火輪車，近則乘馬車，平則乘風車，街路上無負戴之法。…ⓒ生貨法，士農兵工商，無貴賤之別，無論貧與富人，ⓓ二十歲以上六十歲以下(之人)，(無)食之人，處於刑役。…政府之用財，每年一次式… ⓔ行貨法，上紙貨，次金，次銀，次白銅，次黃銅，銅一分韓華錢一戔也。…官職，…刑法，論其罪之大小，無笞刑，處田役，金作贖刑，殺人伐死。…ⓕ宗敎，耶蘇敎爲主，… 故此國別無惡疾凶病。…

② 文法，與東洋辨異，無漢文，只有此國諺文，俗所謂英書，廿六字本文是也，繼續連出，迨至五萬字矣。…言語，…婚式，…擧禮之日，…喪禮，…曆書，…此西洋與東洋晝夜相左，韓之午時，美之戌時也。此距日本國，一萬六千餘，則距韓國一萬八千餘里也。

③ ⓖ帝王之法，無傳子傳孫，無論男女老少，取其人才之上等，卽位四年後，遞位。故中古女王一次卽位。卽今所謂共和政治國是也。

④ 此距美國皇城，五萬餘里，名華盛頓。百餘年前，美國屬於英國矣。美人華盛頓特起，與英國相鬪，八年以復自主獨立國。故時人引人名而作地名也。

⑤ ⓗ設學校養成人才之法，村村各立一學校，勿論男女，七八歲以上二十歲以下靑年，受入學校。…ⓘ病院法，間二三十里地，各設病院，院內費與医員月銀，亦同別項。無論何許人，若抱病無錢，平受院內，經費多顆之財，快差後出送□，全國內別無矜惻病人。ⓙ孤兒院法，凡百等節，略同上項。若父母無依賴無，可矜之兒，受入院內，善爲收養，以待長成後出送。

Ⓓ´

㉠不日間 束裝ᄒ야 米京을 드러갈시/ 五晝夜 行船ᄒ야 米桑港 到着
ᄒ니/ 布哇는 二萬里요 米京은 萬餘里라/ 方言도 畧通ᄒ고 風俗도 더
강아라/ 할일이 바히업서 商業으로 開路ᄒ니/ ㉢士農工商 平等ᄒ니
行世ᄒ기 從便ᄒ고/ 與受上이 有規ᄒ니 賣買ᄒ기 尤好로다/ ㉡人間에
別天地가 正是此 米國니라/ 古人의 傳한마리 海中神仙 니싸던니/ 니고
즐 뉘가보고 人間에 誤傳닌가/ 金臺玉閣 數十層은 閻羅府도 不當ᄒ고/
公平正直 風俗法律 菩薩戒도 其然未然/ 鑿山通道 堙谷架橋 千里大陸
朝夕往還/ 用錢爲航 引電爲械 萬里浩洋 無難來往/ 政府界 도라보니
堯舜世界 여긔로다/ ⓖ´傳子傳孫 帝王안코 四年式 遞任ᄒ니/ 勿論男
女 老少ᄒ고 取其人才 任職니라/ ⓑ´途路修築 ᄒ는法은 廣闊ᄒ긔
磨鍊ᄒ야/ 馬車火車 通行ᄒ니 男負女戴 本無로다/ ⓘ´ⓙ´孤兒院 濟
衆院에 治療費가 豐厚ᄒ니/ 勿論雖某 街路上에 矜惻病人 永無ᄒ고
/ ⓗ´上中下 各學校에 勸學니 嚴切ᄒ니/ 勿論爾我 愚劣ᄒ고 全無識
을 難見니요/ ⓓ´遊逸者를 處罰ᄒ니 貧寒人이 本無ᄒ고/ ㉢獎忠節
니 極甚ᄒ니 愛國誠니 各自로다/ 實業上을 勸勉ᄒ니 家給人足 到處로
다/ 專制政治 不施ᄒ니 萬落千村 烟月니요/ 億兆人民 同等ᄒ니 上和下
睦 全國니라/ 軍隊兵艦 正備ᄒ니 凌海之國 其誰런고/ 器械法니 能闊ᄒ
니 水火用作 任意로다/ 水火任意 ᄒ고보니 作農地가 無凶니라/ ⓕ´家
家敬天 宗敎ᄒ니 人無惡疾 安堵로다/ ⓔ´行貨法은 어쩌껀고 紙金銀
銅 輕寶로다/ ⓑ´衣冠文物 엇쩌턴고 堅固輕便 無過로다/ 奇服에 黑
染니요 皮冠에 革帶로다/

위의 Ⓓ→Ⓓ´는 〈해유가〉의 작가가 '샌프란시스코'에서의 체험을
형상화할 때 〈노정기〉에 기록된 하와이에서의 견문을 차용하고 있음
을 보여주는 사례이다. 특히 ④를 보면 하와이에서 황성까지의 거리
가 '오만여리(五萬餘里)'라고 설명하는 내용이 나와 있는데 〈해유가〉

에서는 자신이 '샌프란시스코'에 도착했으며 '하와이'와 미국 수도 사이의 거리가 각각 '이만리(二萬里)', '만여리(萬餘里)'가 된다는 논리로 변용되고 있음을 ㉠에서 알 수 있다. 이후 전개되는 내용에서도 하와이를 묘사하는 장면에서와 같은 구체적 풍광은 발견할 수 없으며 대부분 추상적 문물과 제도가 설명되어 있다. 이는 '샌프란시스코'가 화자의 직접적 체험 공간이 아니며 미국이라는 세계를 상징하는 곳으로 가정된 상황에서 묘사되었음을 방증하는 현상일 것이다.

또한 위의 ⒟에서 '강조 표시'된 부분들을 보면 ①, ③, ⑤와 같이 특정 부분이 선택되어 〈해유가〉에 수용되고 있음을 발견할 수 있다. ⓪의 경우 하와이의 지리적 요소와 과일, 가축, 음식 등이 설명되어 있는데 이 부분이 위의 변환 사례에서는 배제되어 있는 것이다. 형법, 문법, 언어, 혼인, 상례 등과 같은 문화적 요소들이 나열된 ②의 내용 역시 생략되었는데 이러한 정황을 보면 ⒟'를 구성하는 과정에 일정 정도의 선별 기준이 개입되어 있음을 짐작해 볼 수 있다. 그리고 그 기준은 〈노정기〉와 중첩되지 않는 〈해유가〉의 ㉠~㉢에서 발견된다. ㉠에는 '사농공상(士農工商) 평등(平等)ᄒ니 행세(行世)ᄒ기 종편(從便)ᄒ고', ㉡에는 '공평정직(公平正直) 풍속법률(風俗法律)', ㉢에는 '억조인민(億兆人民) 동등(同等)'과 같은 구절들이 있음을 볼 때 '평등'이라는 가치가 ⒟' 부분의 구심점으로 작동하고 있는 것이다.

⒟'의 ⓐ'~ⓙ'는 〈노정기〉와 일치하는 부분인데 민주적 정권 교체, 남녀 평등 사상, 도로 정비, 복지 시설, 학교 교육 등 대체로 근대적 문물과 제도를 예찬하고 있으며 ⓖ'의 앞 문장인 "정부계(政府界) 도라보니 요순세계(堯舜世界) 여긔로다'는 이를 포괄하는 감탄구라 할 수 있다. 즉 미국이 '요순세계'와 같은 관념적 표상으로 비유될 수

있었던 것은 화자가 오랜 기간 미국에 체류하면서 그들의 제도와 문물을 접하고 그 효용성을 간파했기 때문인 것이다.

따라서 식물, 가옥, 언어, 혼례, 상례 등과 같이 가치 판단이 불필요한 문화적 요소들은 〈노정기〉에 길게 서술되어 있으나 〈해유가〉에는 수용되지 않았으며 '평등'과 같이 근대적 관념이 개입될 수 있는 내용들 위주로 선택·배치되고 있다고 보아야 할 것이다. 그러므로 〈해유가〉에서 샌프란시스코에서의 체험을 형상화하고 있는 부분은 교술적 내용에 기반하되 그 표현의 양상이 관념적 층위에서 진행되고 있는 것이다.

또한 밑줄 친 ㉠~㉢은 〈해유가〉에 새롭게 첨가된 내용인데 미국의 본토에 도착했다는 가정을 한 후 그 자긍심을 ㉠에서 '방언(方言)도 약통(畧通)ᄒ고 풍속(風俗)도 디강아라'와 같이 표현하고 있으며 ㉡, ㉢에서는 미국의 문물·제도와 관념적 예찬이 교직을 이루고 있는 현상을 발견할 수 있다. ㉡에서는 미국이 '인간(人間) 별천지(別天地)'와 '염라부(閻羅府)'와 같은 곳으로 비유되면서 동시에 도로, 다리, 항구, 전기 등과 같은 사회 기반 시설에 대한 감탄이 이어지고 있다. 그리고 ㉢을 보면 '만락천촌(萬落千村) 연월(烟月)'과 같은 곳으로 비유한 후 군사력의 위엄과 기계식 제도를 예찬하고 있다.

즉 미국을 형상화하는 내용 중에서 〈노정기〉에는 없지만 〈해유가〉에 새롭게 첨가된 부분을 보면 대체로 '근대적 문물과 제도에 대한 감탄'의 차원에서 형상화되고 있음을 알 수 있는 것이다. 미국을 형상화하는 과정에서 '평등'이라는 가치 관념, '신식'으로 표상되는 구체적 문물·제도를 중시하였고 그 구심점에는 '근대성'을 체험했다는 화자의 우월적 인식이 내재해 있는 것이다.

결국 〈해유가〉의 화자는 미국을 체험함으로써 타국/자국, 서양/동양, 한국/일본이라는 지리적 세계의 이원화는 물론 근대/전근대라는 가치 관념의 차이를 선명하게 인식했던 것으로 보인다. 이 과정에서 생성된 대타적 자의식으로 인해 〈해유가〉는 서사의 흐름과 체험하는 공간에 따라 긍정/부정의 시선 및 문학적 형상화의 질감이 변화되는 특징을 보이고 있는 것이다.

3. 20세기 초 미국 기행가사, 〈해유가〉의 문학사적 의의

지금까지 살펴보았듯이 〈해유가〉는 〈노정기〉의 기록에서 발견되는 객관적 체험 서사를 형상화하되 주관적 과장과 허구적 요소 등이 발견되는 작품임이 확인되었다. 가사 문학이기에 하와이를 가게 된 현실적 동기나 실제적 여정에 구애받지 않고 미국이라는 근대적 문명 세계를 체험했다는 사실 자체만으로 생성된 우월감과 자긍심을 중심으로 형상화가 진행될 수 있었던 것이다. 해외 체험을 소재로 창작된 기행가사의 흐름에서 본다면 〈해유가〉는 자신의 한문 일기를 토대로 창작된 사행가사의 문화적 경향성을 유지하되 출발의 동기가 사적으로 변모했으며 현지에서의 체류 경험이 문학적 소재가 되었다는 점에서 차이가 있다. 그로 인해 〈해유가〉는 미국 사회의 각종 제도와 생활 풍속을 깊이 있게 관찰하여 서술하고 있다[18]는 평가를 받고 있기도

---

18 정흥모, 「20세기 초 서양 기행 가사 작품세계」, 『한민족문화연구』 31, 한민족문화학회, 2009, 53쪽.

하다.

특히 비슷한 시기에 창작된 영국 사행가사 〈셔유견문록〉과 비교해 보면 〈해유가〉는 대체로 한문체가 우세하여 국한문 혼용체를 사용하면서 동시에 한자어에는 한글로 설명을 병기하고 있는 〈셔유견문록〉과 차이가 있다. 이러한 특징은 〈해유가〉의 작가인 김한홍의 투철한 애국심과 수구적 이념에 기인한 것으로 설명되기도 한다.[19]

그러나 〈해유가〉는 가내 소통이나 체험에 대한 과시적 전달이 주목적이었던 전시대 사행가사[20]에 비해 사적 내면에 대한 표현 욕구가 좀 더 강하게 작동하고 있는 작품이라는 점도 추가적으로 고려되어야 할 것이다. 또한 〈해유가〉의 작가는 전통 학문을 습득한 지식인으로서 자국의 현실과 미국의 선진 문물을 입체적으로 파악할 식견이 있었던 것으로 보인다. 〈해유가〉에는 미국의 훌륭한 점에 대한 예찬과 동시에 대타적 자의식에 기반한 자국애 및 자국 비판의 양상이 동시에 발현되고 있기 때문이다. 기존의 연구에서는 이러한 〈해유가〉의 타자 인식이 '서구중심주의'에 경도된 것을 의미한다고 지적되기도 하였다. 6년 동안 체류한 미국을 신선의 나라로 묘사한 것은 서양우월주의의 감염을 의미하며 사회진화론의 냉혹함을 절감하면서도 그것을 비판할 능력의 부재로 인해 감정적 대응 이상의 아무런 행위를 하지 못한다[21]는 것이다.

---

19 박노준, 「〈海遊歌〉와 〈셔유견문록〉 견주어 보기」, 『한국언어문화』 23, 한국언어문화학회, 2003, 144~145쪽.

20 김윤희, 『조선후기 사행가사의 세계 인식과 문학적 특질』, 고려대학교 박사학위논문, 2010, 281~286쪽.

21 최현재, 위의 논문, 170~173쪽.

그러나 산문 기록과는 변별되는 가사 문학의 특징과 효용성을 고려한다면 〈해유가〉에 미국에 대한 비판적 시각이 드러나지 않음은 당연한 결과로 보아야 할 것이다. 전통과 근대적 가치관이 충돌하고 있는 세계 내에서 절감한 개인적·사회적 한계와 울분을 '미국 체험'에 대한 환상적·자긍적 재현의 방식으로 극복하고자 한 내면적 욕구에 보다 유의할 필요가 있는 것이다. 작품의 전반부에서도 화자는 서울에 도착한 후 일본에 의해 국권을 침탈당한 현실에 분개하며 '상심(傷心) 니라', '처창(悽悵)ᄒ고', '오인(嗚咽)니라'와 같은 비감을 연속적으로 투사하며 주변 풍광을 형상화하고 있다.[22] 이 장면은 이후 미국 세계를 긍정적으로 인식하고 묘사하는 양상과 대칭 구도를 형성하고 있다. 따라서 이 현상을 서양우월주의의 감염으로 볼 것이 아니라 미국을 체류하면서 형성된 자국 인식의 발현으로 보는 것이 적절해 보인다. 〈해유가〉의 화자는 외국 세계와 변별되는 자국을 선명하게 인지하고 있으며 그 자의식과 체험에 대한 자긍적 표현 욕구가 동시적으로 결합되어 자국에 대한 견문과 감상을 표현했던 것이다.

그러므로 미국이라는 근대 문명 세계에 선명하게 대립되는 자국의

---

22 참고를 위해 관련 부분을 인용하면 다음과 같다. "數三日 行役ᄒ야 皇城에 到着니라/ 崇禮門 드러가며 大廟洞 ᄎᄌ가서/ 金果長 반겨만나 數個日 留連니라/ 周回를 玩賞할지 無非다 傷心니라/ 光化門 六朝거리 雜草가 菲菲ᄒ고/ 普信閣 옛집압픠 黑服니 橫行니라/ 北嶽山 느즌松栢 萬象니 悽悵ᄒ고/ 紫霞洞 흐른무른 灘聲니 嗚咽니라/ 春塘坮 荒塘下에 晩菊니 秋色이요/ 慶會樓 畫樑上에 啼鳥만 雙雙니라/ 政府時勢 드러보니 臆絶哽塞 절노된다/ 日語能者 品職니고 俄語善通 大官니라/ 如我遐鄕 寒士로서 此諸形勢 言論킨딘/ 一仕路도 無垈中에 區區追勢 非願니라/ 返而思之 靈坮ᄒ니 倘非晝 出해 倆가/ 罷除萬事 夢外ᄒ고 莫如耕稼 出陽니라/ 金課長 作別ᄒ고 回程를 ᄒ려ᄒ니/ 物色도 凄涼ᄒ고 風景도 蕭瑟ᄒ다/ 南山蚕頭 落葉聲은 蕭蕭ᄒ기 傷心이요/ 漢江上 皎皎秋月 憐憐ᄒ기 訴懷로다"

정치 현실과 전근대적 가치관에 대해서는 신랄한 비판을 가하되 고향으로 돌아오는 과정에서 목도한 지방의 풍광에는 긍정적 시선을 투사하고 등의 다면적 의식 흐름이 발견되기도 한다. 작품의 후반부에 해당하는 다음의 인용문을 보도록 하자.

ⓐ【니리저리 玩償中에 旅茣니 如流ᄒ야/ 甲辰二月 醉裏行니 戊申八月 遽屆토다/ 忽然니 回心ᄒ니 朔風도 좃컨니와/ 나무나라 求景ᄒ고 古國情況 生覺ᄒ니/ 風流ᄂ 뒷결지고 鬱懷가 沸騰니라/ 二千萬 저人事가 長夜一夢 깁피드러/ 禮義東方 自稱ᄒ고 世界大勢 拒絶ᄒ야/ 與世推福 雖談니나 不墜家聲 固守ᄒ야/ 去舊從新 甚理致지 口以誦而 不行ᄒ니/ 滿腔鬱鬱 此所懷을 向何人니 傳說할가】/ … ⓑ【三四年 同苦餘에 此亦是 難悵니라/ 雖然니나 還古吾行 挽留ᄒ리 뉘기련가/ 火輪船에 돗다라라 半島江山 ᄎᄌ가ᄌ/ 빗찬지 卄餘日에 日本新戶 到着니라/ 不共戴天 네나라나 東洋江山 반갑도다/ 下陸ᄒ 數日後에 安東丸 다시타고/ 長崎馬關 다시보고 大韓을 ᄎᄌ올시/ 九九日 아츰나리 釜港에 抵泊니라/ 近十年 作客餘에 古江山을 ᄎᄌ오니/ 즐겁기넌 뒷결지고 感懷가 니윈일고】/ …ⓒ【大聲欲問 同族드라 엇지ᄒ야 니地境고/ 三千里 錦繡江山 地靈니 不足ᄰ던가/ 心猿意馬 저분드라 治進亂退 無보야아/ 上和下睦 數千年에 泰平無事 할ᄰ예ᄂ/ 先正後裔 니안닌가 國家桂石 自稱ᄒ고/ 高官大職 獨擅ᄒ며 政府權利 主張ᄒ야/ 窮心志之 所樂으로 無所不爲 任意타가/ 有事ᄒᄂ 今日에야 鰍魚갓치 謀漏ᄒ니/ 大聲一問 吾輩드라 誰怨誰尤 다시할고/ 向蒼山而 欲問ᄒ니 蒼山니 無語ᄒ고/ 臨淸溪而 溯懷ᄒ니 流水가 嗚咽니라】/ ⓓ【밧ᄲ도다 밧ᄲ도다 鄕山古宅 ᄎᄌ가기/…平原廣野 얼넌얼넌 達城大邱 到着니라/ 層層樓橋 空中樓閣 停車場 壯觀니라/ 亂福中 風月처럼 達城公園 求景가ᄌ/ 上坮예 놉피올나 四圍을 살펴보니/ 조흘시고 조흘시고 天作名地 니안닌가/ 數千里 一大邱에 千家萬戶 櫛比한디/ 巍然ᄒ 宣化堂은 布政舊制 宛然ᄒ고/ 屹

然호 軟慶館은 新制度가 壯觀니라/ 大領以南 七十州에 第一勝地 잇쌍
니라】

위의 인용문의 ⓐ에서 '나무나라 구경(求景)ᄒ고 고국정황(古國情
況) 생각(生覺)ᄒ니'라는 구절이 발견되는데 이는 미국을 타자의 세계
로 간주하는 화자의 인식을 보여줌과 동시에 그 이면에 형성된 대타
적 자의식으로 인해 '이천만(二千萬) 저인사(人事)가 장야일몽(長夜一
夢) 깁피드러/ 예의동방(禮義東方) 자칭(自稱)ᄒ고 세계대세(世界大
勢) 거절(拒絶)ᄒ야'와 같이 연이어 자국을 비판하고 있음을 알 수 있
다. 그러므로 이를 서양중심주의에 경도된 근대계몽기 사회진화론적
시각을 보여주는 사례로 해석[23]하기보다는 냉철한 자국 인식에 기반
한 사적 내면 욕구의 발현으로 분석하는 것이 타당할 것이다.

또한 ⓑ의 '일본신호(日本新戶) 도착(到着)니라/ 불공대천(不共戴
天) 네나라나 동양강산(東洋江山) 반갑도다'라는 구절을 보면 서양과
동양의 세계를 분리함으로써 동양에 대해 정서적 친밀감을 보이는 의
식을 확인할 수 있다. 그러므로 이 역시 '불공대천'이라는 표현으로
일본 제국주의에 대한 증오심을 드러낸 구절[24]로 해석하기보다는 서
양을 체험한 후 형성된 이원화된 인식 구조에 기인한 형상화로 보는
것이 적절해 보인다.

또한 일본을 떠나 부산으로 돌아 온 후 화자는 다시 자국의 현실에
대한 울분을 강하게 표출하고 있는데 그 이면에는 서양 세계를 체험
한 사실에 대한 자긍적 인식이 관류하고 있음에 유의할 필요가 있다.

---

23 최현재, 위의 논문, 170~172쪽.
24 최현재, 위의 논문, 171쪽.

ⓒ에서 발견되는 '대성욕문(大聲欲問) 동족(同族)드라 엇지ᄒ야 니지경(地境)고'와 같은 관찰자적 시선의 탄식, '고관대직(高官大職)'들의 '무소불위(無所不爲)'함과 '추어(鰍魚)' 같은 태도에 대한 직설적 비난 등은 미국이라는 선진 세계를 체험한 자부심이 있었기에 가능한 수사라고 볼 수 있는 것이다. 외부를 인지함으로써 생성된 자국에 대한 비판적 거리 감각은 점차 고향에 가까워지면서 재조정되며 이러한 현상은 ⓓ에서 발견되는 '대구' 지역에 대한 예찬적 시선에서 발견할 수 있다. ⓓ의 '정차장(停車場) 장관(壯觀)니라', '천작명지(天作名地) 니 안닌가', '신제도(新制度)가 장관(壯觀)니라', '제일승지(第一勝地) 잇ᄊᆞᆼ니라' 등에서 발견되는 정서는 서울에서 촉발된 비감(悲感)과 선명하게 대립된다. 비극적 현실이 환기되지 않는 지방으로 이동하면서 자국에 대한 감정도 긍정적으로 변화하여 여행의 서사가 마무리되는 양상을 발견할 수 있는 것이다.

이처럼 미국과 자국을 예찬하는 과정에서 발견되는 〈해유가〉의 추상적 어휘들은 20세기 이후에 창작된 기행가사 작품들에서도 두드러지는 현상이기도 하다. 20세기 초에 국내를 여행한 후 창작된 기행가사들을 보면 19세기 기행가사에서 보였던 여행 체험의 충실한 전달과 대상에 대한 구체적·사실적 묘사의 강도가 저하되는 양상을 보이는데[25] 〈해유가〉 역시 이와 유사한 표현 특질을 보이고 있다. 국내 기행가사의 경우 교통수단의 발달, 근대 문물의 유입 등과 같은 사회 변화로 인해 여행의 방식과 형태가 변화했기 때문[26]인데 〈해유가〉는 선진화된

---

25 장정수, 「20세기 기행가사의 창작 배경과 작품 세계」, 『어문논집』 47, 민족어문학회, 2003, 433~437쪽.

세계를 직접 체험한 후 창작된 작품이므로 소재의 선별 의식 및 과장에 기반한 관념적 형상화의 특질이 더욱 선명하게 확인되는 것이다.

특히 미국의 근대적 문물을 묘사하는 부분에서는 표현과 전달의 욕구가 두드러지면서 교술적으로 나열하되 관념적 예찬으로 구획하는 특징을 보이고 있다. 근대적 문물과 제도에 대한 형상화는 국내 기행가사에서 발견하기 어려우며 따라서 이는 20세기 초반 기행가사의 소재적 외연을 확장함으로써 생성된 〈해유가〉의 문학적 성취로 평가될 수 있다.

4. 결론

앞서 살펴보았듯이 〈해유가〉의 작가는 〈노정기〉의 서사적 흐름을 부분적으로 재배치하고 자신의 주관적 경험과 내면 풍경을 첨가함으로써 가사 문학을 완성하였다고 볼 수 있다. 이 과정을 살펴보면 절반 정도의 분량이 자국에 대한 체험이나 그 과정에서 촉발된 감정적 흐름으로 구성되어 있음을 발견할 수 있다. 〈해유가〉가 창작된 시점이 귀국 이후임을 볼 때 이러한 서사적 배치와 분량은 미국을 체험하는 과정에서 촉발된 대타적 자의식에 의한 현상으로 볼 수 있을 것이다. 미국이라는 세계에 맹목적으로 경도되지 않고 동시에 자국을 균형 있게 인식하려 한 지식인의 내면을 확인할 수 있는 것이다. 일제에 의한 국권 침탈기라는 역사적 정황을 고려했을 때 근대화된 세계인 미국은

---

26 장정수, 위의 논문, 443~444쪽.

예찬의 대상이었지만 결코 동일화될 수 없는 '타자'의 세계로 인식되었을 것이다. 그러므로 당시의 역사적 변혁과 현실적 한계를 동시에 경험한 화자의 자의식으로 인해 자국을 형상화하는 비중이 강화되고 내적 열망과 한탄이 구체화되는 특징이 확인되는 것이다.

이러한 〈해유가〉의 문학적 특질은 〈노정기〉와 비교해 봄으로써 보다 선명하게 확인되는 측면도 있었다. 일기에 비해 가사 문학에는 주관화된 감회 표출이 보다 직접적으로 나타나 있었고 그로 인해 탄식이나 과장의 수사가 두드러진 문학적 장면과 화소(話素)도 첨가되어 있음이 발견되었다. 특히 하와이에서만 체류한 것으로 서술되어 있는 〈노정기〉의 내용이 〈해유가〉에서는 샌프란시스코를 체험한 것으로 변용되고 있었다. 당시의 역사적 정황과 문학적 특질을 고려했을 때 이는 허구였을 가능성이 높으며 따라서 〈해유가〉의 화자가 시도한 의도적인 문학적 전략으로 보아야 할 것이다.

당시 미국 본토에서 샌프란시스코는 한인들에게 민족주의적 저항의 거점으로 인식되었던 것으로 보이며 그로 인해 〈해유가〉의 화자는 하와이가 아닌 샌프란시스코에서 근대화된 문물·제도를 예찬하는 방식을 선택한 것이다. 그러므로 하와이에서의 견문을 나열한 〈노정기〉의 내용은 〈해유가〉에서 두 갈래로 분화되어 하와이에서는 구체적 자연 풍광에 대한 사실적 묘사로, 샌프란시스코에서는 근대적 제도와 가치에 대한 교술적 나열과 예찬이 주를 이루는 방식으로 재현되고 있으며 후자의 분량이 훨씬 많은 비중을 차지하고 있다.

따라서 20세기 초반에 미국을 체험한 후 창작된 〈해유가〉는 체험에 대한 사실적 기록만으로는 충족될 수 없는 주관화된 기억과 감정을 형상화하고자 한 지식인의 욕망이 투사된 작품이라 할 수 있다. 사적인 층위에서 형성된 자긍적 재현 욕구와 타국을 체험함으로써 형성된 이원적 세계 인식의 구도가 〈해유가〉의 창작 동인이었다고 볼 수 있는 것이다.

이처럼 〈해유가〉는 조선전기부터에 지속적으로 창작된 기행가사의 효용성을 확인할 수 있게 함과 동시에 20세기 초반에 근대적 세계를 직접 체험한 후 형성된 화자의 내면과 세계 인식 구도를 보여준다는 점에서 문학사적 의의가 있는 작품이다. 예찬의 과정에서 관념적 어휘가 주로 활용되고 있는 것은 20세기 초반의 국내 기행가사들과 유사하지만 기억의 단위들이 주관적으로 선별·재배치된다는 점, 과장 및 허구적 요소가 발견되는 점에서 〈해유가〉는 차이를 보이고 있다. 공식적 사행이 아닌 개인적 목적의 해외 체험이었으므로 사적 소회와 탄식이 부각되어 있고 자긍적·초월적 재현 욕구도 선명하다는 점에서 〈해유가〉는 사행가사 작품들과도 변별되는 양상을 보인다. 주지하듯 20세기 초반은 근대적 세계로 급변하던 시기였으나 화자가 돌아온 고국은 일제강점기로 인해 변혁과 소통의 출구가 폐쇄되어 있었기에 화자의 당혹감과 절망감은 더욱 컸으리라 짐작된다.

〈일본유학가〉에 형상화된
유학 체험과 가사 문학적 특질

1. 서론

이 글은 1906년경 윤정하(尹定夏, 1887~?)[1]에 의해 창작된 〈일본유
학가(日本留學歌)〉[2]를 분석하여 당시의 유학(留學) 체험이 가사 문학

---

1 윤정하(尹定夏, 1887~?) : 계리사·학자. 1897년부터 3년간 한성관립영어학교에
   서 수학하였고 일본으로 건너가 동경고등상업학교(東京高等商業學校)를 졸업하였
   다. 귀국 후 1909년부터 한성상업회의소(漢城商業會議所)에서 창간한『상공월보
   (商工月報)』의 편집을 담당하였고, 조선 말기의 민족지에 자주 투고하면서 한국상
   업계의 혁신을 위한 계몽운동을 전개하기도 하였다. 현기봉(玄基奉)이 창립한 해동
   물산주식회사(海東物産株式會社)에서 취체역 및 감사역을 역임하였으며, 특히 현
   준호(玄俊鎬)가 호남은행을 설립할 때 서류작성을 전담하기도 하였다. 은행 설립
   후 회계고문으로서 은행의 발전에 공이 컸다. 또한, 1909년부터 5년간 주식회사 한일
   은행의 지배인 대리, 1910년부터 3년간 보성전문학교 강사 및 교수, 같은 해 중앙기
   독교청년회 상과 강사, 1913년부터 5년간 주식회사 대구은행 지배인, 1921년부터
   7년간 연희전문학교 상과 강사 및 교수, 1927년부터 3년간 전주일신여자상업고등보
   통학교 교장 등을 역임하였다. 1938년부터는 최초로 계리사(計理士)를 개업, 회계
   사무에 종사하였다. 역서로『경제학요의』가 있다.(한국학중앙연구원 한국역대인물
   종합정보시스템)
2 『유학실기(留學實記)』의 원문에는 '일본류학가 제일'로 표기되어 있는데 현대적 표
   기에 따른 기존의 연구사에 의거하여 〈일본유학가〉로 지칭하기로 한다.

《대한흥학보》 제1호, 1909. 3. 20.

으로 형상화된 양상과 함께 작품의 내적 특질을 규명해 보고자 한다. 〈일본유학가〉는 『유학실기(留學實記)』[3]라는 책의 후반부에 삽입되어 있으며 서지 사항과 주요 특징에 대해서는 일찍이 정재호에 의해 논의된 바 있다.[4] 1904년경 일본으로 건너 간 윤정하는 귀국 직후인 1906년경 『유학실기』를 집필한 것으로 보인다. 그러므로 〈일본유학가〉는 당시 유학생들의 생생한 생활이 반영되어 있음은 물론 최초의 유학 가사라는 점에서 문학사적 가치가 있는 작품이라고 평가되었다.[5] 그럼에도 불구하고 그 동안 〈일본유학가〉에 대한 개별적 작품론이 진전되지 않은 것은 물론 20세기 초반기 가사 문학으로서의 가치와 의미도 조망된 바 없기 때문에 이 글에서는 작품의 문학적 특질을 보다 면밀히 고찰하여 문학사적 의의를 확인해 보고자 한다.

---

3 복사본(複寫本)이 고려대학교 중앙도서관 대학원 한적실에 소장되어 있다. 현재 고서(古書)로 분류되어 대출은 불가하며 열람만 가능한 상태이다.

4 정재호, 「일본유학가고(日本留學歌攷) - 유학실기(留學實記)를 중심(中心)으로」, 『인문과학연구』 2, 성신여자대학교 인문과학연구소, 1983, 27~55쪽. 이후 이 논문은 정재호, 『韓國 歌辭文學의 理解』, 고려대학교 출판부, 1998, 516~548쪽에 재수록 되어 있다. 따라서 이 글의 논의는 후자의 책을 참고한 것임을 밝혀둔다.

5 정재호, 위의 책, 1998, 537~540쪽.

윤정하는 1909년에 잡지 『대한흥학보』를 통해 〈관일광산기(觀日光
山記)〉라는 제목의 기행문을 세 편 발표했음이 확인되고 있다. 국한
문 혼용체로 되어 있는 이 산문들은 '일광역사(日光歷史)', '일광사전
(日光社殿)', '일광 명소와 승경(日光 名所와 勝景)', '일광산물(日光産
物)'이라는 네 개의 소항목으로 구성되어 있다. 이와 관련하여 근대
초기 일본 유학생들의 기행문에 대해서는 이미 연구가 진행된 바 있
다. 이들의 기행문에는 역사적 질곡의 흔적은 물론 개인적 경탄, 부러
움, 분노, 슬픔, 낭만, 고뇌와 같이 복잡한 정서의 궤적들이 배어 있다
는 것이다.[6] 특히 20세기 초 일본 유학생들의 기행문은 제도로서의
유학을 개인적 경험으로 전유하는 양상이 보편화되었음을 의미하는
데 윤정하의 기행문 역시 이러한 흐름에서 조망되고 있다.[7] 즉 그가
창작한 일련의 기행문은 자신이 일본에서 체험한 견문을 표현하고자
한 개인적 욕망이 반영된 자료들인 것이다.

이러한 맥락에서 볼 때 『유학실기』의 후반부에 삽입되어 있는 〈일
본유학가〉 역시 일본에서의 '유학 체험'을 실증적으로 기록하는 과정
에서 가사를 통해 표현하고자 한 정서적 잉여가 있었음을 보여주는
작품으로 볼 수 있다. 그러므로 기록을 선별하여 가사 문학으로 재구
성하고 있는 양상과 함께 4음보의 운율에 기반하여 자국어의 미감을
효과적으로 활용하고 있는 표현 특질을 살펴볼 필요가 있다.

특히 윤정하가 『유학실기』에 의거하여 〈일본유학가〉를 창작한 정

---

6 김진량, 「근대 일본 유학생 기행문의 전개 양상과 의미」, 『한국언어문화』 26, 한국언
    어문화학회, 2004, 15~16쪽.
7 김진량, 위의 논문, 2004, 11~12쪽.

황은 조선후기 사행가사의 창작 과정에서 대체로 발견되는 흐름과도 일맥상통하고 있다. 현전하는 조선후기 사행가사들을 살펴보면 17세기부터 20세기 초에 걸쳐 창작 및 향유가 지속되었는데 대부분 한문 일기에 기반하여 국문 가사가 재구성된 문학적 경향성이 확인되기 때문이다.[8]

예컨대 1902년에 이태직(李台稙, 1859~1903)이 구한말 사신(使臣)으로서 일본을 다녀온 후 창작한 사행가사 〈유일록(遊日錄)〉은 한문 일기인 『범사록(泛槎錄)』을 능동적으로 재구성한 작품이다. 한문일기의 서사를 수용하되 전달 및 기록의 욕구가 발현되는 경우에는 장면을 확장하고, 장면 단위 내에서도 소재들을 재배열하여 체계적 구성을 강화하는 등과 같은 가사 문학적 특질이 확인되는 것이다.[9] 또한 김한홍(金漢弘, 1877~1943)이 1903년부터 6여 년간에 걸친 미국 체류 경험을 소재로 창작한 〈해유가(海遊歌)〉 역시 한문 일기인 〈서양미국노정기(西洋美國路程記)〉를 토대로 재구성된 가사임이 확인되었다. 〈해유가〉는 〈노정기〉에 비해 감회의 직접적 표출, 체험 서사의 재조정, 문학적 화소의 첨가, 허구와 과장의 수사 등과 같은 가사 문학적 특질을 확보하고 있는 작품인 것이다.[10]

---

8 김윤희, 『조선후기 사행가사의 세계 인식과 문학적 특질』, 고려대학교 박사학위논문, 2010, 274~279쪽. 나아가 김윤희는 이러한 현상을 더욱 면밀히 분석하여 고전문학의 자국어 글쓰기 문제를 근대적 정황과 연계하여 살펴보아야 하는 담론의 필요성을 제기하기도 하였다. 이에 대한 논문은 김윤희, 「조선후기 가사의 창작 과정과 언어적 실천의 문제」, 『한국시가연구』 29, 한국시가학회, 2010, 235~265쪽.

9 김윤희, 『조선후기 사행가사의 세계 인식과 문학적 특질』, 고려대학교 박사학위논문, 2010, 232~243쪽.

10 김윤희, 「미국 기행가사 〈해유가〉의 문학적 형상화 양상과 시대적 의미」, 『고전문학연구』 39, 한국고전문학회, 2011, 39~65쪽.

  이처럼 20세기 초에 해외를 다녀온 체험을 토대로 창작된 기행가사
들의 경우 비교적 자료의 보존 상태가 좋기 때문에 한문 기록과 국문
가사의 이원적 구도가 확인되어 그 상관성이 보다 쉽게 해명될 수 있
는 것으로 보인다. 따라서 〈일본유학가〉 역시 조선후기 가사 향유의
문화와 그 전통을 확인케 하는 20세기 초의 작품으로서 조망될 수 있
어야 할 것이다. 나아가 일본에서 유학을 하는 동안 발생한 한일강제
병합(1905)으로 인해 피식민지국의 일원으로 전락해 버린 화자가 경
험한 치욕(恥辱)과 그 극복 의식의 측면에도 유의해 보아야 한다.
1905년경 37명 정도였던 관비유학생들은 일본 학교의 교장이 한인
유학생들을 비하하는 글을 발표하자 이에 분개하여 전원 자퇴서를 제
출하는 사태가 발생한다. 1906년경 유학생 26명은 일본 이등박문 통
감의 타협안을 수용하게 되는데 윤정하를 포함한 10여명은 끝까지 이
를 거부하여 관비유학생의 자격을 상실하게 된다.[11] 윤정하는 이처럼
일본에서 유학이라는 원대한 포부를 실천해나가되 불의에 타협하지
않았던 강개한 성품의 소유자였던 것이다.
  이러한 일련의 정황과 강제적으로 유학이 종료되어 귀국할 수밖에
없었던 정황을 윤정하는 『유학실기』에 체계적이고 상세하게 기록하
고 있다. 그렇지만 이 산문 기록으로는 충족될 수 없는 감정을 표출하
고자 한 열망이 있었고 자신의 희소적 체험에 대한 자긍적 전달과 소
통 욕망 또한 있었던 것으로 보인다. 그로 인해 조선후기 사행가사의
창작 과정과 같이 산문 기록을 토대로 가사 장르를 선택하여 체험을

---

11 이계형, 「1904~1910년 대한제국 관비 일본유학생의 성격 변화」, 『한국독립운동사
  연구』 31, 한국독립운동사연구학회, 2008, 200~202쪽.

재구성하면서 〈일본유학가〉를 창작하게 되었던 것이다. 따라서 이 글에서는 화자가 유학 체험을 서사화하는 방식과 함께 그 형상화의 내적 특질에 주목함으로써 20세기 초 외국 기행가사로서 〈일본유학가〉의 가치와 의미를 조망해 보고자 한다.

2. 20세기 초 가사 〈일본유학가〉의 창작 동인와 그 의미

Ⓐ … ⓐ夫日本與我韓 地隔一葦之可航 ⓑ人是亞州之同種 縱嫌言語之相殊 ⓒ幸有文字之相同 ⓓ加之習俗之相近 ⓔ交通方便 其與遠涉重溟 求諸歐米 奚至事半而功倍歟…〈留學趣旨〉

Ⓐ′ … 무젼즈로 싱의엇지 다시싱각 ᄒᆞ야보니/ (가) 【가직ᄒᆞ고 편리ᄒᆞ고 문명ᄒᆞ고 부강ᄒᆞ고/ 학문발달 ᄒᆞᄂᆞᆫ곳시 일본국이 져기잇에】 / ⓐ′일본국과 우리나라 밀접관계 더우크며/ ⓒ′글도갓고 ⓑ′씨도갓고 ⓓ′풍쇽습관 더동쇼이/ ⓔ′구미원방 간것보다 문면학문 빅울진딘/ 일본국이 더욱 편리 엇지아니 ᄉ반공빈/… 〈일본유학가〉

위의 인용문에서 Ⓐ에서 Ⓐ′로 변환된 측면에 유의해 보면 〈일본유학가〉 전반부의 일부가 『유학실기』의 〈유학취지(留學趣旨)〉 내용에 기반하여 창작되었음이 확인된다. '강조 표시'된 부분은 내용이 거의 일치함을 의미하는데 ⓐ∼ⓔ의 단위별로 분석해 보면 일부의 순서만 변경되었을 뿐 주요 어휘와 표현법이 동일함을 알 수 있다. Ⓐ에서는 '사람들은 아시아주의 동일한 종족이고 언어가 서로 다른 것은 불만스럽지만 다행히 문자가 같고 더하여 습속까지 서로 유사하며 교통도

편리하니'(ⓑ~ⓔ)라고 되어 있는 문맥이 ⓐ'에서 '밀접관계'로 개념화
된 후 '글도갓고 씨도갓고 풍쇽습관 디동쇼이'(ⓒ'~ⓓ')와 같이 운율
감 있게 재구성되고 있다.

특히 ⓔ'를 보면 구미국과 비교했을 때 일본이 가지는 장점과 편리
함을 '스반공비'로 표현하고 있는데 이는 ⓔ의 '사반이공배(事半而功
倍)'를 의미한다. 다만 단지 교통과 거리의 편리함이 설명된 Ⓐ와 달
리 〈일본유학가〉에서는 '학문'을 배움에 있어 일본이 더 효율적임이
강조되고 있어 차이를 보인다. Ⓐ에 비해 첨가된 (가) 내용을 보아도
'편리, 문명, 부강, 학문발달' 등과 같은 어휘들로 화자는 일본을 예찬
하고 있는데 ⓔ'에서 '학문'을 재차 언급하면서 유학 동기를 부각하고
있는 것이다.

이처럼 화자는 〈일본유학가〉의 서두에서 '학문'과 '유학'에 대한 포
부를 강조하면서 일본에 대해 상당히 우호적 시각을 표출하고 있는데
이는 1902년의 사행가사 〈유일록〉과 비교했을 때 차이가 발견되는 현
상이기도 하다. 〈유일록〉의 화자는 근대화된 일본의 위력과 상대적인
조선의 열세(劣勢)를 완전히 자각하고 있었기 때문에 일본의 기계 문
명이나 군사, 세금 제도 등을 긍정하고 있으며 교육의 경우 '본받아야'
한다는 논리까지 제시하고 있다. 그렇지만 여전히 일본의 풍속에 대
해서는 거부감을 보이며 "야만(野蠻), 돈견(豚犬), 견융(犬戎)" 등과
같은 어휘를 사용하고 있다.

그런데 〈일본유학가〉의 화자는 '풍쇽습관 디동쇼이'와 같은 표현을
사용하고 있어 문물과 풍속을 분리하여 사고하던 방식까지 소멸되었
음을 확인할 수 있다. 창작 시기는 4년 정도밖에 차이가 나지 않지만
〈일본유학가〉의 화자는 '유학(留學)'에 대한 열망의 정도가 상당했고

그 동경의 실현을 가능케 하는 공간으로 일본을 설정했기 때문에 그러한 것이다. 이처럼 비슷한 시기에 일본 체험을 소재로 창작된 가사 작품들이지만 '사행(使行)'과 '유학(留學)'이라는 동기의 차이로 인해 사적(私的) 소회(所懷)가 표면화된 가사 작품에서도 대일 인식의 변모가 확인됨을 알 수 있다.

또한 윤정하는 자신의 생애를 기록한 『모산약사(毛山略史)』를 남기기도 했는데 이 중 27세(1905)의 내용이 대체로 『유학실기』의 〈유학전말(留學顚末)〉부분에 수용된 것으로 보인다. 한문이었던 『모산약사』의 기록이 〈유학전말〉에서는 국한문혼용체로 변환되었고 이 중 일부 내용이 〈일본유학가〉에 반영되어 있는 현상을 발견할 수 있다.

> B …朝鮮人은 愈愈 日本統監擁護下에 在ᄒ야 入國혼 事와 未來의 富强을 可築홀 學生의 狀態의 如何와 ⓕ留學生의 收容始末과 長所短所와 無氣力不規則等說을 記載ᄒ고 將來 高等敎育에 期望이 無혼 事를 特書大書ᄒ얏더라.… 〈유학전말(留學顚末)〉[12]

> B′ …작연섯달 쵸싱ᄶ에 우리맛터 갈친ᄉ람/ 중학교장 승포변웅 무슨심장 닉케셔셔/ 세계공포 신문상에 츠음에는 국졔관계/ ⓕ′우리학싱 쟝쳐단쳐 이틀연속 긔지ᄒ고/ 긋터에논 고등교휵 할슈읍다 발표ᄒ니

이 부분과 관련된 『모산약사』의 번역문은 다음과 같다. "…그리고 12월 1, 2일에는 報知新聞에 제1중학교장 僧浦가 한국유학생이란 제목 하에 한국은 日本의 보호 하에 있어야 하며, **미래의 부강을 이룩할 학생의 상태 여하, 留學生 收容의 始末, 留學生의 長處·短處를** 지적하고 그들이 무기력하고 생활에 불규칙함 등을 내세워 장래 **고등교육을 받을 가망이 없음을 大書特筆한** 사건이 발생하였다.…"(정재호, 위의 책, 1998, 518~519쪽) '강조 표시'된 부분을 보면 위에 인용한 〈유학전말(留學顚末)〉과 거의 동일한 내용임을 알 수 있다.

/ (나)【이걸들고 볼작시면 장닉목젹 간디웁닉/ 슬푸도다 슬프도다 국세위픠 볼거업고/ 스승죠츳 퇴츌ᄒ니 어듸갈가 갈쐬웁셔】 … 〈일본유학가〉

위의 인용문에서 밑줄 친 ⓕ′를 보면 ⓕ의 내용과 거의 유사한데 '장쳐단쳐'와 같은 한문투의 어휘는 〈일본유학가〉를 창작할 때 한문 기록을 참조했음을 보여주는 사례라고 볼 수 있다. 특히 ⓕ′에서는 '학생들이 무기력하고 불규칙하다'라는 〈유학전말(留學顚末)〉의 언급은 생략이 되어 있다. 〈일본유학가〉의 화자는 Ⓑ′에서 일방적인 일본의 횡포를 비난함과 동시에 그 좌절감을 강조하고자 했기에 사실적 내용은 간략히 제시하고 (나)와 같이 심정적 소회(所懷)를 구체화하여 첨가하고 있는 것이다. (나)를 보면 '이걸들고 볼작시면'과 같이 가사 문학에서 많이 활용되는 어구가 보이며 '슬푸도다'를 반복하면서 불합리한 상황에 대한 탄식을 표출하고 있다. 일방적으로 교육을 중단하겠다는 일본의 처사와 그 원인을 유학생의 탓으로 돌리는 상황에 대한 원망과 한탄이 '국셰위픠 볼거업고 스승죠츳 퇴츌ᄒ니 어듸갈가 갈쐬웁셔'와 같은 구절로 형상화되고 있는 것이다.

이처럼 일부의 사례이지만 한문기록이 국문가사로 변환되는 양상을 면밀히 고찰해 보면 객관적인 산문기록으로는 충족될 수 없는 화자의 솔직한 내적 반응을 확인할 수 있다. 그러므로 〈일본유학가〉 역시 외국을 체험한 지식인들이 가사 작품을 창작한 후 여흥(餘興)을 반추하고 가족을 비롯한 주변의 지인들과 체험 및 감흥(感興)을 공유하고자 한 문학적 욕망이 확인되는 사례로 이해될 수 있어야 할 것이다. 이러한 〈일본유학가〉의 창작 동기는 작품의 마지막 부분에 해당하는 다음의 장면을 통에서도 선명하게 확인해 볼 수 있다.

  ⑧어듸갈고 어듸갈고 도라본이 갈썩읍네/ (다)【동양제일 친한나라 우리괄셰 이갓거던/ 덕욱셔량 각국이야 인종문즈 부등이요/ 셔셰동경 흐는날에 원근지별 현슈흐니/ 셔양인들 미들손야 셔량졔국 간다히도/ 즈본읍셔 할슈읍고】ⓗ이런싱각 져런싱각/ 다흐여도 쇽만답답 (라)【셰 승만스 다치우고/ 본코로나 도라가셔 부모쳐즈 형졔슉질/ 한즈리셔 반 겨만나 그간일본 유학할씨/ 공싱훈말 깃부던말 일즁셜토 흐연후에/】 ⓘ탁쥬슘비 취케먹고 셰승만스 싱각말고/ 쵸당춘슈 흐거데면 일신상에 졔일일듯

  위의 인용문을 보면 일본에서 더 이상 유학을 할 수 없게 된 화자의 처지에 대한 자조적 탄식이 발견된다. 일본에서 소외된 채 방향감을 상실한 유학생의 고뇌가 '어디갈꼬 어디갈꼬 돌아보니 갈데 없네'(ⓖ) 와 같은 구절로 형상화되고 있는데 이러한 의식 세계는 서양 세계에 대한 불신으로까지 확장되고 있음을 (다) 부분을 통해 알 수 있다. '친한 나라'로 여겼던 동양의 일본에서도 이러한 괄시를 받는데 인종 과 문자가 상이(相異)하고 지리적 격차까지 상당한 서양은 더욱 믿기 어렵다는 것이다.

  그런데 작품의 서두에서 "문명학문 비랴흐면 세계즁에 구미졔국 읏 씀이오 졔일이나"라고 표현한 구절을 환기해 보면 (다)는 유학이 좌 절된 상황에 대한 탄식을 극복하고자 하는 심리적 제어 장치라고 보 는 것이 적절해 보인다. 이어 (라)를 보면 화자는 서양에서 유학하고 싶지만 자본이 없어 불가능함을 재차 탄식하면서 이내 체념한 듯 본 국으로 돌아갈 결심을 하고 있다. 본국에 돌아가 '세상만사를 다 잊고'

가족과 친지들에게 유학 생활의 고생과 기쁨을 함께 하고 싶다는 내면을 표출하고 있는 것이다.

결국 〈일본유학가〉는 '유학'이라는 원대한 포부가 좌절된 현실에서의 고뇌를 극복하고 나아가 가사 작품을 통해 위무(慰撫)받고자 하는 의식에서 창작된 작품임을 알 수 있다. 가내 소통의 구조 내에서 감정을 토로하고 체험을 공유하는 방식을 통해 그간의 노력을 인정받으면서 울울(鬱鬱)한 심사를 해소하고자 했던 것이다. 특히 작품의 마지막 구절에 해당하는 ⓘ 부분을 보면 '탁주삼배(濁酒三盃) 취(醉)케 먹고 세상만사 생각 말고 초당춘수(草堂春睡) 하게 되면 일신상(一身上)에 제일일듯'이라고 표현하고 있어 현실적 고뇌를 초극하고자 하는 의식을 작품에 투사하고 있음을 알 수 있다. 따라서 다음 장에서는 이러한 〈일본유학가〉의 창작 동기에 유의하면서 유학 체험이 형상화된 양상과 가사 문학적 특질을 보다 면밀히 살펴보고자 한다.

3. 일본 유학(留學) 체험의 형상화 방식과 가사 문학적 특질

1) 학문의 중심지로 대체된 일본과 극적인 서사

> 남아로셔 성겨나셔 세계중에 활동ㅎ야/ 쳣지의는 츙군이국 둘지에는 립신양명/ 위디스업 경영셩취 남아된즌 의무로다/ 디스업을 경영컨디 학문업시 엇디ㅎ리/ 우리나라 아즉미기 학문발달 불견이라/ 문명학문 비랴ㅎ면 세계중에 구미졔국/ 웃뜸이오 졔일이나 윤선길로 슈만여리/ 멀기도오 멀거니와 각식물짜 고등ㅎ야/ 여간지산 가지고는 가랴희도 극난인즉/ 무젼지로 싱의엇지 다시싱각 ㅎ야보니/ 가직ㅎ고 편리ㅎ고 문명ㅎ고 부강ㅎ고/ 학문발달 ㅎ는곳시 일본국이 져기잇에

위의 인용문은 작품의 서두에 해당하는데 〈일본유학가〉에서 화자
가 지향하는 바가 선명하게 확인된다. 남아(男兒)로서의 의무와 호기
(豪氣)를 강조하며 작품이 시작되는 것은 외국을 체험한 후 창작한
가사에서 대부분 발견되는 현상이기도 하다. 개인의 입신양명은 물론
국가적 차원의 '충군애국(忠君愛國)'을 지향하는 수사를 배치함으로
써 해외 경험을 통해 확장된 지식과 시야를 부각하고자 하는 것이다.
특히 대사업을 하기 위해서는 학문 습득이 필수적이라고 전제함으로
써 아직 학문이 발달하지 못한 '우리나라'를 위해 유학을 결심한 동기
가 강조되어 있다.

또한 문명과 학문의 중심지는 '구미계국'이지만 거리와 자본의 문제
로 비교해 보았을 때 일본이 그 대체적 국가로 지향되고 있음을 알
수 있다. 관비 유학생이었던 윤정하는 자본이 부족한 상태였기 때문
에 '가직ᄒ고 편리ᄒ고 문명ᄒ고 부강ᄒ고 학문발달 ᄒ논곳시'와 같이
장점을 나열하면서 일본이 유학의 적격지(適格地)임을 더욱 강조한
것으로 보인다. 이러한 화자의 의식은 다음의 장면에서도 확인된다.

> 우리학싱 츠음숭각 오날일본 동양에서/ 교휵중심 되야잇여 한국청국
> 인도셤라/ 슈천학싱 각각파견 일본셔도 어셔어셔/ 교휵시켜 어둔나라
> 발달시켜 이웃날의/ 동양평화 보젼홈이 션진국의 의무인즉/ 엇지ᄒ야
> 우리들만 불교불휵 홀이잇나/ 졍부슈단 안인쥴노

위의 인용문을 보면 당시의 일본은 동양 교육의 중심지로 간주되어
'한국과 청나라는 물론 인도와 셤나라'에서 수천 명의 학생들이 유학
을 왔다고 설명되고 있다. '수천명'과 같은 표현은 문학적 과장일 수도
있겠지만 일본이 '동양의 평화'를 보전할 의무가 있는 '션진국'으로 간

주되고 있음은 흥미로운 현상이다. 선진국인 일본은 유학을 온 '이웃나라'의 학생들에게 적극적인 교육을 통해 개화를 가능케 함으로써 동양의 평화가 유지될 수 있도록 해야 한다는 것이다.

그런데 이러한 인식은 화자가 당시 체감한 현실을 객관적으로 형상화한 것으로 단정하기는 어렵다. 『유학실기』의 〈유학전말〉을 보면 윤정하를 포함한 당시의 유학생들이 퇴학을 하게 된 원인들이 나열되어 있다. 이는 크게 ①입학 당시에 약속한 학과목을 교육하지 않았다는 점, ②교장이 그들의 앞길(前程)을 좌우할 수 있다고 공언(公言)한 점, ③교사 동방(棟方)의 무자격과 무능력에 대한 항의, ④유학생들을 무단히 퇴출(退黜)시키며 관비(官費)를 횡포한 점, ⑤병자(病者)에 대한 학교 처사의 불만 등과 같이 다섯 항목으로 나누어 볼 수 있다.[13]

하지만 〈일본유학가〉의 경우 이러한 내용들이 모두 생략되어 있으며 위의 인용문에서도 알 수 있듯이 일본이 선진국으로서의 임무를 다하지 않는다는 논리로 비난의 방향이 조정되고 있다. 〈일본유학가〉의 화자는 산문에서와 같이 객관적이고 설득력 있는 논거로 일본의 처사를 비난하고자 한 것이 아니라 "교육, 개화, 이웃, 동양, 평화" 등과 같은 개념어들을 통해 추상적으로 지향된 세계의 모습이나 미래적 실현이 기대되는 가치관 등을 표명하고자 했던 것이다. 그들의 독단적이고 일방적인 횡포로 인한 배신감과 거부감이 상당했을 텐데도 화자는 주관적 감상의 층위에서 소망하는 바를 투사하면서 가사 작품을 창작했던 것으로 보인다. 자국의 장래를 위해 화자는 유학을 결심하게 되었고, 일본이 이를 위한 최적지로 대체되어 지향된 곳이었던

---

13 정재호, 위의 책, 1998, 528~531쪽.

만큼 신뢰와 연대를 희망했던 그의 내적 소회가 발견되는 것이다.
특히 〈일본유학가〉의 서사는 '유학'에만 초점이 맞추어져 있기 때문
에 사행 체험의 대부분을 형상화하고 있는 〈유일록〉과 비교해 보아도
분량이 짧은 편에 해당한다.[14] 특정 장면을 확장적으로 기록하면서
서사가 진행되는 〈유일록〉과 달리 간략하게 체험을 서사화하여 자신
의 유학 경험을 극적으로 구성하는 등 속도감 있는 전개를 보이고 있
는 부분이 많은 것이다.

> ⓐ**장ᄂᆡ목젹 달키위히 졔중학교 퇴학ᄒ고**/ **다른학교 도입타가** 여의
> 치못 귀국지경/ 될지라도 복교등ᄉ 물론이라 밍문직코/ 일변으로 쳥원
> 지역 공ᄉ의게 셜명ᄒ고/ 긔슉ᄉ을 일졔쩌나 쇼금루로 윙겨와서/ 우리
> 들이 귀칰쉬며 침식츄립 졔반등ᄉ/ 약조ᄃᆡ로 굿히짓켜 이람동안 잇셔던
> 니/ ⓑ**감독례겸 공ᄉ죠씨 밤낫스로 외무셩과**/ **다른학교 너달나고 교
> 셥희도 불쳥이라**/ (가) 【헐슈읍셔 공ᄉᄒ고 갓치귀국 ᄒᄒᄌ야/ 공관
> 가셔 귀국준비 슉장하기 총총이라/ 외무셩셔 간간시위 자바간다 학비증
> 츌/ 그러히도 우리학싱 왼눈이나 쌈찟기리/ 귀국준비 ᄒᆞ다말들 졍말이
> 낙 싱각ᄒ고/ 헐슈읍셔 목젹ᄃᆡ로 학교들게 허락나셔/ 당당ᄃᆡ한 독입국
> 이 뎡치부픠 인민쇄약/ 일노ᄒ야 외교원이 타인의게 허락ᄒ고/ 각국공
> ᄉ 쇼환되야 됴공ᄉ도 갓튼경계/ ᄃᆡ한신민 되야셔는 뉘라안이 통곡ᄒ니
> / 손열슈열 슬푼쇼리 졍거졍이 변작상가/ 셔로손목 쩌러줍고 여광여취
> 도라와셔/ (나) 【ᄒ죰ᄌ고 다시싱각 걱정하면 무엇할이/ 학업이나 셩
> 취ᄒ야 귀국ᄒᆞ후 젼국인민/ 학문이나 발달기켜 ᄌ유ᄌ강 ᄒ게드면/ 독
> 입거쵸 굿을지요 오늘날의 만단슈치/ 일을날이 이스리라 마음다시 곳쳐

---

14 〈유일록〉은 3256구이며 〈일본유학가〉는 836구로 대략 4배 정도의 차이를 보이고
있다.

줍고/ 각각학교 들ᄌ흐나 잇씨등긔 유학이라】/ 스스로셔 공부타가 ⓒ
그이듬히 춘긔긔학/ 숭업학교 다시입학 거쳐음식 ᄌ힝ᄌ지/ 즁늬목적
달할쥴노 깃피밋고 크게깃버/ 열심히 공부흐디 풍편으로 들인말이/ ⓓ
학부춈예 폐원탄씨 류학싱의 스건으로/ (다)【불일발졍 온다흐기 우
리학싱 쳐음싱각/ 중학교셔 퇴학흐후 우리공관 일본외부/ 교엽타판 결
과로셔 학교들러 동부흐디/ 무슨방히 쏘잇스리 걱졍읍시 잇셔던니】

산문 기록을 참조해 보았을 때 위의 인용문과 중첩되는 내용은 밑
줄 친 ⓐ~ⓓ 정도로 정리해 볼 수 있다. 유학생들이 학교에서 퇴학한
후의 상황에 대한 내용인데 〈유학전말〉과 비교해 보면 "ⓐ, ⓑ **1905년
12월에 유학감독 조민희가 외무성과 교섭하여 다른 학교에 입학하도
록 타결을 보았고,** ⓒ **1906년 1월 8일 춘기개학이 되어 각기 학교에
들어갔으며 윤정하도 다시 동경고등상업학교에 입학하였다.** 그리고
ⓓ**1906년 1월 31일 학부 참여관 폐원단이 와서** 유학생을 모아 놓고
양국 정부의 명령을 듣지 않는 자는 이후부터 정부에서 보내주는 학
자금을 폐지하겠다고 이른 뒤 가버렸다"[15]와 같이 서사 흐름이 거의
일치함을 확인할 수 있다.

그런데 위의 인용문을 보면 〈일본유학가〉에는 (가), (나) 부분과
같이 상당한 분량의 내용이 첨가되어 재구성되고 있다. 사건의 진행
은 간략한데 가사 작품에서는 내적인 반응과 같이 주관적 층위에서
생성된 논리가 추가되면서 감정적 몰입을 가능케 했던 것이다. 우선
(가)를 보면 퇴학 후 불안했던 유학생들의 거취 문제는 물론 소외된
슬픔과 그들의 심리적 연대감이 확인된다. 잡아간다는 협박에도 눈도

---

15 정재호, 위의 논문, 1998, 531~532쪽.

깜빡하지 않을 것이라는 유학생들의 다짐에 이어 정말 귀국 준비를 해야 하는가와 같은 두려움과 같이 혼란스러웠던 심리 상태가 서술되고 있는 것이다. 이어 당당한 대한 독립국의 인민들이 쇠약해져서 '디한신민'으로 전락해버린 것에 대한 탄식은 '뉘라안이 통곡홀니', '순열슈열 슬푼쇼리', '여광여췩 도라와셔' 등과 같은 표현으로 구체화되고 있다.

또한 (나)를 보면 상업학교에 다시 입학하기 전에 화자가 다짐했던 마음가짐이 형상화되어 있다. '학업을 성취하여 귀국한 후에 전국 인민들의 학문을 발달시켜 자유 자강하게 만들면 독립의 기초를 굳건히 할 수 있으며 오늘날과 같은 수치(羞恥)가 없을 것'이라는 의지와 다짐이 확인되는 것이다. 일본의 식민지가 되어버린 자국의 현실을 인지하였기에 화자는 더욱 더 학문에 대한 의지와 열망을 강하게 할 수밖에 없었던 것으로 보인다. 더욱이 퇴학이라는 최악의 국면에서 다시 한 번 상업학교에 도전하게 된 과정을 극적으로 재구성함으로써 자국의 독립에 대한 열망을 표면화하고 있기도 하다.

특히 위 인용문의 마지막 부분을 보면 화자가 상업고등학교에 입학한 지 얼마 되지 않아 '폐원탄씨'가 오는 사건이 제시되면서 서사의 전환이 예고되고 있다. 앞서 살펴본 〈유학전말〉에서도 알 수 있듯이 폐원탄씨는 유학생들에게 학자금 폐지를 공지하고 돌아가는 인물인데 위의 (다) 부분은 극적 반전을 위해 화자가 첨가한 내용으로 볼 수 있다. '무슨방히 쏘잇스리 걱정읍시 잇셔던니'라는 구절을 보더라도 유학 생활에서 더 이상의 고난은 없을 것으로 예상함으로써 (다)는 이후 전개될 사건의 문제적 국면을 더욱 부각하도록 만들고 있는 것이다. 이처럼 사건의 진행 사이에 특정한 내용을 추가적으로 삽입하여

극적인 서사를 구성하고 있는 방식은 다음의 장면에서도 확인된다.

> 죽더리도 공부ᄒ야 졸업귀국 ᄒ연후에/ 우리나라 독입기쵸 공고확실
> ᄒ연후에/ (라)【써씨셔로 권명ᄒ고 바람불고 비오난날/ 일시라도 결석
> 안코 학교가셔 공부ᄒ며/ 긔슉ᄉ셔 씌고ᄒ일 일쥬간을 볼작시면/ 쌀밥
> 셰번 외츌두번 죄인인들 더할소냐/ 먹고시분 것못먹고 ᄌ고십푼 줌못ᄌ
> 고/ ᄌ라먹으라 종쇼리 ᄒ로라도 십여번식/ 귀가먹먹 졍신ᄉ란 도로혀
> 공부에방ᄒᆡ/ 이거져것 고상ᄒ일 긔록ᄒ면 한량업네】 / 그러하나 이런
> 고성 춤고춤고 ᄯᅩ춤어셔/ 다만학업 셩취ᄒ면 졔일이라 싱각ᄒ야/ 열심
> 히 공부ᄒ고 칠팔ᄉ을 지닉던니

위의 인용문은 유학 중 경험한 생활고(生活苦)를 형상화한 부분으
로 힘겨웠던 기숙사 생활을 부각함으로써 학문에 대한 화자의 적극적
열의를 드러내고 있는 장면에 해당한다. (라)를 보면 기숙사에서 일
주일간 쌀밥은 세 번, 외출은 두 번밖에 허용되지 않으며 기본적인
숙식마저도 충족되지 못했던 상황이 나열되고 있다. 기숙사의 엄격한
통제는 오히려 공부에 방해가 될 만큼 여러 번 울리는 '종소리'를 통해
은유되고 있으며 '이것저것 고생한 일 기록하면 한량이 없네'라는 직
설적 탄식은 (라)를 통해 화자가 표현하고자 한 의식을 선명하게 보
여준다.

특히 이 (라) 부분은 공부의 목적과 당위성을 표명한 ⓐ와 ⓑ 구절
의 사이에 삽입되어 있어 극적인 전개를 가능케 하고 있다. ⓐ와 ⓑ를
보면 '죽더라도' 공부하고 '고생을 참고 또 참은' 것은 학업을 성취하여
'우리나라의 독립 기초를 공고기 하기' 위함이라는 화자의 의지가 반
복적으로 강조되고 있는데 이는 (라)에 나열된 고난의 상황과 대조되

면서 그 전달 효과가 배가(倍加)되고 있기 때문이다.

이처럼 〈일본유학가〉의 화자는 전체적 서사의 흐름은 물론 단위 장면 내에서도 극적인 구성의 전략을 활용했음을 알 수 있다. 학문의 중심지로 지향된 일본이었던 만큼 화자는 유학 과정의 고난과 그 극복 의지를 강조함으로써 구국(救國)을 위한 학문의 당위성과 실천적 열망을 표명하려 했던 것으로 보인다.

2) 실제적 기록성의 유지와 어휘의 반복 및 연쇄

앞서 살펴보았듯이 윤정하는 일본에서의 유학 체험과 그 의미를 강조하기 위해 『유학실기』의 기록에 기반하되 속도감 있는 전개와 극적인 구성의 방식을 활용하며 〈일본유학가〉를 창작하였다. 외국 체험이 가사화된 작품들을 보면 이러한 창작 원리에 의거하되 부분적으로 과장이나 허구를 통해 구성된 장면을 추가하여 외국 체험에 대한 자긍심을 고양(高揚)하고 특정 국면에 대한 지향성을 드러내기도 한다.[16] 그런데 〈일본유학가〉는 '유학(留學)'으로 그 체험의 범위를 한정하고 『유학실기』의 내용을 참고함으로써 대부분의 서사는 실제적 사실로 구성된 것으로 보인다. 현지 유학 생활의 어려움과 그 극복의 과정만으로도 충분히 흡입력 있는 서사가 확립될 수 있기 때문에 기

---

16 대표적으로 20세기 초반의 〈셔유견문록〉과 〈해유가〉를 보면 산문 기록과 비교했을 때 과장 및 허구의 특질이 선명하게 확인된다. 이에 대한 분석은 김윤희, 『조선후기 사행가사의 세계 인식과 문학적 특질』, 고려대학교 박사학위논문, 2010, 232~243쪽: 김윤희, 「미국 기행가사 〈해유가〉의 문학적 형상화 양상과 시대적 의미」, 『고전문학연구』 39, 한국고전문학회, 2011, 39~65쪽.

본적으로 〈일본유학가〉는 실제적 기록성을 유지하고 있는 가사 작품으로 볼 수 있는 것이다.

그러나 〈일본유학가〉의 화자는 이러한 기록성으로 인해 자칫 무미건조해질 수 있는 문체의 위험성을 특정 어휘를 반복·연쇄하는 방법을 통해 극복하고 있다. 이러한 특징은 4음보 운율과 함께 리듬감을 발생시켜 독자로 하여금 작품에 효과적으로 몰입하도록 만들고 있다. 작품의 전반부를 보면 일본에 도착한 후 화자가 겪게 되는 고난이 "일본오는 본목적은 **스무**지여 겨를타셔/ **공부ㅈ나** 홀가훈것 **스무**너무 번극ㅎ야/ **공부ㅈ도 헐수업고** 어모리익 업는지라/ **헐수업셔** 한달만의 은힝**스무** 쳥원ㅎ고 분연발졍 동경도착 **스고무친** 별쳔지의 **아는스룸** 강씨일인/ 그녀관을 추자가니 손잡고 **반갑게인스**"와 같이 형상화된 부분이 있다.

여기서 '강조 표시'된 어휘들을 보면 '**공부**', '**스무**', '**헐수업셔**'와 같은 어휘들이 반복·연쇄되면서 동경(東京)에 이르게 된 정황이 효과적으로 표현되고 있다. 또한 '스무', '스고무친', '아는스룸', '반갑게인스' 등의 어휘를 보면 '스'라는 음절이 반복되고 있어 리듬감이 생성되고 있기도 하다. 이러한 특징은 〈일본유학가〉에 전반적으로 나타나는 현상이기도 한데 특정 장면에서는 매우 선명하게 부각되고 있어 주목해볼 필요가 있다.

> **돈업셔** 고싱ㅎ면서 **學校**에는 들고시퍼/ 젼구박스 쇼기로셔 동경고등 **숭업학교**/ 입학ㅎ니 깃부우나 **무젼이라** 되고격졍 <u>그럭져력</u> ㅎ날동안 딩기누라 ㅎ던ㅊ의/ 츰셔박씨 하인보니 오라ㅎ기 **가셔보니**/ **관비싱**이 리종숭씨 친환잇셔 귀국ㅎ더/ 츰권코져 입학시험 주립졔일 **中學교**

셔/ **시험**ᄒ니 가보라기 <u>빗비빗비</u> **가셔보니**/ **시험**보난 칠인중에 <u>쳔힝만</u>
<u>힝</u> 쑵혀시나/ 도로율젹 싱각ᄒ즉 전문명식 단이다가/ **중학교**에 가즈ᄒ
니 그역마음 <u>신신치못</u>/ 그러나 이**중학교**에 **입학**을 안이할진저/ **관비싱**
이 될슈웁셔 싱각다못 **숭업학교**/ 일시에 퇴학쳥원 **중학교**에 **입학**하고/
긔슉ᄉ예 드러가셔 ᄉᆞ십학싱 반계만나/ 즈금이후 일쳬동고 여형약졔
다졍ᄒ일/ **학교**에도 **가치**가고 **긔슉ᄉ**도 **갓치**잇네/

위의 인용문은 돈이 없었던 화자가 관비(官費)를 받는 학생이 되기
위해 시험을 보고 중학교에 입학하는 과정이 형상화된 장면이다. 상
업고등학교를 다니다가 중학교에 다니게 되어 마음이 좋지 않았지만
관비생이 되기 위한 불가피한 선택이었다고 체념하며 기숙사 친구들
과 함께 하는 생활에 대한 기대감으로 분위기를 전환하고 있다. 화자
는 이 서사를 가사로 형상화하는 과정에서 자국어 가사 문학의 효용
성을 잘 활용하고 있다.

밑줄 친 '그럭저럭, 빗비빗비, 쳔힝만힝'과 같은 부사어들을 살펴보
면 각각 속도감 있는 전개, 시험에 대한 열의, 선발된 결과에 대한
강조 등과 같은 효과를 유발하면서 효율적 서사 흐름을 가능케 하고
있다. 또한 '신신치못, 싱각다못'과 같은 구절에서의 '못'은 어미 '못하
여'가 축약된 것으로 4음보에 맞추어 의미를 효과적으로 전달하기 위
한 표현 방식으로 볼 수 있다. 이처럼 〈일본유학가〉의 화자는 고유어
만의 특질을 활용함으로써 서사를 효율적으로 진행시켜 나가고 있는
것이다.

특히 위의 인용문에서 '강조 표시'는 최소 2회 이상 반복되는 어휘
들은 표시해 본 것인데 그 빈도가 상당함을 확인할 수 있다. '**(중)학교**'
가 8회로 가장 높고 '**시험·입학·가치**'가 3회, '**돈·관비생·기숙사**'가

2회의 반복을 보이고 있다. 그런데 이 어휘들을 살펴보면 서사 흐름을 구성하는 주요 핵심어에 해당한다. 돈이 없어 관비생이 되기 위해 중학교에 시험을 보고 입학할 수밖에 없었던 당시 화자의 처지를 강조하기 위해 화자는 핵심 어휘들을 반복하며 작품을 구성했던 것이다. 이처럼 의미 단위 내에서 동일한 어휘가 반복되는 현상은 다음의 장면에서도 발견할 수 있다.

> 폐원탄씨 과연와셔 광무십연 일월회일/ 감독청에 학싱모여 불문곡직 ㅎ는말이/ **정부명영** 듯지안코 마음디로 쳐스ㅎ니/ 학부디신 **명녕**으로 학비정지 흔다ㅎ기/ 우리들이 질문ㅎ되 **퇴학할씨** 공관쳥원/ **입학할씨** 감독공문 이도역시 **정부명령**/ **정부명녕** 억웻단말 잘못싱각 디단모호/ 학더**명녕** 말할진딘 학싱당쵸 **파견**할더/ **측명**으로 **파견**ㅎ고 황실비로 학ㅈ쥬셔/ 공부식킨 이학싱은 학부공분 엇슬진딘/

위의 장면에서는 학비가 중지되어 유학 생활을 지속할 수 없게 된 현실에 대한 화자의 분노가 형상화되어 있다. '폐원탄씨'는 학비 중단의 이유를 학생들이 정부 명령을 듣지 않고 마음대로 처사했기 때문이라고 설명하고 있는데 화자를 포함한 학생들은 이에 대해 강하게 반발하고 있는 것이다. 정부의 전제적(專制的)인 횡포에 대한 부정적 의식은 '정부명령'이라는 단어가 지속적으로 반복되고 있는 현상을 통해 쉽게 짐작해 볼 수 있다.

비교적 짧은 의미 단위라고 볼 수 있는 위의 인용문에서 '**(정부)명령**'이라는 단어는 무려 6회나 반복되고 있다. 유학이 정부에 의해 갑작스럽게 중단된 상황은 물론 그 이유조차 납득하기 어려울 만큼 상황의 일방성과 불합리함을 강조하고 있는 것이다. 또한 '**파견**'이라는

어휘를 두 번 반복하여 유학이 정부의 주도에 의해 진행된 것이고 유
학생들은 일방적인 피해자라는 점도 분명히 하고 있다. 이처럼 〈일본
유학가〉의 화자는 가사 문학의 운율감을 효과적으로 활용한 것은 물
론 특정 어휘들을 여러 차례 반복하는 방식을 통해 의미 단위 내의
내용을 강조하고 있는데 다음의 사례에서는 어휘의 연쇄를 통해 서사
흐름이 연속되는 현상도 확인이 된다.

> Ⓐ 【학비금은 줄슈웁다 **쇼환**명영 분명쿠나/ **쇼환**한일 좀간싱각 **일
> 변다힝 일변탄식**】
>
> Ⓑ 【**다힝**호일 말할진전 **류학싱**을 **파견목적**/ 문명국의 고등학문 속
> 키속키 비워다가/ 전국인민 **교휵**발달 식키즛고 ㅎ난일이/ **교육**가을 잘
> 못만나 일시**퇴학** ㅎ여난더】
>
> Ⓒ 【**퇴학**호후 여러달에 **복교**문제 다시나셔/ 들어가즛 못가게다 **학
> 싱**들도 규각나고/ 감독과도 승힐호즁 **쇼환**전보 니도ㅎ니/ **복교**ㅎ기 원
> 호즛도 **복교**ㅎ기 틀여시나/ 가령**복교** 홀지라도 **목적달키 극난이라**】
>
> Ⓓ 【**목적달키 어려진딘 복교**호들 무엇하리/ 국지만히 허비안코 하
> 로밧비 쇼환되니/ 그역안이 **다힝**호가 **탄식**된일 말할진딘**유학싱**을 **파
> 견**목적 더말할거 웁것으나】
>
> Ⓔ 【**파견**호후 숩연동안 지식학업 미우성취/ 지금붓터 **숩ᄉ연**만 류
> 학ㅎ게 ㅎ여더면/ 거의조럽 귀국ㅎ야 위국위가 어디던지/ 무한효홈 잇
> 실거셜 즛인ㅎᄂ 이웃ᄉ람/ **교휵**조츠 방희호일 공부열심 ㅎ난학싱/ **쇼
> 환**ㅎ게 비밀운동 이지경이 긔혀되니/ **나라**던지 **집**이더지 중녀희망 츠
> 츠돈졀/ 이런일을 싱각ㅎ니 가련코도 **탄식**일셰】

앞의 경우와 마찬가지로 위의 인용문에서 중복되는 어휘와 그 빈도
를 살펴보면 '**복교**'가 5회로 가장 높고 이어 '**소환·류학생**'이 4회, '**다

행·탄식·파견목적·교육'이 3회, '**퇴학·목적**'이 2회 정도 반복되고 있다. 유학생들의 복교와 소환이라는 '**다행**'과 '**탄식**'으로 구분된 내적 반응이 반복적으로 강조되는 핵심어들을 통해 효과적으로 표현되고 있는 것이다.

그런데 위의 Ⓐ~Ⓔ는 어휘의 연쇄가 발견되는 단위별로 구획해 본 것으로 밑줄 친 부분들을 살펴보면 '**다힝**', '**퇴학**', '**목적달키**', '**파견**'이라는 어휘를 통해 각각의 구간이 연결되고 있음을 알 수 있다. 특히 Ⓐ에서 자국으로의 소환이 결정된 상황에 대해 '일변다힝 일변탄식'으로 표현하고 있는데 Ⓑ~Ⓓ는 '다힝'한 일, Ⓓ~Ⓔ는 '탄식'할 일로 정리되어 체계적 구조 내에 내용이 정리되어 있기도 하다. 이러한 의미 단위를 구성하는 과정에서 어휘의 연쇄는 사건의 진행과 그에 따른 화자의 내적 반응에 대한 효율적 몰입를 가능케 하고 있는 것이다. 앞서 살펴본 경우와 같이 핵심어들이 반복되는 것은 물론 사건의 진행 단위 내에서 연쇄법이 활용되고 있는 점도 〈일본유학가〉에서 발견되는 가사 문학적 특질로 볼 수 있을 것이다.

4. 결론

이 글은 1906년경 윤정하에 의해 창작된 〈일본유학가〉를 분석하여 당시의 유학(留學) 체험이 가사 작품으로 형상화된 양상과 그 문학적 특질을 규명해 보고자 하였다. 윤정하는 유학이라는 원대한 포부를 실천해나간 과정과 일본에 의해 강제적으로 유학이 종료되어 귀국할 수밖에 없었던 정황을 『유학실기』에 체계적이고 상세하게 기록하고 있다. 그렇지만 이 산문 기록으로는 충족될 수 없는 감정 표출의 열망이 있었고 외국으로 유학을 다녀온 자신의 체험에 대한 자긍적 전달과 소통 욕망 또한 있었던 것으로 보인다. 그로 인해 조선후기 사행가사의 창작 과정과 같이 산문 기록을 토대로 가사 장르를 선택하여 재구성하였던 것이다.

20세기 초에 해외를 다녀온 체험을 토대로 창작된 기행가사들의 경우 비교적 자료의 보존 상태가 좋기 때문에 한문 기록과 국문가사의 이원적 구도가 확인되어 그 상관성이 보다 쉽게 해명되고 있다. 따라서 〈일본유학가〉 역시 조선후기 가사 향유 문화와 그 전통을 확인케 하는 20세기 초의 가사 문학으로서 그 가치가 제고될 수 있어야 할 것이다.

나아가 일본에서 유학을 하는 동안 발생한 한일강제병합(1905)으로 인해 피식민지국의 일원으로 전락해 버린 화자가 경험한 치욕(恥辱)과 그 극복 의식의 측면에도 유의해 보아야 한다. 〈일본유학가〉는 '유학'이라는 원대한 포부가 좌절된 현실에서의 고뇌를 극복하고 나아가 가사 작품을 통해 위무(慰撫)받고자 하는 의식에서 창작된 작품으로 보이기 때문이다. 윤정하는 가내 소통의 구조 내에서 감정을 토로하고 체험을 공유하는 방식을 통해 일본에서의 노력을 인정받고 울울(鬱鬱)한 심사를 해소하고자 했던 것으로 보인다.

작품의 문학적 특질을 살펴보면 우선 전체적 서사의 흐름은 물론 단위 장면 내에서도 극적인 구성의 전략이 확인되고 있다. 학문의 중심지로 지향된 일본이었던 만큼 화자는 유학 과정의 고난과 그 극복 의지를 강조함으로써 구국(救國)을 위한 학문의 당위성과 실천적 열망을 표명하려 했던 것이다. 또한 〈일본유학가〉는 '유학(留學)'으로 그 체험의 범위를 한정하고 『유학실기』의 내용을 참고함으로써 기존의 사행가사 작품들에 비해 분량도 적고 대체로 사실적인 기록성을 유지하려 한 것으로 보인다. 현지 유학 생활의 어려움과 그 극복의 과정만으로도 충분히 흡입력 있는 서사가 확립될 수 있기 때문이다.

그러나 〈일본유학가〉의 화자는 이러한 기록성으로 인해 자칫 무미건조해질 수 있는 문체의 위험성을 특정 어휘를 반복·연쇄하는 방법을 통해 극복하고 있다. 이러한 특징은 4음보 운율과 함께 리듬감을 발생시켜 독자로 하여금 작품에 효과적으로 몰입하도록 만들고 있다. 의미 단위 내에서 핵심어들을 반복하여 주요 사건을 강조하는 것은 물론 고유어만의 특질과 미감을 효과적으로 활용함으로써 전달의 효과를 높이고 있는 것이다. 나아가 특정 부분에서는 연속적인 연쇄법이 발견되는 점도 〈일본유학가〉의 가사 문학적 특질인데 이는 서사의 진행 과정과 화자의 내적 반응에 대한 효율적 몰입을 가능케 함이 확인되었다.

20세기 초에 이르면 일본은 물론 영국이나 미국 등과 같이 확장된 체험 공간을 토대로 창작된 기행가사들이 출현하게 된다. 이종응(李鐘應, 1853~1920)이 대한제국의 사절단으로 영국에 다녀온 후 창작한 〈셔유견문록〉이나 앞서 언급한 김한홍의 〈해유가〉 등은 서양 기행가사의 존재 양상을 확인케 하는 동시에 산문 자료와의 이원 구도를 보이고 있다는 점에서 도 공통적이다. 〈일본유학가〉 역시 20세기 초에 외국을 다녀온 후 창작한 기행가사의 일종이며 그 주된 소재가 유학이라는 점에서 여타 작품들과 비교될 수 있는 자질이 충분한 작품으로 보인다. 특히 〈셔유견문록〉은 민요와 잡가 같은 대중적 표현 방식을 활용하고 있고 근대적 풍물을 상세히 묘사하여 조선후기 사행가사

의 전통을 이어받은 가사 작품으로 평가되고 있다.[17] 〈일본유학가〉에
서 발견되는 어휘의 반복이나 연쇄와 같은 문체 특질도 이러한 문학
적 자장(磁場) 내에서 이해될 수 있어야 할 것이다.

---

17 정흥모, 「20세기 초 서양 기행 가사의 작품세계」, 『한민족문화연구』 31, 한민족문화
학회, 2009, 30~38쪽.

1920년대 일본 시찰단원의
가사 〈동유감흥록〉의 문학적 특질

1. 서론

이 글은 심복진(沈福鎭, 1877~1943)에 의해 창작된 〈동유감흥록(東遊感興錄)〉(1926)[1]이 일본에서의 견문과 감흥이 다층적으로 형상화된 장편가사임에 주목하여 그 창작 동인과 문학적 특질을 살펴보고자 한다. 〈동유감흥록〉의 서지 사항 및 작품의 주요 특징에 대해서는 선행연구가 진행된 바 있다. 충남 부여의 지역 유지였던 심복진이 지은 〈동유감흥록〉은 22.2cm×15cm 규격의 연활자본 책자로 간행되었으며 총 129장 258쪽 규모의 장편가사이다. 기존의 사행가사와 다르게 "내선일체(內鮮一體) 정책을 추구하는 식민정책 담당자의 의도가 깊이 개입되어 있는 근대 체험에 대한 보고서"로 평가받고 있다.[2]

---

1 심복진, 『東遊感興錄』, 京城 東昌書室(고려대학교 소장본, 1926). 이 책은 임기중 편, 『역대가사문학전집』, 아세아문화사, 1992, 36~37권에 영인되어 있으며 이 글에서는 고려대학교 소장본을 활용하였다.

2 박애경, 「장편가사 〈同遊感興錄〉에 나타난 식민지 근대체험과 일본」, 『한국시가연구』 16, 한국시가학회, 2004, 256~269쪽.

1920년대 내지시찰단의 기행문은 총독부 기관지였던 『매일신보』, 총독부에서 발행하는 잡지 언문 『조선』, 『시사평론』, 유도진흥회의 기관지인 『유도』에 실렸는데[3] 중복되는 기록을 빼면 총 17여 편 정도 되며 활판본 가사 작품으로 발간된 것은 『동유감홍록』이 유일하다. 특히 신문과 잡지의 기록들은 대부분 '내지시찰감상(內地視察感想)', '내지시찰감상담(內地視察感想談)' 등의 제목으로 구성되어 있다. 반면 〈동유감홍록〉은 그 제목만을 보아도 창작 동기 및 목적이 여타 산문 기록들과 변별되는 작품임을 쉽게 짐작할 수 있다.

또한 심복진과 같은 시찰단원이었던 참여관들이 서두에 남긴 발문을 보면 대체로 '신세계(新世界)'에 대한 경험을 '장유(壯遊)'의식에 기반하여 창작한 것으로 문학적 동기를 설명하고 있다. 특히 전북 참여관이었던 김영진은 "장차 아름다운 풍속을 서로 교환할 것이므로 영재들을 많이 보내 견문을 넓히게 하고자, 기록을 얻어 새로운 책을 엮어 이해를 쉽게 하니 이는 모름지기 부녀자와 아이들로 하여금 몽매함을 파하게 하는 것과 같다"[4]라고 하여 창작 동기 및 과정과 예상되는 독자들까지 명확하게 보여주고 있다.

또한 충남 참여관이었던 이택규의 발문에서는 "뛰어난 재주로 삼백 편의 시를 지어 맑게 한 곡조로 노래 부르니 마음은 편하고 무궁화꽃은 붉다"[5]라는 내용이, 황해 참여관이었던 심완진의 글에서는 "예로부

---

3 박애경, 「1920년대 내지시찰단 기행문에 나타난 향촌 지식인의 내면의식」, 『현대문학의 연구』 42, 한국문학연구학회, 2010, 340~344쪽.

4 "飄然志氣逈迢羣 周覽應知到十分 國勢足兵兼足食 人情同軌又同文 **要將美俗相交換 多送英材博見聞 記得新編成易解 須令婦儒似披雲**" 鶴皐 金英鎭(全北參與官). 각주 처리된 원문 중에서 '강조 표시'된 부분을 번역하여 인용한 것임을 밝혀둔다.

터 장유(壯遊) 정신은 사마천을 말하는 것으로 그의 문장에는 산천이 기록되어 있는데 아우의 기행 기록은 어떠한가. 봄날 도원(桃園)에서의 잠을 깨우는구나"[6]라는 기록이 확인된다. 작가 심복진의 형으로 보이는 심완진은 〈동유감흥록〉을 사마천의 경우와 견주어 볼 정도로 뛰어나다는 점을 간접적으로 드러내고 있는 것이다. 특히 〈동유감흥록〉 운율에 기반한 가사 문학인 만큼 여타 산문들에 비해 정서적 몰입도가 뛰어나고 편안하게 향유할 수 있다는 점, 잠을 깨울 만큼 흥미가 뛰어나다는 점이 강조되고 있음에 주목해 보아야 한다.

또한 당시 경학원사성(經學院司成)이었던 김완진은 서문을 통해 "이 책은 몽매함을 타파케 하고 축적되고 저장된 지식을 통해 사람들의 마음을 들뜨게 하는데 (심복진처럼) 지식과 사고가 확실하고 기백이 뛰어난 자가 아니면 누가 능히 할 수 있겠는가? 그대가 이룬 것은 훗날 반드시 느끼는 바가 있을 것이며 사람들 가운데 이 책을 읽는 이들은 또한 반드시 그대처럼 느끼는 바가 많을 것이다."[7]라고 〈동유감흥록〉의 간행 의의를 설명하고 있다. 단순한 지식의 전달뿐만 아니라 정서적 고양(高揚)을 가능케 한다는 점에서 이 책은 앞으로도 많은 이들에게 효용성을 발휘할 수 있음을 예견하고 있는 것이다.

---

5 "… 眼看新世界 心許幾英雄 五十年間元氣積 馬嘶車擊人忽 **囊中提出詩三百 朗然歌一曲 漠漠槿花紅**" 錦雲 李宅珪(忠南參與官)

6 "從古壯遊說馬遷 文章一部史山川 **何如賢弟紀行誌 喚醒桃源春日眠**" 怡堂 沈晥鎭(黃海參與官)

7 "… 君旣還 能次眺矚所及 釐爲二十一目 名以東遊感興錄將印之 **以發矇瞽而砭聾瞶** 其蒐獵而淳滀之 皷動而揄揚之 非識慮專確 氣魄發越 能之乎 吾以是 卜君之異日有成 必將有得於所感而 人之閱是卷者 亦必有所感如君者多矣 於是嘉之以爲序." 金完鎭(經學院司成)

이처럼 〈동유감홍록〉은 1920년대에 근대적인 신세계로 상징되는 일본을 체험한 후 그 견문을 기록하고자 창작되었지만 가사라는 전통 장르를 활용하고 있어 전달의 효율성과 정서적 효용성이 부각되어 있는 작품임을 알 수 있다. 그러므로 거시적인 측면에서 본다면 〈동유감홍록〉은 "기록과 감홍, 독백, 찬탄이 교차하면서 시찰 경험이 내면화되는 과정이 생생하게 확인"[8]되는 작품임이 분명하다. 그렇지만 가사 문학으로서 〈동유감홍록〉을 보다 면밀하게 살펴보면 근대 문물에 동화된 지식인의 기록이라고만 환원될 수 없는 내면의 다양한 풍경과 균열된 자의식 역시 발견된다. 산문이 아닌 가사 장르를 선택함으로써 표현·전달코자 했던 의식 세계가 확인되는 부분들이 있는 것이다.

조선후기를 대표하는 고전시가 장르인 가사는 새로운 경험이라는 현실의 객관성을 중시하면서도 그에 못지 않게 자기를 드러내고자 하는 욕구가 있을 때 선택[9]되는 경우가 많았다. 따라서 이 글은 기존의 연구 성과를 참조하되 화자가 가사 문학을 통해 표현하고자 했던 문학적 욕망에 보다 유의하면서 작품의 특질을 해명해 보고자 한다. 〈동유감홍록〉은 활자본으로 간행되면서 항목별로 목차를 설정하고 있어 기존의 사행가사에서 발견되는 구성의 체계성이 진전된 양상을 보이고 있는 작품이다. 나아가 일본을 체험하는 과정에서 촉발된 인지적·정서적 감응의 정도에 따라 이 항목별의 분량과 형상화의 특질에서 편차가 발견되고 있기도 하다. 이러한 내적 특징에 주목한 이 글의 논의는 "내지시찰단의 기행문이 식민통치의 산물이라는 환원론적 결

---

8 박애경, 위의 논문, 2010, 344쪽.

9 조세형, 「가사의 시적 담화 양식」, 『가사의 언어와 의식』, 보고사, 2008, 182쪽.

론에 국한되지 않고 그 차이와 균열의 틈새를 지속적으로 응시할 필요가 있다"[10]는 문제 의식에 대한 해법을 모색해 보는 시도이기도 함을 밝혀두는 바이다.

2. 1920년대 내지시찰단의 일본 인식과 〈동유감흥록〉의 특징

본격적으로 작품을 살펴보기에 앞서 1920년대의 시찰단과 관련된 주요 논의들을 검토하면서 〈동유감흥록〉의 특징을 고찰해 볼 필요가 있다. '순시시찰(巡視視察)'에서 파생된 개념인 '시찰'은 식민지 사회의 정치적, 문화적, 경제적 위계를 내면화하기 위해 자세히 살피는 활동을 강조하고 있다는 점에서 여가활동인 관광과 구별된다. 1919년 이후 시찰은 중상류층을 중심으로 일제의 지배와 정당성을 확산시키기 위해 적극적으로 시행되었는데 이 시기 이후 조선총독부는 문화통치를 지향하면서 내지로의 시찰을 체계화하여 동화정책을 적극적으로 추진하였다.[11] 1920년부터 1922년까지 일본에 파견된 시찰단은 그 수가 300여개 단체 이상 될 정도로 급증했으며 1923년 관동대지진을 계기로 감소되는 추세를 보였다.[12]

---

10 박애경, 위의 논문, 2010, 362~363쪽.

11 박성용, 「일제시대 한국인의 일본여행에 비친 일본」, 『대구사학』 99, 대구사학회, 2010, 36~37쪽.

12 조성운, 「1920년대 초 일본시찰단의 파견과 성격(1920~1922)」, 『한일관계사연구』 25, 한일관계사학회, 2006, 320~321쪽.

1920년대에 총독부는 직접 주관하거나, 각 도에서 주관하게 하여 각계각층의 사람들을 일본에 '내지시찰단'의 이름으로 보냈는데 이들은 주로 관리들이거나 관변의 인물들로서 총독부에 이미 협력하고 있거나 협력할 가능성이 높은 인물들이었다고 할 수 있다.[13] 특히 시찰단원들은 지식인들의 타자 체험과는 달리 근대적 지식 체계를 결여한 채 파노라마적 시각체험에 의존해서 습득한 지식=문명이라는 피상적 인식을 바탕으로 조선과 내지를 위계화하여 바라봄으로써 결국 일제가 의도했던 식민주의를 수용했다고 평가할 수 있다.[14] 또한 근대 공간의 상이성에 대한 인식은 환영식, 관병식, 다과회 등과 같은 의례를 통해 일제 문화와 동일화되는 과정을 거치게 된다.[15] 피지배적 위치에서 지배적 위치로 일시적인 전도가 발생하는 이러한 현상은 〈동유감홍록〉에서도 발견되고 있다.

　(가) 어화 우리 동포들아 이니 말슴 드러보소/ 참고쟉금 할지라도 산업중의 뎨일리라/ ㉠일본 스람 부강흔것 근면룡진 한바이요/ 조선 스람 빈약흔것 나틱퇴보 한거시니/ 상하남녀 빈부귀쳔 일심으로 노력ㅎ야/ 향촌에 농업가는 뽕을 심어 누에치고/ 도시에 지산가는 마는 쟈본 모집ㅎ야/ 회사조합 설립ㅎ고 여러방면 심을 쓰면/ ㉡빈민구제 즈연되야 국가부강 될터이니/ 밧비밧비 서드러서 민부병강 ㅎ여보세

---

13 박찬승, 「식민지시기 조선인들의 일본시찰 – 1920년대 이후 이른바 '內地視察團'을 중심으로」, 『지방사와 지방문화』 9권 1호, 역사문화학회, 2006, 209쪽.

14 박찬모, 「'전시(展示)'의 문화정치와 '내지' 체험」, 『한국문학이론과 비평』 43, 한국문학이론과 비평학회, 2009, 594쪽.

15 박성용, 위의 논문, 2010, 17~18쪽.

(나) 만리시찰 우리일힝 특별디우 감스ᄒ다/ 도쳐마다 환영송별 간 곳마다 됴리일세/ … 기타이삼 관리들로 친졀ᄒ게 비힝식여/ 가시ᄭᅵ리 ᄌ동차로 지공원에 당도ᄒ후/ 악슈경례 토진간담 무ᄒ감기 깁퍼갈졔/ ㉢오ᄂᆞ슐잔 가ᄂᆞ슐잔 관민일치 이아니며/ 경남텰도 쥬식회샤 동경지뎜 초디회ᄂᆞᆫ/ 일비곡뎡 디슝각에 굉쟝ᄒ게 준비ᄒ고/ … 잔치비셜 둘너보 니 굉쟝ᄒ고 스치롭다/ ᄉ방식상 각죵음식 좌우로 느러노코/ 미인에게 ᄒ상식을 압압히 노왓ᄂᆞᆫ디/ … 장진쥬 권쥬가로 취흥을 도다쥬며/ … ㉣연회비용 드러보니 쳔여원이 너머ᄶᅡ네/ 불석쳔금 샹등디우 일션늉화 그아니냐/ 고지소를 바다쓰니 아링아도 ᄉ요나라/ 려관으로 도라온후 하로밤을 자고나서/ 시가디로 도로나와 뎡쳐읍시 단일젹에/ 쳐음입ᄂᆞᆫ 양복이며 두루미기 무명모ᄌ/ 단톄힝동 약속ᄒ야 ᄒ일ᄌ로 나아가니/ ㉤엄연ᄒ다 ᄒ의관을 만인앙시 ᄒᄂᆞᆫ구나/ … 삼가리나 사가리는 안녀슌 ᄉ 느러서서/ 두어쎰에 ᄶᅡ른칼을 허리에다 빗겨차고/ 좌측통행 시기려 고 팔을 드러 일너주며/ 어ᄂᆞ곳을 무르면은 ᄶᅩ쳐와서 일너쥬어/ ㉥온공 ᄒ고 친졀ᄒ니 문화경찰 근사ᄒ다/ … Ⓐ【ᄶᅱᄂᆞᆫ 슈레 나ᄂᆞᆫ 슈레 피신ᄒ 기 어려워라/ 공즁으로 오ᄂᆞ슈레 이마우에 뢰뎡ᄒ고/ 디즁으로 가ᄂᆞ슈 레 발쏭아리 연긔나며/ 압슈레를 피해쥬면 뒤슈레가 달녀들고/ 뎐차를 비켜주면 자동차가 니다르니/ 길을 건너 가랴ᄒ면 졋먹은심 다써가며/ 몃십분을 ᄲᅢᆷ물다가 급류용퇴 ᄲᅡ져나니/ 인산인해 드럿지만 이곳와서 보갯구나/ 비지ᄯᅡᆷ을 흘녀가며 ᄶᅡ치거름 ᄲᅱ여가서/ 왜왜둘너 차자보면 일힝들은 간곳업다】/ ㉦조선의복 유표ᄒ야 쳔신만고 ᄶᅩ츠가면/ 더듸 온다 ᄭᅮ지람을 과실읍시 듯고나니/ ᄒ릴읍시 위관밋혜 중졸모양 비슷ᄒ 다/ 슘십년간 ᄌ유힝동 남의졀졔 츠음이라

위에 인용된 (가)는 명고옥의 '편창졔ᄉ쥬식회ᄉ(片倉製絲株式會 社)'에서 양잠 산업의 발전상을 시찰한 후 그 감흥을 형상화하고 있는 장면이다. ㉠을 보면 일본인들의 근면함을 부강의 원인으로 제시하면

서 조선인들의 나태 · 퇴보함과 국가의 빈약함을 대립적으로 병치하고 있다. 1920년대 시찰단원들의 글을 보면 일본인의 근면과 조선인의 태만을 비교하면서 자기비하와 열등감을 표출하는 내용을 발견할 수 있다. 농업사회와 산업사회에 대한 시간과 노동 관념의 차이를 인식하지 못한 채 피상적 시찰을 통해 일본 사회에 대한 선망의 시선을 표현하고 있는 것이다.[16]

이처럼 '근면'과 '나태'를 양국의 국민성으로 일반화한 ㉠의 내용은 1920년대 내지시찰단원들이 산업 사회를 목도한 후 생성된 자의식의 한계를 보여주는 전형적 사례로 볼 수 있다. 이는 '나태'한 국민성을 신속히 극복해야 부국강병한 국가가 될 수 있다는 ㉡의 내용과도 직결되고 있다. "바삐바삐 서둘러서 민부병강(民富兵强) 하여보세"라는 ㉡의 논리는 동화된 일본의 시선에서 자국민을 평가 · 독려하고 있는 시선에 기인한 것이기 때문이다.[17]

또한 (나)의 장면에서는 이러한 동화의 정도가 더욱 강화되어 '내선일체'의 논리로 표면화된 현상도 발견할 수 있다. 시찰단에 대한 특별한 대우에 고조된 화자는 "관민일치(官民一致) 이 아니냐"(㉢), "일선융화(日鮮融和) 그 아니냐"(㉣)와 같은 감탄을 표출하며 일제의

---

16 박찬승, 위의 논문, 2009, 226~227쪽.

17 1902년에 창작된 사행가사 〈유일록〉을 보면 "십일월 십칠일에 단발을 허셧쓰니/ 이거시 어인 말고 한심허고 놀라운 마음/ 천지가 으득흐야 어안이 벙벙허다/ 우리나라 예의지방 열성됴 의관문물/ 오늘날 당흐야셔 거연이 업셔지고/ 이젹금슈 되는 모양 이것이 무슨말고"와 같이 단발령에 탄식하고 분노하는 화자의 모습을 확인할 수 있다. 특히 '이젹금슈'라는 표현을 보면 근대화된 일본의 부국강병을 선망하되 이면에 생성된 대타적 자의식은 종족적 화이관의 표현으로 구체화되고 있음을 알 수 있다. 반면 〈동유감흥록〉에서는 그 자의식이 조선인들의 나태함을 비하하는 방식으로 변모하고 있어 일본에 동화되어 전도된 타자성이 선명하게 확인된다고 볼 수 있다.

동경 평화기념박람회(1922년)가 진행된 조선관(朝鮮館)

동화 이데올로기에 포섭된 양상을 보이고 있다. 특히 이 표현들의 전
후로 상당한 규모의 환영식이 화려하게 묘사되고 있는데 그 구심점은
'자본력'이었음을 "연회비용 들어보니 천여원이 넘었다네"라는 ㉣의
구절에서 확인할 수 있다. 일본이 술자리를 통해 자본의 위력과 규모
를 과시한 것은 내지시찰단의 비판 의식을 마비시키고 일시적인 동질
감을 형성케 하는 주된 전략이었을 것이다. 이에 포섭된 화자의 의식
은 다음 날 동경(東京) 거리를 활보할 때 많은 사람들이 자신을 우러
러 본다는 우월 의식(㉤)과 일본의 경찰들이 친절하고 근사하다(㉥)
는 유대감을 표출하는 과정에서도 연속적으로 확인된다.

그런데 흥미롭게도 동경 거리를 지나가던 화자는 이질적이고 불편
한 감정을 경험하게 되는데 Ⓐ와 ㉾은 이를 형상화한 부분이다. Ⓐ를
보면 "쒸고 나는 슈레", "공중으로 오는 슈레", "디중으로 가는 슈레"들

이 연속되며 수레들의 속도와 밀도에 현기증을 느낀 화자의 모습이 효과적으로 표현되고 있다. 수레를 피하면 전차가 달려오고 전차를 비켜주면 자동차가 달려온다는 연속적 구절들 역시 동경의 거리에서 괴리된 듯한 화자의 처지와 심리가 운율감 있게 표현된 것으로 볼 수 있다.

더욱이 길을 건너기도 어려울 만큼 '인산인해(人山人海)'의 상황에서 겨우 길을 빠져나오는 화자의 모습이 "비지땀을 흘려가며 까치걸음으로 뛰어가는" 모습이 형상화된 이후 장면은 질주하는 문명의 속도에 뒤쳐지지 않기 위한 화자의 의식적 노력으로 보일 만큼 생생하다. 결국 일행에서 낙오된 화자는 비난을 듣게 되고 이에 대해 "삼십년간 자유행동 남의 절제 처음이라"(△)라는 표현으로 거부감을 표현한다. 내지시찰단의 획일화된 이동에서 이탈하고 그 과정에서 자유에 대한 억압의 논리를 간파하고 있는 이 장면은 마치 〈동유감흥록〉의 화자가 여타 내지시찰단원들과 달리 가사 문학을 창작한 분기점을 보여주는 듯하다.

이처럼 〈동유감흥록〉에서 발견되는 대일 인식은 1920년대 내지시찰단원들이 남긴 산문 기록과 대체로 유사하지만 내면의 솔직한 감흥이 추가되면서 발생한 변별적 특질도 확인된다. 또한 위에 인용된 (가), (나)와 같이 일제에 동화된 시선은 후반부에서 확인되고 있는데 (가), (나) 이 외에는 직접적으로 표면화된 내용을 발견하기 어렵다. 따라서 '내지시찰단원'의 일원이 아닌 '조선인(朝鮮人)'의 시선에서 내용을 구성한 장면들에 대해서도 살펴볼 필요가 있어 보인다.

그런데 이와 관련하여 주목해 볼 만한 현상은 이들이 다녀온 후 창작한 시찰감상문은 다소 강제된 감상문이었기에 그 형식이 유형화·관습화되었을 개연성이 높다[18]는 점이다. 시찰문의 형식은 여정에 맞추어 서술하는 형식, 시찰지를 특정 소주제별로 항목화 하여 서술하는 형식, 그리고 이 둘을 혼합하는 형식 이렇게 세 가지로 나눌 수 있는데 이 중 다수를 차지하는 것이 두 번째와 세 번째 형식이었다.

특히 '농업, 광업, 수산, 공업, 교육, 토목 및 교통, 경제' 등으로 항목화 되어 있는 박람회의 전시관 분류와 시찰감상문의 구성이 상당히 유사하다는 점이 흥미롭다. 박람회와 내지 시찰에 함축된 체험의 동질성으로 인해 시찰감상문은 대체로 파노라마적 시각체험에 의존하여 주로 그 외경(外境)을 경탄하고 찬미하는 '관람기'인 경우가 많았다.[19] 청에 대한 호기심이 사라지는 19세기 후반기의 연행록들의 경우 점차 기존의 기록들을 답습하거나 전재하는 사례들이 발견되는데 공식적 '보고'와 '전달'만이 목적이었던 시찰 단원들의 글쓰기 역시 유사한 구조와 내용으로 반복되는 경향을 보이게 된 것이다.

반면 〈동유감홍록〉은 기존의 기록을 토대로 새롭게 창작한 가사 작품이며 그 주요 동인이 주관적·정서적 감홍의 표출이었다는 점에서 독특한 특징을 보인다. 조선후기 사행가사의 특징을 유지하고 있지만 1920년대의 시찰감상문과 비교해 본다면 다층적 기록화, 독창적인 구성, 주관적 장면화 등과 같은 가사 문학적 특질이 확인되는 작품인 것이다. 특히 내지시찰단 감상문들의 관습화된 글쓰기 방식과 차이가 있다는 점에 유의하면서 우선 여정에 따른 분량의 차이를 살펴보고자 한다.

---

18 박찬모, 위의 논문, 2009, 582쪽.
19 박찬모, 위의 논문, 2009, 581~585쪽.

〈표 1〉

순위	항목과 여정	해당 지면	비중
1	제17장 동경(東京)	153~210쪽	약 22%
2	제14장 딕판(大阪)	80~131쪽	약 19%
3	제19장 격지촌(積志村)	224~240쪽	약 16%
3	제10장 구주데국디학의과부속병원 (九州帝國大學醫科附屬病院)	49~65쪽	약 16%
4	제16장 명고옥횡빈급장야현(名古屋橫濱及長野縣) 의 편창제ᄉ쥬식회ᄉ(片倉製絲株式會社)	139~153쪽	약 5%
5	제2장 텰도연변광경(鐵道沿邊光景)	5~16쪽	약 4%
6	제11장 복강현립농ᄉ시험소 (福岡縣立農事試驗所)	65~75쪽	약 3%

〈동유감홍록〉은 총 21장에 해당하는 항목들로 구성되어 있는데 항목별 분량의 편차가 상당하여 그 양상을 파악하기 위해 〈표 1〉을 작성해 보았다. 그 결과 동경, 대판, 적지촌, 의과부속병원에 해당하는 네 항목이 총 분량의 73% 정도로 압도적인 우위를 점하고 있음을 알수 있었다. 이어 편창제사주식회사, 철도연변광경, 농사시험소의 분량이 12% 정도이며 나머지 14개의 항목[20]들이 15% 정도를 차지하고있다. 그러므로 위의 〈표1〉에 있는 7개의 항목에 화자가 표현·전달하고자 하는 의식과 욕망이 강화되어 있음에 유의하면서 작품에 접근

---

20 제1장 시찰단출발(視察團出發), 제2장 텰도연변광경(鐵道沿邊光景), 제3장 련락선창경환(連絡船昌慶丸), 제4장 하관히협(下關海峽), 제6장 팔번제텰공장(八幡製鐵工場), 제7장 복강방면(福岡方面), 제8장 환명려관(丸明旅館), 제9장 디일본(大日本) 믹쥬쥬식회ᄉ(麥酒株式會社) 박다공장(博多工場), 제12장 엄도(嚴島), 제13장 오군항급신호항(吳軍港及神戶港), 제15장 닉량공원(奈良公園), 제18장 일광(日光), 제20장 경도(京都), 제21장 비파호급도산어릉(琵琶及桃山御陵)

해 볼 필요가 있을 것이다.

또한 분량이 많은 항목 내의 내용을 보면 근대적 문물이 상세하게 기록된 부분도 있지만 주관적 감흥에 의해 표현 및 구성이 다채롭게 진행되면서 가사 문학적 효용성이 극대화되어 있는 부분도 발견할 수 있다. 가사 문학을 통해 상세히 전달하고자 한 내용이 있거나 견문에서 촉발된 내적 반응이 강화된 부분에서는 항목 내 분량이 급증하고 있는 현상이 확인되는 것이다. 따라서 다음 장에서는 〈표 1〉에 제시된 상위 네 항목을 주된 분석의 자료로 삼아 〈동유감흥록〉의 창작 동인과 가사 문학적 특질을 규명해 보도록 하겠다.

3. 〈동유감흥록〉의 창작 동인과 가사 문학적 특질

1) 재현 욕망과 기록의 다층성

〈동유감흥록〉의 화자가 근대성에 육화되고 순응되어 갔다는 점에 대해서는 기존 연구에서 이미 논의된 바 있다. 매너와 위생을 강조하는 모습, 근대 의료의 실상, 맥주 제조의 과정, 재판정의 풍경 등을 통해 근대 문물에 동조하며 '식민지 근대'에 종속되어가는 화자의 내면이 분석된 것이다.[21] 이에 대해서는 기본적으로 동의하는 바이며 이 글에서는 접근 방식을 약간 달리하여 근대 문물이 기록된 방식의 다층성을 고찰해 보고자 한다. 앞서 〈표 1〉을 통해 살펴보았듯이 근대

---

21 박애경, 「장편가사 〈同遊感興錄〉에 나타난 식민지 근대체험과 일본」, 『한국시가연구』 16, 한국시가학회, 2004, 261~269쪽.

긴자거리
미츠코시 백화점, 마츠자카야 백화점 등 각종 상업 시설이 입지한 도쿄의 중심지였다.

문물에 대한 기록이 집중된 지역은 동경, 대판, 적지촌, 의과부속병원
인데 이 항목 내에서 근대 문물들이 재현되고 있는 양상이 상당히 다
양하기 때문이다.

우선 동경의 풍경을 묘사하는 장면을 보면 초월적인 미의식이 발견
될 만큼 정서적 감탄과 몰입의 정도가 고조되었음을 확인할 수 있다.
처음 백화점을 본 화자는 "각층셜비 두루보니 휘황난측 현황ᄒ야/ 무
릉선원 드러온듯 오던곳을 못찻갯고"와 같이 그 곳을 "무릉선원"의 세
계로 간주하며 형상화하고 있다. 특히 물품들을 설명하는 방식에서
"슈박흔통 십이원과 비흔개에 구원이라/ 갑시웃지 그리빗사 온실비
양 흔게라네"와 같이 가격으로 그 물건의 특징과 가치를 규정하는 양
상도 발견된다. 조선후기 사행가사에서 이국의 시장을 재현하는 방식
은 그 명칭이나 외적 특징에 대한 즉물적 나열인 경우가 많았다.[22]

이와 견주어 본다면 백화점에서의 물건들은 근대적 자본으로 균질화
되어 그 가치가 비교되고 있을 뿐 다양한 물품들의 본래적 가치가 혼
효되어 있던 시장의 역동적 면모는 점차 소멸되고 있음을 확인해 볼
수 있다. 또한 동경의 "천초공원"에 대해 형상화하고 있는 다음의 장
면에는 초월적인 미의식이 극대화되고 있다.

> 천초구에 천초공원 자셰흔번 보고나니/ 졔반셜비 졔도들이 상야공원
> 등디가되/ 십이층의 룡운각은 뎨일놉흔 됴망더라/ Ａ【상상층에 올나
> 안져 사방을 구버보니/ 림고더와 뎨경편은 여긔합당 흔글이라/ 놉고나
> 진 층층루각 진이속에 쓰여잇서/ 나는시는 낫게 뵈고 쓰는 **구름 만지을
> 듯**/ 화용월터 미인들이 올나와서 술을판다/ 이삼비를 마시고서 엽혜잠
> 간 안져보니/ 텬상옥경 십이루에 렬션되야 온것갓고/ 진루추야 밝은달
> 에 **룡옥만나 놀고난듯**/ 텬틴산 져문구름 **션녀츙즁 드러온듯**/ 요지연
> 에 참셕흐야 **서왕모를 만나본듯**/ 심신이 황홀흐고 진루가 젼혀웁다】/
> 활동사진 연예관과 가무기좌 **곡마장**은/ 셀수읍시 마니 잇서 노는 사름
> 답지흐니/ 이백사십 **연극장**에 삼분일은 이곳이오/ 뢰문졕과 인왕문은
> 칠십여간 박션싼길/ 좌우이층 **상뎜**들이 번화흐게 벌녀잇고/ … (제17장
> 동경)

시찰단 일원들은 일본의 공원에도 자주 들렀는데 1926년의 한 시찰
감상문을 보면 공원에 대해 "도시의 혼잡한 사회에 있어서는 공원의
설치가 처처에 유하고, 그 부설로는 반드시 오락장이 있으므로 일반
이 심신의 위로 및 수양을 하고 있다"며 긍정적으로 평가하고 있다.[23]

---

22 김윤희, 『조선후기 사행가사의 세계 인식과 문학적 특질』, 고려대학교 박사학위논
문, 2010, 157~169쪽.

일반론적 차원의 논의에 그치고 있는 이러한 기록에 비해 위의 인용
문을 보면 상당히 고조된 감격으로 인해 생성된 초월적 표현 특질을
확인할 수 있다.

특히 Ⓐ는 능운각에 위치한 조망대에서의 감흥을 형상화한 부분인
데 마치 자신이 신선계에 올라있는 것으로 가정하여 상상적인 재현을
시도하고 있다. 아찔한 높이에서 동경 시내를 바라볼 수 있는 조망대
가 화자에게는 선계(仙界)로 환치되어 이는 "구름 만지을듯, 롱옥만
나 놀고난듯, 션녀층중 드러온듯, 서왕모를 만나본듯"과 같이 연속적
인 비유로 구체화되고 있는 것이다.

또한 그 곳에서 술을 마시는 장면은 실제성의 여부를 떠나 "텬상옥
경 십이루에 렬션되야 온것갓고"라는 화자의 상상에 효과적인 촉매
역할을 하고 있다. "진이속에 쏫여잇서", "진루가 젼혀읍다"와 같이 조
망대는 세속적 세계와 분리된 곳으로 형상화되고 있는데 이처럼 근대
적 건물의 높이를 이러한 도교적 선계의 심상으로 간주·재현하고 있
는 것은 흥미로운 문학적 현상으로 볼 수 있을 것이다.

Ⓐ 장면이 끝나면 밑줄 친 "연예관, 곡마장, 연극장, 상뎜들"과 같이
구체적인 명칭으로 동경 시내의 근대적 장소들이 나열되고 있다. 결
국 화자는 의도적으로 Ⓐ와 같은 장면을 가공하여 이를 동경 시내의
장면과 연속되게 함으로써 동경의 근대적 장소들에서 촉발된 이질적
이고 낯선 감흥을 초월적인 미감으로 재현했던 것이다.

이처럼 동경 시내의 풍경을 전체적으로 조망하고 있는 경우와 달리
적지촌이나 의과부속병원에서는 세밀한 관찰과 묘사의 방식으로 기

___

23 박찬승, 위의 논문, 2006, 238쪽에서 재인용.

록된 장면들도 확인된다. 특히 전체 분량의 16%에 해당하는 병원에서의 견문은 다른 항목들에 비해 사실적인 기록물로서의 성격이 가장 두드러지는 부분이기도 하다. 화자는 병원에서 수술을 통해 병을 치료하는 의사들의 능력을 마치 조물주와 같은 능력자로 형상화[24]함으로써 감탄과 흥미를 유발하고 있다. 이어 기계실과 해부학실은 구체적이고 사실적인 어휘들을 통해 마치 한 장의 사진처럼 재현되고 있다.

> 의과교실 드러가니 쥰비시셜 거더ᄒ다/ … ㉠수삼빅종 독일식은 빗치 쌧쳐 스긔ᄒ고 통명훈 금경쏘각 셰균금사 편리ᄒ며/ 귀즁ᄒ 에쓰광션 쎄속꼬지 보인다네/ 싱리희부 참고실의 드러가서 ᄌ셰보니/ 사오십 간 너른마루 류리장식 ᄒ야노코/ 사지근골 피육쏘각 오장륙부 창ᄌ도막/ 천참만륙 졈여노와 간뢰도디 ᄒ얏스니/ 그럭져럭 이곳에다 인육시장 버렷고나/ ㉡흉악ᄒ야 못볼거와 구역나서 못볼거와/ 꿈의뵐가 못볼거와 희괴ᄒ서 못볼너라/ 인도로 싱각ᄒ면 참아못ᄒ홀 일이시만/ 싱리희부 연구ᄒ긴 지식확당 되겟더라/ 긔시와서 본거시니 디강소긔 ᄒ야보셰/ Ⓑ【희골부를 먼져보니 왼갓쎄를 노왓ᄂ디/ 사디속신 육쳔마듸 시속말의 일너쩌만/ 아바님이 끼치신쎄 수효조ᄎ 모를소냐/ 젼톄골졀 통계ᄒ면 이빅륙긔 사실이데/ 두골은 이십팔긔 등심골은 이십륙긔/ 갈비쎄ᄂ 이십ᄉ긔 가슴설골 각한긔/ 샹지골은 륙십사긔 하지골은 륙십이긔/… 허파 모양 볼작시면 련어알보 흡사ᄒ다/ 횡격막을 의지ᄒ여 혈관순환

---

24 "… 경력잇ᄂ 의사들이 쳥낭비결 헤쳐보며/ 쌍줄고무 층진긔를 두귀예다 박아노코/ 명문의다 붓치면서 툭툭치며 진믹ᄒ고/ 디증투졔 쳐방ᄒ니 외치닉복 젹당ᄒ다/ 슈슐방법 볼작시면 각죵긔계 버려노코/ 몽혼희부 용이ᄒ니 화타편작 이샹이오/ 만병회츈 시켜너니 시닉인슐 그아인가/ 비가그로 괴쯔닉기 창자끈코 이어닉기/ 옥은심쁠 ᄂ려쥬고 부러진쎄 이서쥬며/ 골을켜고 쭈어미기살을 뽈코 자아닉기/ 쳥밍관이 보게ᄒ며 쌓어쳥이 쎠워쥬고/ 이목구비 업ᄂ스롬 만드러서 부쳐쥬네/ 사지형회 다만드니 못만들게 웁것더라/…"

일을 삼고/ 흉격안의 드러안져 산소공긔 마시면서/ 폐동맥의 잇는피가
모셰관의 드러가고/】 … (제10장 의과부속병원)

위의 장면은 인간의 몸이 관찰과 처치의 대상이 되어버린 근대 의
료체계의 실상을 보여주는 것으로서 화자는 이에 대한 '예정된 신뢰'
를 보이고 있음이 지적된 바 있다.[25] 그런데 이러한 화자의 인식적
한계에도 불구하고 표현의 측면에서 본다면 의학 지식의 유용성에
대한 '전달'의 욕구를 읽어낼 수 있는 장면이기도 하다. 독일식 기계
들에 대한 감탄을 "세균 검사를 하는 금경(金鏡) 조각, 뼈를 투시케
하는 에쓰 광선(X-ray)"(㉠) 등으로 구체화하고 이후 해부된 신체 조
직들과 그 기능까지 자세하게 설명함으로써 화자는 의학적 기기들과
지식의 가치를 상세히 기록하고자 한 것이다.

또한 ㉡을 보면 해괴한 풍경들에 대한 심리적 거부감에도 불구하
고 화자는 '지식 확장'을 지향하고 있음을 알 수 있다. 특히 B 부분을
보면 "아바님이 끼치신뼈 수효조츠 모를소냐'라고 표현하면서 신체
곳곳의 골격 수효를 매우 구체적인 숫자로 제시하고 있다. 이러한 장
면은 불과 20년 전 〈유일록〉에서 '단발령'에 분노하던 화자의 모습[26]
과 대조되면서 신체에 대한 윤리가 근대적 지식의 관념과 함께 변화
되는 과정을 보여준다. 그로 인해 허파 모양이 "연어알보"와 같다는
비유는 물론 혈액 순환의 과정이 묘사되는 등 이후에도 각종 장기들
의 모양과 기능이 이해되기 쉽게 묘사되고 있다. 이처럼 의학적 견문

---

25 박애경, 2004, 264~265쪽.
26 김윤희, 위의 논문, 2010, 222~223쪽.

을 가사 문학을 통해 사실적으로 기록하고자 한 작가의 내적 욕망은
다음의 장면에서 가장 선명하게 확인된다.

 ⋯ Ⓒ 【쏘흔군디 지나가니 왼갓줍것 다잇는디/ 류리항의 쥬졍느코
그속의 다 담아는디/ 짠짠스런 풋살젓과 흐늘거린 쇠쏠젓고/ ⋯ 쏘한군
디 드러가니 뒴박갓튼 두골들을/ 이편져편 좌우편의 수가업시 노왓는
디/ 두눈구녕 우멍ᄒ고 아리웃니 앙상ᄒ다/ ⋯ 쏘흔군디 드러가니 부
인의게 쓸인것슬/ 구색가추어 노왓는디 못놀것도 노왓더라/ 죠상혈
통 상쇽ᄒ고 국가사회 조직ᄒ는/ 소등ᄒ기 측량읍고 비밀ᄒ기 짝읍는걸
/ 텬만스롭 보는데다 난잡ᄒ게 버려노코/ ⓔ일홈써서 붓쳣스되 이루긔
억 못ᄒ건만/ 이리치를 자세알나 부탁ᄒ고 셜명ᄒ다】/ Ⓓ【생식긔라
ᄒ는것슨 두부분의 난우엇스니/ 밧갓트로 뵈는것슨 외생식긔 되여잇고
/ 쇽으로 안뵈는건 니생식긔 되여잇서/ⓔ 만일ᄌ궁 협착ᄒ면 희산홀졔
넘녀되니/ 젼문의사 불너다가 쟝광측량 ᄒ고보면/ 예방슈슐 법이잇서
난산ᄒ는 폐단읍다 터덩어리 속수차서 차데더로 안첫는디/ 일본부인
산과에는 아즉덜도 미기ᄒ야/ 구미각국 비교ᄒ면 져런폐단 만타ᄒ니/
조션부인 생산홀졔 생죽엄이 얼마던가】/ Ⓔ【생산ᄒ는 생리학을 쥬의
ᄒ야 드러본즉/ 첫달의는 음양비합 오힝류긔 타구눌졔/ 졍츙이라 ᄒ
는벌네 올창이 모양으로/ ⋯ 어미영양 먹어가며 점점ᄌ라 나가는디/
두달후는 한치되고 셕달후는 셰치되야/ 이려과 글자갓치 두루뭉슐 곱
송거려/ 무엇인지 알수업고 눈갈만 비어지며/ 어미거동 볼짝시면 몸살
나고 입덧느서/ 먹던음식 못먹것고 못먹던것 생각나며/ 구역나고 구미
업서 쐐기살구 싸드리며/ 녁달의 자라기는 여셧치나 겨우되야/ 오쟝
류부 생겨나며 사롬형톄 구비ᄒ고/ 다섯달의 자라기는 여덜치가 훨신
넘어/ 음양지긔 완성되고 남녀구별 판단되며/ 모발죠갑 다낫스며 사지
골격 다생기고/ 어미비가 점점불너 벌덕벌덕 노는구나/ 여섯달의 훈ᄌ
되야 이목구비 완젼ᄒ고/ 일곱달의 훈ᄌ두치 즁량은 이십오량/ 여덜
달의 훈ᄌ네치 무겁기는 사십량즁/ 산모비가 거북문의 졋꼭지는 금붉

으며/ **아홉달의 훈주여치 류십량중 무게로서**/ 피부형상 분명호고 구규십방 완연호며/ **널달의논 당숙이라 초산호기 어려워라**/ 벽을잡고 비루질졔 턴디가 아득호다/ … 산파불너 구원호면 쉽게 슌산혼다호데】 / 디학부쇽 식당의셔 졈심디졉 바든후에… (제10장 의과부속병원)

위의 인용문을 보면 사실적인 묘사와 기록이 더욱 더 체계적이고 연속적으로 진행되고 있음을 알 수 있다. ⓒ를 보면 **"쏘흔군디 드러가니(지나가니)"**로 시작되는 통사 구조가 반복되면서 신체 각 부분이 분절되어 전시된 장면들을 묘사하고 있다. 그런데 이러한 장면의 연속성은 부인의 "생식기"에서 정지·변화되는데 화자는 이를 통해 '생명의 잉태와 출산'의 문제를 연상함으로써 ⒠와 같이 확장적 장면화의 특질이 생성되고 있다. 여성의 생식기가 전시된 장면을 보고 "못놀 것도 노왓더라"와 같이 탄식하지만 이내 "이 이치를 자세히 알고자 부탁하고 설명한다"(ⓒ)라고 하면서 상세한 기록을 시작하고 있는 것이다. 그리고 그 이유는 바로 조선 부인들의 "생죽음"을 예방하고자 하는 의식에 기인한 것임을 ⓔ을 통해 확인할 수 있다. 이미 "구미각국"에서는 "자궁협착"과 같은 병을 수술로 예방하고 있지만 일본도 여전히 "미개"한 상태이므로 "조선"의 경우는 말할 것도 없다는 것이다.

이런 맥락에서 볼 때 화자는 생식기의 구조는 물론 생명의 잉태와 출산의 과정에 대한 지식을 상세하게 전달하는 것이 조선 부인들에게 도움이 될 것이라 생각했던 것으로 보인다. 〈동유감흥록〉은 각 항목마다 서두에 간략한 설명이 제시되어 있는데 제10장 부속병원의 경우에는 "… 위싱상의 조선부녀로 호야금 특별쥬의케 홈이 가호도다"라고 표현함으로써 항목 구성의 목적을 선명하게 밝히고 있다. 이를 보아도 화자는 보다 용이하고 효율적인 전달을 위해 위의 인용문처럼 연속적이고 체계적인 장면화를 구현했음을 알 수 있다.

특히 ⓔ를 보면 생명의 잉태와 성장, 탄생의 과정을 '열 달'의 단위로 나누어 기록하고 아기와 산모의 신체 변화를 "올챙이 모양, '곱송거려, 쬐기살구, 벌덕벌덕, 금붉으며" 등과 같이 감각적인 고유어들을 적재적소에 배치하고 있다. 운율에 기반한 통사 구조 내에 모국어를 효과적으로 활용·배치할 수 있음은 물론 전달의 욕구가 강화되는 경우에는 장면의 유연한 확장이 가능하기 때문에 화자는 전략적으로 가사 문학을 선택하여 창작했음을 알 수 있다.

가사 문학의 경우 19세기부터 장편화 양상을 보이게 되고 그 과정에서 '기록성'이 중요한 특질로 부각된다. 이는 '문학성'이 결여된 것으로 평가될 수도 있지만 '세밀한 기록성'이라는 새로운 가치로 접근해볼 수도 있다.[27] 〈동유감흥록〉의 경우 근대적 문물에 대해 세밀하게 기록하고 있는 장면들이 발견되고 있어 가사는 1920년대에도 전달과 재현의 욕구를 충족시키는 매개체로서 유효성을 발휘하고 있었던 것으로 보인다. 근대성에 압도된 화자는 동경을 초월적 심상 공간으로 묘사한 반면 의학 지식에 대해서는 체계적이고 사실적인 기록을 지향했음을 알 수 있다.

또한 18장 일광(日光), 21장 비파호급도산어릉(琵琶湖及桃山御陵)에서 자연 풍광이 묘사된 장면을 보면 동경의 사례와 같은 초월적인 풍경미가 선명하게 확인된다. 그리고 공장, 학교, 내각, 철도, 농사시

---

27 류준필, 「박학사포쇄일기(朴學士포曝曬日記)와 가사의 기록성」, 『민족문학사연구』 22권, 민족문학사학회, 2003, 120~138쪽.

험소 등의 소재들은 대체로 사실적인 층위에서 설명되고 있다. 전반
적으로 근대적 문물에 압도된 화자는 그 감흥을 다층적으로 기록화하
려 했으며 이 과정에서 체계적 장면화와 사설의 확장 등과 같이 가사
문학의 특질이 효율적으로 활용되고 있는 현상도 발견할 수 있었다.

그런데 화자의 의식이 단지 일본의 근대성에 매몰되어 있다고만
보기에는 어려운 장면들도 발견이 된다. 부분적으로 보면 14장 대판
의 '신궁(神宮)'에서는 "조선학즈 모셔다가 문화진보 ᄒᆞᄂᆞᆫ것을/ 력력
히 그럿스니 사적참고 되겟더라", 15장 내량공원의 박물관에서는 "조
션미슐 드러와셔 굿쩌붓터 발전됏데", 17장 동경의 후락원에서는 "왕
인동도 ᄒᆞ얏스니 조선연원 그 안인가" 등과 같이 조선의 역사를 환기
하고 자의식을 유지하려 하고 있다.

특히 19장의 적지촌은 대체로 모범적인 평야농촌으로 묘사되고 있
는데 후반부에 가면 "셰상 여러 사무중에 못홀일은 증슈로다/ 이곳문
명 진보되야 모범이라 쩌들지만/ 돈을작구 달나ᄒᆞ면 어느사롬 조ᄒᆞ
리ᄉᆞ"와 같이 조세 제도의 폐단을 탄식하며 그 양상을 자세하게 나열
하는 장면이 발견된다.

이처럼 〈동유감흥록〉의 화자는 단지 내지시찰단원의 시선으로만
일본을 관찰한 것이 아니라 여행자 문학의 관점[28]에서 일정한 거리를

---

28 "… 여행자 문학은 하나의 작품을 양면적 시각에서 볼 수 있다는 점에 그 의미가
있다. 여행기 저자의 입장에서 '진실'로 간주하고 썼을 부분이 여행 대상국의 입장에
서는 잘못 인식된 '편견'과 '오류'로 볼 수도 있거니와 이것은 부정적인 묘사에서뿐만
아니라 미화된 묘사에서도 나타난다. 필자는 오히려 이 점을 여행자 문학의 묘미이고
핵심으로 간주한다. 여행자 문학은 낯선 곳의 체험을 통해 독자가 간접 체험하는
즐거움을 주지만, 이것은 끊임없이 뒤를 잇는 여행자들의 상반된 묘사나 묘사 대상국
에 속한 인물들의 비판을 통해 장차 그 진실이 회의될 여지가 있기 때문에 여행자

유지한 경우도 있었음이 확인된다. 특히 이러한 의식이 강화되면서 대타적 자의식이 생성된 장면까지도 발견되고 있어 다음 장에서는 이러한 측면에 대해 분석해 보도록 하겠다.

2) 비판적 자의식(自意識)과 확장적 장면화

화자가 근대적 문물과 제도에 매몰되지 않으면서 일정한 거리를 유지하고 있는 장면들을 살펴보면 대타적(對他的) 자의식으로 인한 화자의 비판적 사고가 진행된 사례들을 발견할 수 있다. 시찰의 과정에서 촉발되는 내적 반응을 솔직하게 고백하는 경우도 있고 나아가 사실적 기록만으로는 재현할 수 없는 소회를 확장적 장면화를 통해 표현하고 있기도 한 것이다.

> … Ⓐ【시가젼경 멀니보니 일망무졔 끗치업네/ 명승고젹 구경훈거 더강셜명 ᄒ야보ᄌ/… 씽씽치는 뎐차들과 펄펄쀠는 자동차가/ 련락불졀 딍기면서 만은사람 틱건만은/ 억긔쑥지 서로다니 팔놀이기 어려우며/ 수레박휘 마쥬치니 한눈팔기 위험ᄒ고/ 옷깃모와 장막되며 쌈을쑤려 비가되네】/ ㉠바다의는 돗더숩풀 육디에는 굴둑숩풀/ 그우에는 뎐션철망 거믜줄노 느려시니/ 황금식만 날나가면 영낙읍시 걸일너라 (제14장 대판)

문학은 언제가 갈등적 요소와 긴장감을 은장시키고 있는 것이다.…"(이혜순, 「여행자 문학론의 정립」, 『비교문학의 새로운 조명』, 태학사, 2003, 243~244쪽.) 이 글은 이러한 관점을 수용하여 〈동유감홍록〉을 여행자 문학의 관점에서 본다면 양면성이 내재되어 있음에 주목하여 논의를 전개할 것이다.

위의 인용문은 대판에서 목도한 시가(市街) 전경을 묘사하고 있는 부분인데 앞서 살펴본 동경의 경우와 차이를 보이고 있다. 근대적 풍경에 앞서 "명승고적"에 대한 설명을 진행하고 있으며 이후 전개되는 도시의 모습은 혼잡하고 불편한 곳으로 표현되고 있다. Ⓐ를 보면 신속한 전차와 자동차들이 많은 사람들을 태우고 다니지만 "팔놀이기 어려울" 만큼 혼잡함은 물론 '위험'하기도 함을 지적하고 있다. 근대적 이동 수단의 편리함 이면에 내재한 개체적 불편함이 "짬을쓰려 비가 되네"와 같이 구체적으로 표현되고 있는 것이다.

특히 Ⓛ에서는 "바다의는 돗더숩풀 육디에는 굴둑숩풀"이라는 비유를 통해 육해 공간을 점령하고 있는 선박과 공장들의 과밀함을 간접적으로 비판하고 있다. 나아가 다음 구절에서는 자본에 종속된 자들을 "황금시", 사회 구조를 "거믜줄"로 비유하고 있어 근대적 자본주의에 대한 조소의 시선까지 발견된다. 이러한 부정적 시선은 동경에서 재판 장면을 묘사한 후 첨가된 다음의 내용에서 더욱 구체화되고 있다.

인민권리 보호ㅎ는 변호사계 드러보니/ 전판스와 견검스며 법학스와 변리스의/ 넓은문패 스무소가 이곳져곳 느러잇서/ Ⓛ현하웅변 가지고서 비리호숑 ㅎ다는디/ 화녕뎨턱 제박스는 변호계의 령수라네/ 기중에도 명예읍고 싱활곤란 홀슈읍는/ 실스금에 팔인몸들 못홀일도 ㅎ다는대/ Ⓑ【골육징숑 권고ㅎ야 삼강오륜 쓴케ㅎ기/ 빅년가약 인연쎼여 싱초목에 **불노키와**/ 구허날무 교묘ㅎ게 증인교준 **일녀주기**/ 무문농필 흔적읍시 증서위조 ㅎ야노키/ 토디이동 쌀니 시겨 **재산은익 ㅎ게ㅎ며**/ 비당가입 요구ㅎ야 사해행위 **시키기와**/ 집행경민 일을삼아 족박들녀 **니시기와**/ 고소디리 맛는디로 오동시계 **치워노키**/ 면회ㅎ고 모인바다 살인강도 **뒤쩌먹기**/ 읍는말도 잇다ㅎ며 잇는 스실 읍다ㅎ야/ 제자식도

아니라기 남의 친긔 위겨더니/ 이현령의 록피왈자 허무밍랑 우슙더라】
(17장 동경)

위의 인용문을 보면 "인민권리"를 보호해야 하는 "변호사계"가 오히려 각종 비리로 사람들에게 피해를 주고 있는 광경이 나열되어 있다. 특히 ⓛ의 "기중에도 명예읍고 싱활곤란 홀슈읍는/ 실스금(實謝金)에 팔인몸들 못홀일도 혼다는대"라는 부분을 보면 변호사계 내에서도 수직적 계층화 현상이 발생해 있고 사례금 때문에 윤리를 위반하게 되는 폐단이 확인된다. 자본에 포획되어 버린 '변호사'의 지식은 일반인들의 자본을 착취하기 위한 도구적 권력으로 남용되고 있는 상황이 비판되고 있는 것이다.

특히 그 폐단이 나열되어 있는 Ⓑ 부분은 견문에 대한 사실적 '기록'이라기보다는 유사한 사건들이 나열되면서 장면이 확장되는 특질을 보이고 있다. "-혼기"로 연속되는 다양한 사례들을 연속적으로 배치함으로써 변호사들의 비윤리적 행태가 구체적이고 설득력 있게 전달되고 있는 것이다. 이처럼 판소리계 문학에서 주로 발견되는 사설의 확장 양상은 다음의 경우에서 더욱 선명하게 확인된다.

ⓒ기중의도 뎨일듕요 정치디학 아쥬읍다/ 아쥬업논 정치디학 단독으로 창셜호고/ 그학교의 총장되야 교편들고 감독호되/ Ⓒ【강사즈격 고르즈면 도쳐졀핍 될것시니/ 중국가서 **문쟝디가** 일본가서 **법학박스**/ 미국가서 **쳘학박스** 독일가서 **병학디가**/ 네스람만 고빙호야 조교슈로 고문호고】/ 입학시험 간단호게 구술작문 그쑨이오/ 응시즈격 곤난호게 삼십이상 남즈로서/ 좌긔각항 희당훈즈 일쳔인만 모집호되/ Ⓓ【마젹단의 드럿다가 편장이상 **되엿든즈**/ 혁명당에 참가힛다 불힝중도 **실퓌**

혼자/ 과격쥬의 선전ᄒ야 일부락을 **소동혼ᄌ**/ 쳔인이상 단톄에서 간부 추천 **되얏든ᄌ**/ 식민디의 통치하에 요시찰이 **되얏든ᄌ**/ 쥬ᄉ쳥루 화류 장에 한푼읍시 **잘노든ᄌ**/ 림하암혈 빈궁ᄒ서 현게자고 **글읽은ᄌ**/ 더학 뎡도 졸업ᄒ고 힝졍쟝관 **되얏든ᄌ**/ 그럭져럭 만원되면 텬하잡류 도취 ᄒ야】/ …셩심으로 교슈ᄒ야 졸업증서 쥬구나면/ E【세계영웅 호걸 들이 한군듸예 모히리라/ 상통쳔문 하달디리 뎨ᄌ사가 **될ᄉ람과**/ 셥리 음양 순사시로 진퇴빅관 **홀ᄉ람과**/ 왕퍼지도 겸용ᄒ야 제셰안민 **홀ᄉ 람과**/ 유악지즁 쥬를노와 결승쳘리 **홀ᄉ람과**/ 쳔만디병 상쟝되야 빅젼 빅승 **홀ᄉ람과**/ 삼촌지셜 가지고서 빅만지사 **당홀ᄉ람**/ 외국디사 즁임 마타 불욕군명 **홀사람들】** (제14장 대판)

위의 인용문을 보면 가장 중요한 정치 대학이 없으니 이를 단독으로 창설한 후 그 학교의 총장이 되는 가상적 설정(ⓒ)을 통해 내용이 전개되고 있는데 주요 소재의 단위별로 장면이 확장되는 양상을 발견할 수 있다. C를 보면 강사 자격은 "문장더가, 법학박ᄉ, 철학박ᄉ, 병학더가"와 같이 네 명으로 한정하고 있는데 흥미로운 점은 학생들을 모집하는 D의 장면이다. 식민주의 통치하에 요시찰이 되었거나 대학교를 졸업하여 행정장관 되었던 자부터 혁명당에 참가했다 불행하게 실패한 자, 주사청루 화류장에 한 푼 없이 잘 놀던 자에 이르기까지 말 그대로 "텬하잡류"를 모집하고 있기 때문이다.

이는 교육의 힘을 강조하고자 한 화자의 의도로 보이는데 이들이 십년의 교과 과정을 졸업하고 나면 "세계영웅 호걸들"로 변화될 수 있음이 E의 장면에서 확인된다. E에 나열된 이들은 대부분 "제세안민(濟世安民)"을 구현할 영웅들로 구성되어 있다. "유악지즁 쥬를 노와 결승쳘리홀 ᄉ람"[29]과 "삼촌지셜 가지고서 빅만지사 당홀ᄉ람"[30]과 같이 고사를 활용하여 영웅을 희구(希求)하는 것은 물론 천만대병으로 백전백승할 사람, 외국 사신으로 군명(君命)을 수행할 사람 등을 나열하고 있는 것이다.

 이처럼 확장적 장면을 통해 화자는 당시의 국제적 현실에 대한 반감(反感)을 간접적으로 표출한 것으로 보인다. '정치 대학'을 가상으로 구성해 봄으로써 국제적 역학 관계의 모순은 물론 당시 조선(朝鮮)의 열세(劣勢)를 교육의 힘으로 극복하고자 하는 의식적 염원을 작품

---

29 『사기』 고조본기(高祖本紀)의 내용이다. 통일천하를 끝낸 고조는 어느 날 낙양(洛陽) 남궁(南宮)에서 잔치를 베풀었다. 그 자리에서 고조는 "내가 천하를 얻은 까닭과 항우가 천하를 잃은 까닭이 무엇인가를 말하라."라고 말했다. 그러자 고기(高起)와 왕릉(王陵)은 이렇게 대답했다. "폐하께선 성을 치고 공략하게 되면 공을 세운 사람에게 그 땅을 주어 천하 사람들과 이익을 함께하셨습니다. 그러나 항우는 의심과 질투가 많아 싸움을 이겨도 성을 주지 않고 땅을 얻어도 나눠주는 일이 없었습니다. 이것이 폐하께서 천하를 얻고 항우가 천하를 잃은 이유인 줄 아옵니다." 그러자 고조는 "경은 하나만 알고 둘은 모른다. 막사 안에서 작전계획을 짜서 천리 밖에 승리를 얻게 하는 것은 내가 자방(子房・張良의 字)만 못하고(夫運籌策帷幄之中 **決勝於千里之外** 吾不如子房), 나라를 편안히 하고, 백성을 어루만져 주며, 군대의 보급을 끊어지지 않게 하는 것은 소하(蕭何)만 못하며, 백만의 군사를 거느리고 싸우면 반드시 이기고 치면 반드시 빼앗는 것은 내가 한신(韓信)만 못하다. 이 세 사람은 모두 뛰어난 인걸들이다. 나는 그들을 제대로 썼고, 그것이 바로 내가 천하를 차지할 수 있었던 이유다. 항우는 범증(范增) 한 사람이 있었을 뿐이었는데 그 하나도 제대로 쓰지 못했다. 이것이 나에게 패한 이유다."라고 말했다.

30 〈사기(史記) 평원군열전(平原君列傳)〉에 사마 천(司馬遷)이 쓴 이야기 중하나이다. 중국의 전국시대(戰國時代) 진(秦)나라가 조(趙)나라를 공격하자 조나라의 평원군(平原君) 조승이 구원병을 얻으려고 초(楚)나라에 갔다. 함께 간 평원군의 식객 모수(毛遂)가 초나라 왕에게 거침없는 언변으로서 조나라에 구원병을 동원해 달라고 설득하자 모수의 언변에 탄복한 초나라의 효열왕은 구원병을 내주었다. 이에 평원군은 모선생의 세 치 혀가(모선생이삼촌지설: 毛先生以**三寸之舌**) 백만 명의 군사보다 더 강한 힘을 발휘한다(**强于百萬之師**)라고 칭찬하였다. 말로써 상대편을 설득하여 백만 군대의 힘으로도 달성하지 못할 일을 이루었다는 뜻이다.

에 투사하고 있는 것이다. 특히 강사의 자격을 '경제'가 아닌 '문장, 법학, 철학, 병학'으로 규정하고 학생들을 모집함에 있어 신분 고하를 막론한 방식은 근대적 권력의 쟁투(爭鬪) 속에서 조선의 문사(文士)가 지향한 선치(善治)의 방향이었던 것으로 보인다.

3) 초극(超克) 욕망과 상상적·관념적 형상화

　　Ⓕ【일제불너 취립ᄒ고 은근권면 일너쥬되/ **널낭나서 즁화가면** 더 총통이 될터이니/ 형뎨투징 붓그럽다 남북분렬 화친ᄒ며/ 련방졔도 셩립ᄒ야 외어기모 ᄒ여보고/ 일본션진 시긔말며 조선구의 잇지마라/ **널낭나서 일본가면** 너각조직 시길테니/ 만셰일계 소즁ᄒ다 충효표챵 일삼으며/ 졍당민회 련락ᄒ고 조선지라 인심으더/ 졍의인도 가지고서 동양평화 유지ᄒ라/ **널낭나서 조선가면** 웅변디가 될터이니/ 각종사회 련합ᄒ야 일심으로 단결ᄒ고/ 만민도탄 비고푸니 산업졍칙 진흥ᄒ며/ 불학무식 암미ᄒ니 교휵괴관 시셜ᄒ라】/ Ⓡ다시훈번 싱각ᄒ니 밋친스룸 셤어로다/ 아서라 안되것다 십만금만 진졍쥬면/ 벽곡ᄒ고 물마시며 학을타고 양쥬가서/ 굉셩젹송 벗슬삼아 쟝싱불사 ᄒ야보자/ 이런싱각 ᄒ노라고 포수가의 안져더니/ 단쟝이 썩ᄂ스며 구경가자 지촉혼다. (제14장 대판)

　　앞서 살펴보았듯이 〈동유감흥록〉의 화자는 확장적 장면화를 통해 비판적 의식 세계를 투사하고 있는데 이러한 양상이 점층되어 '상상적·관념적 장면화'가 진행된 장면까지 발견할 수 있다. 위에 인용된 Ⓕ 부분을 보면 "널낭나서 즁화가면, 널낭나서 일본가면, 널낭나서 조선가면"과 같은 가상적 구조가 반복되면서 동아시아의 평화와 안정을 위해 필요한 영웅들의 임무까지 언급되어 있다. 중국의 경우에는 대총통(大總統)이 되어 내분(內紛)을 봉합해야 함은 물론 일본을 시기하지 말고 조선과의 구의(舊誼)을 기억해야 하며, 일본으로 간 영웅은 조선과 중국인들의 인심을 얻어 "정의인도(正義人道)로써 '동양평화(東洋平和)'"를 유지해야 한다고 되어 있다. 조선으로 간 영웅은 사회의 단결, 산업 정책의 진흥, 교육 기관의 설치 등을 가능케 하는 "웅변대가"가 되어야 한다고 설정한 점도 흥미롭다. 화자는 문명 개화를 위해 조선인들의 각성이 무엇보다도 절실하다고 생각했음을 의미한다. 이처럼 화자는 정치 대학의 설립이라는 가상적 상황을 설정함으로써 각국의 정치 현실을 간접적으로 비판함과 동시에 '화합'을 지향하는 의식을 효과적으로 드러내고 있는 것이다.

이러한 상상적 장면화는 본인 스스로 "밋친스람 셤어로다"고 탄식하는 방식으로 마무리되고 있다. 그러나 정치 대학을 설립한다는 가정을 통해 선치(善治)에의 욕망을 투사하고 있는 이러한 장면이 단지 무의미한 허구가 아니라 현실에 대한 울분에 의해 촉발된 것이었음을 ㉣의 내용을 통해 확인할 수 있다. ㉣을 보면 화자는 "벽곡ㅎ고 물마시며 학을타고 양쥬가서/ 굉성젹송 벗슬삼아 쟝싱불사 ㅎ야보자"라고 표현하며 탈속적이고 도가적인 초월을 지향하고 있는데 그 전제 조건이 "십만금"으로 표상된 자본이다. 이러한 자본이 비극적 현실 세계를 극복케 하고 초월적 상상을 매개하는 기능으로 설정된 것은 역으로 보면 현실적 파괴력도 상당함을 의미하는 것이라 할 수 있다.

화자는 자본과 권력에 있어 열세(劣勢)일 수밖에 없었던 당시의 조선 현실을 철저하게 자각했던 것으로 보이며 그 울분이 앞서 살펴보았듯이 '정치 대학의 설립'과 같은 가상적 열망에 투사되어 있었던 것이다. 작품의 초반부에 근대적 세계에서의 '불편함', '거부감'과 같은 감정으로 단속(斷續)적으로 표현되었던 대타적 자의식이 학교를 시찰하면서 구체화되어 정치와 교육에 대한 열망으로 확장되었음을 알수 있다. 특히 이에 대한 효율적 표현을 위해 장면 단위로 사설이 확장되고 있으며 의식의 지향성에 따라 장면의 분량 역시 유연하게 조정되고 있음을 확인할 수 있었다.

미슐학교 음악학교 음률예슐 가르치고/ 관영ᄉ라 ᄒ는졀은 덕쳔삼더 장군격에/ 상야젼부 십리주회 유명ᄒ던 큰졀인더/ 명치유신 병화후에 다시즁슈 ᄒ것시라/ **동물원**에 드러가니 됴수어별 곤츙초목/ 방ᄉ장이 여덜군더 망칙ᄉ가 마흔셰곳/ 수졔됴젹 ᄉ귀여서 금수셰셰 되야구나/ 동양것은 물론ᄒ고 구미각국 소산ᄭ지/ 가츄가츄 모라노코 일홈써서 붓쳐시니/ ㉤듯고보든 거스로나 **신타령**을 ᄒ야보ᄌ/ ⓖ 【단산쳔인 놉히ᄒ나니 긔불탁속 **봉황시**/ 야반젹벽 ᄭᅮᆷ을 ᄭᅮᆫ던 현상호의 **학두루미**/ 구로은공 모를소냐 반포효도 **가마귀**/ 츌장입상 창업원훈 시유응양 **보라매**/ 잉잉긔기 유정ᄒ다 벗부르는 **꾀고리**/ 부자가금 드럿던가 찬란홀사 **공작시**/ 곤룡포에 빗치나니 산룡화츙의 **쟝ᄭᅵ**/ 시지시지 조흘시고 산양자치 **ᄭ토리**/ 북희원추 의심마라 연비여텬 **소리기**/ 금정화덕 셜의낭ᄌ 현하지변 **앵무시**/ 요지연 서왕모의 쇼식젼튼 **쳥됴시**/ 라부산에 술을ᄭᅵ니 참횡락월 **비취시**/ 쌍거쌍러 텬상비필 록슈중간 **원앙시**/ 우후쳥강 말근흥을 네일니라 **갈마귀**/ 일족독권 흔우리에 흔가ᄒ다 **희오라비**/ 오류션셩 긴긴사랑 노코나니 **백호이**/ 황릉묘 구진비에 울고가는 **쟈고시**/ 망뎨츈심 망연ᄒ다 야월공산 **두견새**/ 오의항구 빗긴셕양 왕사당상에 **졔비**/ 시파빅곡 지촉ᄒ다 이산져산 **ᄲᅥᆨ국새**/ 시화셰풍 자랑ᄒ네 솟치격다 **솟격새**/ 강흠추영 훨훨 나니 쇼상하사 **기러기**/ 추수장텬 흔빗될졔 락하졔비 **짜오기**/ 남의 집을 ᄲᅦ서드든 유구거지 **비닭기**/ 도덕경을 쓰고나니 롱아이귀 **당게우**/ 곤산아리 날나갈졔 옥ᄭᅵ치는 **ᄭ치**/ 등걸나무 ᄶᅵᆨ지말아 벌목졍졍 **ᄶᆞᆺ자구리**/ 광하쳔간 쓸더웁다 일지소림 **쵸료새**/ 원

갓시를 다세자면 한읍스니 그만두고】 / 이러흔 가운디의 인산인히 결노
되야/ 미일드러 오는사람 사만여명 된다흐니/ (제17장 동경)

위의 장면은 동경에서 방문한 동물원에 대한 묘사인데 "조수어별
곤충초목" 중에서도 특히 '조류'의 종류들이 구체적으로 나열되어 있
다. 객관적이고 사실적인 층위에서 동물원을 기록한 것이 아니라 의
도적으로 특정 장면을 확장하고 있는 현상이 이 부분에서도 발견되는
것이다. 1902년에 창작된 사행가사 〈유일록〉이나 〈셔유견문록〉을 보
면 동물의 명칭이나 외양 등이 흥미와 경탄의 층위에서 묘사되고 있
어 〈동유감흥록〉의 경우와 차이를 보인다. 병원, 공장, 법원, 공원,
고층 건물 등과 같이 근대적 풍경에 매료된 화자에게 동물원은 더 이
상 '지적 호기심'이 생성되는 공간이 아니었던 것이다. 특히 "듣고보던
것을 새타령을 하여보자"라는 ⑩의 구절을 보아도 자신이 이미 알고
있던 각종 새와 연관된 고사를 타령조 운율로 재현하고자 한 의도가
직접적으로 발견된다.

민요로 불리던 '새타령'은 18세기 중반부터 잡가 및 단가 '새타령'으
로 독립되었고 줄고사 소리와 판소리 작품에 삽입가요로 수용되어 일
정한 기능을 수행하였다. 특히 이 새타령은 정격형과 변이형으로 분
류되는데 정격형의 경우 서사 문맥과 유기적 연관성은 부족하지만 흥
겨운 분위기를 유발하는 경우가 많았다.[31] 위의 ⑥ 장면을 보면 각종

---

31 김기형, 「'새타령'의 전승과 삽입가요로서의 수용 양상」, 『민족문화연구』 26, 1992,
고려대학교 민족문화연구원, 298~315쪽. 이 논문에 의하면 정격형 '새타령'이란 ①
새에 관련된 관용적 표현의 사설과 새 이름이 함께 나올 것, ② 등장하는 새가 나열·
병렬의 형태로 제시될 것. 이 두 조건에 부합하는 것을 의미한다. 〈동유감흥록〉에서
발견되는 새타령은 이러한 정격형 '새타령'의 구조에 부합된다.

새들에 대한 관용적 고사를 제시한 후 새 이름을 나열하는 구조가 반복되고 있어 정격형 새타령과 상당히 유사한 특질을 보이고 있다. 나열된 새들의 종류도 정격형 새타령의 경우와 거의 유사하며 특히 동경의 박람회, 미술관, 동물원 등을 시찰하는 과정에서 이 장면만 독특하게 확장되어 있다. 박람회, 미술관 등은 간략하게 설명하고 있는 반면 동물원에서는 '새타령'의 구조를 독립적으로 활용·삽입함으로써 화자는 의도적으로 '흥(興)'이 유발되는 장면을 구성하고 있는 것이다. 새타령 또는 그 범주에 속하는 음악은 대략 유성기음반 60여 면에 해당하는데 이는 근대 초기에 '새타령'이 매우 폭넓은 향유층을 지닌 노래였음을 의미한다.[32]

이러한 맥락을 고려할 때 화자는 동경의 동물원을 묘사하고자 할 때 자국의 노래인 '새타령'을 연상했으며 이는 지적 호기심이나 재현의 욕구가 사라진 근대 문물에 대해서 화자는 자의식에 기반하여 관념적 장면화를 시도했음을 의미한다. 그로 인해 특정 장면에서는 유사한 통사 구조가 병렬되면서 장면이 확장되는 특질이 선명하게 발견되는 것이다.

나아가 이러한 자의식이 강화되어 자국의 현실을 비극적으로 인식하고 있는 사례 역시 발견되는데 이 장면도 '타령조'가 활용되고 있어 흥미롭다. 화자는 근대화된 일본을 체험하는 과정에서 비극적 조선(朝鮮)의 현실을 절감(切感)했을 것이며 이러한 감상(感傷)은 현실적 한계를 초극하고자 하는 욕망을 생성케 했던 것으로 보인다. 체험을

---

32 배연형, 「판소리 새타령의 근대적 변모 - 유성기음반을 중심으로」, 『판소리연구』 31, 판소리학회, 2011, 203쪽.

회상하며 가사 문학을 재구성하는 과정에서 이러한 의식이 촉발된 경우에는 상상적이고 관념적인 층위에서 장면이 구성하되 자국어 문학의 관습이나 특질을 적극적으로 활용했던 것이다. 화자는 전통적인 가사 문학을 율문체에 기반한 장면이나 타령조로 향유하면서 비극적 현실을 잊고 평화로운 과거를 희구(希求)했던 것으로 보인다.

이처럼 〈동유감흥록〉은 일본의 근대성을 내면화한 지식인의 기록으로만 치부하기 어려운 장편가사 작품이라 할 수 있다. 공식적인 시찰 단원으로서 '내선일체' 동화된 시선은 물론 대타적 자의식과 비판적인 현실 인식의 논리도 발견되는 등 내적 균열로 인해 생성된 다층적 특질이 확인되기 때문이다. 그러므로 1920년대에 창작된 가사 작품으로서 〈동유감흥록〉의 문학사적 의의는 재조명되어야 하며 공시적·통시적 층위에서 연구가 지속되어야 할 것으로 보인다.

4. 결론

이 글은 심복진에 의해 창작된 장편가사 〈동유감흥록〉(1926)에 일본에서의 견문과 감흥이 다층적으로 형상화되어 있음에 주목하여 그 창작 동인과 문학적 특질을 살펴보았다. '내지시찰단'의 일원이었던 작가는 근대화된 일본을 체험한 후 그 견문을 국내 독자들에게 효율적으로 전달함과 동시에 촉발된 감흥(感興)을 표현하기 위해 가사 장르를 선택한 것으로 보인다. 그러므로 가사 문학으로서 〈동유감흥록〉을 보다 면밀하게 살펴보면 근대 문물에 동화된 지식인의 기록이라고만 환원할 수 없는 내면의 다양한 풍경과 균열된 자의식이 발견된다.

조선후기 사행가사의 특징을 유지하고 있지만 1920년대의 시찰감상
문과 비교해 본다면 다층적 기록화, 독창적인 구성, 주관적 장면화
등과 같은 가사 문학적 특질이 확인되는 작품인 것이다.

또한 〈동유감흥록〉은 활자본으로 간행되면서 항목별로 목차를 설
정하고 있어 기존의 사행가사에서 발견되는 구성의 체계성이 진전된
양상을 보이고 있었다. 나아가 일본을 체험하는 과정에서 촉발된 인
지적·정서적 감응의 정도에 따라 이 항목별의 분량과 형상화의 특질
에서 편차가 발견되고 있기도 하다. 동경, 대판, 적지촌, 의과부속병
원에 해당하는 네 항목이 총 분량의 73%정도로 압도적인 우위를 점
하고 있어 주로 이 항목들의 내용에서 화자가 지향한 의식 세계와 전
달 욕망이 강화되어 있었다.

특히 분량이 많은 항목 내의 내용을 보면 객관적 기록을 넘어 주관
적 감흥에 기반한 다층적 형상화가 진행되면서 가사 문학적 효용성이
극대화되어 있는 양상들을 발견할 수 있다. 산문 기록이 아닌 가사
문학을 통해 전달하고자 한 문물이나 내면 풍경이 확장되면서 항목
내의 분량이 증가하게 되는 것이다.

그러나 근대적 문물과 제도에 매몰되지 않으면서 일정한 거리를
유지하고 있는 장면들도 있으며 대타적(對他的) 자의식으로 인한 화
자의 비판적 사고가 생성된 내용들도 발견할 수 있다. 근대적 세계에
서의 '불편함', '거부감'과 같은 감정으로 단속(斷續)적으로 표현되었
던 자의식은 학교를 시찰하면서 정치와 교육에 대한 열망으로 전이
(轉移)되어 확장적 장면화의 방식으로 의식적 지향성이 표출되고 있
는 것이다.

이러한 양상은 점층되어 '상상적·관념적 장면화'가 진행된 부분까

지 확인되는데 특히 화자는 가상의 '정치 대학'을 설립하는 설정을 통해 선치(善治)에 대한 욕망을 투사하기도 하였다. 화자는 근대화된 일본을 체험하는 과정에서 비극적 조선(朝鮮)의 현실을 절감(切感)했을 것이며 이러한 감상(感傷)은 현실적 한계를 초극하고자 하는 욕망을 생성케 했던 것이다.

또한 동경의 동물원을 묘사하면서 자국의 노래인 '새타령'을 활용하고 있는데 지적 호기심이나 재현의 욕구가 사라진 근대 문물에 대해서는 화자가 관념적 장면화를 시도한 것으로 보인다. 문물에 대한 사실적 기록을 넘어 '새타령'이나 '신세설움타령'과 같은 '타령조'를 활용함으로써 문학적 흡입력을 확보하고 있는 것이다.

이처럼 〈동유감흥록〉은 공식적인 시찰 단원으로서 '내선일체' 동화된 시선은 물론 대타적 자의식과 비판적인 현실 인식의 논리도 발견되는 등 내적 균열로 인해 생성된 다층적 특질이 확인되는 장편가사라고 볼 수 있다. 더욱이 가사 문학이 점차 소멸되어가던 1920년대의 장편가사라는 점에서 〈동유감흥록〉의 가치와 의미는 재조명되어야 할 것으로 보인다.

1920년대 가사 〈동유감흥록〉 내
조선인 '설움 타령'의 특질과 그 의미

1. 서론

이 글은 심복진(沈福鎭, 1877~1943)에 의해 창작된 장편가사인 〈동유감흥록(東遊感興錄)〉(1926)[1]에 '조선인(朝鮮人) 설움 타령'으로 범주화할 수 있는 내용이 삽입되어 있는 현상에 주목하여 그 문학적 특징과 의미를 고찰해 보고자 한다. 연활자본 책자로 간행된 〈동유감흥록〉은 서지 사항 및 작품의 주요 특징에 대해서는 선행 연구가 진행된 바 있다. 22.2cm×15cm 규격의 연활자본 책자로 간행되었으며 총 129장 258쪽 규모의 장편가사이다. 기존의 사행가사와 다르게 '내선일체(內鮮一體)' 정책을 추구하는 식민정책 담당자의 의도가 깊이 개입되어 있는 '근대 체험에 대한 보고서'로 평가받고 있다.[2]

1 심복진, 〈東遊感興錄〉 大正 15년: 1926년, 京城 東昌書室. 이 책은 임기중 편, 『역대가사문학전집』, 아세아문화사. 36~37권, 1992에 영인되어 있으며 이 글에서는 고려대학교 소장본을 활용하였다.
2 박애경, 「장편가사 〈同遊感興錄〉에 나타난 식민지 근대체험과 일본」, 『한국시가연구』 16, 한국시가학회, 2004, 256~269쪽.

1920년대 신문과 잡지에 수록된 내지시찰단의 기행문은 대부분 '내
지시찰감상(內地視察感想)', '내지시찰감상담(內地視察感想談)' 등의
제목으로 구성되어 있다. 반면 〈동유감흥록〉은 그 제목만을 보아도
자신의 주관적 감흥을 기록하고자 한 가사라는 점을 알 수 있다. 특히
경학원사성(經學院司成)이었던 김완진은 서문(序文)을 통해 "이 책은
몽매함을 타파케 하고 축적되고 저장된 지식을 통해 사람들의 마음을
들뜨게 하는데 (심복진처럼) 지식과 사고가 확실하고 기백이 뛰어난
자가 아니면 누가 능히 할 수 있겠는가? 그대가 이룬 것은 훗날 반드
시 느끼는 바가 있을 것이며 사람들 가운데 이 책을 읽는 이들은 또한
반드시 그대처럼 느끼는 바가 많을 것이다."[3]라고 표현하고 있다. 〈동
유감흥록〉은 지식을 전달하는 차원을 넘어 사람들의 마음을 들뜨게
한다는 점에서 문학적 효용성이 있고 나아가 많은 독자들에게도 감흥
을 유발할 것이라며 책을 예찬하고 있다.

이처럼 〈동유감흥록〉은 1920년대에 근대적인 신세계로 상징되는
일본을 체험한 후 그 견문을 국내 독자들에게 전달하는 것이 기본적
창작 동기였지만 가사라는 전통 장르를 활용하고 있어 전달의 효율성
과 정서적인 효용성이 부각된 작품임을 알 수 있다. 또한 심복진은
내지시찰단의 일원이었던 만큼 감흥, 독백, 찬탄이 교차하면서 시찰
경험이 내면화되는 과정이 생생하게 확인[4]되는 작품이기도 하다.

---

3 "…君旣還 能次眺矚所及 釐爲二十一目 名以東遊感興錄將印之 **以發矇瞽而矼聾聵**
其蒐獵而淳瀉之 皷動而揄揚之 非識慮專確 氣魄發越 能之乎 吾以是 卜君之異日有
成 必將有得於所感而 人之閱是卷者 亦必有所感如君者多矣 於是嘉之以爲序."－金
完鎭 經學院司成. 각주 처리된 원문 중에서 '강조 표시'된 부분을 번역하여 인용한
것임을 밝혀둔다.
4 박애경, 위의 논문, 2004, 344쪽.

그런데 〈동유감흥록〉의 목차를 보면 여정에 따른 항목이 분량 면에서 큰 편차를 보이고 있어 주목할 필요가 있다. 인지적·정서적 감응의 정도에 따라 묘사된 장면이 확장되는 양상이 발견되는 것이다. 최근 김윤희는 이러한 〈동유감흥록〉의 특징에 유의하여 가사 문학적 특질과 그 의미를 고찰한 바 있다.[5] 비중이 많은 항목들을 분석하여 근대적 문물에 대한 재현 욕망은 물론 비판적 자의식이나 현실적 한계의 초극 욕망 등과 같은 창작 동인을 추론해 내었다. 그리고 그 욕망이 발현되는 양상에 따라 확장적 장면화나 사실적·관념적 형상화 등과 같은 다층적 문학적 특질이 발견된다는 점에 유의하여 그 특징을 세밀하게 고찰하였다.

이처럼 1920년대 가사 작품으로서 문학적 효용성을 확보하고 있는 〈동유감흥록〉에는 또 한 가지 주목할 만한 현상이 있다. 그것은 제14장 '디판(大阪)' 항목의 분량이 작품 중 19%(80~131쪽)를 차지하는데 이 가운데 6명의 '조선인 설움 타령'은 대략 41%(109~130쪽)를 상회할 정도로 상당한 분량을 차지하고 있다는 점이다. '대판'에서의 견문을 묘사하는 부분임에도 이렇게 많은 지면을 할애하며 조선인들의 설움 타령을 기록하고 있는 것은 화자의 다분히 의도적인 설정이라고밖에 볼 수 없다. 더욱이 구조화된 장면 내에 형상화된 개별적 조선인들의 생애담에 기반한 설움 타령이 6회나 반복되고 있어 그 창작 동인과 문학적 실체가 독립적으로 고찰되어야 할 필요성이 있어 보인다.

---

5 김윤희, 「1920년대 일본 시찰단원의 가사 〈동유감흥록〉의 문학적 특질」, 『우리말글』 54, 우리말글학회, 2012, 189~216쪽.

2. 1920년대 가사 〈동유감홍록〉의 특징과 설움 타령의 삽입

〈동유감홍록〉은 총 21장에 해당하는 항목들로 구성되어 있는데 동경(약 22%), 대판(약 19%), 적지촌(약 16%), 의과부속병원(약 16%)에 해당하는 네 항목이 총 분량의 73%정도로 압도적인 우위를 점하고 있다. 이어 편창제사주식회사, 철도연변광경, 농사시험소의 분량이 총 12%정도이며 나머지 14개의 항목[6]들이 하위 15% 정도를 차지하고 있다. 화자가 표현·전달하고자 하는 의식과 욕망은 주로 상위 네 항목에 반영되어 있을 가능성이 높은 것이다. 특히 이 네 항목 내의 내용을 보면 객관적 기록을 넘어 주관적 감흥에 기반한 다층적 형상화가 진행되면서 가사 문학적 효용성이 극대화되어 있는 양상도 발견할 수 있다.

1920년대에 파견된 시찰단원들은 지식인들의 타자 체험과는 달리 근대적 지식 체계를 결여한 채 파노라마적 시각체험에 의존해서 습득한 지식=문명이라는 피상적 인식을 바탕으로 조선과 내지를 위계화하여 바라봄으로써 결국 일제가 의도했던 식민주의를 수용했다고 평가되고 있다.[7] 근대 공간의 상이성에 대한 인식은 환영식, 관병식, 다

6　제1장 시찰단출발(視察團出發), 제2장 텰도연변광경(鐵道沿邊光景), 제3장 련락선창경환(連絡船昌慶丸), 제4장 하관히협(下關海峽), 제6장 팔번졔텰공장(八幡製鐵工場), 제7장 복강방면(福岡方面), 제8장 환명려관(丸明旅館), 제9장 디일본(大日本) 믹쥬쥬식회ㅅ(麥酒株式會社) 박다공장(博多工場), 제12장 엄도(嚴島), 제13장 오군항급신호항(吳軍港及神戶港), 제15장 나량공원(奈良公園), 제18장 일광(日光), 제20장 경도(京都), 제21장 비파호급도산어릉(琵琶及桃山御陵)

7　박찬모, 「'전시(展示)'의 문화정치와 '내지(內地)' 체험」, 『한국문학이론과 비평』 43, 한국문학이론과 비평학회, 2009, 594쪽.

과회 등과 같은 의례를 통해 일제 문화와 동일화되는 과정을 거치게 되는 것이다.[8]

피지배적 위치에서 지배적 위치로 일시적인 전도가 발생하는 이러한 현상은 〈동유감홍록〉에서도 발견되지만 그 장면은 부분적이다. 오히려 대타적 자의식이 발현되어 확장된 내용을 곳곳에서 확인할 수 있다. 〈동유감홍록〉은 가사 작품이기에 식민 통치의 산물이라고만 볼 수 없는 내적 균열의 측면들이 발견되는 것이다. 가상 정치 대학의 설립에 대한 상상을 하는 장면은 물론 동경(東京)의 동물원을 본 후에는 '새타령'의 구조를 활용하여 새들을 나열하는 부분도 발견할 수 있다. 화자는 근대화된 일본을 체험하는 과정에서 비극적 조선의 현실을 절감했을 것이며 이러한 감상은 현실적 한계를 초극하고자 하는 욕망을 생성케 했던 것으로 보인다.[9] 조선인 설움 타령도 이러한 맥락에서 이해될 수 있는 부분이며 분량상 가장 우위를 보이고 있어 이부분에 대해 집중적인 고찰을 진행해 보고자 한다.

> ㉠삼등실노 닉려가니 한구석의 모혀안진/ 흰옷입은 조선스룸 자탄가를 부르눈디/ 반갑도다 반갑도다 그디덜은 어디가나/ 머리우에 수건쓰고 동져고리 쌔람으로/ 말도 쓰지 못ᄒ면서 민손쥐고 어디가나/ 만리동행 ᄒ눈터의 말좀드러 보고지고/ ㉡한스룸이 썩나서며 닉셔름을 드르시요/ Ⓐ【박토나마 논밧쎄기 디쥬농스 지어쥬고/ 게짝지의 집간조차 고변악치 집힝만나/ 족박살임 파산ᄒ고 부모쳐즈 갈나서서/ 류리기걸 당

---

8 박성용, 「일제시대 한국인의 일본여행에 비친 일본」, 『대구사학』 99, 대구사학회, 2010, 36~37쪽.
9 김윤희, 위의 논문, 2012, 24~28쪽.

기다가 모진목슘 쯘치못히/ 극락세계 일본으로 돈을벌너 가랴ㅎ오/ 한
슘쉬고 눈물지며 목이믹혀 말이옵네】/ B【어림업네 될말인가 밧비밧
비 물너가소/ 그듸더런 니짱의서 이것져것 다 쎗기고/ 산도슬고 물도슨
데 뉘가 돈을 멕일텐가/ 신셰싱각 가련치만 우리갈곳 바이옵늬/ 우지마
소 우지마소 권고홀졔 우지마소/ 그듸쑤린 붉은 눈물 가문 바다 적시운
다】/ 쳐소로 도라와서 초인죵 얼는눌러/ 삼편훈병 갓다노코 통음삼비
ㅎ고나니/ 벽상의 걸인괘죵 샹오칠졈 모라친다 (제3장 련락션창경환
(連絡船昌慶丸))

'조선인 설움 타령'이 본격적으로 서술되어 있는 부분은 14장 '대판'
항목이지만 이 조선인들의 모습이 처음 발견되는 것은 3장부터라는
점에 우선 주목해 보고자 한다. 위의 인용문은 일본으로 가는 배 위에
서 만난 조선인들과 만난 화자의 모습이 형상화된 3장의 일부이다.
밑줄 친 ㉠을 보면 '한 구석에 모여 앉은 조선 사람'들이 '자탄가'를
부르고 있는 상황에 화자가 참여하고 있음을 알 수 있다. 이들에게
'반갑도다 반갑도다'라고 표현하며 화자는 친밀감을 표시하고 있는데
특히 ㉡에 '한스롬이 썩나서며 니셔름을 드르시요'라는 구절을 주목해
보아야 한다. 이 구절은 이후 14장에서도 설움 타령의 서사를 시작하
는 중요한 표현으로 반복되고 있기 때문이다. 특히 A를 보면 삶의
터전을 상실하고 유리걸식하다 일본으로 가게 된 한 사람의 사연이
구체화되고 있다. '한슘쉬고 눈물지며 목이믹혀 말이옵네'라는 표현
에서 알 수 있듯이 이 장면의 지배적 정서는 바로 조선인들의 '서러움'
인 것이다.

그런데 특징적인 것은 이러한 사연에 대한 화자의 내적 반응이 B
에 형상화되고 있다는 점이다. 화자는 '극락세계 일본으로 돈을 벌러'

1923년에 개설된 제주도 · 오사카 간의 정기선에서 오사카항에 상륙하는 한국인
제주도 · 오사카 항로 이외에도 부산 · 시모노세키(下關), 여수 · 시모노세키, 부산 · 하카타(博多)
등의 항로가 열려 있어, 일자리를 구하거나 학업을 위해 도항하는 사람들 혹은 강제로 연행되는
노동자들을 실어 날랐다.

가겠다는 이들의 염원이 실현되기 어려운 현실을 지적해 주고 있는
B의 구성은 A와 답변 구도를 이루고 있다. 특히 '그대들은 내땅에서
이것저것 다 뺏기고/ 산도 싫고 물도 싫은데 뉘가 돈을 먹일텐가'라는
화자의 탄식은 '신세 생각 가련치만 우리 갈 곳 전혀 없다'라는 다음의
구절과 연속되면서 삶의 터전을 상실한 현실의 비극성이 표면화되고
있다. '우지마소'를 세 번이나 발화하게 만든 탄식의 감정도 그들의
비애에 공감할 수 있는 동질감으로 생성된 것임을 '우리'라는 어휘에
서 짐작해 볼 수 있다. '내지시찰단원'이지만 '그대 뿌린 붉은 눈물이
가문 바다 적시운다'라는 위로의 수사에서 보이듯이 비극적 역사에
대한 화자의 탄식은 이미 그들과 공유되고 있었던 것이다.

처소로 돌아와서 '통음삼배'하는 그의 행동에서도 슬픔은 재확인되며 이 조선인들은 4장인 '하관'에서 다시 한 번 등장한다. 하관에 도착한 후 배에서 내린 화자는 '편을 바라보니 갈곳업는 빅의인들/ 촌계관령 모양으로 션창우에 헤미인다'라고 표현하면서 그들에 대한 관심을 지속하고 있는 것이다. 처지는 다르지만 동일한 '조선인'이기에 촉발된 이러한 인간적 연민의 정서로 인해 이후 14장에 '조선인 설움 타령'이 본격적으로 삽입된 것으로 보인다. 그러므로 작품의 전반부에 배치된 위의 인용문의 내용과 구조를 보면 이후 14장의 '조선인 설움 타령'은 의도적으로 '전면화'된 것으로 해석해 볼 수 있다. 다음 장에서는 이에 대해 구체적으로 살펴보도록 하겠다.

3. '조선인 설움 타령'의 문학적 특질과 그 의미

1) 타령 구조의 반복·변주와 동질화된 조선인의 사연

❶[10] 한군더로 지나가니 조선사룸 마니모야/ 술잔들을 준비ᄒ고 하루 쇼창 잘노ᄂ더/ ㉠취흥이 도도ᄒ니 타향긱회 졀노나서/ 쳐ᄌ싱각 ᄒ야 가며 락루ᄒᄂ 자도잇고/ 류자박이 산타령을 계법ᄒᄂ 자도잇서/ 슯은 사룸 슯먹으니 취중진졍 웁슬소냐/ 졔각금 졔사졍을 **신셰타령**이 나온다/ 밧고차기 수작ᄒ며 눈물보가 터지ᄂ더

Ⓐ 【한사룸이 썩나서며 익고익고 슯은지고/ 네슯음은 무엇이냐 니슯음을 드러보소】

---

10 **❶**~**❻**은 사연을 발화하는 조선인들의 순서를 의미함.

　　B 【닉슯음을 말ㅎ즈면 목이막혀 안나오네/ 닉신분이 미쳔ㅎ야 군로사령 직업이되/ 쟝무쳥수 옥쇄쟝이 억기차례 도라오니/ 기와골에 콩을 심어 먹고솔기 걱졍읍데/ 안올인긧 벙거지 황금용ㅆ 싹부치고/ 아쳥군복 셰즈락을 펄넝펄넝 날이면서/ 비지흔댱 손의들고 촌간으로 나아가면/ 쟝ㅅ축와 이것이오 밍호츌림 그아닌가/ 나를보고 어느사롬 실혼상빅 안될소냐/ 닭도잡고 돗도잡아 사발풍잠 붓쳐쥰후/ 쾌돈바다 입수시어 허리에다 둘너츠니/ 지빅궁이 휠신틔어 응덩춤이 졀노췬다/ 이러흔 조흔셰월 가지말나 ㅎ얏더니】

　　C 【경찰권이 인계된후 칼찬친구 보기실타/ 미역국을 먹고나니 일료거지 되는구나/ 쥬린창자 치이라고 동서표박 당기다가/ 만리타국 근너와서 노동싱활 ㅎ자ㅎ니/ 놀고먹든 구든쎠가 육신고통 어렵구나】

　　D 【익고익고 슯어워라 이신셰를 어이ㅎ라】

　위의 인용문을 보면 앞서 살펴본 3장과 마찬가지로 조선 사람들이 많이 모여 있는 곳을 목격하는 것으로부터 '조선인 설움 타령'의 장면이 시작되고 있다. ㉠에서 알 수 있듯이 타향에서의 객수를 '취흥'으로 달래고 '취중진정'을 토로하는 방식으로 조선인들의 내적 동질감을 형성되어 있는 점도 유사하다. 그러나 그들의 **신세 타령**'이 보다 구체화·체계화되면서 장면이 확장되고 있는데 이를 확인하기 위해 첫 번째 조선인의 설움타령에 해당하는 위의 인용문을 A～D 구조로 구획해 보았다. 서러움을 발화하기 시작하는 A와 생의 전성기라 할 수 있는 과거 회상의 B, 시련기와 현재의 처지를 탄식하는 C, 그리고 서두의 신세 한탄을 반복하는 마무리되는 D의 장면인데 이러한 구조는 이후에도 반복되어 총 6인의 설움 타령이 형상화되고 있다.

　그런데 '한사롬이 썩나서며 익고익고 슯은지고/ 네슯음은 무엇이냐 닉슯음을 드러보소'로 시작·마무리되는 형식적 구조와 '사향(思鄕)'

이라는 내용의 측면에서 보면 위의 장면은 적벽가의 〈군사설움타령〉
과 상당히 유사하다. 이 〈군사설움타령〉을 보면 '내 설움을 들어라',
'또 한 군사 나오더니 너의 설움두 설거니와 내 설음을 들러보아라'와
같은 어구가 인물 단위로 반복되고 있기 때문이다. 1920년대 이후 유
성기 음반이 발매되면서 판소리의 유행 대목들이 가요화 되는데 특히
이 〈군사설움타령〉은 유독 유행 대목으로 많이 불리어졌다고 한다.
당시 삶의 터전을 상실했던 많은 조선인들은 감정을 유발하는 시적
구조와 이별, 그리움, 사향(思鄕) 등과 같은 정서적 울림이 있는 노래
를 적극적으로 향유했었기 때문이다.[11]

　이런 측면에서 볼 때 〈동유감흥록〉에 삽입된 조선인들의 설움 타령
은 타국에서 소외된 이들의 슬픔을 형상화함으로써 상실된 과거와 고
향을 회고하는 그들의 '서러움'을 표면화한 장면으로 볼 수 있다. Ⓐ~
Ⓓ와 같이 유사한 구조가 6회나 반복되고 있는 양상은 이러한 정서를
강조하기 위한 전략적 설정일 가능성이 높은 것이다. 이를 확인하기
위해 6인의 설움 타령이 시작·마무리되는 어구를 표로 정리해 보면
다음과 같다.

〈표 2〉

인물 순서	타령조의 시작·마무리 어구
첫 번째 인물	시작 : 한사룸이 썩나서며 익고익고 슯은지고/ 네슯음은 무엇이냐 　　　　닉슯음을 드러보소/ 닉슯음을 말ㅎ즈면 목이막혀 안나오네 끝 : 익고익고 슯어워라 이신셰를 어이ㅎ라
두 번째 인물	시작 : 쏘한스룸 썩나서며 네가 무슴 슯음이냐/ 진졍슯음 드르랴면 　　　　닉슯음을 드러보라 끝 : 익고익고 슯어와라 이신셰를 어이ㅎ리

11 전영주, 위의 논문, 124~131쪽.

세 번째 인물	시작 : 쏘한사롬 썩나서며 네가 무슴 슲음이냐/ 진정슲음 드르랴면 　　　니슲음을 드러보라/ 네슲음을 드러보니 구곡간장 다녹는다 끝 : 익고익고 슲어와라 이신셰를 어이호리
네 번째 인물	시작 : 쏘한사람 썩나서며 그게 무삼 슲음이냐/ 진정 슲음 드르랴면 　　　니슲음을 드러보라/ 느의 슲음 드러보니 슲음인지 호강인지 끝 : 익고익고 슲어와라 이신셰를 어이호리
다섯번째 인물	시작 : 쏘흔사람 썩나서며 그게 무슴 슲음이냐/ 진정슲음 드르랴면 　　　니슲음을 드러보라 끝 : 익고익고 슲어와라 이신셰를 어이호리
여섯 번째 인물	시작 : 쏘한사람 썩나서며 그게 무슴 슲음이냐/ 진정슲음 드르랴면 　　　니슲음을 드러보라 끝 : 익고익고 슲어와라 이신셰를 어이호리

위의 〈표 2〉를 보면 '쏘한사람 썩나서며 그게 무슴 슲음이냐/ 진정
슲음 드르랴면 니슲음을 드러보라'로 시작되고 '익고익고 슲어와라 이
신셰를 어이호리'로 마무리되는 타령조의 구조가 거의 유사하게 반복
되고 있음을 알 수 있다. 다만 첫 번째, 세 번째, 네 번째 인물의 경우
감정적 동화를 표출하는 어구가 첨가되어 있는데 네 번째 인물을 보면
'느의 슲음 드러보니 슲음인지 호강인지'라는 구절을 통해 자신의 사연
에 대한 비교 우위를 드러내고 있다. 이러한 특징은 판소리 사설에서
개별적 실행 방식에 의해 '단위 사설이 실현'되는 양상과 유사하다고
볼 수 있다. 특정 창본에 결합되기 전의 단위 사설은 일종의 '미정된
예비적 진술'로서의 개방성을 지니지만 특정 텍스트에 편입되면 서술
자의 목소리든 인물의 목소리로든 자유롭게 결합되어 초점화될 수 있
기 때문이다. 구술성의 '다원적 질서 허용'으로 인해 판소리는 주로
정형화된 단위들이 자유롭게 넘나들며 사설의 일부로서 조직된다.
　이러한 특징이 바로 〈동유감흥록〉에서도 발견되는 것인데 이는 가
창(歌唱)과 음영(吟詠)을 기반으로 향유·전승된 가사 문학이 1920년

대에 이르러 서적으로 출판되었지만 그 문학적 속성은 유지되었음을 알 수 있다. 소설, 시조, 민요, 판소리 등과 더불어 장르적 교섭을 지속해 온 가사의 장르적 개방성과 다원성이 1920년대에도 지속되었음을 확인할 수 있는 것이다. 특히 당시 유성기 음반이 발매되면서 판소리 유행 대목이 가요화 되어 대중적 인기를 누리던 문화적 현상[12]과 맞물리면서 타령조의 구조가 작품에 삽입될 수 있었던 것으로 보인다.

이처럼 〈동유감홍록〉에서 정형화된 타령조로 '설움 타령'이 반복되고 있는 문학적 현상으로 인해 그들의 서러움이 부각되고 있는 것은 물론 6인이 '조선인'이기에 그들의 사연 또한 '동질화'될 수밖에 없었던 정황도 추론해 볼 수 있다.

〈표 3〉

인물 순서	신분이 표현된 구절
첫 번째 인물	너신분이 미쳔흐야 군로사령 직업이되
두 번째 인물	너근본은 네알지니 홍문안에 사더부라
세 번째 인물	나는 조선 량반중에 셰셰공경 갑족이라
네 번째 인물	사농공상 홀슈업고 고기잡이 직업이라
다섯 번째 인물	낫노코 ㄱ 모르니 일ᄌ무식 그아니며
여섯 번째 인물	머슴방의 ᄌ라다가 머슴노릇 쳔을 틀싀

위의 〈표 3〉은 6인의 설움 타령에서 신분이 표현된 구절을 정리해

---

12 전영주, 「판소리 유행대목의 가요화 양상과 그 의미 -〈쑥대머리〉, 〈추월만정〉, 〈군사설움타령〉의 시적 구조를 중심으로」, 『한국문학이론과 비평』 47, 한국문학이론과 비평학회, 2010, 109∼131쪽.

본 것이다. 흥미로운 것은 이들의 직업 범위가 사대부에서 머슴에 이르기까지 매우 폭넓게 구성되고 있다는 점이다. 정리를 해 보면 '군로사령, 사대부, 공경갑족, 어부, 무식한 범인, 머슴'에 해당하는 6인인데 신분제 사회였던 조선에서 이들의 삶은 매우 다른 양태를 보일 수밖에 없었을 것이다. 그렇지만 삶의 터전이 파괴된 그들에게 과거의 신분은 더 이상 무의미하며 피식민지 국가의 일원으로서 동질화된 삶을 살아가는 처지가 되어 버렸다.

특히 일본으로 건너와서 더욱 더 철저하게 타자화될 수밖에 없었던 그들의 삶은 점철된 '설움'으로 구조화되어 반복·변주되는 방식으로 〈동유감흥록〉에 삽입되어 있는 것이다. 개체적 삶의 다원성을 파괴해 버린 식민지 국가의 현장에서 '조선인들'이 회고하는 개별적 생애와 설움이었기에 이 '조선인 설움 타령'의 반복적 구조와 그 표현 효과는 상당한 문학적 성취를 이룬 부분으로 평가될 수 있을 것이다.

2) 은유화된 생애담의 구조와 타자화된 근대의 형상

앞서 살펴보았듯이 '서러움'의 정서로 동질화된 6인의 사연을 살펴보면 개체적 삶이 몰락하고 파멸되는 과정이 상당히 구체적으로 묘사되고 있다는 점도 특징적이다. 특히 이들의 타령이 '생애담'의 형식을 보이며 반복되고 있어 몰락한 조선의 역사적 궤적을 연상케 한다는 점에 유의해 보고자 한다.

❸ Ⓐ 【쏘한사롬 썩나서며 네가 무슴 슯음이냐/ 진정슯음 드르랴면 니슯음을 드러보라/ 네슯음을 드러보니 구곡간장 다녹는다】

B【네나니나 져동무나 쳐디는 다를망졍/ 굿장씁아 무디잡긴 네나니
나 일반이라/ 니가이곳 드러와서 쟝종비젹 ᄒ야지만/ 언어힝동 살펴보
고 디강짐작 힛실리라/ 붓그럽고 원통ᄒ야 말ᄒ기도 줍는타만/ **나는
조션 량반즁에 셰셰공경 갑죡이라**/ 오빅년간 흔텬둥디 조샹셰덕 그만
두고/ 니평싱의 경력이나 디강셜명ᄒ야보자/ 니아에서 졋먹을쩌 기싱
등에 잔쎄굴쏘/ 션화당에 근친할졔 기싱품에 꿈을씨며/ 관례잔치 ᄒ던
날에 승젼쳐분 무러녀여/ 계방벼살셰마 나으리 초립써볼 여가읍고/ 과
거ᄒ면 초입스는 분향한림 마다ᄒ되/ 규장각의 디교직각 공논으로 도라
오며/ 춤판판서 감류슈는 억기돌임 으더ᄒ다/ ㉠안하무인 졀노되니 교
만인들 읍슬소냐/ 무변남행 인스ᄒ면 쳐다보고 답례안코/ 남통북곤 아
쟝네게 넌치불계 담비먹고/ ㉡식스로 말ᄒ자면 구미가 본러읍서/ 잣죽
에도 체증나며 생션구이 씹어빗터/ 싱강귤병 차탕관은 시글싀가 별노읍
다/ ㉢산림으로 말ᄒ즈면 남견북답 안사두되/ 붉은당지 흔쏘각이 화슈
분이 그아니냐/ 호조가 돈고이오 혜텽이 쌀광이며/ 오강부자 시량디고
팔도슈령 봉물쥬어/ 쟝안갑데 너른집에 부귀힝락 누리더니】

C【눈디업는 디포소리 산베락을 마진후에/ 모덛일이 틀녀가니 쎄그
지가 나넌구나/ ㉣큰집파라 젼셰 들다 사글셰로 것방스리/ 묘막위토
젼당잡혀 발쏭불을 디강쓰고/ 서화금긔 파는디로 목구녕의 풀칠ᄒ니/
불편지위 신쥬들은 션산계하 미안ᄒ고/ 마누라는 친졍으로 자식들은
외가으로/ 각기갈나 허여지니 나갈곳은 바이업다/ ㉤목구녕이 포쳥이
오 구복이 원수되야/ 런인가의 눈치밥을 게눈감치 드시ᄒ고/ 친구집의
운묵잠을 샹방거쳐 ᄒ듯ᄒ며/ ㉥노름판에 가펼으더 잔돈푼을 만지다가
/ 류리긔걸 홀수읍시 이곳으로 드러오나/ 곱게 즈란 사지형히 무럼싱션
스라손이/ 노동품도 팔수업서 은문디서 ᄒ야주고/ 돈냥슈렴 거둠질노
모진목슘 부지ᄒ니/ 꿈속인지 싱시인지 긔믹히고 어이업네】

D【익고익고 슯어와라 이신셰를 어이ᄒ리】

위의 인용문은 조선의 양반 중에서도 공경 갑족(公卿 甲族)에 속하는 이의 생애담이 형상화된 장면이다. 대대로 높은 벼슬을 해 온 상층 귀족의 신분인 만큼 그의 초반기 생애는 ⒝ 부분에서 상당히 화려하게 회상되고 있다. ㉠을 보면 그의 신분으로 인해 가능했던 무례한 언사와 행동들이 '안하무인'과 '교만함'이라는 표현으로 범주화되고 있다. 이어 ㉡을 보면 음식을 대하는 그의 행동이 과장으로 보일 수도 있을 만큼 흥미롭게 묘사되고 있다. '잣죽'에도 체증이 날 만큼 그의 구미는 고급이었으며 심지어 '생선구이'는 씹어서 뱉어버릴 정도로 음식을 대하는 그의 태도가 거만했던 것이다. 이러한 행동을 가능케 했던 부유한 가세는 '차탕관'이 식은 적이 없다는 상황에서도 재확인되고 있다.

그리고 이러한 부유함의 실체가 ㉢에서 구체화되고 있는데 전답을 소유하지 않아도 고위 권력과 연계됨으로써 부귀권세를 누릴 수 있었던 정황이 확인된다. '붉은 당지 한 조각'이 '화수분'이었다는 비유에서도 알 수 있듯이 공경 갑족임을 확인케 하는 증서를 이용해 권력층과 결탁함으로써 부귀가 충족되는 삶을 살게 되었던 것이다. 특히 ㉡과 ㉢을 보면 '식ㅎ로 말ㅎ자면', '산림으로 말ㅎ즈면'와 같은 표현 의미 단위가 효과적으로 구획되고 있으며 동시에 화려했던 그의 전반부 생애도 효율적으로 형상화되고 있음을 알 수 있다.

그런데 이러한 그의 전반부 생애(⒝)는 '대포소리'로 상징되는 일제 침탈로 급변하게 되는데 몰락한 이후의 생애담(ⓒ)은 ㉣~㉥을 통해 구체적으로 확인할 수 있다. ㉣을 보면 '큰집 → 전세 → 사글세 → 곁방살이 → 묘막 → 외가살이 → 이산과 같이 주거 공간의 쇠락 과정이 압축적으로 정리되고 있다. 일제의 침탈로 인해 삶의 총체적 근간이 파괴되었기에 공경 갑족의 후예로 부귀행락을 누렸던 그의 삶은 더 이상 무의미한 과거의 시간이 되어버렸던 것이다. 또한 가족들과 흩어진 후 더욱 파편화된 그의 삶은 음식과 거처를 구걸하게 된 상황 (ⓜ)에 이어 일본에 건너와 돈을 구걸하는 거지로 전락해버린 현재의 모습(ⓑ)으로까지 연속되고 있다. '화수분'과 같은 재물로 인해 생선 구이마저 뱉어버리던 그가 순식간에 일본에서 돈을 구걸하는 신세로 전락한 상황에 대한 탄식은 '꿈속인지 생시인지 기막히고 어이없네'라는 구절에서도 확인된다.

특히 Ⓑ와 Ⓒ로 구획된 부분을 보아도 알 수 있듯이 과거와 현재를 대립적으로 병치함으로써 그의 생애는 더욱 비극적으로 조망되고 있음을 알 수 있다. 한 개인의 생애를 형상화한 장면이지만 당시의 역사적 정황이 환기될 수밖에 없을 만큼의 처절한 슬픔이 내재된 서사이기 때문이다. 오랜 역사를 유지해 온 조선이 제국주의적 권력의 침탈로 순식간에 몰락해 버린 당시의 비극적 역사에 대한 은유적 수사를 이러한 개인의 생애담을 통해 발견할 수 있다는 점에서도 〈동유감흥록〉에 삽입된 '조선인 설움 타령' 장면의 문학사적 의의가 확인된다. 6인의 설움 타령에서 Ⓐ, Ⓓ는 거의 동일한 어구들로 반복되고 있는데 Ⓑ와 Ⓒ 부분에 해당하는 사연들만 변화하고 있다는 점에서 더욱 그러하다. 조선인들의 개체적 삶의 다원성은 조선이라는 국가의 몰락과 함께 철저히 파괴될 수밖에 없었으며 그러므로 그 사연은 과거를 회상하는 층위에서만 다원성이 유지되고 있다고 볼 수 있을 것이다.

〈표 4〉

신분	파국의 원인	현재 처지
❶ 군로 사령	경찰권의 인계	만리타국 노동 생활
❷ 사대부	직업의 탈취	품을 파는 신세
❸ 공경 갑족	대포 소리	거지 생활
❹ 어부	어업령 실시	공장 노예
❺ 무식한 범인	임야령, 전매령, 수렵법 실시	철공장 노예
❻ 머슴	도량형법 실시	파산 후 일본 생활

위의 표는 6인의 생애담에서 각 개인의 인생이 파국을 맞이하게
된 원인과 그들의 현재 처지를 정리해 본 것이다. 특징적인 점은 군로
사령이나 사대부, 공경 갑족과 같이 신분적으로 우위에 있는 이들은
그 원인이 경찰권의 인계, 직업의 탈취, 대포 소리와 같이 일본의 제
국주의적 침탈로 범주화될 수 있다는 것이다. 반면 어부, 무식한 범
인, 머슴 등과 같이 신분제 구조에서 소외된 이들은 어업령, 임야령,
도량형법 등과 같이 근대적 법령이 '실시' 되면서 모두 몰락하게 된
것으로 형상화되고 있다. 그리고 이들의 일본 생활은 모두 거지, 노예
등과 같이 비슷한 처지로 동질화되어 버렸음을 확인할 수 있다.

결국 이러한 현상은 전근대적 신분 질서가 붕괴된 과정이 일본이라
는 제국주의적 타자에 의해 진행되었기 때문에 발생한 결과일 것이
다. 나아가 일본에 의해 강제적으로 이식된 근대화였기 때문에 하층
민들의 삶의 터전마저 철저히 타자화될 수밖에 없었던 현실이 확인되
는 것이다. 근대화를 먼저 이룬 일본에 의해 강압적으로 진행된 변화
였기 때문에 조선인들은 그 과정에서 배제되어 버렸고 이는 일본이라
는 타국에서 노예 생활을 전전하는 모습으로 형상화되고 있음을 알

수 있다.

특히 상층 계급이었던 이들이 과거에 누렸던 부귀영화의 삶과 비교해 본다면 하층 계급의 과거 삶은 녹록치 않은 고난과 노동에 기반한 삶이었을 것이다. 그럼에도 불구하고 일제로 인해 삶의 터전을 상실해 버린 당시 상황에서 하층민들은 그들의 과거가 지금보다는 훨씬 더 나은 삶이었다고 회고하고 있다는 점에서 비극적 정서는 더욱 강화되고 있다. 이러한 양상은 다음의 사례에서도 확인된다.

❺ Ⓔ【쏘흔사람 썩나서며 그게 무슴 슯음이냐/ 진졍슯음 드르랴면 니슯음을 드러보라】

Ⓕ【나는 신수 긔구ᄒᆞ야 심산궁협 티여나서/ **낫노코 ㄱ 모르니 일ᄌᆞ무식 그아니며**/ 장츌립이 박남이니 고루ᄒᆞ기 짝이업고/ 칰녁흔권 읍셧스니 쳘가는줄어이알니/ 꼿치피면 봄이온듯 눈이오면 겨울인줄/ 싱이는 담박타만 나할일은 분분ᄒᆞ다/ 쓰리비어 **바즈틀기** 가마무더 **숫굽기와**/ 솔을 비어 **송판너기** 잡목비어 **목신파기**/ 덤푸사리 불을 노와 따뷔밧을 **일워노코**/ 무른데는 **담빈심고** 비탈진데 **스속심어**/ 굴피집웅 옴막스리 고루거각 북지안고/ 산치죽과 스속밥은 고량진미 마침이라/ 지독히 브ᄂᆞᆫ덕에 호구지계 되얏더니/ 어인놈의 사주팔ᄌᆞ 이싱활도 과만타고】

Ⓖ【림야령이 실시되야 국유림을 사명ᄒᆞ니/ 수슙십리 산판덩이 ᄂᆞᆫ더 업ᄂᆞᆫ 임ᄌᆞ나서/ 일초일목 엄금ᄒᆞ니 산즁싱활 읍서지며/ 미간디를 취톄ᄒᆞ니 화젼ᄒᆞ나 팔수읍고/ **젼민령이 실힝되니** 담비한폭 못심으며/ **수렵법이 졀엄ᄒᆞ니** 총한방을 놀수업서/ 썰썰우ᄂᆞᆫ 쐥쩨들과 펄펄쮜ᄂᆞᆫ 산도야지/ 사람보고 읍신녀겨 쫏차ᄂᆞ니면 이마밧고/ 밧테와서 간친회를 긔탄읍시 자주ᄒᆞ니/ 한밧탕을 치러ᄂᆞ니면 자작농ᄉᆞ 병작되야/ 도야지의 작인노릇 그아니 분통ᄒᆞ랴/ 은급금슈 힛다마는 솔수식인 그아니냐/ 어둡다든 산촌싱활 말쑥ᄒᆞ게 되얏시니/ 손발톱이 젓쳐지되 호구홀수 과연업서/ 파셰간을 ᄒᆞ고나서 이리져리 써돌다가/ 이곳으로 드러와서 털공장의】

노예되니】

Ⓗ【익고익고 슲어와라 이신셰를 어이ᄒ리】

위의 인용문은 다섯 번째에 해당하는 조선인의 사연인데 역시 대립적으로 병치된 과거와 현재의 상황을 Ⓕ와 Ⓖ의 장면을 통해 확인할 수 있다. 소박했지만 만족스러웠던 과거의 모습과 강압적 근대화 이후 파괴된 삶의 현실이 대립적으로 형상화되고 있음을 알 수 있다. 우선 Ⓕ를 보면 자신을 '심산궁협'에서 태어난 '일자무식'으로 소개하면서 비록 '담박한 생애'이지만 '분분'히 해야 할 일들이 많았다고 회상하고 있다. 그리고 그 일들은 밑줄 친 부분에서와 같이 '-기'로 끝나는 명사구와 '-고', '-어'와 같은 연속구의 나열을 통해 확장된 장면 내에 소개되고 있다. 숯을 굽고 밭을 일구는 등의 행위와 같이 산 속에서의 삶을 위한 일상적 노동 작업들이 구체적으로 형상화되고 있는 것이다. 특히 그는 '움막살이'이지만 '고루거각'이 부럽지 않고 '산채죽'이지만 '고량진미'와 같다고 생각하며 만족스러운 삶을 영위하고 있어 앞서 살펴본 공경 갑족의 사연과 극명한 대조를 이루고 있음을 알 수 있다.

그럼에도 불구하고 그런 그의 최소 삶마저 '과만'타고 타자화된 근대화의 압력으로 인해 삶의 터전이 강탈된 상황이 Ⓖ 부분에 묘사되고 있다. '임야령'으로 인해 모든 산이 국유화되어 더 이상 산중 생활이나 화전을 할 수 없게 되었으며 전매령으로 인해 담배도 심지 못하는 상황이 된 것이다. 그리고 수렵법으로 인해 사냥이 금지되어 꿩이나 돼지도 수렵할 수 없게 되어 버렸다. 화자는 이에 대한 자조적 표현으로 꿩떼들과 돼지들이 사람을 업신여기고 쫓아내고자 하면 오히려 사람의 머리를 받아버린다고 서술하고 있다.

나아가 돼지들이 밭에 와서 '간친회(懇親會)'를 열어 오히려 자신은 돼지의 '작인' 노릇이 되어 버렸다는 탄식을 표출하고 있다. 자조적 희화화로 볼 수 있는 이러한 장면은 당시 산 속에서 살던 이들이 타자화된 근대화의 압력으로 인해 동물보다도 못한 삶의 처지로 전락해 버린 정황이 문학적으로 형상화된 것으로 보인다. 결국 유리 걸식의 삶을 살다 현재는 일본 철공장의 노예가 되어버렸지만 그래도 산 속에서 일상적 생활을 영위하며 살았던 과거의 삶이 회고적으로 병치됨으로써 상실된 조국과 과거에 대한 향수를 효과적으로 표현하고 있는 것이다.

지금까지 살펴보았듯이 〈동유감흥록〉은 일본 시찰단원으로 파견된 후 그 견문을 기록한 장편가사이지만 그 안에 '조선인 설움 타령'으로 구획할 수 있는 6인의 생애담이 삽입되어 있다는 점에서도 흥미로운 작품이다. 〈동유감흥록〉의 작가였던 심복진은 일본을 시찰하는 과정에서 '조선인'들이 처해있는 비극적 실상을 목도했을 것이며 그 체험에 기반하여 그들의 생애담을 문학적으로 재구성했던 것으로 보인다. 이미 일본으로 가는 선상에서 조선인들의 신세 타령을 들었던 화자는 일본의 중심지인 '대판'에서 다시 그들을 만나게 된 것으로 서사를 구성함으로써 그들의 비극적 생애를 의도적으로 강조하고 있는 것이다. 특히 피식민지국의 일원들이 일본에서 겪어야 했던 고통과 고뇌, 그리고 개체적 삶의 과거를 '타령 구조'를 반복·변주하는 방식으로 형상화함으로써 1920년대 조선인들이 감내해야 했던 고난 역사를 선명하게 보여주고 있다.

개인적 삶의 역사를 추적해 보면 신분 고하를 막론하고 저마다의 자긍심과 만족감이 있었던 삶이었지만 조선의 몰락과 함께 그 과거의 순간들은 비극적 현재로 동질화된 정황이 6인의 설움 타령을 통해 확인되는 것이다. 나아가 일본이 근대화라는 미명하에 조선에 실시한 각종 법령과 제도들은 철저히 타자화되어 조선인들은 기본적 생존의 터전마저 상실한 채 유리걸식을 하게 된 정황도 강조되고 있다. '조선인 설움 타령'에서 일본이라는 공간은 이처럼 조선인들의 과거에 대한 향수와 몰락한 현재, 그리고 타자화된 근대의 폭력적 실상을 선명하게 보여줄 수 있는 곳으로 인식되고 있는 것이다.

4. 결론

이 글은 일본 시찰단원이었던 심복진에 의해 창작된 장편가사인 〈동유감흥록〉에 '조선인(朝鮮人) 설움 타령'으로 범주화할 수 있는 내용이 삽입되어 있는 현상에 주목하여 그 문학적 특징과 의미를 고찰해 보고자 하였다. 작품의 제14장 '딕판(大阪)' 항목의 분량이 전체의 19%(80~131쪽)를 차지하는데 이 가운데 '조선인 설움 타령'은 대략 41%(109~130쪽)를 상회할 정도로 상당한 분량을 차지하고 있다. 〈동유감흥록〉은 일본의 근대성을 내면화한 지식인의 기록으로만 치부하기 어려운 가사 작품이기 때문에 이러한 특징에 대해 주목할 필요가 있는 것이다. 근래의 연구에서도 확인되었듯이 〈동유감흥록〉은 공식적인 시찰 단원으로서 '내선일체' 동화된 시선은 물론 대타적 자의식과 비판적인 현실 인식의 논리도 발견 되는 등 내적 균열로 인해 생성된 다층적 특질도 확인되는 작품이다.

조선인 설움 타령이 삽입된 부분을 살펴보면 처지는 다르지만 동일한 '조선인'이기에 촉발된 인간적 연민의 정서로 인해 일본으로 가는 선상에서 만난 이들의 사연이 14장에 이르러 전면화·구체화되고 있다. 타국에서 소외된 이들의 슬픔을 형상화함으로써 상실된 과거와 고향을 회고하는 그들의 '서러움'을 표면화한 장면으로 볼 수 있는 것이다. '한사롬이 썩나서며 익고익고 슯은지고/ 네슯음은 무엇이냐 니슯음을 드러보소'와 같은 서두로 시작하고 '익고익고 슯어와라 이신셰를 어이ᄒ리'로 끝나는 구조 내에 각기 다른 이들의 사연이 6회나 반복되고 있는 양상은 이러한 비극적 정조를 강조하기 위한 전략적 설정일 가능성이 높은 것이다.

또한 흥미로운 것은 이들의 직업 범위가 사대부에서 머슴에 이르기까지 매우 폭넓게 구성되고 있다는 점이다. 정리를 해 보면 '군로사령, 사대부, 공경갑족, 어부, 무식한 범인, 머슴'에 해당하는 6인인데 신분제 사회였던 조선에서 이들의 삶은 매우 다른 양태를 보일 수밖에 없었을 것이다. 그렇지만 삶의 터전이 파괴된 그들에게 과거의 신분은 더 이상 무의미하며 피식민지 국가의 일원으로서 동질화된 삶을 살아가는 처지가 되어 버렸다. 특히 일본으로 건너와서 더욱 더 철저하게 타자화될 수밖에 없었던 그들의 삶은 점철된 '설움'으로 구조화되어 반복·변주되는 방식으로 〈동유감흥록〉에 삽입되어 있는 것이다. 개체적 삶의 다원성을 파괴해버린 식민지 국가의 현장에서 '조선인들'이 회고하는 개별적 생애와 설움이었기에 이 '조선인 설움 타령'의 반복적 구조와 그 표현 효과는 상당한 문학적 성취를 이룬 부분으로 평가될 수 있을 것이다.

근대화를 먼저 이룬 일본에 의해 강압적으로 진행된 변화였기 때문에 조선인들은 그 과정에서 배제되어 버렸고 이는 일본이라는 타국에서 노예 생활을 전전하는 모습으로 형상화되고 있음을 알 수 있다. 특히 상층 계급이었던 이들이 과거에 누렸던 부귀영화의 삶과 비교해 본다면 하층 계급의 과거 삶은 녹록치 않은 고난과 노동에 기반한 삶이었을 것이다. 그럼에도 불구하고 일제로 인해 삶의 터전을 상실해 버린 당시 상황에서 하층민들은 그들의 과거가 지금보다는 훨씬 더 나은 삶이었다고 회고하고 있다는 점에서 비극적 정서는 더욱 강화되고 있다. 피식민지국의 일원들이 일본에서 겪어야 했던 고통과 고뇌, 그리고 개체적 삶의 과거를 '타령 구조'를 반복·변주하는 방식으로 형상화함으로써 1920년대 조선인들이 감내해야 했던 고난 역사를 선명하게 보여주고 있는 것이다.

이처럼 〈동유감흥록〉에 삽입된 '조선인 설움 타령'에서 일본이라는 공간은 조선인들의 과거에 대한 향수와 몰락한 현재, 그리고 타자화된 근대의 폭력적 실상을 선명하게 보여주는 곳으로 기능하고 있는 것이다. 그러므로 〈동유감흥록〉은 조선인들의 개별적 사연과 당시의 역사적 정황에 공감해 봄으로써 그들의 서러움을 현재화해 보는 시각의 필요성을 제기하고 있는 1920년대의 가사 작품으로 평가되어야 할 것으로 보인다.

20세기 초 대일 기행가사와
'동경(東京)' 표상의 변모

-〈유일록(遊日錄)〉, 〈동유감흥록(東遊感興錄)〉을 중심으로 -

1. 문제 제기

이 글은 20세기 초반에 창작된 대일 기행가사 두 편 〈유일록〉과 〈동유감흥록〉에 형상화된 동경(東京)의 표상에 많은 차이점이 발견된다는 점에 주목하여 시선과 특질의 변모 양상을 고찰해 보고자 한다. 1902년에 창작된 이태직(李台稙, 1859~1903)의 〈유일록〉은 국서 전달을 비롯한 공사(公使)로서의 외교 업무를 위해 1895년부터 이듬해까지 일본에 체류한 경험을 토대로 창작된 사행가사이다. 〈유일록〉은 한문일기인 『범사록(泛槎錄)』을 재구성한 작품임이 확인되었으며[1]

---

1 최강현은 『泛槎錄』을 번역하면서 관련된 〈유일록〉의 내용을 주석으로 첨부하였다. 그러나 〈유일록〉이 『泛槎錄』을 토대로 창작된 작품이라는 점이 언급되지는 않았으며 내용상의 유사점과 차이점만이 제시되고 있다.(이태직 원저 · 최강현 옮김, 『명치시대 동경일기 - 원제 泛槎錄』, 서우얼출판사, 2006) 〈유일록〉 역시 『泛槎錄』을 토대로 흥미롭게 재구성된 작품으로 사행가사의 문학적 형성 원리를 확인케 하는 작품이다. 이에 대한 논증은 김윤희, 『조선후기 사행가사의 세계 인식과 문학적 특질』,

〈유일록〉의 화자는 이 과정에서 전달 및 기록의 가치가 있다고 판단
된 부분들을 선별·강화한 것으로 보인다. 그리고 충남 부여의 지역
유지였던 심복진(沈福鎭, 1877~1943)이 1926년에 지은 〈동유감홍록〉
은 22.2cm×15cm 규격의 연활자본 책자로 간행되었으며 총 129장
258쪽 규모의 장편가사에 해당한다. 기존의 사행가사와 다르게 '내선
일체(內鮮一體)' 정책을 추구하는 식민정책 담당자의 의도가 깊이 개
입되어 있는 '근대 체험에 대한 보고서'로 평가받고 있다.[2]

　김윤희[3]는 이 〈동유감홍록〉의 가사 문학적 특질과 그 의미를 고찰
한 바 있다. 분량별 우위의 항목들을 분석하여 근대적 문물에 대한
재현 욕망은 물론 비판적 자의식이나 현실적 한계의 초극 욕망 등과
같은 창작 동인을 추론해 낸 것이다. 그리고 그 욕망이 발현되는 양상
에 따라 확장적 장면화나 사실적·관념적 형상화 등과 같은 다층적
문학적 특질이 발견된다는 점에 유의하여 작품 분석을 진행하였다.

　20세기 초 '동경'의 문학적 표상에 대한 연구는 주로 기행 산문들을
중심으로 진행되어 왔다. 식민지 시기의 지식인들에게 일본의 수도이
자 제국의 중심인 동경은 지식의 요람이자 근대 문화 체험의 주된 장
으로 인식되었기 때문이다.[4] 특히 1925년 이후에 동경을 체험한 지식
인들은 근대 도시의 성격에 주목하게 되면서 동경에 대한 인식도 다

　고려대학교 박사학위논문, 2010, 217~243쪽.

2　박애경, 「장편가사 〈同遊感興錄〉에 나타난 식민지 근대체험과 일본」, 『한국시가연
　구』 16, 한국시가학회, 2004, 256~269쪽.

3　김윤희, 「1920년대 일본 시찰단원의 가사 〈동유감홍록〉의 문학적 특질」, 『우리말글』
　54, 우리말글학회, 2012, 189~216쪽.

4　우미영, 「식민지 지식인의 여행과 제국의 도시 '도쿄': 1925~1936」, 『한국언어문화』
　43, 한국언어문화학회, 2010, 82쪽.

양하게 분화되는 양상을 보인다. 피식민지 주체의 선망과 분노에서부터 동경의 풍경에 공감하는 국제주의자적 입장까지 발견되는 것이다.[5] 또한 1930년대에도 식민지 지식인들에게 동경은 문명과 지식을 향한 특별한 환상과 욕망이 투여된 공간이었다. 그래서 이 시기 산문들은 근대라는 세계 체계 속으로 들어가는 기록이자 근대적 주체를 형성하기 위한 계기로서 중요한 의미를 지니는 것이다.[6]

가사 문학의 경우를 살펴보면 최근 사행가사에 형상화된 일본의 수도에 대한 통시적 고찰이 진행된 바 있다.[7] 18세기 중반의 〈일동장유가〉에 나타난 경도(京都)와 강호(江戶)의 경우 외적 풍경은 예찬되지만 화이관으로 인해 관념과 풍경이 이원화되는 공간으로 인식되고 있다. 이러한 이원적 구도는 20세기 초 〈유일록〉에 이르러 거의 소멸되는데 동경은 근대화된 일본의 중심지로 간주되었던 것이다. 그렇지만 이 〈유일록〉을 1926년에 창작된 〈동유감흥록〉과 비교해 보면 또다른 차이점들이 발견된다. 근대적으로 변모한 도시 동경에 대한 시선과 형상화의 특질 면에서 더욱 더 변모된 점들이 확인되는 것이다.

따라서 이 글에서는 20세기 초의 대일 기행가사로 범주화할 수 있지만 역사적 정황 및 체험 동기의 차이로 인해 두 작품에서 발견되는 동경 표상의 변모에 주목해 보고자 한다. 조선후기 기행가사의 전통과 맞닿아 있어 표현 특질의 유사성은 확인되지만 동경을 바라보는

---

5 우미영, 위의 논문, 106~108쪽.

6 허병식, 「장소로서의 동경 - 1930년대 식민지 조선작가의 동경 표상」, 박광현·이철호 엮음, 『이동의 텍스트 횡단하는 제국』, 동국대 출판부, 2011, 245~247쪽.

7 김윤희, 「사행가사에 형상화된 타국의 수도 풍경과 지향성의 변모」, 『어문논집』 65, 민족어문학회, 2012, 106~113쪽.

시선이 변모하면서 묘사 대상의 범위와 방식에서도 차이를 보이고 있기 때문이다. 〈동유감홍록〉은 가사 문학이라는 전통적 양식을 활용하면서도 근대화된 도시에 대해 적극적으로 탐색하고 기록하려한 작품이다. '근대성'이 동경을 인식하는 중요한 기제로 작동하면서 가사 문학적 특질도 변모하기 때문에 〈유일록〉과 〈동유감홍록〉의 '동경' 표상을 통해 두 작품의 특징적 면모가 선명하게 확인될 수 있을 것으로 보인다.

2. 20세기 초 대일 기행가사와 '동경'에 대한 시선의 변모

〈유일록〉은 〈셔유견문록〉과 함께 조선후기 사행가사의 전통과 맞닿아 있는 20세기 초의 작품이다. 두 작품의 작가인 이태직과 이종응은 모두 구한말 사신(使臣)의 자격으로 각각 일본과 영국을 다녀온 후 가사를 창작하였다. 1905년 일제에 의한 강제 병합으로 '사행(使行)'이라는 공식적 외국행은 종료되지만 일본은 식민 통치의 일환으로 '시찰단(視察團)'을 모아 일본에 파견하게 된다. 1925년에 창작된 〈동유감홍록〉은 공식적 시찰단원의 가사이고 시대적 격차로 인해 〈유일록〉의 일본 인식과 큰 차이를 보이며 오히려 〈셔유견문록〉에서 발견되는 초월적 지향성이 발견되는 작품이다. 〈유일록〉과 〈셔유견문록〉은 비슷한 시기에 창작되었지만 국가별 인식의 차이가, 1920년대에 창작된 〈동유감홍록〉은 출발의 동기 및 시기적 차이에 따른 변모 현상이 확인되는 작품인 것이다.[8]

특히 〈유일록〉을 보면 동물원이나 조지소(造紙所)와 같이 근대적 문물에 대한 호기심이나 지적 열망을 충족케 하는 여정에서 확장적 장면화가 이루어지고 있다. 그런데 20여년 후 창작된 〈동유감흥록〉의 동물원 장면을 보면 동물들에 대한 사실적 묘사가 아닌, 새타령의 구조 내에 새들이 추상적으로 나열되고 있으며 오히려 병원, 공장, 법원, 공원, 고층 건물 등과 같은 근대적 문물에서 장면이 확장되고 있는 점도 지적된 바 있다.[9] 이 글은 이러한 문제 의식을 보다 심화하여 '동경(東京)'에 대한 시선이 변모하게 된 동인이나 문학적 형상화의 차이를 면밀하게 고찰해 보고자 한다.

　　일본 황졔 쳔장졀의 궁늬으로 쳥희씨로/ 됴례복을 가쵸 입고 시각에 드러가미/ 합문에 마차 나려 젼상의 올라가니/ 식부관이 느러 셔셔 좌우로 인도허며/ 궁느디신 외무디신 마쥬 느와 인스허데/ …/ 황졔가 상좌 안꾜 츠려로 좌졍하야/ 흔 상식 바든 후에 흐인들이 슐을 치며/ 가진 풍악 두드리니 풍치는 미우 죠나/ 음식을 도라보니 엉졍벙졍 쩌버린 것/ 푸닥거리 상 츠리듯 머글 거시 젼여 업다/ ㉠ 황졔 이흐 여러 빅인 면면이 즁다바지/ 그 즁에 일렵쳥이 관듸 스모 품디로다/ 늬 모양 늬가 보으도 도로여 우슐 쩍에/ 져 스람들 속 오작히 비쇼허랴/ 연파허고 나온 후의 이날 밤 으홉시에/ 외무디신 쳥희씨로 관틱으로 나아가니/ 일본의 각디신과 각국의 공스이라/ 다른 스람 흐나 업셔 모도 모으 솝십인쯤/ 연희쳥 드러가셔 졔졔이 좌졍헌후/ 츠례로 슐을 치고 음식을 나으 오미/ 슈십가지 양요리를 흔가지식 가져오니/ 악가 음식 비허며는 이거슨 진미로다/ 음식이 여러 가지 먹는 동안 지리헌 즁/ ㉡ 져의끼리 질거워셔 슐들을 만냥 먹고/ 여러 스람 직거려셔 슈작이 난만허되/ 언

8　김윤희, 「20세기 초 외국 기행가사의 세계 인식과 문학사적 의미」, 『우리문학연구』 36, 우리문학회, 2012, 8~13쪽.
9　김윤희, 위의 논문, 27~28쪽.

어를 불통허니 답답허고 무미하야/ 쑤어온 보리즈루 니 모양 흡스허다/
일셰이 이러나셔 면면이 인스허고/ 관쇼로 도라오니 오경이 지낫쎠라
〈유일록〉

　만리시찰 우리일힝 특별디우 감스ᄒ다/ 도처마다 환영송별 간곳마다
료리일세/ …기타이삼 관리들로 친절ᄒ게 비힝식여/ 가시씨리 즈동차
로 지공원에 당도호후/ 악슈경례 토진간담 무흔감기 깁퍼갈졔/ ㉢오는
슐잔 가는슐잔 관민일치 이아니며/ 경남텰도 쥬식회샤 동경지뎜 초더
회는/ 일비곡뎡 디슝각에 굉쟝ᄒ게 준비ᄒ고/ …잔치비셜 둘너보니 굉
쟝ᄒ고 스치롭다/ 스방식상 각종음식 좌우로 느러노코/ 미인에게 훈상
식을 압압히 노왓는더/ …장진쥬 권쥬가로 취흥을 도다쥬며/ …㉣연회
비용 드러보니 천여원이 너머싸네/ 불석천금 샹등디우 일션능화 그아
니냐/ 〈동유감홍록〉

　위의 두 인용문은 일본에서의 환영식과 연회에 대한 감회가 형상화
된 장면에 해당한다. 우선 밑줄 친 ㉠과 ㉡을 보면 각국의 사신들이
모인 궁궐에서 철저히 소외된 화자의 모습이 발견된다. 혼자만 '관대
사모(冠帶 紗帽)'에 '품대(品帶)'까지 한 모습에 대해 화자는 '내 모습
을 내가 보아도 우스운데 저 사람들 속에서 오죽 비소(卑小)하랴'라고
자조적인 탄식을 표출하고 있다. 〈유일록〉의 화자는 1895년 구한말의
사신 자격으로 일본 황제의 천장절(天長節)에 참석했지만 일본인은
물론 다른 국가의 일원들과도 어울리지 못하고 있는 정황이 의복의
표상을 통해서 확인되는 것이다.
　나아가 ㉡을 보면 연회장에서 어울리지 못하고 꾸어 온 '보리자루'
신세로 전락한 화자의 모습도 발견된다. '저의끼리 즐거워서 술을 마
냥 먹고', '언어가 불통하니 답답하고 무미하여'와 같은 표현에서 알

수 있듯이 일본의 각 대신과 각국의 공사(公私)들은 즐겁게 연회를 즐기고 있는 반면 대한제국의 사신은 철저히 소외된 채 굴욕감을 느끼고 있는 것이다. 서구 중심의 근대화 물결이 본격화되고 일본을 중심으로 한 제국주의의 침탈이 가시화되면서 이 시기 대한제국은 약세(弱勢)를 면치 못한 채 국제 관계에서도 고립되어가는 양상을 보인다. 이러한 시대적 정황이 위의 연회 장면에서도 선명하게 확인되고 있는 것이다.

그런데 〈동유감흥록〉의 경우를 보면 시찰단원들에 대한 '특별대우'로 인해 동경에 대한 화자의 시선이 매우 긍정적임을 알 수 있다. 일본은 식민지 정책 수단의 일환으로 '시찰단' 파견을 지속해오면서 '내선일체(內鮮一體)' 사상을 시찰단원들에게 주입하고자 했다. 시찰 후 공식적인 기록을 남기는 것도 의무였는데 실제로 많은 시찰단원들의 글을 보면 일본에 대한 예찬과 '일선융화(日鮮融和)'에 경도된 사상을 보이고 있다. 파노라마적 시각체험에 의존하여 습득한 지식이 곧 문명이라는 피상적 인식이 수용되었던 것이다.

이러한 시찰단원들의 사고는 조선과 일본을 위계화하여 바라보게 함으로써 결국 일제가 의도했던 식민주의에 동화된 현상으로 평가되고 있다.[10] 위의 인용문을 보면 ⓒ에서 '관민일치(官民一致)', ⓡ에서 '상등대우(上等待遇)', '일선융화' 등의 어휘가 발견되면서 감탄하는 화자의 모습이 발견된다. 특히 ⓡ을 보면 '연회 비용이 천여원이 넘는다네'와 같이 자본의 규모에 압도된 의식도 확인할 수 있다. 앞서 살펴

---

10 박찬모, 「'전시(展示)'의 문화정치와 '내지(內地)' 체험」, 『한국문학이론과 비평』 43, 한국문학이론과 비평학회, 2009, 593~595쪽.

본 〈유일록〉과 비교해 본다면 일본의 피식민지국으로 전락했음에도 불구하고 '시찰'의 목적성으로 인해 동경에 대한 인식은 매우 긍정적으로 변모한 현상이 발견되는 것이다.

그렇지만 〈유일록〉의 화자도 동경에 대한 시선이 부정적이었던 것만은 아니며 이는 당시 조선 사절단이 처했던 암담한 현실과 연계하여 이해되어야 할 것이다. 1895년의 '사절단'과 1925년의 '시찰단'이 처한 역사적 정황의 차이는 이처럼 동경을 인식하는 주체의 시선과도 직결되는 현상을 확인할 수 있는 것이다. 이처럼 동경에 대한 두 화자의 시선 차이로 인해 각 작품 내에서 동경이 이해되고 묘사되는 범위와 특질 역시 확연한 차이를 보이고 있다.

Ⓐ【동경에 비포허문 쥬회가 오십니의/ 산이 업셔 평평헌데 성은 잇고 못 업쓰며/ 셩니의 큰 기쳔들 줄기줄기 통ᄒᆞ야셔/ 좌루로 셕츅하야 그 우의 다리 노코/ 다리 밋헤 비 니왕들 바다으로 흘러가며/ 셩니가 십오구며 한 구의 멧 번지식/ ⓜ곳곳지 공희집들 양제로 지어쓰되/ 벽돌루만 쓰ᄋ쓰니 찬란허구 굉장허며/ 디관이며 평민들이 집치레가 디단허다/ 스면으로 통헌 길이 한갈것치 광활ᄒᆞ야/ 죠고마헌 골목들도 우리나라 종노길만/ ⓗ셔발 막디 거침 업셔 평평허고 졍결허다】 / Ⓑ【길가의 슌스들은 환도 차고 느러셔셔/ 니인 거긱 동졍이며 슈상죵적 검찰허되/ 잠시를 안 쩌나고신지의 셔 잇쓴가/ 시각이 다 헌 후의 다른 슌스 체번허니/ ⓐ법령과 규모들이 이러희야 헐 닐이라/ 그러무로 이 나라는 도적이 젹다 허데】〈유일록〉

Ⓒ【동경부라 ᄒᆞᄂᆞᆫ데는 무쟝동남 강호인디/ 본쥬디방 동쪽이오 관동평야 중앙이라/ 습포방총 두반도는 동남으로 둘너잇고/ 황쳔일디 흐르ᄂᆞᆫ물 서북으로 니려오며/ 부스산의 쳔년눈빗 안산으로 바라보니/ 스방

디셰 평탄호야 텬부지국 되얏고나】 / Ⓓ【ᄉ빅오십 여년젼에 태뎐도관 쓴은셩을/ 덕쳔장군 슈츅호야 막부를 여러노코/ 숨백년간 승평일월 셰셰상젼 호쟷더니/ 명치이년 숨월경의 이곳으로 쳔도호야】 / Ⓔ【일국의 슈부되니 ⓞ발젼번화 졀노되야/ 동양텬디 구버보면 쳣지쑵ᄂ 대도회로/ 셰계각국 통계호면 다섯지를 졈령호니/ 오십만의 호총이오 숨빅만의 인구이며/ ⓩ회사수는 숨쳔이오 공장수는 ᄉ쳔이며/ 시뎡일년 슈입익은 류쳔일빅 만원이오/ 민일통힝 뎐차수는 평균일쳔 이빅디며/ 경교의 은좌통과 일본교의 쥰호뎡은/ 오륙층에 셕조양옥 반공에 소삿스니/ 륜돈파리 비교힌도 조곰양두 안켓더라】〈동유감홍록〉

위의 두 인용문은 동경의 지세(地勢)나 거리의 풍경, 역사 등이 설명되어 있는 장면에 해당한다. 조선후기 사행가사들을 살펴보면 외국의 수도에 도착한 후 각 도시의 전반적인 모습이나 관련 정보가 제시된 후에 본격적인 묘사가 진행되는 경우가 많다. 위의 두 장면 역시 이러한 특징을 보이고 있는데 내용의 범위는 물론 동경이라는 도시를 인식하는 방향성도 변화되었음을 알 수 있다.

우선 〈유일록〉의 경우를 보면 동경 거리의 전체적 풍경이 조망된 Ⓐ 부분과 길가 순사들의 모습을 통해 치안 상태가 설명되고 있는 Ⓑ로 구분될 수 있다. 그런데 〈동유감홍록〉은 Ⓐ와 유사한 Ⓒ 장면 이후에 동경의 역사와 현재의 번화한 모습이 Ⓓ와 Ⓔ에 추가적으로 형상화되어 있다. 동경의 번화한 시가지를 현상적으로 감탄하고 재현하는 정도를 넘어 역사적 정통성에 기반하여 근대적 도시로 변모한 모습이 예찬되고 있는 것이다.

또한 밑줄 친 ⓜ~ⓢ에서 확인되는 예찬의 범위를 보면 〈유일록〉의 경우 양제(洋制)로 지은 집들이 '찬란하고 굉장하다', '대단하다'와 같은 감탄으로 제시되고 있고 골목들은 '평평하고 정결하다', 법령과 규모들은 '이러해야 할 일이라'처럼 주로 동경의 가옥, 거리, 치안 상태 등이 부각되어 있다. 그런데 〈동유감흥록〉의 ◎을 보면 수도 천도 후에 발전과 변화가 '절로' 되어 동양 내 최고의 대도회지(大都會地)가 된 것은 물론 세계 내에서도 5위 안에 드는 도시가 바로 동경임이 강조되고 있다. 발전한 도읍지라는 감탄을 넘어 서열을 통해 '도시성'의 정도를 예찬하는 이러한 방식은 근대성에 대한 화자의 적극적 인식에 기인한 것으로 보인다. ㉣을 보면 동경의 인구, 회사, 공장, 전차의 수량이 구체적 수치를 통해 감탄되고 있으며 시정(市政)의 일년 수입액도 '육천일백만원'이라고 제시되어 있기 때문이다. 물질과 자본의 규모를 나열함으로써 동경이 근대적 도시임이 강조되고 있는 것은 물론 '런던', '파리'와 비교해도 손색이 없는 세계적 수준의 수도임이 예찬되고 있는 것이다. 동경에 대한 이러한 인식은 바로 다음의 장면에서도 확인된다.

> 인가련접 빅여리를 졉입가경 드러가니/ 동양첫지 명거장인 **동경역**이 닉닷는다/ 조금잇다 차가쉬니 경신수습 못ㅎ 깃네/ 쑤역쑤역 쏘다지자 와글와글 나가는디/ 잔교우에 **구쓰**로리 쳔병만마 지나는듯/ 증긔쎕는 물소리는 만폭동에 드러온듯/ 수쳔명의 마중꾼들 반갑다고 직써리며/ 일빅명의 붉은모자 화물운반 분주ㅎ데/ 남편의는 승차구오 북편의는 ㅎ차구라/ **삼백만환 비용**으로 칠년동안 건축ㅎ집/ **빅륙십간** 기럭지요 **이쳔숨빅** 평수로다/ **이숨층의 호테루**는 졍양헌의 려관이오/ 너른마당 건너쪽에 숨능회사 시로진집/ 텰골련와 **서양계도 열층놉히** 굉장ㅎ다/ **일쳔만환 건축비용** 일만팔쳔 평수에다/ 은힝회스 숨빅오십 셰를 밧고 빌녀짜네 〈동유감흥록〉

도쿄 대공습으로 소실되기 전의 도쿄역
1914년 도쿄의 관문으로 활용되었으나 태평양 전쟁 때 소실되었다.
2012년 복원 공사가 완료되었다.

위의 인용문에는 화자가 동경역에 도착한 후에 목도한 주변 풍경이
형상화되어 있다. 그런데 이 장면에서도 번잡한 도시의 풍경이 생동
감 있게 재현되면서 동시에 역과 주변의 건물들 규모가 예찬되고 있
다. 우선 밑줄 친 단어들을 살펴보면 기차에서 역으로 나오는 인파가
'꾸역꾸역', '와글와글'과 같은 음성상징어를 통해 묘사되고 있음을 알
수 있다. 특히 사람들의 구두 소리가 '천병만마 지나는 듯'하고 기차에
서 증기가 나오는 소리는 '만폭동에 드르온 듯'하다는 비유 역시 흥미
롭다. 시·청각적 수사를 통해 많은 사람들이 오가는 동경역의 풍경
과 기차의 규모를 효과적으로 재현하고 있기 때문이다. 고유어와 감
각어가 적절하게 혼용되면서 근대적 역사(驛舍)의 풍경이 묘사되고
있는 이러한 장면은 1920년대에도 유효하게 지속되었던 가사 문학의

효용성과 표현 특질을 보여주는 사례이기도 하다.

　이어 제시되고 있는 동경역의 외관과 주변 건물들은 앞서 살펴본 경우와 마찬가지로 주로 수치를 통해 규모와 자본 정도가 예찬되고 있다. '강조 표시'된 단어들을 보면 대체로 '호테루', '회사', '은행' 등과 같이 서양식으로 근대화된 건물들이 주로 나열되어 있다. 그런데 이 건물들은 공통적으로 그 넓이와 높이, 건축 비용 등을 통해 표상되고 있다. 동경역은 '삼백만환' 비용으로 설립되었으며 '백육십간' 넓이에 '이천삼백' 평수를 차지한다고 설명되고 있으며 '삼능회사' 역시 '열층 높이'에 '일천만환' 건축 비용, '일만팔천 평수' 등의 표상으로 강조되고 있는 것이다.

　이러한 특징은 〈유일록〉과 차이를 보이는 점인데 〈동유감홍록〉의 화자가 동경을 바라보는 시선이 변모했음을 의미하는 사례이기도 하다. 이 역시 시선의 범위를 '외부'에 한정하지 않고 도시 내부의 기능이나 제도 등으로 확장하게 되면서 발생한 것으로 보인다. 이처럼 동경이라는 근대적 도시의 풍경이 형상화된 특질의 차이에 대해서는 다음 장에서 보다 구체적으로 살펴보도록 하겠다.

3. 근대화된 도시, '동경'이 형상화된 가사 문학과
　　그 특질의 변모

1) 〈유일록〉(1902)

　　궁녀셩의 나와 쉬여 **궁궐 구경 디강허니**/ 궁셩이 세겹인데 셩밋마다 희ᄌ파고/ 궐문에 드러셔니 쳔셰교 노푼 다리/ 무지기 형상으로 건너

질러 노야쓰되/ 좌우에 셕난간의 난간 우의 도금허고/ 곳곳지 놉흔 견각 구룸 우의 쇼스는 듯/ 전각마다 젼긔등과 뜰 가운더 장명등은/ 두세길 노푼 거슬 돌루도 ᄒᆞ야쓰며/ 구리루도 ᄒᆞ야쓰되 구 우의 도금허고/ 각쳐의 죠흔 화쵸 이루 이름 알 슈 업고/ 금으로 놋 만드러 뜰 가운데 안쳐쓰되/ 크기가 인경만쿰 좌우로 디좌ᄒᆞ야/ 크기도 허거니와 모양이 쳔연헌 것/ 져졀로 물을 품어 가는 비 쑈ᄃ지니/ 슴복지경 더위연만 셔늘ᄒᆞ기 할량업다/ 〈유일록〉

위의 인용문은 〈유일록〉의 화자가 일본 황제를 만난 후에 궁궐을 구경하는 장면들이다. 주로 궁궐의 규모와 다리, 난간, 전각, 전기등, 화초 등과 같이 인상적인 지점들이 위에서 내려다보는 듯한 시선으로 설명되고 있다. '무지개 형상', '구름 위에 솟은 듯', '도금' 등의 표현에서 알 수 있듯이 주로 시각화된 비유나 어휘를 통해 자신이 목도한 장소를 묘사하고 있는 것이다.

그런데 이러한 특질은 조선후기 사행가사에서 궁궐이 형상화된 장면에서도 확인해 볼 수 있다. 〈일동장유가〉에서 경도(京都)의 지세와 궁궐 등을 묘사한 장면을 보면 입체적인 조망을 통해 시각화된 표상들이 많이 활용되고 있다.[11]

또한 연행가사인 〈무사서행록〉과 〈병인연행가〉에서 북경의 궁궐이 형상화된 부분을 보면 상세한 묘사의 특질에서 상호텍스트성이 확인된다. 천안문에서 정전(正殿)에 이르기까지 자금성의 전체적 모습이 세밀하고 체계적으로 형상화되어 있는 것이다.[12] 이러한 양상이 20세

---

11 김윤희, 「사행가사에 형상화된 타국의 수도 풍경과 지향성의 변모」, 『어문논집』 65, 민족어문학회, 2012, 108~110쪽.
12 김윤희, 『조선후기 사행가사의 세계 인식과 문학적 특질』, 고려대학교 박사학위논

기 초 대일 사행가사 〈유일록〉에서도 확인되는 것인데 〈동유감흥록〉
에 이르면 상당히 변모된 양상을 보이고 있어 주목할 필요가 있다.

⬚F 【**궁궐뎐각 살펴보니** 모다예젼 제도로서/ 단청읍는 평집인터 조
션식과 근사ᄒ다/ 궁실은 낫게ᄒ고 구혁의다 심을쓴듯/ 슘더졍치 법을
바다 졀용이민 ᄒ는구나/ 구학들은 심슈ᄒ야 계산지취 졀승ᄒ고/ 수목
들은 울밀ᄒ야 왼갓시가 지저우니/ 우리나라 옥류쳔을 못보와도 여긔인
듯】 / ⬚G 【이쳔오빅년 동안을 혈통상속 ᄒ야감은/ 력사이후 우로보되
ᄒ번읍는 일이로다/ **각관뎡**을 버려노코 관원들을 두엇스니/ 텬황자순
츄밀원은 원로더신 모야잇고/ 진퇴빅관 **비각**에는 법졔쳑식 미여잇고/
궁즁사무 **궁뇌셩**은 황실뎐범 일숨으며/ 앵뎐문외 **참모본부** 작젼계획
ᄒ는데오/ 디방힝졍 **뇌무셩**과 국졔교섭 **외무셩**과/ 륙군맛튼 **륙군셩**과
히군맛튼 **히군셩**과/ 지졍츌납 **디쟝셩**과 교육부담 **문부셩**과/ 법률공평
사법셩과 식산흥왕 **농상무셩**/ 교통운수 **텰도셩**과 뎐신우편 **톄신셩**과/
종국판결 **디심원**과 부하경쳘 **경시텽**과/ 화족교휵 **학습원**과 귀빈졉디
지리궁과/ 군긔졔작 **조병창**과 농수지량 **모범장**과/ 인직비양 **각학교**와
공후간셩 **사관학교**/ 여긔져긔 버렷스니 칙임사무 호번하다】〈동유감
흥록〉

위의 인용문은 궁궐의 외관이 설명된 ⬚F와 각 관청의 기능과 명칭
이 나열되어 있는 ⬚G 부분으로 구분해 볼 수 있다. ⬚F에서도 '졀용애
민(節用愛民)', '계산지취'와 같이 관념적 가치들이 확인되며 외적인
모습은 '수목들은 울밀하여 온갖 새가 지저귄다'라는 내용이 전부이
다. 대신 ⬚G의 분량을 보아도 알 수 있듯이 정부 각처의 부서에 대한

문, 2010, 188~190쪽.

관심이 급증하여 기능과 부서가 4음보의 통사 단위 내에서 나열되어 있다. 정치·군사 기구는 물론 교통·우편·법원·학교 등과 같이 다양한 분야에서 체계적으로 업무가 분담되어 있는 동경의 관청들을 기록·전달하고자 하는 화자의 의식을 확인할 수 있는 것이다.

시선의 범위가 대체로 '외관'에 한정되어 있었던 〈유일록〉과 달리 〈동유감흥록〉에서는 내부의 기능과 제도에 대한 탐색이 가능하게 됨으로써 관찰과 기록의 범위도 확장된 것으로 보인다. 이국(異國)에서 목도한 감각적 가시태에 대한 묘사보다는 동경의 근대적 변모상을 집중적으로 묘사하고자 한 화자의 의식을 엿볼 수 있는 것이다.

이처럼 〈동유감흥록〉과 비교해 보았을 때 〈유일록〉은 체험하고 지각할 수 있는 범위의 한계로 인해 동경을 묘사하는 특질 면에서 조선후기 사행가사들과 유사한 전형성을 보이는 작품임을 알 수 있다. 이러한 특징은 다음의 사례에서도 확인된다.

> 환희를 구경코져 희ᄌᆞ를 불너오니/ … 큰쇠고리 여숫기을 난화들도 맛부디쳐/ 스슬고리 만드러셔 어금맷겨 이엿다가/ 스발ᄒᆞ나 싸히업고 보ᄌᆞ기로 덥허노코/ 발굽치로 느리치니 스발이 간ᄃᆡ업다/ 보을들도 ᄎᆞ ᄌᆞ보니 싸호로셔 소스난다/ ᄇᆞ늘ᄒᆞ줌 입의너코 <u>씨륙씨륙</u> 삼킨후의/ 실ᄒᆞ님을 <u>ᄎᆞᄎᆞ</u>삼켜 ᄭᆞᆺ츨잡고 쎄여ᄂᆞ니/ 그바늘을 모두꿔여 <u>쥬렁쥬렁</u> 달엿고나/ 오싴실 ᄒᆞ타리을 <u>잘게잘게</u> 쓰흐러셔/ 활활셕거 <u>뷔뷔여셔</u> 한줌이나 잔쏙쥐고/ 훈짓홀 잡아쎄니 끈너진실 도로이여/ <u>싴싴이로</u> 연히쎄면 실ᄒᆞ타리 도로된다/…이런지죠 저런요술 이로긔록 못헐네라 〈병인연행가〉[13]

13 작품의 원문은 임기중, 『연행가사연구』, 아세아문화사, 2001.에 의거함.

요술ᄒᄂ는 스람 불러 구경판을 ᄎ렷쩌라/ …숄방울을 ᄯᄃ 노코 쇠화 루를 어퍼 노아/ 한참만의 들어 보니 그 쇽의셔 슈탁 울어/ 화루를 ᄌ쳐 노니 날기 치고 ᄃ시 울며/ 그 닥을 붓드러 보니 푸덕푸덕 허는 모양/ 암만희도 참 닥이지 누가 보면 아니라며/ 물한 디야 쩌나 노코 거긔 털셕 쥬져 안져/ 왼방에 물이 헤져 ᄃ른 스람 ᄃ 피허되/ 쥬져 온진 스람 보니 물 한졈 ᄋ니 무더/ 보숭보숭 마른 거시 만져 모믜 흔젹 업고 /… 이럿틋 여러 가지 분명이 요술이나/ 쳐움보는 안목으로 그이허고 고이허다 〈유일록〉

위의 두 인용문은 1866년의 연행 체험을 토대로 창작된 사행가사 〈병인연행가〉와 〈유일록〉에서 환희(幻戲)가 묘사되어 있는 장면의 일부이다. 밑줄 친 단어에서 확인할 수 있듯이 대체로 부사어나 첩어 등을 효과적으로 배치되어 요술 장면이 사실적으로 재현되어 있다. 〈병인연행가〉는 묘사의 정도가 보다 세밀하지만 〈유일록〉의 화자도 '푸덕푸덕', '보숭보숭'과 같은 감각어를 통해 신기한 풍물을 묘사하고 자 했음을 알 수 있다. 고유어의 미감을 활용하면서 환희를 재현하는 이러한 특징은 〈무자서행록〉에서도 발견되는데 기본적으로는 '시각 적인 재현'을 시도하지만 감각적 어휘들을 보조적으로 활용하면서 장 면의 실제성을 강화하고 있기도 하다.[14] 공통적으로 본다면 흥미로운 '유람'의 시선에 포착된 환희, 시장, 동물원 등이 묘사되는 방식은 시 각화된 재현이라는 범주에 크게 벗어나지 않는 것이다. 그런데 〈동유 감흥록〉에 이르면 이러한 특징이 거의 소멸되면서 근대성의 범주에 서 이해될 수 있는 견문과 문물들이 상세하게 나열·묘사되는 양상을

---

14 김윤희, 「사행가사에 형상화된 타국의 수도 풍경과 지향성의 변모」, 『어문논집』 65, 민족어문학회, 2012, 117~118쪽.

보이고 있다.

> 인민권리 보호ᄒᆞᄂᆞᆫ **변호사계** 드러보니/ 전판스와 전겸스며 법학스
> 와 변리스의/ 널은문패 스무소가 이곳져곳 느러잇서/ 현하웅변 가지고
> 서 비리호숑 ᄒᆞᆫ다는디/ 화뎡뎨틱 졔박스는 변호계의 령수라네/ 기중에
> 도 명예읍고 싱활곤란 홀슈읍는/ 실스금에 팔인몸들 못홀일도 ᄒᆞᆫ다는
> 대/ ⒣【골육징숑 권고ᄒᆞ야 삼강오륜 ᄯᅳ케ᄒᆞ기/ 빅년가약 인연쎼여 싱
> 초목에 **불노키와**/ 구허날무 교묘ᄒᆞ게 증인교준 **일너주기**/ 무문농필
> 흔적읍시 증서위조 **ᄒᆞ야노키**/ 토디이동 쌜니 시겨 재산은익 **ᄒᆞ게ᄒᆞ며**/
> 비당가입 요구ᄒᆞ야 사해행위 **시키기와**/ 집행경민 일을삼아 족박들녀
> **너시기와**/ 고소더리 맛는더로 오동시계 **치워노키**/ 면회ᄒᆞ고 모인바다
> 살인강도 **뒤쩌먹기**/ 읍는말도 잇다ᄒᆞ며 잇는 스실 읍다ᄒᆞ야/ 졔자식도
> 아니라기 남의 친긔 **위겨더니**/ 이현령의 록피왈자 허무밍랑 우슙더
> 라】〈동유감흥록〉

〈동유감흥록〉의 화자는 단순히 근대적 문물이나 제도에 종속되지
않으면서 대타적 자의식을 통해 비판적인 시선으로 형상화한 장면들
도 발견된다. 위의 인용문이 그 사례에 해당하는데 '인민권리를 보호
해야 하는 변호사계'가 오히려 각종 비리로 사람들에게 피해를 주고
있는 광경이 나열되어 있다. 자본에 포획되어 버린 '변호사'의 지식은
일반인들의 자본을 착취하기 위한 도구적 권력으로 남용되고 있는
상황이 비판되고 있는 것이다.[15]

그런데 이러한 특징을 앞서 살펴본 〈유일록〉의 경우와 비교해 본

---

15 김윤희, 「1920년대 일본 시찰단원의 가사 〈동유감흥록〉의 문학적 특질」, 『우리말글』
54, 우리말글학회, 2012, 206~208쪽.

다면 그 폐단이 나열된 Ⓗ 부분에서 차이를 발견할 수 있다. '-흐기'라는 어미로 통사 단위를 연속함으로써 변호사들의 비윤리적 행태가 효과적으로 형상화되어 있는 것이다. 흥미로운 견문을 사실적으로 묘사한 것이 아니라 다양한 사건들을 지속적으로 나열하는 방식은 〈동유감흥록〉에서 많이 발견되는 특징이기도 하다.

지금까지 살펴보았듯이 〈유일록〉에서 동경을 형상화한 부분을 살펴보면 근대화된 도시로서의 위상에 감탄하되 그 지각과 묘사의 범위는 대체로 시각적 층위로 한정되어 있음을 알 수 있었다. 당시 국제 정세에서 소외된 대한제국 사신의 일원으로서 동경을 유람했기에 지각할 수 있는 대상과 범위도 한계가 있었던 것으로 보인다. 그로 인해 대상을 묘사하는 특질도 대체로 평면적이며 조선후기 사행가사 작품들과의 유사성도 확인해 볼 수 있었다.

반면 〈동유감흥록〉의 화자는 식민지국의 일원이었음에도 불구하고 '시찰단원'이었기 때문에 '조선'이 아닌 '일본'의 시선에서 동경을 관찰할 수 있었던 것으로 보인다. 도시의 외관에 대한 관찰만이 아닌 근대화된 정치·제도나 각 관청들의 기능은 물론 법적 송사(訟事)와 관련된 구체적 실상까지 묘사할 수 있게 된 것이다. 따라서 다음 장에서는 〈동유감흥록〉의 이러한 특질에 대해 좀 더 구체적으로 살펴보도록 하겠다.

2) 〈동유감흥록〉(1926)

Ⅱ 【의화군이 츳져 오셔 구경초로 가즈 허기/ 흐가지 이러나셔 **천쵸공원** 츳져가니/ 십이층 노푼 집이 **옹운각**이라는데/ 스다리를 발바가며

상상칭 올라가니/ 놉기가 한량 업셔 현긔가 절로 나며/ 동경안 억만가호 스면으로 다 뵈이고/ 왕너허는 힝인들이 긔미처럼 젹어 뵌다】 / Ⓙ【**젼 징구경** 죠타 허니 거긔도 가 보리라/ 여러 빅간 집을 짓고 큰 젼징을 비셜허니/ 이 쓰음이 무슨 쓥고 츌쳐를 들어 보니/ 명치쵸년 긔화당이 덕쳔씨를 모라닐 시/ 두 편이 딕진ᄒ야 교젼허든 모양이라/ 여러 쟝슈 여러 군슨 집치튼 말들이며/ 여러가지 병장긔를 쳔년이 만들어셔/ 유심 이 도라보ᄋ도 진가를 모룰러라/ 엇던 스람 총을 마져 업두려져 죽은 모양/ 엇던 스람 칼을 마져 유혈이 낭즈허고/ 머리 업는 숑쟝들이 늘비 허게 잡바지며/ 딕가리만 모아논 것 한구셕이 그득허미/ 션혈이 쥴쥴 흘러 직금 죽은 모양이요/ 엇던 군슨 션불 마져 목슘은 부터 잇셔/ 이러 나지 못ᄒ야셔 허덕허덕 허는 모양/ 별 형샹 다 희논 것 가지가지 쳔년허 니/ ᄋ모리 헷거시나 보기에 끔직허다】〈유일록〉

천초구에 **쳔초공원** 자셰훈번 보고나니/ 졔반셜비 졔도들이 상야공원 등더가되/ 십이층의 **룽운각**은 뎨일놉흔 됴망더라/ Ⓚ【상상층에 올나 안져 사방을 구버보니/ 림고뎌와 데경편은 여긔합당 훈글이라/ 놉고나 진 층층루각 진이속에 쓰여잇서/ 나논시는 낫게 뵈고 쓰는 구름 만지을 듯/ 화용월틱 미인들이 올나와서 술을판다/ 이삼비를 마시고서 엽혜잠 간 안져보니/ 텬상옥경 십이루에 렬션되야 온것갓고/ 진루추야 밝은달 에 룡옥만나 놀고난듯/ 텬틱산 져문구름 션녀총중 드러온듯/ 요지연에 참셕ᄒ야 서왕모를 만나본듯/ 심신이 황홀ᄒ고 진루가 견혀웁다】 / Ⓛ 【활동사진 **연예관**과 가무기좌 **곡마장**은/ 셀수읍시 마니 잇서 노는 사 롬 답지ᄒ니/ 이백사십 **연극장**에 삼분일은 이곳이오/ 뢰문젹과 인왕문 은 칠십여간 박션짠길/ 좌우이층 **상뎜들**이 번화ᄒ게 벌녀잇고】 / … 〈동유감흥록〉

위의 두 인용문은 동경 천초공원에 있는 '능운각'에서의 감흥이 형 상화된 부분을 비교해 본 것이다. 동일한 장소에서의 경험이지만 20

여년의 격차와 여행 목적의 차이로 인해 그 묘사의 특질에서는 상당
한 차이점이 발견된다. 우선 〈유일록〉을 보면 능운각은 ⓘ 부분에서
간략히 설명되고 있고 전쟁터를 재현한 장소로 이동한 후의 장면이
ⓙ와 같이 긴 분량으로 묘사되어 있다. 반면 〈동유감흥록〉을 보면 ⓚ
와 같이 능운각에서의 감흥이 상세히 형상화되고 있으며 이후의 ⓛ
부분에서도 연예관, 곡마장, 연극장, 상점 등과 같이 근대적 공간에
대한 관심이 확인된다.

특히 〈유일록〉의 ⓘ를 보면 화자가 능운각의 조망대에서 '현기증'이
난다고 표현하면서 동경 시내가 조망되는 점과 왕래하는 행인들이 작
게 보이는 점 등을 나열하고 있다. 그런데 〈동유감흥록〉의 ⓚ 장면을
보면 조망대를 '천상옥경 십이루'로 비유하면서 동시에 자신을 신선
(神仙)으로 표현하면서 초월적인 형상화가 진행되고 있다. '구름 만지
을듯, 롱옥만나 놀고난듯, 션녀총중 드러온듯, 서왕모를 만나본듯'과
같이 연속된 비유법을 보아도 고층 건물에서 촉발된 화자의 감흥이
도교적 심상으로 재현되고 있음을 알 수 있는 것이다.

동경 시내를 조망할 수 있는 이러한 능운각의 조망대에 대해 화자는
또한 '진애(塵埃)' 속에 싸여 있고 '진루(塵累)'가 전혀 없다'라고 설명
하고 있어 탈속적 이미지도 환기되고 있다. 근대화된 도시인 동경의
최고 높이에서 화자가 받은 감격은 상당했던 것으로 보이며 이러한
경탄의 감정으로 인해 초월적 형상화가 진행되었던 것이다. 백화점과
같이 물품을 파는 상점에 대해서도 〈유일록〉에서는 '세상의 싱긴 물건
각식거시 다 잇쓰되'와 같이 평면적으로 설명되고 있지만 〈동유감흥
록〉을 보면 '각층셜비 두루보니 휘황난측 현황ᄒᆞ야/ 무릉선원 드러온
듯 오던곳을 못찻갯고'와 같이 선계의 표상이 다시 한 번 발견된다.

〈동유감홍록〉의 화자는 동경에서 시각의 층위를 넘어 지각(知覺)의 범위까지 압도되었기 때문에 이러한 수사를 활용한 것으로 보인다.

그런데 〈동유감홍록〉의 화자는 대체로 근대적 풍경과 문물에 대해 적극적으로 재현하려 했고 그로 인해 기록된 특질도 다층적임은 이미 논증된 바 있다. 근대성에 압도된 화자는 위의 사례처럼 초월적 형상화를 시도하기도 하지만 병원에서 습득한 지식이나 공장, 학교, 철도, 농사시험소 등과 같은 장소에서는 체계적이고 사실적인 기록을 진행한 것이다.[16] 하지만 '동경'이라는 도시에 한정해서 〈동유감홍록〉을 분석해 보면 근대성에 대한 경탄의 시선이 더욱 부각되어 있음을 알 수 있다.

앞서 살펴보았듯이 화자는 '일선융화' 정책에 의식이 경도됨으로써 세계적인 대도시로 성장한 동경을 흠모하는 감정이 보다 직접적으로 표면화되고 있는 것이다. 그로 인해 조망대라는 상징적 공간이나 백화점은 초월적인 표상으로, 정치 제도나 동경역사 등은 자본의 규모나 조직의 구조 등이 체계적으로 설명되는 방식으로 형상화가 진행되고 있었다. 또 하나 특징적인 점은 일본인들에 대한 편견의 시선이 사라지고 그들의 일상성을 포착한 열린 시선이 발견된다는 점이다.

> 여긔 스람 니외 업셔 **뎌신의 부인들도**/ 인녁거나 마ᄎ타고 큰길에 나 딩기미/ 곳것치 **결문이들** 웅장셩식 단장ᄒ고/ ᄶ를 지어 딩기는 것/ 의복제도 이상허나/ 얼굴로 말ᄒ며는 일식이 만허도다/ **외입장이 기성**들은 능나쥬의 찬찬의복/ 십오세 이십세의 참말로 여엿부다/… 외양은

16 김윤희, 「1920년대 일본 시찰단원의 가사 〈동유감홍록〉의 문학적 특질」, 『우리말글』 54, 우리말글학회, 2012, 204~205쪽.

어엿부나 계집 틱도 전여 업셔/ 져릿툿 망측허니 청보의 긔똥이라/ **중
들**의 모양 보쇼 장삼 닙고 염쥬 머여/ 쎄들 지여 덩기는 것 아국중과
일반이라/ 의복의 호ᄉ험과 인물의 호한허미/ 평민의 비허며는 얼마가
나아 뵌ᄃ 〈유일록〉

사퇴시간 틈을 타서 공원산보 나온게오/ 슉녀부인 압셰우고 엄연쟝
ᄌ 뒤ᄯᆞ르며/ 과년찬 규중쳐녀 어린아히 손목줍고/ 쥬합이며 찬합들은
ᄒ녀의게 들녓시니/ **귀죡더관 가뎡**의서 식구더로 나온게오/ 셰비루 갑
진양복 가심에다 갈나입고/ 낙가오리 놉흔모자 이마에다 숙여쓰고/ 금
테안경 광션쎗처 날빗을 희롱ᄒ며/ 남의녀자 뒤쪼치니 **부랑자**의 힝동
갓고/ **경국지싁 션연미인** 홍쟝록더 황홀ᄒ다/ 꼿슬꺽거 손의들고 일소
빅미 고흔틱도/ 무산운우 꿈을ᄯ르는 풍류낭군 찻ᄂ거동/ 쥬사청루 야유
원에 로류쟝화 그아니며/ **건방진 엇던녀ᄌ** 서양복을 차리고서/ 뒤츅놉
흔 구쓰에다 불란서식 가르마로/ 남의청년 압헤안자 오고가는 연인정담
/ 절옥투향 허락ᄒ니 상중가약 이아니며/ **엇더ᄒ 졂은남녀** 은닉ᄒ 슝
림간에/ 만면수심 경황읍시 구곡간쟝 녹ᄂ소리/ 너를두고 나못살고 나
를두고 너못사니/ 천사만량 속졀읍시 결심정사 뿐이로다/ 오고가는 허
다인물 엇지이루 긔록ᄒ랴 〈동유감흥록〉

위의 인용문은 두 작품의 화자가 동경의 거리에서 목도한 사람들의
모습을 스케치처럼 형상화한 부분을 비교해 본 것이다. 우선 〈유일
록〉을 보면 대신(大臣)의 부인들과 젊은이들, 기생, 중 등이 확인되는
데 주로 그들의 특징적 외양이 간략하게 묘사되고 있음을 알 수 있다.
'의복제도 이상', '능나쥬의 찬찬의복', '중들의 모양 보쇼 장삼 닙고
염쥬 머여' 등과 같은 표현에서 보이듯이 주로 '의복'을 통해 그들의
특색을 규정하고 있는 것이다. 특히 기생들에 대해서는 '외양은 어엿
부나 계집 틱도 전여 업셔', '져릿툿 망측허니 청보의 긔똥이라'와 같

이 유자(儒者)로서의 보수적 시선을 견지한 채 가치 판단을 내리고 있는 부분도 확인할 수 있다.

그렇지만 〈동유감홍록〉의 화자는 보다 열린 시선에서 일본인들의 일상을 포착하여 형상화하고 있다. 위의 두 번째 인용문을 보면 하녀와 아이들을 데리고 산책을 나온 '귀족대관 가족'의 모습에 이어 거리를 오가는 남녀 군상(群像)들의 특징적 면모가 상세하게 묘사되고 있다. 특히 '부랑자'와 '경국지색'으로 표상된 두 남녀의 자유 분방한 모습은 홍미롭게 형상화되고 있다. '값진 양복'을 입고 '낙가오리' 같은 모자를 깊숙이 쓴 후 반짝이는 '금테안경'으로 '희롱'을 일삼는 모습은 마치 사진 속의 인물처럼 생동감이 있는 것이다. 이어 제시된 한 여인의 자태 역시 '꽃을 꺾어' 손에 들고 미소를 짓고 있는 모습이며 '무산운우 꿈을 꾸는 듯', '야유원에 노류장화'와 같은 감탄의 시선도 확인된다. 화자가 남성이기 때문에 외양이 화려해 보이는 남자에 대해서는 '남의 여자 뒤를 쫓는 부랑자'로 간주하고 여성은 '선연미인'으로 설명하고 있는 점도 홍미롭다.

이어 남녀가 연애 정담을 나누는 장면도 확인해 볼 수 있다. 서양복을 입고 굽이 높은 구두에 불란서식 가르마를 한 '건방진 어떤 여자'가 남자와 만나는 모습에 대해 화자는 '남의 청년'과 은밀한 사랑을 나누는 '절옥투향(竊玉偸香)'으로 간주하고 있는 것이다. 〈유일록〉에서 확인된 '기생들'에 대한 거부감이 〈동유감홍록〉에서는 서양식으로 화려하게 꾸민 여성에게 전이되는 현상을 확인할 수 있다. 또한 '젊은 남녀'가 '송림(松林)' 속에서 은밀한 사랑을 나누는 장면에서도 '너를두고 나못살고 나를두고 너못사니'와 같은 대화체를 통해 애틋한 감정이 효과적으로 표출되어 있다. 〈유일록〉을 보면 부분적으로 '이적',

'금수' 등의 어휘를 통해 일본인들의 풍속에 대한 거부감을 보이고 있
어 잔존한 화이관을 발견할 수 있다.

그런데 〈동유감흥록〉에 이르면 일본인들을 화이관의 틀로 인식하
는 구도가 완전히 소멸된 것은 물론 위의 사례와 같이 그들의 일상성
에 주목하는 현상까지도 확인된다. 외양을 서구식으로 꾸민 일본인들
이 동경 시내에 오고가는 모습을 상세하게 묘사하면서 감탄을 보이고
있으며 '연애'하는 남녀의 모습까지도 보편적 감정의 층위에서 이해하
는 열린 시선을 보이고 있는 것이다.

이처럼 〈동유감흥록〉의 화자는 시찰단원으로 동경을 체험하였지만
'산보' 체험을 하면서 일상적인 도시 감각을 수용하고 공감하기도 하
였다. 동경이라는 도시를 적극적으로 관찰하고 탐색하면서 '개별적'
인 이해를 시도하였으며 일상적 풍경까지 가사 문학으로 형상화하고
있다는 점에서 문학사적 의의가 있는 작품이 〈동유감흥록〉임을 확인
할 수 있는 것이다. 앞서 살펴본 〈유일록〉의 화자는 조선후기 사신으
로서 암담한 현실 속에서 한정된 체험을 할 수밖에 없었을 것이다.
그렇지만 조선후기 사행가사의 전통 내에서 나름의 주체적 시각으로
동경을 이해하고 형상화한 작품으로서 문학사적 가치가 있으며 이
〈동유감흥록〉의 경우 가사 문학이 1920년대에도 여전히 창작되면서
그 양상이 변모해간 정황을 확인케 하는 사례로 보아야 할 것이다.

4. 결론

이 글은 20세기 초반에 창작된 대일 기행가사 두 편 〈유일록〉과

〈동유감홍록〉에 형상화된 동경(東京)의 표상에 많은 차이가 발견된 다는 점에 주목하여 시선과 특질의 변모 양상을 고찰해 본 것이다. 조선후기 기행가사의 전통과 맞닿아 있기 때문에 두 작품에서 표현 특질의 유사성은 확인되지만 동경을 바라보는 시선의 기준이 '근대성' 으로 변모하게 되면서 묘사 대상의 범위와 방식에서도 차이를 보이고 있기 때문이다.

〈유일록〉과 비교하여 〈동유감홍록〉을 살펴보면 일본의 피식민지국 으로 전락했음에도 불구하고 '시찰'의 목적성으로 인해 동경에 대한 인식은 오히려 긍정적으로 변모하고 있었다. 조선후기 사행가사를 보 면 주로 규모가 큰 건물들은 그 외관의 모습이나 특징이 상세하게 묘 사되는 경우가 많다. 〈유일록〉의 화자가 동경을 묘사하는 모습도 유 사한데 〈동유감홍록〉을 보면 주요 건물들의 외관보다는 근대적 특징 에 주목하는 양상을 보이고 있다. 건물들의 크기나 건축 비용 등을 수치화·계량화하는 방식을 통해 발전된 도시의 '상징'물로 주로 설명 되고 있으며 외국어를 직접적으로 활용하는 등 표상 면에서도 차이점 이 발견되는 것이다.

〈유일록〉에서 동경을 형상화한 부분을 살펴보면 근대화된 도시로 서의 위상에 감탄하되 그 지각과 묘사의 범위는 대체로 시각적 층위 로 한정되어 있음을 알 수 있었다. 당시 국제 정세에서 소외된 대한제 국 사신의 일원으로서 동경을 유람했기에 지각할 수 있는 대상과 범 위도 한계가 있었던 것으로 보인다. 그로 인해 대상을 묘사하는 특질 도 대체로 평면적이며 조선후기 사행가사 작품들과의 유사성도 확인 해 볼 수 있었다.

반면 〈동유감홍록〉의 화자는 식민지국의 일원이었음에도 불구하고

'시찰단원'이었기 때문에 '조선'이 아닌 '일본'의 시선에서 동경을 관찰할 수 있었던 것으로 보인다. 도시의 외관에 대한 관찰만이 아닌 근대화된 정치·제도나 각 관청들의 기능은 물론 법적 송사(訟事)와 관련된 구체적 실상까지 묘사할 수 있게 된 것이다.

이처럼 '동경'이라는 도시에 한정해서 〈동유감흥록〉을 분석해 보면 근대성에 대한 경탄의 시선이 더욱 부각되어 있음을 알 수 있다. 앞서 살펴보았듯이 화자는 '일선융화' 정책에 의식이 경도됨으로써 세계적인 대도시로 성장한 동경을 흠모하는 감정이 보다 직접적으로 표면화되고 있는 것이다. 그로 인해 조망대라는 상징적 공간이나 백화점은 초월적인 표상으로, 정치 제도나 동경역사 등은 자본의 규모나 조직의 구조 등이 체계적으로 설명되는 방식으로 형상화가 진행되고 있었다.

또 하나 특징적인 점은 일본인들에 대한 편견의 시선이 사라지고 그들의 일상성을 포착한 열린 시선이 발견된다는 것이다. 〈유일록〉을 보면 부분적으로 '이적', '금수' 등의 어휘를 통해 일본인들의 풍속에 대한 거부감을 보이고 있어 잔존한 화이관을 발견할 수 있다. 그런데 〈동유감흥록〉에 이르면 일본인들을 화이관의 틀로 인식하는 구도가 완전히 소멸된 것은 물론 위의 사례와 같이 그들의 일상성에 주목하는 현상까지도 확인된다. 외양을 서구식으로 꾸민 일본인들이 동경 시내에 오고가는 모습을 상세하게 묘사하면서 감탄을 보이고 있으며 '연애'하는 남녀의 모습까지도 보편적 감정의 층위에서 이해하는 열린 시선을 보이고 있는 것이다. 이러한 양상은 근대화된 도시를 인식하는 양상은 관찰 주체의 역사적 입지와 처지에 따라 급변해갔음을 보여주는 사례이기도 하다.

20세기 초 외국 기행가사의
세계 인식과 문학사적 의미

1. 서론

이 글은 20세기 초 외국(外國) 체험이 소재가 된 기행가사 작품들을 분석하여 출발 동기나 체험 국가에 따른 세계 인식의 전변(轉變) 양상을 고찰하고 문학적 표현 특질의 다층성을 조망해 보고자 한다. 20세기 이전까지 외국을 다녀오는 체험은 사행(使行)이라는 공식적 목적에 한정되는 경우가 많았다. 그러나 20세기 초에 이르면 이러한 사행 이외에도 '유학(留學)', '노동(勞動)', '여행(旅行)' 등과 같이 개인적 층위에서 외국을 체험하는 사례들이 증가하게 되었으며 식민지 정책의 일환으로 시찰단(視察團)이 일본으로 지속적으로 파견되기도 하였다. 그런데 흥미롭게도 20세기 초반에 창작된 외국 기행가사 작품들을 살펴보면 이러한 시대적 변화의 양상이 반영되어 있어 주목할 만하다.

〈표 1〉에서 알 수 있듯이 현재까지 학계에 보고된 20세기 초반의 외국 기행가사들은 총 5편인데 20세기 이전의 작품들이 10여 수라는

〈표 1〉

작가	작품 제목	한문 기록	체험 국가	체험 동기
이태직 (李台稙, 1859~1903)	〈유일록〉(1902)	범사록	일본	사행(使行)
이종응 (李種應, 1853~1920)	〈서유견문록〉(1902)	서사록	영국	사행(使行)
윤정하 (尹定夏, 1887~?)	〈일본유학가〉(1906)	유학실기	일본	유학(留學)
김한홍 (金漢弘, 1877~1943)	〈해유가〉(1902)	서양미국 노정기	미국	노동(勞動)
심복진 (沈福鎭, 1877~1943)	〈동유감흥록〉(1926)	미확인	일본	시찰(視察)

점을 고려한다면 이는 상당한 수량이라고 볼 수 있다. 특히 20세기 이전에는 중국을 다녀온 사신들이 창작한 연행(燕行) 가사가 주를 이루었지만 이 시기에 오면 일본 기행가사의 비중이 높아졌다는 점도 특징적이다. 나아가 영국, 미국과 같이 서양으로 체험 세계가 확장된 양상을 보이고 출발의 동기도 다양해지고 있음을 알 수 있다. 또한 〈동유감흥록〉을 제외한 네 작품은 화자가 가사를 창작하는 과정에서 참고한 한문 기록이 병존하고 있다는 점도 공통적이다. 조선후기 가사 향유의 문화와 그 문학적 전통을 확인케 하는 20세기 초의 기행가사 작품들로서 그 가치가 조망될 수 있는 것이다.

위의 다섯 작품들에 대한 일차적 작품론은 대부분 진행되었다고 볼 수 있다. 우선 1902년에 창작된 이태직(李台稙, 1859~1903)의 〈유일록(遊日錄)〉은 국서 전달을 비롯한 공사(公使)로서의 외교 업무를 위해 1895년부터 이듬해까지 일본에 체류한 경험을 토대로 창작된 사행가사이다. 〈유일록〉은 한문일기인『범사록(泛槎錄)』을 재구성한 작품임이 확인되었으며[1] 〈유일록〉의 화자는 이 과정에서 전달 및 기록

1902년 영국 왕 에드워드 7세의 대관식에 사절단으로 참여한 이종응(오른쪽 아래)

의 가치가 있다고 판단된 부분들을 선별·강화한 것으로 보인다. 또
한 현전하는 사행가사로는 마지막 작품에 해당하는 이종응(李種應,
1853~1920)의 〈셔유견문록〉은 1902년 영국 사행의 체험을 소재로 창
작된 작품이다. 〈셔유견문록〉이 자신의 한문일기인 『서사록(西槎錄)』
을 탈고한 지 한 달 후쯤 완성되었다는 점은 선행 연구에서 지적되었
다.[2] 그리고 〈셔유견문록〉 역시 전대의 사행가사 작품들과 마찬가지
로 한문일기를 토대로 재구성된 작품이며 변환의 과정에서 나름의 문

---

1 이에 대한 논증은 김윤희, 『조선후기 사행가사의 세계 인식과 문학적 특질』, 고려대
　학교 박사학위논문, 2010, 217~243쪽.
2 김원모, 「李鍾應의 『西槎錄』과 〈셔유견문록〉 解題·資料」, 『동양학』 32, 단국대학
　교 동양학연구소, 2000, 1~3쪽.

학적 특질이 생성된 현상도 분석되었다.[3]

그리고 1906년경 윤정하(尹定夏, 1887~?)에 의해 창작된 〈일본유학가(日本留學歌)〉[4]는 그의 일본 유학(留學) 체험이 가사 문학으로 형상화된 작품이다. 〈일본유학가〉는 『유학실기(留學實記)』[5]라는 책의 후반부에 삽입되어 있으며 서지 사항과 주요 특징에 대해서는 일찍이 정재호[6]에 의해 논의된 바 있다. 1904년경 일본으로 건너 간 윤정하는 귀국 직후인 1906년경 『유학실기』를 집필한 것으로 보인다. 그러므로 〈일본유학가〉는 당시 유학생들의 생생한 생활이 반영되어 있음은 물론 최초의 유학 가사라는 점에서 문학사적 가치가 있는 작품이라고 평가되었다.[7]

비교적 연구가 많이 진행된 〈해유가(海遊歌)〉는 김한홍(金漢弘, 1877~1943)이 20세기 초반에 미국을 체험한 후 창작한 기행가사인데 작품에 대한 개괄적 소개 및 세계 인식의 주요 특징은 박노준[8]에 의해 처음 소개되었다. 국내 최초이자 유일의 미국 기행가사로서 개화기의

---

3 김윤희, 위의 논문, 254~263쪽.
4 『유학실기(留學實記)』의 원문에는 '일본류학가 제일'로 표기되어 있는데 현대적 표기에 따른 기존의 연구사에 의거하여 〈일본유학가〉로 지칭하기로 한다.
5 복사본(複寫本)이 고려대학교 중앙도서관 대학원 한적실에 소장되어 있다. 현재 고서(古書)로 분류되어 대출은 불가하며 열람만 가능한 상태이다.
6 정재호, 「일본유학가고(日本留學歌攷) -유학실기(留學實記)를 중심(中心)으로」, 『인문과학연구』 2, 성신여자대학교 인문과학연구소, 1983, 27~55쪽. 이후 이 논문은 정재호, 『韓國 歌辭文學의 理解』, 고려대학교 출판부, 1998, 516~548쪽에 재수록 되어 있다. 따라서 이 글의 논의는 후자의 책을 참고한 것임을 밝혀둔다.
7 정재호, 위의 책, 537~540쪽.
8 박노준, 「海遊歌(일명 西遊歌)의 세계 인식」, 『한국학보』 64, 일지사, 1991, 194~222쪽.

의식 있는 선비가 보여주는 내적 번민과 고뇌, 시대 인식을 발견할
수 있다는 점에서 〈해유가〉는 감동을 주는 교술 지향의 문학으로 평
가되었다. 그리고 최현재[9]는 이 〈해유가〉에 나타난 자아인식과 타자
인식의 양상을 보다 구체적으로 해명하였다. 작품을 근대계몽기라는
시대적 흐름 위에 배치함으로써 〈해유가〉에 나타난 인식은 근대 문명
성에 대한 적극적 동화이자 서양우월주의의 감염으로 규정한 것이다.
그러나 김윤희[10]는 그의 일기인 〈서양미국노정기(西洋美國路程記)〉와
〈해유가〉를 비교·분석하면서 화자의 대타적(對他的) 자의식(自意識)
이 있다는 측면도 추론해 내었다. 미국에 대한 동경의 시선도 있지만
20세기 초반 망국민으로서 서양을 체험하는 과정에서 형성된 착종된
내면 풍경에도 유의해야 함을 논증한 것이다. 이 〈해유가〉의 경우 서
양 기행가사라는 점에서 주로 〈셔유견문록〉과 비교론이 진행되었다.
우선 박노준[11]은 문명화된 서구의 외적 측면을 주로 예찬하고 있는
〈셔유견문록〉과 달리 〈해유가〉는 선진 미국의 내면과 실질을 중점적
으로 부각시키고 있다는 점에서 두 작품은 상보적 관계로 분석하는
독법이 필요하다고 보았다.
　또한 박애경[12]은 〈해유가〉와 〈셔유견문록〉 모두 구지식에 익숙한

9　최현재, 「미국 기행가사 〈海遊歌〉에 나타난 자아인식과 타자인식 고찰」, 『한국언어
　　문학』 58, 한국언어문학학회, 2006, 153~174쪽.
10　김윤희, 「미국 기행가사 〈해유가〉의 문학적 형상화 양상과 시대적 의미」, 『고전문학
　　연구』 39, 한국고전문학회, 2011, 39~65쪽.
11　박노준, 「〈海遊歌〉와 〈셔유견문록〉 견주어 보기」, 『한국언어문화』 23, 한국언어문
　　화학회, 2003, 127~148쪽.
12　박애경, 「대한제국기 가사에 나타난 이국 형상의 의미-서양 체험가사를 중심으로」,
　　『고전문학연구』 31, 한국고전문학회, 2007, 53~54쪽.

작가가 전통적인 글쓰기 방식인 가사로 서양을 형상화하고 있어 근대 와 전근대가 혼류하던 당시의 모습을 전형적으로 압축하고 있다고 보 았다. 그리고 정흥모[13]는 〈해유가〉가 근대 미국 사회의 제도와 풍습을 관찰했다는 점에서는 새롭지만 '고가세족의 후예'라는 사대부 의식이 작품의 기저에 깔려 있다고 평가하였고 〈셔유견문록〉은 민요와 잡가 같은 대중적 표현 방식을 활용하고 있고 근대적 풍물을 상세히 묘사 하여 조선후기 사행가사의 전통을 이어받은 가사 작품이라고 보았다.

마지막으로 충남 부여의 지역 유지였던 심복진(沈福鎭, 1877~1943) 이 지은 〈동유감흥록〉은 22.2cm×15cm 규격의 연활자본 책자로 간행 되었으며 총 129장 258쪽 규모의 장편가사이다. 기존의 사행가사와 다르게 '내선일체(內鮮一體)' 정책을 추구하는 식민정책 담당자의 의 도가 깊이 개입되어 있는 '근대 체험에 대한 보고서'로 평가받고 있 다.[14] 김윤희[15]는 이 〈동유감흥록〉에서 분량별 우위의 항목들을 분석 하여 근대적 문물에 대한 재현 욕망은 물론 비판적 자의식이나 현실 적 한계의 초극 욕망 등과 같은 창작 동인을 추론해 내었다. 그리고 그 욕망이 발현되는 양상에 따라 묘사된 장면이 확장되거나 사실적·관념적 형상화 등과 같은 다층적 문학적 특질이 발견된다는 점에 유 의하여 작품을 분석하였다.

---

13 정흥모, 「20세기 초 서양 기행 가사의 작품세계」, 『한민족문화연구』 31, 한민족문화 학회, 2009, 30~38쪽.

14 박애경, 「장편가사 〈同遊感興錄〉에 나타난 식민지 근대체험과 일본」, 『한국시가연 구』 16, 한국시가학회, 2004, 256~269쪽.

15 김윤희, 「1920년대 일본 시찰단원의 가사 〈동유감흥록〉의 문학적 특질」, 『우리말글』 54, 우리말글학회, 2012, 189~216쪽.

이처럼 20세기 초반에 창작된 외국 기행가사들은 주로 일차적 작품론을 통해 그 특징이 해명되어왔고 〈해유가〉와 〈셔유견문록〉의 경우에는 '서양 기행가사'의 범주 내에서 비교론이 이루어졌음을 알 수 있다. 따라서 이 글에서는 이러한 기존의 연구 성과들을 참조하되 '외국(外國)'으로 그 범주를 확장하여 보다 통합적인 고찰을 시도해 보고자 한다. 주지하듯 20세기 초는 중화주의가 서구 중심주의로 대체되던 문명론적 변화의 시기이다. 망국(亡國)과 서세동점(西勢東漸)이라는 냉혹한 현실을 감당해야 했던 당시 지식인들에게 해외 체험은 근대화된 세계를 적극적으로 탐색할 수 있는 계기로 인식되었을 것이다.

또한 조선후기 사행가사의 흐름과 견주어 보았을 때 이 시기의 가사 작품들은 체험 국가나 동기에 따라 세계 인식이 변모하는 양상을 보이고 있기도 하다. 그러므로 이 과정에서 발견되는 문체적 특질의 경향성을 고찰하여 20세기 초반까지도 지속된 가사 문학의 효용성과 그 의의가 확인되어야 할 것이다. 조선인의 감수성 가운데 깊이 뿌리내리고 있는 가사(歌辭)체 형식의 운문 양식은 애국계몽기에 이르러 창가는 물론 유행가, 시국가요 등을 창작하는 데 있어 일종의 원체험으로서 여전히 생명력을 발휘하며 온존하는 모습을 보이고 있다.[16] 그러므로 이 '원체험(原體驗)'으로 기능한 가사 문학이 20세기 초에도 여전히 창작·향유되었던 문화의 지속성과 그 실제에 대한 규명도 진행되어야 할 것으로 보인다. 고전문학과 현대문학의 문제적 연속성이 결코 경시되어서는 안 되며 각 시대의 문학은 계승·반발·변이·전

---

16 구인모, 「가사체(歌辭體) 형식의 창가화(唱歌化)에 대하여」, 『한국어문학연구』 51, 한국어문학회, 2008, 131~134쪽.

환의 역사적 계기들을 통해 심층적 연관성이 해명될 수 있어야 하기 때문이다.[17]

2. 20세기 초 외국 기행가사의 대외 인식과 그 전변의 추이

1) 〈셔유견문록〉, 〈유일록〉, 〈동유감흥록〉

우선 〈유일록〉과 〈셔유견문록〉은 조선후기 사행가사의 전통과 그 연속성의 측면에서 이해될 수 있는 작품들이다. 작가인 이태직과 이종응 모두 구한말 사신(使臣)의 자격으로 일본과 영국을 다녀온 후 가사를 창작했기 때문이다. 또한 1905년 일제에 의한 강제 병합으로 '사행(使行)'이라는 공식적 외국행은 종료되지만 일본은 식민 통치의 일환으로 '시찰단(視察團)'을 모아 일본에 파견하게 된다. '순시시찰(巡視視察)'에서 파생된 개념인 '시찰'은 식민지 사회의 정치적, 문화적, 경제적 위계를 내면화하기 위해 자세히 살피는 활동을 강조하고 있다. 1919년 이후 시찰은 중상류층을 중심으로 일제의 지배와 정당성을 확산시키기 위해 적극적으로 시행되었는데 이 시기 이후 조선총독부는 문화통치를 지향하면서 내지(內地)로의 시찰을 체계화하여 동화 정책을 적극적으로 추진하였다.[18]

1920년대에 총독부는 직접 주관하거나, 각 도에서 주관하게 하여

17 김흥규, 『한국문학의 이해』, 민음사, 2000, 200~205쪽.
18 박성용, 「일제시대 한국인의 일본여행에 비친 일본」, 『대구사학』 99, 대구사학회, 2010, 36~37쪽.

각계각층의 사람들을 일본에 '내지시찰단'의 이름으로 보냈는데 이들
은 주로 관리들이거나 관변의 인물들로서 총독부에 이미 협력하고 있
거나 협력할 가능성이 높은 인물들이었던 것이다.[19] 1925년경 시찰단
원으로 일본을 다녀온 심복진이 창작한 장편가사 〈동유감홍록〉은 이
러한 시대적 흐름에 놓여 있는 작품이다. 관리의 자격으로 일본을 시
찰했다는 점에서는 사행가사와 동기가 유사하지만 피식민지국의 관
리였기 때문에 인식의 변모가 발생할 수밖에 없었던 것으로 보인다.
따라서 〈유일록〉과 〈셔유견문록〉은 비슷한 시기에 창작되었지만 국
가별 인식의 차이가, 1920년대에 창작된 〈동유감홍록〉은 출발의 동기
및 시기적 차이에 따른 변모 현상이 발견된다는 점에 유의해 보아야
할 것이다.

　　옛젹의 덕쳔씨가 나라의 권을 ᄌᆞ바/ 왼 죠졍을 치를 잡아 위엄이 융즁
허니/ 황졔는 권세 업고 덕쳔씨가 졔일이라/ 이름만 황졔라구 한 구셕의
안쳐 노코/ 위만 놉고 녹만 마나 호강헐 ᄲᅮᆫ 여ᄉᆞ이요/ 국졍의 ᄃᆡ쇼ᄉᆞ는
덕쳔씨가 더 헐 쎡에/ 황졔가 아들 ᄂᆞ아 형졔만 되드리도/…굉장이 졀을
지여 그 안의셔 슈도허며/ 쥴리라 이름허ᄂᆞᆫ 황졔의 ᄋᆞ들이니/ 이러므로
일본즁이 호한허기 할양업다/ 궁녀셩 죠회 와셔 황졔께 진알허고/ 국셔
를 바칠 ᄎᆞ로 ᄃᆡ궐에 나아갈 시/ 궁녀셩의 ᄒᆞᆫ 관원이 공ᄉᆞ관의 먼져
나와/… ㉠황졔의 거동 보니 답례는 ᄋᆞ니 허고/ 교의 에 안져ᄯᅥᆫ가 이러
셜 ᄲᅮᆫ이일러라/ 국셔를 봉졍허니 황졔가 친히 바다/ 이러셔셔 ᄒᆞᆫ번보고
식부관을 니야 쥰후/ 황졔의 묻는 말이 무ᄉᆞ이 드러 와쓰며/ ᄃᆡ군쥬
폐ᄒᆞ게셔 셩톄 안녕ᄒᆞ옵신가? 〈유일록〉

19　박찬승, 「식민지시기 조선인들의 일본시찰 – 1920년대 이후 이른바 '內地視察團'을
　　중심으로」, 『지방사와 지방문화』 9권 1호, 역사문화학회, 2006, 209쪽.

영황조칙 반포ᄒᆞ야 사신폐현 지쵹ᄒᆞ네/ 금루 심 문관복장 닙세 잇게 썰쳐 입고/ 마치상 단좌ᄒᆞ야 영황궁에 나아갈신/ 궐문밧 다다르니 시위 병졍 경녜ᄒᆞ고/ 궐문안 드러시니 문무빅관 위립이라/…어좌소 진현ᄒᆞᆯ 시 삼고두네 필ᄒᆞ니/ 영황뎨 녜모 보소 교위 아리 나려 셔셔/ 손목 잡고 이른 말이 창ᄒᆡ 만니 잘 왓난가/ 귀국 황뎨 펴ᄒᆞ계셔 옥톄안녕 ᄒᆞ시던가 / ㉠특파디스 멀이 오니 양국 교졍 친밀ᄒᆞ오/ 공경ᄒᆞ야 디답ᄒᆞ되 황뎨 홍복 심입어셔/ 만니 창ᄒᆡ 니셥ᄒᆞ야 금일 폐현 영감ᄒᆞ며/ 우리 황뎨 펴ᄒᆞ계셔 만셰티평 ᄒᆞ오시요/ 친셔 일도 올인 후에 츅ᄒᆞ 일거 송츅ᄒᆞ고/ 고두사은 퇴츌ᄒᆞ니 사신 일은 맛쳣도다 〈셔유견문록〉

위의 두 인용문은 〈유일록〉과 〈셔유견문록〉에서 황제를 만나서 국서(國書)를 전달하는 장면이 형상화된 부분이다. 〈유일록〉의 경우 덕천(德川) 막부(幕府)의 역사가 회고되면서 황제 권력의 유명무실함이 먼저 비판되고 있다. 황제 권력을 은연중에 부정하고 있는 이러한 화자의 의식은 〈셔유견문록〉의 경우와 비교해보면 보았을 때 선명하게 부각된다. 밑줄 친 ㉠을 보면 황제의 거동이나 대화 장면이 매우 객관적으로 묘사되어 있다. 세계를 인식하는 중심적 패러다임이 중화주의에서 서구적 근대화로 전환되는 과정에서도 화자는 일본의 권력을 지향하지 않았음이 확인되는 것이다.

반면 ㉡의 경우 '양국 교졍 친밀ᄒᆞ오 공경ᄒᆞ야 디답ᄒᆞ되'와 같은 구절이 첨가되면서 심리적 친밀도가 훨씬 강조되어 있음을 알 수 있다. 〈셔유견문록〉의 작가가 남긴 일기 『서사록』을 보면 영국은 유교적 왕도가 구현된 곳으로 간주되어 황제는 덕(德)이 넘치는 인물로 형상화되고 있다. 당시 패도적 국제 관계의 약소국이었던 조선이었기에 화자는 '덕치주의(德治主義)'에 기반한 세계 질서로 진입할 수 있게 하는 권력으로서 영국을 지향했던 것으로 보인다. 근대적 세계의 구심점이 군사력임을 간파한 화자는 영국의 황제를 그 실권의 중심이자 실질적 주재자로 간주하면서 황실과 런던의 풍경을 낙관적·초월적으로 재현하게 된 것이다.[20]

이처럼 공통적으로 1902년도에 창작된 〈유일록〉과 〈셔유견문록〉은 당시 관료들이 일본과 영국을 인식하던 양상과 그 편차를 확인케 하는 사행가사 작품들이라고 볼 수 있다. 그런데 〈유일록〉에서 확인된 대외 인식의 구도가 1926년에 창작된 〈동유감홍록〉에 이르면 크게 변화된 양상을 보이고 있어 주목해 보아야 한다.

> 동물원이라 허는 데는 각식 짐스이 모으노코/ 구경허는 곳시라니 거 긔도 가 보리라/ 스면으로 도라보니 첨 볼 짐싱 만허도다/ **탁타라 허는 거슨** 크기도 영특헌데/ 머리는 말 모양의 전신은 쇼커튼데/ 잔등이에 턱이 져서 가운데가 우묵허니 안정 업시 타구 가도 쩌러지지 안는듯데/ **코씨리 구경허니** 싱긴 것 이상허다/ 크기로 말허며는 스람에 길 두벌 되고/ 전신에 털 난 거슨 누른 빗과 거문 빗세/ 허리가 육칠아름 다리 ᄒ나 절구통만/ 입박그로 이가 나와 좌우로 쩌친 거시/ 크기는 홍독기만 희기가 눈 것도다/ 코라구 허는 거슨 입우흐로 느러져서/ 기동만큼 굴근 거시 쌍의 철철 쓸리다가/ 무어슬 머그라면 코루다가 그러다려/ 닙으로 넌는 모양 손놀림과 방불하다/ 쳐처럼 큰 짐싱을 쇠스슬로 말을 ᄆᆞᆫᅣ/ 꼼짝을 못ᄒᆞ야셔 빅힌듯시 셔 잇도다/ **여우라 허는 거슨** 기갓치 싱견는 데/ 쮜놀며 장난허미 교헐도 ᄒᆞ야 뵌다/ **곰의 모양 엇더튼ㄱ** 미련헌 것 텬연ᄒᆞ다/… 〈유일록〉

20 김윤희, 「사행가사에 형상화된 타국의 수도(首都) 풍경과 지향성의 변모」, 『어문논집』 99, 민족어문학회, 2012, 128~132쪽.

동물원에 드러가니 됴수어별 곤츙초목/ 방々장이 여덜군더 망칙스가
마흔셰곳/ 수졔됴적 스귀여서 금수셰세 되얏구나/ 동양것은 물론ᄒ고
구미각국 소산ᄭ지/ 가쥬가쥬 모라노코 일홈써서 붓쳐시니/ 듯고보든
거스로나 시타령을 ᄒ야보ᄌ/ 단산쳔인 놉히나니 긔불탁속 **봉황시**/ 야
반젹벽 쑴을 ᄭ든 현상호의 **학두루미**/ 구로은공 모를소냐 반포효도 가
마귀/ 츌장입샹 창업원훈 시유응양 보라매/ 잉잉기기 유정ᄒ다 벗부르
는 **쇠고리**/ 부자가금 드럿던가 찬란호사 **공작시**/ 곤룡포에 빗치나니
산룡화츙의 **쟝ᄭ**/ 시지시지 조흘시고 산양자치 **ᄭ토리**/ 북희원추 의심
마라 연비여턴 **소리기**/ 〈동유감홍록〉

〈동유감홍록〉은 시찰 단원으로서 근대 문물을 상세히 묘사하고 있
는 만큼 〈유일록〉에 비해 관심 범위가 보다 공적인 영역으로 재조정
되어 있는 점은 분명해 보인다. 묘사의 비중이나 소재에 대한 차이는
보다 치밀한 논증을 통해 해명되어야 할 것으로 보이는데 위의 인용
문은 관심사의 확연한 변모가 확인되는 하나의 사례이다. 우선 〈유일
록〉의 화자는 동물원에서 목도한 동물들의 모습을 체계적으로 묘사
하고 있다. 시장의 풍물이 '-볼작시면'으로 시작되는 통사 구조 내에
서 체계적으로 묘사된 현상은 19세기 연행가사인 〈무자서행록〉과
〈병인연행가〉에서부터 발견되는데 〈유일록〉에서는 일본의 동물원이
유사한 방식으로 형상화되고 있는 것이다. 시장 내에서 소재별·항목
별 군집화가 점차 체계적으로 변모해 가던 19세기 사행가사의 양상[21]
은 20세기 초에 이르면 '동물원'과 같이 근대화된 구획 내에서 묘사가

---

21 이에 대한 구체적 논증은 김윤희, 『조선후기 사행가사의 세계 인식과 문학적 특질』,
고려대학교 박사학위논문, 2010, 191~199쪽.

진행되는 양상으로 변화하였음을 확인할 수 있다. 19세기 지식인들은 북경의 성시(成市)의 유동적 풍경을 임의로 재현하고 있는 반면 20세기 초의 동경(東京)에서 화자는 동물원(動物園)이나 금각사(金閣寺)와 같이 근대적 관광지(觀光地)를 관찰하여 묘사하고 있는 현상이 확인되는 것이다.

그런데 이러한 전변(轉變)의 양상은 1920년대의 가사〈동유감흥록〉에 이르러 더욱 더 전면화(前面化)되고 있다. 위의 인용문에서 보이듯이〈동유감흥록〉의 화자는 동물원을 묘사함에 있어 사실성을 지양하고 관념화된 내용으로 구성한 새타령을 활용하고 있다.〈동유감흥록〉의 화자는 주요 시찰지였던 병원, 공장, 법원이나 공원, 고층 건물 등과 같이 근대화된 풍경에 대해서는 매우 사실적인 장면화를 시도하고 있다. 반면 지적 호기심이나 감각적 층위의 감흥이 크게 발현되지 않은 동물원에서는 새타령을 삽입하여 흥취(興趣)를 고조시키고 있는 것이다. 새타령 또는 그 범주에 속하는 음악은 대략 유성기음반 60여 면에 해당하는데 이는 근대 초기에 '새타령'이 매우 폭넓은 향유층을 지닌 노래였음을 의미한다.[22]〈동유감흥록〉의 화자는 동경의 동물원에 대해서는 기록이나 전달의 욕구 및 필요성을 느끼지 못했으며 이는 지적 호기심이나 재현의 욕구가 사라진 근대 문물에 대해 화자가 자의식에 기반하여 유연한 장면화를 시도했음을 의미하는 것으로 볼 수 있을 것이다.

또한〈유일록〉에서 '능운각'은 "놉기가 한량 없셔 현긔가 졀로 나며"

---

22 배연형,「판소리 새타령의 근대적 변모 – 유성기음반을 중심으로」,『판소리연구』, 판소리학회, 2011, 203쪽.

와 같이 단지 높은 건물로만 표현된 반면 〈동유감홍록〉에서는 "십이층의 릉운각은 뎨일놉흔 됴망더라… 놉고나진 층층루각 진이속에 쓰여잇서… 화용월틱 미인들이 올나와서 술을판다…텬상옥경 십이루에 렬션되야 온것갓고"와 같이 그 감흥이 감격적·초월적으로 형상화되고 있다. 20여년의 차이를 두고 창작된 일본 기행가사 작품들이지만 급속히 진행된 근대화와 식민지라는 격변의 역사로 인해 대외 인식의 변모가 선명하게 발견됨을 알 수 있는 것이다.

2) 〈일본유학가〉, 〈해유가〉

앞서 살펴 본 세 작품들과 달리 〈일본유학가〉와 〈해유가〉는 공식적 사절단으로 파견된 사신이 아님에도 불구하고 외국 체험을 가사 문학으로 형상화했기 때문에 독립적 항목화가 필요해 보인다. '유학(留學)'이나 '노동(勞動)'과 같이 자발적 선택에 의해 외국행이 이루어졌기 때문에 각국을 인식하는 시선도 작품 내에서 보다 개별화되고 있기 때문이다. 사신들의 경우에는 자국을 대표하는 자격으로서의 부담감은 물론 정치적 역학 관계 내에서 외국을 인식할 수밖에 없었을 것이다. 그로 인해 경험한 범위나 관심의 영역이 대체로 한정되었던 반면 두 작품의 화자는 비교적 오랜 기간 체류(滯留)한 경험이 토대가 되고 있어 대외 인식과 소재의 측면이 개별화된 양상을 보이고 있다.

〈표 2〉

작품	작품의 시작·마무리 어구	구획
〈유일록〉	시작 : 유세 을미하(維歲乙未夏)에 공亽(公使)를 파숑(派送)ᄒ야 끝 : 만리(萬里)에 봉명(奉命)ᄒ야 샤亽(使事)를 준필(竣畢)허고 / 무亽(無事)이 회환(回還)헌 일 왕녕(王靈)의 미치신 ᄇ	A
〈셔유견문록〉	시작 : 광무황뎨(光武皇帝) 사십츄(四十秋)에 〔우리 인군 등극하 신지 亽십년〕 만국(萬國) 통화(通和) 〔셔로 친하단 말〕 시졀 (時節)일세 끝 : 셔양국(西洋國)이 죳타한덜 고국산쳔(故國山川) 갓틀소냐/ 동방뎨국(東方帝國)〔우리나라〕 만쳔년에(萬千年) 일월(日 月)이 명낭(明朗)ᄒ다	
〈동유감홍록〉	시작 : 가자가자 구경가자 어듸로 구경가리/ 동양선진(東洋先進) 디화(大和)나라 문명시찰(文明視察) 구경가자 끝 : 이루말을 ᄒ죽ᄒ면 혜가 달코 말것시니/ 이담사롬 기다려서 자셰(仔細)ᄒ말 드러보소	
〈일본유학가〉	시작 : 남아로셔 셩겨나셔 셰게중에 활동ᄒ야/ 쳣지의는 츙군익국 둘지에는 립신양명 끝 : 탁쥬숨비 취케먹고 셰숭만亽 싱각말고/ 쵸당춘슈 ᄒ거데면 일신숭에 제일일듯	B
〈해유가〉	시작 : 草堂에 혼죽누워 自家事 生覺ᄒ니/ 心神이 默亂ᄒ고 意思 가 不平ᄒ다 끝 : 菊圃齋 느즌菊花 舊主人을 반겨ᄒ덧/ 老勿峯 蒼松翠柏 옛面 目을 相對ᄒ덧	

위의 〈표 2〉는 각 작품들의 시작 · 마무리 구절을 각각 정리해 본
것이다. 출발 동기의 공식성 여부에 따라 A와 B로 구획해 보았는데
이 구절들만 보아도 양자의 대외 인식 차이가 확인된다. 우선 사행가
사 작품군에 속하는 A 부분을 보면 사신(使臣)으로서 외국에 파견된
정황과 자부심이 부각되고 있다. 특히 〈셔유견문록〉과 〈동유감홍록〉
을 보면 각각 '만국 통화 시절', '동양선진 디화'라는 구절을 통해 자신
이 체험한 국가와의 친밀도를 강조하고 있다. 근대화된 국가에 대한
체험과 지향성이 전제된 논리로 작품이 시작되고 있는 것이다.

반면 일본에 대한 부정적 의식이 곳곳에서 확인되는 작품인 〈유일록〉의 경우 사실적 정보만이 제시되고 있어 차이를 보인다. 외국 기행가사 작품들의 서두만 보아도 각국에 대한 심리적 지향성의 정도가 대략적으로 확인되는 것이다. 특히 〈유일록〉의 말구(末句)에서만 '무스(無事)이 회환(回還)헌 일 왕녕(王靈)의 미치신 ㅂ'와 같은 충군(忠君)의 언사(言辭)가 발견되는 점도 조선후기 사행가사가 20세기 초에 이르러 전변(轉變)하는 양상을 보여준다고 볼 수 있다.

그런데 B에 해당하는 〈일본유학가〉와 〈해유가〉의 경우 보다 사적인 층위에서 창작된 작품임이 확인된다. 〈일본유학가〉의 경우 '남아'로서의 호기와 '충군애국'을 강조하며 자신의 유학 체험에 대한 자긍심을 드러내고 있다. 그러나 결국 좌절될 수밖에 없었던 유학 체험이었기에 결구(結句)에서는 '탁주삼배(濁酒三盃) 취(醉)케 먹고 세상만사 생각 말고 초당춘수(草堂春睡) 하게 되면 일신상(一身上)에 제일 일듯'이라고 표현하고 있다. 장대한 포부가 실현되지 못한 현실에 대한 고뇌와 한계를 초극하고자 했던 화자의 의식을 확인해 볼 수 있는 것이다. 또한 〈해유가〉를 보면 처음부터 '心神이 默亂ᄒ고 意思가 不平ᄒ다'와 같이 울울한 심사를 드러내고 있다. 전통적 유학자로서 미국에서 노동을 하며 체류했던 화자의 경험은 그리 녹록치 않았을 것으로 보이며 일제에 의한 강제 병합된 자국의 역사로 인해 심리적 위축은 더욱 심해졌을 것으로 보인다. 그로 인해 외국 기행가사임에도 불구하고 다른 작품들과 비교해 보았을 때 사적인 번민(煩悶)이 더욱 두드러지고 있는 것이다.

이처럼 작품들의 시작구와 말구만 보아도 B에 해당하는 〈일본유학가〉와 〈해유가〉는 A에 비해 대외 인식이 개별화된 기행가사임을 확인해 볼 수 있었다. 이와 관련된 작품의 주요 장면을 비교함으로써 이를 보다 구체적으로 논증해 보도록 하겠다.

> 십일월 십칠일에 단발을 허셨쓰니/ 이거시 어인 말고 한심허고 놀라운 마음/ 천지가 으득ᄒ야 어안이 벙벙허다/ 우리나라 예의지방 열성됴 의관문물/ 오늘날 당ᄒ야셔 거연이 업셔지고/ 이젹금슈 되는 모양 이거시 무슨 말고/ 만니 박게 몸이 잇셔 이 지경을 당ᄒᆡ쓰니/ 도망질을 허랴 헌들 어듸 가면 면히 보며/ 죽으면 면헐테나 칠십 노친 시ᄒ로다〈유일록〉

> 우리나라 아즉미기 학문발달 불견이라/ 문명학문 비랴ᄒ면 세계중에 구미졔국/ 웃씀이오 졔일이나 윤션길로 슈만여리/ 멀기도오 멀거니와 각식물쌰 고등ᄒ야/ 여간지산 가지고는 가랴히도 극난인즉/ 무젼즈로 싱의엇지 다시싱각 ᄒ야보니/ 가직ᄒ고 편리ᄒ고 문명ᄒ고 부강ᄒ고/ 학문발달 ᄒᆞᆫ곳시 일본국이 져기잇에/ 일본국과 우리나라 밀졉관계 더우크며/ 글도갓고 씨도갓고 풍쇽습관 디동쇼이/ 구미원방 간것보다 문면학문 비울진듸/ 일본국이 더욱 편리 엇지아니 ᄉ반공비〈일본유학가〉

위의 두 인용문은 각각 1902년, 1905년의 일본 체험을 토대로 창작된 가사 작품들이라 시간적 격차는 미미하지만 세계 인식의 측면에서는 급격한 변모를 확인케 하는 사례에 해당한다. 우선 〈유일록〉을 보면 단발령에 분노하는 화자의 모습을 확인할 수 있다. 성리학적 사유가 문화적 자존감을 담보할 수 없는 현실에 대한 절망감은 '니 박게 몸이 잇셔 이 지경을 당힉쓰니/ 도망질을 허랴 헌들 어듸가면 면히 보며'라는 구절에서 확인된다. 근대화된 세계의 위력과 자국의 열세

(劣勢)를 인정하고 있는 화자가 '우리나라 예의지방 열성도 의관문물/ 오늘날 당ㅎ야셔 거연이 업셔지고/ 이젹금슈 되는 모양 이거시 무슨 말고'와 같은 한탄을 토로하고 있는 것은 조선인으로서의 정체성을 유지하기 위한 의식적 대응 기제였던 것이다.

그런데 〈일본유학가〉의 서두에 해당하는 위의 인용문을 보면 '학문'과 '유학'에 대한 포부를 강조하면서 일본에 대해 상당히 우호적 시각을 표출하고 있음을 알 수 있다. 특히 풍속의 영역에서는 배타적 화이 (華夷)관이 잔존해 있던 〈유일록〉과 달리 〈일본유학가〉에서는 '밀접 관계', '글도갓고 씨도갓도 풍쇽습관 디동쇼이'와 같이 표현되면서 일본의 문화에 대한 지향성은 물론 '종족'까지도 동일하다는 논리로 전환되어 있음이 확인된다. 〈일본유학가〉의 화자는 '유학(留學)'에 대한 열망의 정도가 상당했고 그 동경의 실현을 가능케 하는 공간으로 일본을 설정했기 때문에 이와 같은 긍정적 대외 인식이 가능했던 것이다.

이처럼 비슷한 시기의 일본 기행가사 작품들이지만 '사행(使行)'과 '유학(留學)'이라는 동기의 차이로 인해 대일 인식의 확연한 변모가 발견됨을 알 수 있다. 또한 전체적 서사의 흐름을 보아도 사행가사와 달리 〈일본유학가〉와 〈해유가〉는 개인적 체험이나 주관적 감흥에 대한 형상화가 보다 많은 분량을 차지하고 있는데 그 일부의 사례를 작품 분석을 통해 살펴보도록 하겠다.

죽더리도 공부ㅎ야 졸업귀국 ㅎ연후에/ 우리나라 독입기쵸 공고확실 ㅎ연후에/ 쎠쎠셔로 권명ㅎ고 바람불고 비오난날/ 일시라도 결셕안코 학교가셔 공부ㅎ며/ 긔슉ㅅ셔 씌고ㅎ일 일쥬간을 볼작시면/ 쑬밥셰번 외츌두번 죄인인들 더할소냐/ 먹고시분 것못먹고 ㅈ고십푼 줌못ㅈ고/ ㅈ라먹으라 죵쇼리 ㅎ로라도 십여번식/ 귀가먹먹 졍신ㅅ란 도로혀 공부

에방희/ 이거져것 고상훈일 긔록즈면 한량업네/ 그러하나 이런고싱 춤
고춤고 쏘춤어서/ 다만학업 셩취ㅎ면 졔일이라 싱각ㅎ야/ 열심히 공부
ㅎ고 칠팔스을 지니던니

위의 인용문은 〈일본유학가〉의 화자가 유학 중 경험한 생활고(生活
苦)를 형상화한 부분으로 힘겨웠던 기숙사 생활을 부각함으로써 학문
에 대한 화자의 적극적 열의를 드러내고 있는 장면이다. 기숙사에서
일주일간 쌀밥은 세 번, 외출은 두 번밖에 허용되지 않으며 기본적인
숙식마저도 충족되지 못했던 상황이 나열되고 있다. 또한 기숙사의
엄격한 통제는 오히려 공부에 방해가 될 만큼 여러 번 울리는 '종소리'
를 통해 은유되고 있으며 '이것저것 고생한 일 기록하면 한량이 없네'
라는 직설적 탄식도 확인된다. '죽더라도' 공부하고 '고생을 참고 또
참은' 것은 학업을 성취하여 '우리나라의 독립 기초를 공고기 하기'
위함이라는 화자의 의지가 반복적으로 강조되고 있는데 이는 앞서 나
열된 고난의 상황과 대조되면서 그 전달 효과가 배가(倍加)되고 있기
도 하다.

이처럼 〈일본유학가〉의 화자는 극적인 구성의 전략을 주로 활용하
며 사적 체험에 대한 감흥을 형상화하고 있음을 알 수 있다. 학문의
중심지로 지향된 일본이었던 만큼 화자는 유학 과정의 고난과 그 극
복 의지를 강조함으로써 구국(救國)을 위한 학문의 당위성과 실천적
열망을 표명하려 했던 것이다. 그로 인해 앞서 살펴본 〈유일록〉이나
〈동유감흥록〉과 달리 일본은 학문의 구심적 국가로서 매우 긍정적으
로 지향되고 있다. 이처럼 사적인 외국 체험으로 인해 형성된 대외
인식의 개별적 양상은 〈해유가〉에서도 발견된다.

Ⓐ【차지가 나변넌가 포왜국 미령니라/ 시원하고 반가워라 육지가 반갑도다/ 선창에 반겨나려 사고를 살펴보니/ 형형색색 별풍경은 치지 일변 고사ᄒ고/ 잇써가 언지련가 갑신이월 칠일니라/…동금옥 서옥루난 제향니 의희ᄒ고/ 공중루각 해상대난 옥경니 여사ᄒ다/…집집니 부호자오 처처에 연월니라】…

Ⓑ【니곳서 한국가기 리수가 얼마련가/ 방인니 ᄒ는마리 만구천리 중격니라/ 다시곰 생각ᄒ니 창회가 절노나니/ 창망흔 운무밧기 어디지음 고국넌가/ 오비명월 망상니고 초산추우 상심니라/ …뜻밧기 우편배달 일봉가서 득ᄒ거날/ 창황니 바다들고 차래로 완독ᄒ니/ 조문석려 나의심사 너는분명 아라슬나/ …엇지ᄒ야 저군자는 천애락락 절역국에/ 무쏜낙이 그리조화 거이불반 작정년가/ 천금일신 안보ᄒ와 ᄒ로밧비 환고ᄒ오/ 그편지 뉘기련고 안희의 눈물일니/ 석목안닌 간장으로 루수가 자연니라/ 수로가 면만리라 회정ᄒ기 쉬울손가】…

Ⓒ【불일간 속장ᄒ야 미경을 드러갈식/… 인간에 별천지가 정시차 미국니라/ 고인의 전한마리 해중신선 니싸던니/ 니고즐 뉘가보고 인간에 오전닌가/… 정부계 도라보니 요순세계 여긔로다】…

Ⓓ【나무나라 구경ᄒ고 고국정황 생각ᄒ니/ 풍류는 뒷결지고 울회가 비등니라/ 이천만 저인사가 장야일몽 깁퍼드러/ 예의동방 자칭ᄒ고 세계대세 거절ᄒ야/ 여세추복 수담나나 불추가성 고수ᄒ야/… 타본국인 허다중에 작별장에 임박ᄒ니/ 삼사년 동고여에 차역시 난창니라/ 수연니나 환고오행 만류ᄒ리 위기련가】…

위의 인용문은 〈해유가〉에서 하와이에 도착한 후부터 귀국할 때까지의 서사를 주요 의미 단위로 구획해 본 것이다. Ⓐ는 하와이에서 목도한 풍경이 초월적으로 형상화된 부분이고 Ⓑ는 고국에서 받은 가족들의 편지를 읽으며 촉발된 감회가 표현된 장면이다. 그런데 상대적으로 B의 분량이 우위에 있는데 이러는 〈해유가〉의 화자가 타국에서 느낀 객수(客愁)가 상당했음을 의미하는 현상으로 볼 수 있을 것이다. 여타 사행가사에서는 타국에서 목도한 문물과 풍경의 묘사가 더 많은 비중을 차지하는 반면 〈해유가〉는 미국에서의 노동(勞動) 체험이 형상화된 작품이라 고국에 대한 회상과 가족에 대한 그리움 등의 감정이 부각되어 있는 것이다.

이러한 특징은 C와 D의 장면에서도 확인된다. C 부분을 보면 미국의 수도를 '별천지', '요순세계' 등과 같이 표현하면서 초월적 지향성을 드러내고 있다. 〈해유가〉의 작가인 김한홍의 일기 〈서양미국노정기(西洋美國路程記)〉와 비교해 본 결과 샌프란시스코나 워싱턴에 대한 체험은 작가의 허구적 상상이었을 가능성이 높다. 일기에는 하와이 이외의 지역에 대한 이동이나 견문이 나와 있지 않은데 가사를 재구성하는 과정에서 과장 및 허구적 요소들을 활용하며 자긍적 과시욕을 표현한 것으로 보인다.[23] 그런데 이러한 장면에 이어진 D 부분을 보면 고국 정황을 생각하니 '울회가 비등'하다고 표현함으로써 화자는 다시 울울한 심사를 드러내고 있음을 알 수 있다. 특히 예의 동방국으로 자칭하면서도 '세계대세'를 거절하였다고 통탄함으로써 미국을 체험한 후 생성된 비판적 현실 인식까지 확인된다.

이처럼 〈해유가〉의 화자는 미국의 발전상에 대한 긍정과 신뢰를 표출하고 있지만 문학적 형상화의 과정에서는 사적인 층위에서 촉발된 감정적 영역에도 많은 비중을 할애하고 있음을 알 수 있다. 이러한

---

23 이와 관련된 구체적 논의는 김윤희, 「미국 기행가사 〈해유가〉의 문학적 형상화 양상과 시대적 의미」, 『고전문학연구』 39, 한국고전문학회, 2011, 39~65쪽.

양상은 앞서 살펴본 사행가사 작품들과 변별되는 것으로 20세기 초 외국을 체험한 후 생성된 대외 인식이 점차 개별화·다변화되는 과정의 한 사례로 해석해 볼 수 있을 것이다.

3. 20세기 초 외국 기행가사의 문학적 효용성과 표현 특질의 다층성

앞서 살펴보았듯이 동일한 외국행이지만 체험의 동기에 따라 국가나 시대별로 대외 인식의 차이가 발견됨을 확인할 수 있었다. 20세기 초에도 외국 기행가사는 주로 타국에서 새롭게 습득한 견문을 전달하거나 귀국 후의 여흥(餘興)을 표현하기 위해 창작되며 그 효용성을 발휘하고 있었던 것이다. 특히 근대화된 세계를 직접 체험한 후 그 문물을 형상화하고자 한 욕망이 대부분의 작품에서 확인되는데 사행가사의 범주에 해당하는 〈유일록〉과 〈셔유견문록〉, 〈동유감흥록〉의 경우 이러한 특징이 보다 선명하게 발견된다. 사신이나 시찰단원들은 공식적 일정에 따라 발전된 대도시의 문물을 순차적으로 살펴보았고 국가 차원의 만찬이나 환영회 등을 경험했기 때문에 근대적 제도나 문물에 대한 체계적 관찰과 기록이 가능했던 것으로 보인다. 〈유일록〉과 〈셔유견문록〉의 경우 황제를 알현하는 장면이나 궁궐, 환영 만찬 등이 묘사되고 있다는 점에서 전대의 사행가사 작품들과 유사하지만 일본에 비해 영국이 훨씬 더 긍정적인 공간으로 지향되고 있다는 점에서 차이가 있다. 〈유일록〉에서 긍정적으로 인식된 곳은 학교, 맹아원, 자선회 등인데 풍속의 층위에서는 여전히 배타적 이적관이 발

현되고 있다.[24]

그러나 〈셔유견문록〉의 영국은 '선계(仙界)'로 간주되고 있으며 그 곳의 여인들은 '요지연의 왕모'로 비유되고 있기까지 하다. 〈셔유견문록〉에서 런던이 〈유일록〉의 동경에 비해 비실재적이고 초월적인 심상 지리로 재현되다 보니 작품의 전체 분량도 〈병인연행가〉나 〈유일록〉에 비해 1/4 정도밖에 되지 않는다. 중화의 세계에 대한 지향성이 근대적 권력에 대한 열망으로 전환되는 양상이 확인되는 것인데 외국에 대한 이러한 의식의 변모 역시 20세기 초반의 외국 기행가사가 창작될 수 있었던 동인이 되었을 것으로 보인다.

또한 근대적 세계에 대한 지향성이 극대화되어 발생한 초월적 공간 인식이 〈셔유견문록〉에 이어 〈동유감흥록〉에서 발견되는 현상도 흥미롭다. 〈동유감흥록〉의 화자는 동경에서 들른 높은 건물을 도교적 선계(仙界)의 심상으로 재현하고 있기 때문이다. 〈해유가〉에서도 '옥경(玉京)니 여사(如似) 하다', '난가산(爛柯山)니 방불(彷彿) 하다'와 같이 미국이 초월적 세계로 형상화된 부분을 찾아 볼 수 있다. 특히 '집집니 부호자(富豪子)오 처처(處處)에 연월(烟月)니라'라는 구절을 통해 그러한 인식의 기저에는 자본에 기반한 근대적 세계에 대한 동경이 내재해 있다는 점도 추론해 볼 수 있다.[25] 조선시대의 경우 행복의 환상과 지리적 현실을 하나로 조화시킴으로써 유토피아와 풍경이 화합하는 양상을 보인다. 이 경우 '땅'에서 체험한 '형이상학적 전율'은

---

24 이에 대한 구체적 논증은 김윤희, 『조선후기 사행가사의 세계 인식과 문학적 특질』, 고려대학교 박사학위논문, 2010, 223~231쪽.
25 김윤희, 「미국 기행가사 〈해유가〉의 문학적 형상화 양상과 시대적 의미」, 『고전문학연구』 39, 한국고전문학회, 2011, 39~65쪽.

미적 체험의 중요한 촉진제로 기능하여 예술에서 초월적 미의식이 생성되었던 것이다.[26] 이러한 논리를 참고해 본다면 20세기 초 외국 기행가사에서 발견되는 초월적 표상은 근대적 문물에 대한 지향성의 정도가 '형이상학적 전율'로 작동하여 이상향과 풍경이 합치된 결과로 해석해 볼 수 있을 것이다.

20세기 초의 외국 기행가사는 지각의 범위를 넘어서는 체험과 그 과정에서 촉발된 감정적 진폭을 형상화하는 데 있어 여전히 유효한 장르로서 기능하고 있었던 것이다. 그리고 〈셔유견문록〉과 〈해유가〉의 경우 산문 기록들과 견주어 보았을 때 특정 국면에서 사실을 왜곡하거나 과장하는 등의 논리가 발견되기도 하였다.[27] 이러한 공통적 현상 역시 체험을 자긍적으로 재현하는 과정에서 발생한 현상으로 해석해 볼 수 있을 것이다.

또한 개인적 동기로 외국을 다녀온 후 창작된 〈일본유학가〉와 〈해유가〉의 경우 근대적 문물에 대한 전달의 욕망보다는 타국에서 촉발된 감상(感想)이나 객수(客愁)가 보다 강조되어 있다는 점에도 유의해 볼 필요가 있다. 윤정하는 유학이라는 원대한 포부를 실천해나간 과정과 일본에 의해 강제적으로 유학이 종료되어 귀국할 수밖에 없었던 정황을 『유학실기』에 체계적이고 상세하게 기록하고 있다. 그렇지만 이 산문 기록으로는 충족될 수 없는 감정 표출의 열망이 있었고

---

26 김우창, 「풍경과 선험적 구성」, 『풍경과 마음』, 생각의 나무, 2003, 45~60쪽.
27 〈셔유견문록〉에 대한 논증은 김윤희, 『조선후기 사행가사의 세계 인식과 문학적 특질』, 고려대학교 박사학위논문, 2010, 243~253쪽: 〈해유가〉에 대한 논증은 김윤희, 「미국 기행가사 〈해유가〉의 문학적 형상화 양상과 시대적 의미」, 『고전문학연구』 39, 한국고전문학회, 2011, 39~65쪽.

외국으로 유학을 다녀온 자신의 체험에 대한 자긍적 전달과 소통 욕
망 또한 있었던 것으로 보인다.

즉 〈일본유학가〉는 '유학'이라는 원대한 포부가 좌절된 현실에서의
고뇌를 극복하고 나아가 가사 작품을 통해 위무(慰撫)받고자 하는 의
식에서 창작된 작품인 것이다. 또한 〈해유가〉도 사적인 층위에서 형성
된 자긍적 재현 욕구와 타국을 체험함으로써 형성된 이원적 세계 인식
의 구도에 기반하여 창작되었음이 확인되었다.[28] 특히 앞서 살펴보았
듯이 사행가사와 달리 고국이나 가족에 대한 그리움, 객수 등이 형상화
된 장면이 상대적으로 많은 비중을 차지하고 있다는 점도 특징적이다.

이러한 현상과 관련하여 주목해 보아야 할 현상은 〈일본유학가〉를
제외한 20세기 초반 외국 기행가사 작품들의 제목에서 모두 '유(遊)'
라는 어휘가 발견된다는 점이다. 자신의 외국 체험을 '장유(壯遊)'에
빗대는 의식은 오랫동안 전통을 유지해온 것으로 보이며 이는 견문에
대한 사실적 전달을 넘어 내적 감흥에 대한 표현 욕구를 의미하는 것
이기도 하다. 조선후기 사행가사를 비롯한 외국 기행가사들은 대체로
산문기록으로는 충족될 수 없는 여흥(餘興)을 표출하기 위해 창작되
었음이 제목을 통해서도 확인되는 것이다.

그런데 기존의 작품들과 달리 20세기 초의 기행가사에서는 보다
특징적인 율문투가 발견되는 부분들이 있다. 이국을 경험하는 과정에
서 촉발된 정서나 감흥이 정점에 이르거나 과잉되는 장면에서는 다양
한 율문투를 통해 그것을 형상화하고자 한 문학적 시도들이 확인되는

---

28 김윤희, 「미국 기행가사 〈해유가〉의 문학적 형상화 양상과 시대적 의미」, 『고전문학
    연구』 39, 한국고전문학회, 2011, 39~65쪽.

것이다. 이를 보다 선명하게 하기 위해 특징적인 주요 장면과 그 특징
들을 개략적으로 도표화해보면 다음과 같다.

〈표 3〉

작품	특징적인 율문체	형상화 소재 및 전후 맥락
〈유일록〉	①'-라 허는 거슨'의 반복 ②'쏘 흔 군디'의 반복	① 동물원 구경 ② 적지소 구경
〈셔유견문록〉	③ 잡가 〈유산가〉 ④ 민요 달타령 ⑤ 4음보 율격 파괴	③ 폭포 - 별유천지 비인간을 오날날 보리 로다 ④ 달구경 - 만니타국 이니 몸니 긱회가 날노 나니 ⑤ 불놀이 - 사신 회포 위로ᄒ야 구경가셔 구경가셔
〈일본유학가〉	⑥ 어휘의 반복 및 연쇄	⑥ 학업의 과정과 고난에 대한 내용들
〈해유가〉	⑦'ᄒᆞ하니 - (ᄒ)고'의 ⑧ 통사 구조 반복	⑦ 우주중간 일장부로 무쓴사업 의당할가 ⑧ 홀연니 생각ᄒ니 일편심사 장구로다
〈동유감흥록〉	⑨'쏘 흔 군디'의 반복 ⑩ 새타령 ⑪ 설움 타령	⑨ 의과부속병원 ⑩ 동물원 : 듯고보든 거스로다 시타령을 ᄒ야보ᄌ ⑪ 조선인 설움 타령 : 취흥이 도도ᄒ니 타향긱회 졀노나서, 슯은사룸 슬먹으 니 취중진졍 읍슬소냐

위의 〈표 3〉은 각 작품 내에서 특징적인 율문체가 발견되는 장면과
그 주요 양상을 정리해 본 것이다. 〈일본유학가〉를 제외한 다른 작품
들의 특징은 이미 선행 내용에서 부분적으로 언급된 경우가 많은데
이 글에서는 이러한 양상이 발견되는 전후 맥락이나 형상화된 소재에
보다 주목해 보고자 한다. 우선 〈유일록〉을 보면 동물원이나 조지소
(造紙所)와 같이 근대적 문물에 대한 호기심이나 지적 열망을 충족케
하는 여정에서 묘사 장면이 확장되고 있다.

그런데 20여년 후 창작된 〈동유감흥록〉의 동물원 장면을 보면 동물들에 대한 사실적 묘사가 아닌, 새타령의 구조 내에 새들이 추상적으로 나열되고 있다. ⑩'듯고보든 거스로다 시타령을 흐야보즈'로 시작되는 구절에서도 확인할 수 있듯이 일본의 근대적 발전상에 압도된 화자에게 동물원은 더 이상 '지적 호기심'이 발현되는 곳이 아니었던 것이다. 오히려 병원, 공장, 법원, 공원, 고층 건물 등과 같은 근대적 문물에 대한 묘사가 집중되고 있으며 특히 조선인들의 설움을 타령조로 형상화하고 있는 부분도 발견되어 흥미롭다. 비록 일본 시찰단원으로 파견되었지만 피식민지국의 일원으로서 촉발된 동질감과 인간적 연민의 정서로 인해 조선인 6인의 신세 타령이 삽입되었던 것으로 보인다.

이처럼 사행가사의 경우 공적인 임무를 위해 외국에 파견이 되었다 할지라도 고향에 대한 그리움이나 객수(客愁)를 드러내는 장면들이 있는데 대체로 이러한 상황에서 타령조와 같은 자국 문학의 율격이 활용된 것으로 보인다. 〈셔유견문록〉을 보아도 ④'만니타국 이니 몸니 긱회가 날노 나니'라는 구절에서도 알 수 있듯이 영구에서의 객회(客懷)를 형상화하기 위해 달타령이 삽입되어 있는 것이다. 또한 〈셔유견문록〉을 보면 새롭게 접한 이국(異國)의 풍광과 문물 중 폭포, 불놀이와 같이 감탄의 정도가 압도적이었던 소재들을 묘사함에 있어 잡가 〈유산가〉의 구절을 활용하거나 4음보 율격이 파괴되는 등의 현상이 발견되고 있다. 기행가사로 체험을 재구성하는 과정에서 감정적 과잉 상태를 경험하게 된 곳에서 주로 특징적 율문투가 활용되고 있음을 알 수 있는 것이다.

또한 〈해유가〉를 보면 작품의 전반부에 미국행에 대한 감회가 100행에 걸쳐 첨가되어 있는데 '~흐니 ~흐고'의 통사 구조가 반복되면서 앞에는 자신의 소망을, 뒷부분에는 현실적 제약의 요소들을 배치하고 있다. 전통적 유교 가치관에 익숙한 화자는 당시의 한계를 극복하고 싶었지만 그 활로를 찾지 못해 고뇌하는 내면을 형상화한 것이다. 그리고 욕망과 현실의 괴리가 심화되면서 고향을 벗어나 문제 상황을 '관찰'하고자 한 의식을 '분심(憤心)이 격장(激腸)ᄒ야 관망(觀望)츠로 가즈서라'와 같은 구절로 표출하고 있기도 하다.

결국 〈해유가〉에서 장면이 확장된 양상은 미국 체험이 화자의 심리적 보상이나 극복의 기제였음을 강조하기 위한 문학적 장치였던 것으로 보인다. 앞서 살펴본 사행가사들과는 달리 〈해유가〉에서는 개인적 문제 의식이나 자긍심을 강조하고자 한 부분에서 오히려 작품 분량이 증가되고 있는 것이다.

또한 〈일본유학가〉 역시 유학(留學) 과정의 고난과 그 극복 의지를 강조하고자 하는 장면에서 특히 특정 어휘들이 반복·연쇄되는 현상을 발견할 수 있었다. 남아(男兒)로서의 의무와 호기(豪氣)를 강조하며 작품을 시작한 화자는 구국(救國)을 위한 학문의 당위성과 실천적 열망을 표명하기 위해 작품을 창작한 것으로 보인다. 그로 인해 입학, 퇴학, 전학 등과 같이 학업과 관련된 서사이나 극적 변화가 발생하는 경우 특징적 율문투가 활용되고 있다. 의미 단위 내에서 핵심어들을 반복하여 주요 사건을 강조하는 것은 물론 어휘의 연쇄 효과를 통해 전달의 효과를 높이고 있는 것이다.

조선후기 사행가사를 보면 19세기의 연행가사에 이르러 특정 장면이 확장되는 현상이 발견된다. 또한 그 관심의 영역은 북경의 궁궐, 지세, 시장, 풍속 등과 같이 대국(大國)으로서 청나라의 위상과 규모를 확인케 하거나 문화적 호기심을 충족케 하는 층위에 주로 한정되어 있었다. 그러나 20세기 초의 외국 기행가사들을 검토한 결과 사행가사라 할지라도 궁궐이나 도읍(都邑)의 지세(地勢)에 대한 관심은 축소되고 점차 압도적 규모의 자연물이나 근대적인 풍경이나 문물 등으로 관심이 전이(轉移)되는 현상을 확인할 수 있었다.

나아가 민요, 타령조 등과 같이 전통적 문학 율격을 활용하여 객수(客愁)나 자국애(自國愛) 등이 형상화된 점도 특징적이다. 개인적 동기로 외국을 다녀온 후 창작된 기행가사들은 외국 체험에 대한 자긍심(自矜心)이나 감회(感懷)를 강조하고자 한 부분에서 장면이 확장되고 있으며 어휘의 반복·연쇄와 같은 특징도 확인되었다. 거시적 차원에서 본다면 체험을 회고하는 과정에서 감정적인 진폭이 범위가 급증하게 된 소재나 서사 맥락에서 주로 특징적 율문투가 활용되고 있음을 알 수 있는 것이다.

4. 결론

이 글은 20세기 초 외국(外國) 체험이 소재가 된 기행가사 5편을 비교 분석하면서 출발 동기나 체험 국가에 따른 세계 인식의 전변(轉變) 양상을 고찰해 보고자 하였다. 나아가 이 작품들을 사행가사와 개인적 체험의 범주로 분류하여 변별적 특질의 주요한 국면을 확인한 후 문학적 특질의 특징적 면모를 개괄적으로 살펴보았다.

그 결과 사행가사의 범주에 해당하는 〈유일록〉과 〈셔유견문록〉은 체험국이 각각 일본과 영국이라 대외 인식의 차이가 현격함을 확인할 수 있었다. 또한 1920년대의 작품 〈동유감흥록〉은 공식적 시찰단원의 가사이고 시대적 격차로 인해 〈유일록〉의 일본 인식과 큰 차이를 보이며 오히려 〈셔유견문록〉에서 발견되는 초월적 지향성이 발견되었다. 국가별·시대별로 차이를 보였던 조선후기 사행가사 작품들과 비교해 보면 20세기 초의 외국 기행가사는 근대적 세계에 대한 지향성의 정도에 따라 세계 인식의 변모가 확인되는 것이다.

또한 〈일본유학가〉나 〈해유가〉는 개인적 차원에서 이루어진 외국 여행이었던 만큼 대외 인식이나 문학적 특질 면에서도 앞의 세 작품들과 변별되는 현상을 발견할 수 있었다. 외국 체험에 대한 자긍심(自矜心)이나 감회(感懷)를 강조하고자 한 부분에서 장면의 확장이나 어휘가 반복·연쇄되는 등의 특징이 발견되는 것이다. 물론 앞의 세 작품에서도 민요, 타령조 등을 통해 객수(客愁)나 자국애(自國愛) 등을 형상화한 장면이 확인된다. 거시적 차원에서 본다면 체험을 회고하는 과정에서 감정적인 진폭이 범위가 급증하게 된 소재나 서사 맥락에서 주로 특징적 율문투가 활용되고 있음을 알 수 있는 것이다. 이처럼 다채로운 율문체의 활용이 발견되는 현상도 20세기 초 외국 기행가사의 특징적 현상으로 평가되어야 할 것이다.

결과적으로 20세기 초의 외국 기행가사는 외국이라는 희소적 체험 서사를 재구성함으로써 문학적 표현 및 전달 욕망을 충족시키는 매개체로서 여전히 그 유효성을 발휘했다는 점에서 문학사적 의의가 있다고 볼 수 있다.

그런데 이와 관련하여 20세기 초 국내 기행가사의 동향[29]을 보면

---

29 이에 대한 논의는 다음의 논문을 참조했음. 장정수, 「20세기 기행가사의 창작 배경과 작품 세계 - 1945년 이전 작품을 중심으로」, 『어문논집』 47, 민족어문학회, 2003, 416~444쪽.

신문물을 체험하는 것이 여행의 중요한 목적이 되었다고 한다. 기차와 자동차 등의 근대적 교통수단과 신문물이 유입되면서 여행자들의 관심은 전기, 철도, 화려한 물산, 서양식 건축 등으로 변화하게 되었으며 이들을 한 눈에 볼 수 있는 경성(京城)이 새로운 여행지로 각광받게 되었던 것이다. 이 과정에서 가사문학의 특질도 변화하게 되는데 목적지까지의 노정이 생략되거나 간단하게 처리되고, 도중의 풍광이나 사건들에 대한 상세한 기술도 사라지게 된다. 이러한 흐름에 비추어 본다면 20세기 초 외국 체험이 소재가 된 기행가사들의 작품 세계는 보다 다층적 양상을 보여준다고 볼 수 있다. 근대적 풍광이나 문물에 대한 지향성은 유사하지만 체험의 동기에 따라 서술의 대상이나 문학적 형상화의 측면에서 보다 다변화된 양상이 확인되는 것이다.

그러므로 앞으로 20세기 초의 외국 기행가사들과 국내 기행가사들에 대해 보다 통합적인 연구가 진행되어야 할 것으로 보인다. 나아가 20세기 초의 외국 기행문에 대한 연구 성과들이 축적되고 있는 만큼 이러한 산문 작품들과 기행가사의 유사성이나 변별성에 대한 검토도 필요해 보인다.

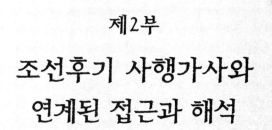

제2부

조선후기 사행가사와
연계된 접근과 해석

사행가사의 창작 과정과 관련된
언어적 실천의 문제

1. 논의의 전제

이 글은 조선후기의 사행가사가 한문일기를 토대로 창작된 정황이 발견된다는 점에 주목하고 국문가사로의 변환이라는 문학적 실천의 측면에 유의하여 그 실제를 분석한 후 이를 근대적 글쓰기의 문제와 연계하여 살펴보고자 한다. 주지하듯 조선시대는 한문과 국문이라는 이원적 표기 체계를 기반으로 문학적 창작과 소통이 진행되어 왔다. 특히 국문과 한문이라는 표기수단은 절대적·고정적인 것이 아니었으며 따라서 '하나의 한국문학'을 회복하기 위해서는 양자의 상호 교섭과 관련 양상에 대한 통합적 시야가 확보될 수 있어야 한다.[1]

이러한 현상과 관련하여 국문소설 분야의 경우 일찍이 한문소설과의 관련 양상과 의의가 주목되었으며[2] 나아가 국문으로 개작되는 과

---

1 임형택, 「한국문학에 있어서 국문문학과 한문문학의 관련이 갖는 역사적 의미」, 『한국한문학연구』 22, 한국한문학회, 1998.
2 박희병, 「한문소설과 국문소설의 관련 양상」, 『한국한문학연구』 22집, 한국한문학

정과 미학적 변이 지점이 고찰된 성과[3]도 제출된 바 있다. 고전시가의
경우에는 시조의 한역 문제와 관련하여 상당한 성과들이 축적되었으
며[4] 가사는 송강가사의 한역 및 수용과 관련된 논의들[5]이 주를 이루었
다. 국문시가와 한시의 존재 기반 및 미의식은 다층적 양상이 고려되
어야 하는 문제이며 언어적 차이가 곧 담당층의 인식 체계나 미의식
과 직결된 것은 아니라는 점[6]에 유의할 필요가 있다.

　나아가 이러한 이원적 구도가 '양층언어현상(Diglossia)'의 시각에
서 분석됨으로써 언어 표기에 따른 문학적 특질의 차이가 실증적으로

회, 1998; 정출헌, 「17세기 국문소설과 한문소설의 대비적 위상」, 『고전소설사의 구
도와 시각』, 소명, 1999; 장효현, 「동아시아 한문소설과 자국어소설의 관계」, 고려대
학교 민족문화연구원 편, 『동아시아 문학 속에서의 한국한문소설 연구』, 월인, 2002.

3　정출헌, 「표기문자의 전환에 따른 고전소설 미학의 변이양상 연구 - 16·17세기 고전
소설의 문학사회학적 지평을 중심으로」, 『민족문학사연구』 23, 민족문학사학회,
2003; 권혁래, 「한문소설의 번역 및 개작 양상에 대한 연구 - 조선후기 역사소설 작품
을 대상으로」, 『고전문학연구』 20, 한국고전문학회, 2001; 권혁래, 「조선조 한문소
설 국역본의 존재 양상과 번역문학적 성격에 대한 시론」, 『동양학』 36, 단국대학교
동양학연구소, 2004; 이강옥, 「이중 언어 현상으로 본 18·19세기 야담의 구연·기
록·번역」, 『고전문학연구』 32, 한국고전문학회, 2007.

4　김문기·김명순, 『조선조 시가 한역의 양상과 기법』, 태학사, 2005; 조해숙, 『조선
후기 시조 한역과 시조사』, 보고사, 2005. 이 두 논저는 종래의 연구들을 종합한
성과물로 여타 개별적 논문들의 소개는 생략하도록 하겠다. 특정 작가의 작품들을
대상으로 치밀한 연구를 진행한 논의도 주목할 만하며(정소연, 『신흠의 절구와 시조
비교연구』, 서울대학교 박사학위논문, 2006) 최근에는 시조 한역과 관련된 문헌들의
현황을 정리·소개한 성과가 제출되기도 하였다.(김명순, 「시조 한역 자료의 현황과
그 성격」, 『시조학논총』 30, 한국시조학회, 2009)

5　최규수, 『송강정철시가의 수용사적 탐색』, 월인, 2002; 정한기, 「박창원의 관동별곡
한역시에 나타난 한역의 배경과 그 양상」, 『한국문학논총』 40, 한국문학회, 2005;
김명순, 「조선후기 한시의 가사 수용 양상」, 『동방한문학』 37, 동방한문학회, 2008.

6　최재남, 「국문시가와 한시의 존재기반과 미의식의 층위」, 인권환 외, 『고전문학 연구
의 쟁점적 과제와 전망』 下, 월인, 2003.

규명된 근래의 성과[7] 역시 주목할 만하다. 일찍이 조선시대에도 소수 지식인들로부터 자국어 문학으로서의 가치가 인정된 고전시가 작품들이 한문과 국문이라는 이원적 구도에 배치됨으로써 그 실질이 보다 선명하게 조망될 수 있음이 확인되기 때문이다.

이 글 역시 조선시대의 이러한 문학적 현상에 주목하되 특히 한문 기록이 국문가사로 변환되는 사례들을 주목해 보고자 한다. 한문을 국문으로 번역하는 글쓰기 방식에 대한 관심은 중세의 질서가 근대로 변환하는 지점과 관련하여 주로 논의되어 왔다고 볼 수 있다. 일본의 '언어적 근대'는 '일본어'라는 지반에 기초하여 성립된 것이 아니며 일본에서의 '국어(國語)'는 '일본정신'과 '일본어'의 결합을 표현하는 궁극의 개념이자 식민주의의 사상적 근원임을 논증한 이연숙의 관점[8]은 한국의 근대 문학을 연구하는 시각에도 상당한 영향을 준 것으로 보인다.[9] 자국어로 된 문학의 언어적 특성과 그 역할에 주목함으로써 근대 및 일제강점기 사회와의 역학 관계를 보다 실증적으로 해명하게 된 것이다. 이 글은 이러한 논의들의 생산적 의미와 그 방향성은 충분

---

7 정소연, 「〈龍飛御天歌〉와 〈月印千江之曲〉 비교연구 - 양층언어현상(Diglossia)을 중심으로」, 『어문학』 103, 한국어문학회, 2009; 정소연, 「한문과 국문의 표기방식 선택과 시적 화자·발화 대상의 상관성 연구-『악학궤범』 및 『악장가사』 所在 현토 가요와 국문가요를 중심으로」, 『어문학』 106, 한국어문학회, 2010.

8 이연숙 지음, 고영진·임경화 옮김, 『국어라는 사상 - 근대 일본의 언어 인식』, 소명, 1996, 19~23쪽.

9 한국에서 근대 문학과 언어의 상관성에 유의하여 전개된 대표적 성과들을 살펴보면 다음과 같다. 김채수, 『한국과 일본의 근대언문일치체 형성 과정』, 보고사, 2002; 한기형 외, 『근대어·근대매체·근대문학 - 근대 매체와 근대 언어질서의 상관성』, 성균관대 대동문화연구원, 2006; 신지연, 『근대적 글쓰기의 형성과 재현성』, 고려대학교 박사논문, 2006; 임상석, 『근대계몽기 잡지의 국한문체 연구』, 고려대학교 박사논문, 2007; 『문학어의 근대 - 조선어로 글을 쓴다는 것』, 소명, 2008.

히 공감하되 그 과정에서 조선후기에 창작된 문학의 실질이 단선적으로 규정되거나 표피적으로 고찰된 경우에 대한 문제 제기에서 출발한 것이기도 하다.

실제로 근대 문학에 대한 연구 성과들을 보면 조선시대 문학과 관련된 전사(前史)적 특징들이 단절적 시야에서 소략하게 평가되는 경우가 허다하다. 최근 주제사적 층위에서 조선후기 시조에서 발견되는 잠재적·예비적 현상을 고찰하여 이러한 근대 문학의 논법에 문제를 제기하고 실증적 보론을 시도한 논의[10]는 그런 점에서 매우 시사적이다. 이 글의 시각도 이러한 문제 제기의 연장선상에 위치해 있으며 특히 언어와 번역의 문제에 초점을 맞추어 보고자 한다. 이 과정에서 '자국어', '조선어', '민족어', '모어'[11], '국문' 등이 혼효되어 쓰이고 있는 현실을 고려할 때 개념적 어휘들의 변별점과 체계가 보다 선명하게 확립되어야 하겠지만 우선 일반론적 차원에서 한문과 대칭적인 의미에서 위의 용어들을 사용하도록 할 것이다.

---

10 김흥규, 「조선후기 시조의 '불안한 사랑' 모티프와, '연애 시대'의 前史」, 『한국시가연구』 24, 한국시가학회, 2008.

11 다음의 논의를 보면 '(자)국어'와 '모어'가 구분되어 사용되어야 하는 이유와 정황을 확인할 수 있다. "… 예컨대 18세기까지 일본에서 모어는 아직 '자연스러운' 국어가 아니었다. 즉 자연과 국민이 아직 결합되지 않았던 것이다. 이와 같이 근대 문자 문화의 형성은, 식자 능력을 다언어 사용 및 아속혼효에서 분리시키고 일차적으로 보통의 일상회화라는 직접성 속에서 체험되었다고 상정되는 것을 보존 가능한 형태로 다시 쓰는, 즉 '필사하는 실천계(텍스트에 대한 실천적이고 체험적인 일련의 관계들)'로서 재정의하는 새로운 개념의 식자 능력에 의해 특징지어진 것 같다. 그와 동시에 자연스러운 국어로서의 모어라는 형상이 쌍형상적 도식화를 통해 생겨났다. 비교 문학뿐 아니라 국문학 역시 이 쌍형화라는 조작을 전제하고 의지하여, 다시 그것을 강화한다."(사카이 나오키 지음, 후지이 다케시 옮김, 『번역과 주체』, 이산, 2005, 73~74쪽.)

　그리고 한문에서 국문으로 번역이 되는 과정에서 자국어가 내포한
언어적 질감이 발현되는 양상과 의미에 주목해 볼 것이다. 번역의 언
어는 그 의도를 단순히 재현하는 것이 아니라 오히려 그 속에서 의미
의 의도가 스스로 전달하는 어떤 언어를 향한 조화와 보충으로서 그
언어 고유의 의도 방식이 울려나오도록 해야[12] 하기 때문이다. 특히
번역의 과정에서 두 언어에 대한 가설적 등가성의 유무를 논하기보다
'그것이 존재하게 되는 방식'에 유의하여 그 실체에 대한 엄밀한 고찰
의 필요성을 강조하는 시각이 참조될 예정이다. '언어횡단적 실천'[13]이
라 명명되는 이러한 관점은 한문기록을 토대로 가사를 창작하는 과정

---

12 발터 벤야민 지음, 최성만 옮김, 「번역자의 과제」, 『언어 일반과 인간의 언어에 대하
　여』, 길, 2010, 136~137쪽.
13 이 개념과 관련하여 이 글이 참조한 저서(리디아 리우 지음, 민정기 옮김, 『언어횡단
　적 실천』, 소명, 2005)의 주요 부분들을 인용하면 다음과 같다. "나의 논점은 이렇게
　정리할 수 있다. 문화교차적 연구는 자체의 가능성의 조건을 점검해야 한다. 그 자체
　가 언어횡단적 행위를 구성하는 이와 같은 연구는 단어·개념·범주·담론 간 관계
　의 역사 위에 군림하기 보다는 그 안으로 들어가게 된다. 그러한 관계를 규명해내는
　방법 가운데 하나는 바로 상식과 사전적 정의, 심지어는 역사언어학의 영역 너머에서
　그러한 단어·개념·범주·담론을 엄밀하게 다루는 것이다."(48쪽); "언어횡단적
　실천에 대한 나의 강조는 결코 역사적 사건을 언어적 실천으로 환원하자는 것이 아니
　다. 차라리 이러한 강조는 언어·담론·텍스트(역사 쓰기도 포함하는)를 진정한 역
　사적 사건으로 간주함으로써 역사의 개념을 확대하고자 하는 것이다."(86쪽); "저자
　의 문제의식은 '누구의 술어로, 어떤 언어 사용자 집단을 위해, 어떤 종류의 지식
　혹은 지적 권위의 이름으로 문화간 번역을 행하는가?'라는 질문에 압축되어 있다.
　이같은 물음에 답하는 보다 적실한 방법을 세우기 위해 저자가 제안하는 개념이 바로
　'언어횡단적 실천'이라고 번역한 'translingual practice'다. 과연 언어횡단적 실천
　이란 무엇이며 그것을 연구한다는 것은 어떤 의미가 있는가? 책의 제목이 암시하듯,
　언어횡단적 실천이란 확장된 혹은 비유적 의미에서의 번역을 가리키며 그것에 관한
　연구는 '손님언어(guest language)와의 접촉/충돌에 의해 혹은 그것에도 불구하고
　주인언어(host language) 내부에서 새로운 단어·의미·담론·재현 양식이 생성
　되고 유포되며 합법성을 획득하는 과정을 조사하는 것이다"(586쪽)

에서 실현된 언어적·문학적 특질과 그 의의를 조망케 하는 데 있어 유효한 지침이 될 것으로 보이기 때문이다.

조선후기 사행가사의 경우 자신의 체험에 대한 한문 기록을 토대로 가사가 창작된 정황이 통시적으로 확인되는데 고전시가의 한역에 주목한 기존의 관점들과는 달리 이 글에서는 한문이 국문으로 번역되는 과정에 주목해 보고자 한다. 이러한 대비 과정에서 국문 언어 혹은 가사가 담당했던 언어적 실체와 문학적 가치가 보다 선명하게 고찰될 수 있다고 판단되기 때문이다. 개항 이전의 조선사회에서 근대로의 이행이 어떻게 내재적으로 준비되고 있었는가를 살피는 것이 여전히 중요한 과제[14]임은 분명해 보인다. 이 글은 이러한 시각을 전제로 조선후기 문학에 대한 해석과 관심의 지평이 근대 문학과 연계될 수 있는 방향점을 모색해 보고자 하는 시론(試論)적 문제 제기임을 밝혀두는 바이다.

2. 조선후기 사행가사 창작과 변환의 주요 지점

1) 어휘적 변환의 단초 - 「동사록초(東槎錄抄)」와 〈일동장유가〉

〈일동장유가〉는 『동사록(東槎錄)』이라는 김인겸(金仁謙, 1707~1772)의 한문일기를 토대로 창작된 작품으로 추정된다. 계미 통신사 일원이었던 성대중의 아들 성해응(成海應, 1760~1839)이 가려 뽑은 「퇴석김

---

14 박찬승, 「한국학 연구 패러다임을 둘러싼 논의: 내재적 발전론을 중심으로」, 『한국학논집』 35, 계명대 한국학연구소, 2007, 136~137쪽.

인겸소저동사록소재최천종사(退石金仁謙所著東槎錄所載崔天宗事)」
와 「퇴석김인겸소저동사록초(退石金仁謙所著東槎錄抄)」라는 기록이
이장재(李長載) 편『청구패설(靑丘稗說)』에서 확인되는데 이를 분석
해 본 결과 관련된 〈일동장유가〉의 부분과 거의 일치하고 있기 때문
이다. 이 자료를 학계에 소개하면서 최강현은 〈일동장유가〉가 『동사
록』에 비해 보다 생생하며 내용이 더 풍부하다는 점을 지적한 바 있
다.[15] 그러나 두 자료의 상관성에 대한 세밀한 검토는 진행되지 않은
바 이 글에서는 그 일부 사례를 18세기 후반 사행가사 작품으로서의
언어적 · 문학적 특질과 그 의의를 조망해 보는 자료로써 검토해 보고
자 한다.

A

ⓐ男削其頂與鬢 惟存鬢髮 腦毛以蜜油塗之 結髻於後腦上 以繩曲
結之斷之 ⓑ女人則不削髮 作髻於後 如我國北髻 以兩梳前後揷之 處
女則以一梳揷於頂上 ⓒ衣帶則男女無別 所見可駭 ⓓ倭人所饋杉重
者 以杉木作盒 盒三層 每一層盛二味 共六味 一曰松風 狀如方散子
色黃 二曰祿快如白疆蠶味甘 三曰花片餠 四曰小輪味如煎全椒 狀似五
花糖 五曰落鴈 品三色白有紅點 或如車輪 或如半月形 俱以粘米如砂

15 최강현, 『韓國 紀行文學 硏究』, 일지사, 1982, 308~310쪽. 이 책에는 「退石金仁謙
所著東槎錄所載崔天宗事」와 「退石金仁謙所著東槎錄抄」의 원문이 제시되어 있으
며 이 글에서 인용문은 이에 의거함을 밝혀둔다. 최강현은 이 자료를 통해 〈일동장유
가〉와 『東槎錄』의 관계를 언급했으나 내용이 소략하고 〈일동장유가〉의 창작 원리와
관련하여 분석되지는 않았다. 자료의 중요성에도 불구하고 이후 학계에서는 이에
대한 고찰이 한 번도 이루어지지 않았다. 이에 대한 비교 · 분석은 다음의 논문에서
진행되었다. 김윤희, 『조선후기 사행가사의 세계 인식과 문학적 특질』, 고려대학교
박사학위논문, 2010.

糖造出 六曰色黃盤龍形中空矣

　A′

　비의 올나셔 보니 째 십월 초뉵일이라/ 셩두가 쇼슘ᄒ고 셔북풍이
무이 분다/ 샹션포 세 번 노코 거졍포 ᄒᆫ 소리예/ 비 ᄃ리 올려 노코
일시의 닷츨 주니/…/ 션힝이 안온ᄒ야 좌슈포로 드러가니/… / 굿 보는
왜인들이 뫼희 안자 구버 본다/ ⓐ′그 듕의 ᄉ나히ᄂ 머리를 쌋가시더
/ 쑥뒤만 죠금 남겨 고쵸샹토 ᄒ여시며/ ㉠발 벗고 바디 벗고 칼 ᄒ나
식 츠이시며/ ⓑ′왜녀의 치장들은 머리롤 아니 싹고/ 밀기름 돔북
발라 뒤흐로 잡아 미야/ ㉡쪽두리 모양쳐로 둥글게 쑤여 잇고/그 쏫친
두로 트러 빈혀롤 질러시며/ 무론 노쇼귀쳔ᄒ고 어레빗슐 쏘챳구나/
ⓒ′의복으로 보와ᄒ니 ㉢무 업손 두루막이/ ᄒᆫ 동 단 막은ᄉ매 남녀
업시 ᄒ가지요/…/ 초칠일 쳥명ᄒ야 비 노키 됴컨마ᄂ/ 수험도 못ᄒ엿
고 치목도 쥬변ᄎ로/ 여긔셔 묵게 되니 굼굼ᄒ기 ᄀ이 업니/…/ ⓓ′왜
놈이 보낸 음식 내여 노코 ᄌ시 보니/ 네모진 세 층합을 삼묵으로
민돈 거술/ 삼등이라 일홈 ᄒ고 미 ᄒᆫ 층의 두 가지식/ 겻겻치 녀허시
니 합ᄒ여 여슷 가지/ ᄒᆫ 가지ᄂ 송풍이니 빗 누르고 산ᄌ ᄀ고/ 뉴미
라 ᄒᆞᄂ 거슨 빅강줌 형상이오/ 쇼츈과 화면쪅은 오화당 모양이오/
낙안 세 가지니 붉고 회고 누르고나/ 반월형 ᄀᄐ 쩍과 반농형 ᄀᄐ
과줄/ 츌빌 ᄀ로 셜당 타셔 민ᄃ라다 ᄒᄂ고나

　「동사록초(東槎錄抄)」의 일부인 A 자료와 〈일동장유가〉의 A′를 비
교해 보면 대체로 그 내용이 일치하되 A에서 반복되는 소재나 심상이
생략되고 보다 감각적인 층위에서 A′가 재구성되고 있음을 알 수 있
다. 우선 일본 남자의 외모를 묘사한 ⓐ와 ⓐ′를 비교해 보면 '빈발(鬢
髮)'은 '쏙뒤', '계(髻)'는 '고쵸샹토'와 같은 고유어로 번역되어 있으며
'㉠발 벗고 바지 벗고 칼 하나만 차 있으며'와 같이 외양 묘사와 관련

된 구절을 추가적으로 구성하고 있다. 여자들의 외양과 관련된 ⓑ와 ⓑ′의 경우 ⓐ의 '밀유(蜜油)'에서 환기되는 이미지가 ⓑ′에서 '밀기름 듬북 발라'와 같이 새롭게 변용·재배치되고 있으며 '북계(北髻)'는 '빈혀'로 '소(梳)'는 '어레빗'으로 각각 번역되어 있다. 또한 ⓛ의 '쪽두리 모양쳐로'와 같이 비유적 표현이 첨가되어 가시적 형상화의 효과가 강화되었으며 이러한 전략은 ⓒ 의대칙남녀무별 소견가해(衣帶則男女無別 所見可駭)를 변환하는 과정에서도 '해괴하다'는 논리는 생략되고 '무 없는 두루마기/ 한 동 단 막은 소매'가 추가된 부분에서도 발견된다.

또한 ⓖ′의 경우에는 일본에서 대접받은 음식이 감각적으로 형상화되어 있는데 이 역시 대부분 ⓖ의 내용과 중첩되고 있으며 언어적 표현상의 변이가 발견된다. 우선 A에서는 '二日~六日'의 표현을 통해 병렬적으로 서술된 반면 A′의 경우 이를 생략하고 4음보의 율격에 따라 순서대로 배치함으로써 연속적 리듬감을 확보하고 있다. 또한 미각적 요소들은 배제하고 시각성이 강화된 형상화가 진행되었다는 점도 흥미로우며 마지막 부분의 경우 내용의 미세한 변화도 확인된다. 산문의 내용과는 상관없이 '반룡형'을 '반월형'과 동일하게 배치하여 '반월형 ✗튼 쎡과 반농형 ✗튼 과줄/ 출뿔 ✗ㄹ 셜당 타셔 민드라다 ᄒᆞᆫ고나'라고 변환하고 있는 것이다. 이 부분에서도 역시 견문의 정확성보다는 효율적인 형상화와 그 전달에 초점을 두면서 〈일동장유가〉가 창작되었음을 알 수 있다. 따라서 번역되는 과정에서도 '쎡', '과줄', '출뿔'과 같은 고유어는 물론 '누ㄹ고', '붉고 희고 누ㄹ고나'와 같은 감각적 어휘들이 발견되는 현상을 확인할 수 있는 것이다.

자칫 사소하게 보일 수 있는 이러한 변화는 한문기록을 가사문학으

로 재구성하는 과정에서 문화적 이질성과 정체성이 고려되고 있음을
보여주는 하나의 사례로 해석해 볼 필요가 있다. 일본 남녀의 외모를
사실성의 층위에서 형상화한 한문기록과 달리 〈일동장유가〉는 수용
자의 '이해'와 '연상'의 측면에 무게 중심을 두고 있는 것으로 보이기
때문이다. '고추상투', '밀기름', '비녀' 등과 같은 친숙한 소재의 활용
은 '족두리', '얼레빗'과 같이 조선 여성들에게 익숙한 도구들을 활용
함으로써 독자의 이해도를 강화하고 있는 것이다. 특히 이러한 현상
은 한문의 의미가 국문으로 변환되는 과정에서 구체성을 확보한 개별
고유어들이 선택적으로 활용·배치되었음을 보여주는 사례라는 점
에서 주목해 보아야 한다.

결국 번역은 이전에는 두 언어 내부나 혹은 그 사이에 존재하지
않았던 의미와 동의어들을 선택적으로 도입하게 한다[16]는 점에서 생
산적 의의가 있기 때문이다. 비록 부분적인 자료라 단초적 현상만을
포착할 수 있지만 『동사록』과 〈일동장유가〉에 대한 직접적 비교는 물
론 자국어로 변환되는 과정의 언어적 특징을 세밀하게 고찰할 수 있
게 한다는 점에서 「동사록초(東槎錄抄)」의 사료적 가치는 제고되어
야 할 것이다. 다음의 사례는 번역의 과정에서 미세한 어휘적 변환은
물론 문단이나 장면 단위의 재구성이 발견되는 경우에 해당한다.

2) 체계적이고 사실적인 장면화 – 『범사록』과 〈유일록〉

1902년에 창작된 이태직(李台稙, 1859~1903)의 〈유일록〉은 국서 전

---

16 리디아 리우 지음, 민정기 옮김, 『언어횡단적 실천』, 소명, 2005, 393쪽.

달을 비롯한 공사(公使)로서의 외교 업무를 위해 1895년부터 이듬해
까지 일본에 체류한 경험을 토대로 창작된 사행가사이다. 〈유일록〉은
한문일기인 『범사록(泛槎錄)』을 재구성한 작품임이 확인되며[17] 〈유일
록〉의 화자는 이 과정에서 전달 및 기록의 가치가 있다고 판단된 부분
들을 선별·강화한 것으로 보인다. 허구적 재구성으로 자신의 체험을
과시하려는 욕망도 발견되었던 〈일동장유가〉에 비해 〈유일록〉은 사
실적 전달의 층위를 크게 벗어나지 않고 있다. '구경, 장관, 기이, 기
록' 등의 어휘들이 많이 사용되고 있어 〈무자서행록〉이나 〈병인연행
가〉처럼 〈유일록〉도 '유람지(遊覽誌)'로서의 특성이 강화된 사행가사
라고 볼 수 있다.

　그러므로 유람의 소재들을 나열·확장하는 과정에서 일기의 서사
와 일탈되는 부분들이 역시 발견되었으며 이 경우에는 화자의 전달
욕구가 투사되어 있음은 물론 나름대로의 작가 의식이 간취되고 있음
이 확인된다. 특히 이 과정에서 '첨가적'인 특질이 생성된 것은 물론
특정 장면의 경우 '체계적' 구성이 진행된 사례가 발견되어 이를 문학
적 변환의 측면에서 조망해 볼 필요가 있다.

　　B
　7월 8일 맑다. 한서기와 산기와 같이 **동물원**에 가사 각종 길심승과

---

17 최강현은 『泛槎錄』을 번역하면서 관련된 〈유일록〉의 내용을 주석으로 첨부하였다.
　그러나 〈유일록〉이 『泛槎錄』을 토대로 창작된 작품이라는 점이 언급되지는 않았으
　며 내용상의 유사점과 차이점만이 제시되고 있다.(이태직 원저·최강현 옮김, 『명치
　시대 동경일기 - 원제 泛槎錄』, 서우얼출판사, 2006) 〈유일록〉 역시 『泛槎錄』을 토
　대로 흥미롭게 재구성된 작품으로 사행가사의 문학적 형성 원리를 확인케 하는 작품
　이다. 이에 대한 논증은 김윤희, 위의 논문, 217~243쪽.

날짐승들과 비늘짐승들을 **구경**하였다. 그 중에 가장 몸통이 큰 것은 ⓐ**코끼리**이니 높이가 4~5길이나 되고 길이는 6~7길이나 되며 허리 통은 10여 아름은 되겠고 다리 하나의 크기가 거의 절구통만 하며 코의 길이는 두어 길이나 되는데 아래로 드리우면 땅에 끌리고 코를 말아 올리면 쌓이게 되는데 어떤 것이든 먹을 것이 앞에 주어지면 코끝으로 끌어모아 걷어서 입으로 넣는다. 입 좌우로는 한 개의 이빨 들이 드러나는데 모양은 방망이 같고 빛깔은 희기가 눈 같은데 이른 바 **상아**라는 것이었다. 그 맞은 편에는 쇠로 만든 우리 안에 ⓑ**호랑이 와 표범**들이 각 한 마리씩 들어 있는데 너무 사납고 흉악하여 보는 사람 들에게 독을 품고 곧바로 우리 밖으로 뛰어나오면서 큰 소리로 으르렁거 리어 산천이 진동할 것만 같았으나 그 사납고도 무서운 힘을 써보지도 못하고 이렇게 갇히어 있으니 너의 신세가 어찌 이 지경에 이르렀는 지 오히려 불쌍하게 생각되었다. ⓒ그 밑에는 큰 **원숭이**가 바야흐로 낮잠을 자고 있더니 구경하는 사람 때문에 벌떡 일어나서 천연스레 사람과 마주앉으니 마치 늙은 할아비 같아 보였다. 비록 말은 하지 못하나 아는 사람이 있어서 잣을 송이채 던져주니 한 움큼 잡아서 두 손으로 그것을 입에 넣고 씨를 발라 껍질은 뱉어내고 그 알을 먹었 다. 일본 사람이 이리 이리 하라고 가르치니 왼손으로 붉은 부채를 잡고 오른 손으로 누런 수건을 잡고 훨훨 날 듯이 춤을 추니 매우 우스웠다. 그밖에 ⓓ**물소**나 낙타, 돌고래, 해마, 면양, 해록, 토끼, 노루, 여우, 이리 같은 짐승들의 모양은 다 기록할 수가 없다.[18]

B′

동물원이라 허는 데는 각식 짐슨이 모으노코/ **구경**허는 곳시라니 거

---

18 『泛槎錄』의 경우 〈유일록〉과 내용적 측면에서의 변환이 주로 확인되므로 원문이 아닌 번역문을 제시하였다. 원문은 추후 첨가하도록 하겠다. 번역문은 다음의 책에 의거함. 이태직 원저 · 최강현 옮김, 『명치시대 동경일기 - 원제 泛槎錄』, 서우얼출 판사, 2006.

긔도 가 보리라/ 스면으로 도라보니 첨 볼 짐싱 만허도다/ **탁타라 허는
거슨** 크기도 영특헌데/ 머리는 말 모양의 젼신은 쇼커튼데/ 잔등이에
턱이 져셔 가운데가 우묵허니 안졍 업시 타구 가도 써러지지 안는듸데/
ⓐ'**코씨리 구경허니** 싱긴 것 이상허다/ 크기로 말허며는 스람에 길
두벌 되고/ 젼신에 털 난 거슨 누른 빗과 거문 빗셰/ 허리가 육칠아름
다리 흐나 절구통만/ 입박그로 이가 나와 좌우로 쎄친 거시/ 크기는
홍독기만 희기가 눈 것도다/ 코라구 허는 거슨 입우흐로 느러져셔/
기동만큼 굴근 거시 쌍의 쳘쳘 쓸리다가/ 무어슬 머그라면 코루다가
그러다려/ 닙으로 넌는 모양 손놀림과 방불허다/ 쳐쳐럼 큰 짐싱을
쇠스슬로 말을 무야/ 꼼짝을 못흐야셔 빅힌듯시 셔 잇도다/ **여우라 허
는 거슨** 긔갓치 싱견는데/ 쒸놀며 장난허미 교헐도 흐야 뵌다/ **곰의
모양 엇더튼ㄱ** 미련헌 것 텬연흐다/…/ **토씨들 볼 만허다** 웅장이라
허느보다/ 셔로 쒸며 노는 모양 경망도 흐야 뵌다/…/ **노루라 허는 거
슨** 긔보다 죠금 큰것/ 보기에 슌헌 거시 어엿부데 싱겻도다/ 젼신이
누룬 고로 노루라 흐엿는가/…/ **야졔라 허는 거슨** 황쇼보다 더 큰 것들
/…/ **면양이라 허는 거슨** 쓰기도 허거니와/…/ **산 호랑이 쳐음 보니**
참말로 무섭도다/…/ ⓑ'**그 엽에 표범 잇셔** 흔가지로 쒸노는데/ 호령이
나 알번이되 털빗시 좀 다르다/ 져러헌 용밍으로 엇지 흐야 붓들려셔/
우리 쇽에 갓쳐 잇셔 마음디루 못딍기니/ 네 신셰 싱각허니 도로여
가련허다/…/ **삭이라 허는 거슨** 그 엽헤 두언는데/ 쥬둥이는 쇬죽헌
것 독허기도 흐야 뵌다/…/ ⓒ'**원슝이놈 거동 보쇼** 참말로 장관이라/
스람을 더흐야셔 쳔연이 안는 모양/ 말을 못히 그러허지 니다라 슈착
헐 듯/ 얼굴 모양 된 것 보면 니목구비 부튼 거시/ 분명이 스람이니
그 아니 고이허냐/ 잣 한 줌을 던져 쥬니 숀으로 집어다가/ 입의 너코
씨미러셔 낫낫치 껍질 벅겨/ 움물움물 씸는 모양 짐싱이라 온헐러라/
일본 스람 거긔 셔셔 부치을 츠겨 들고/ 너푼너푼 **츔츄는 것 참말로
우습도다**/ 원슝이 스람 임닉 이젼의도 보으쓰되/ 얼마나 가르쳐셔 져러
틋 잘 허는고/

위의 B는 동물원을 관람한 7월 8일 일기의 전문이며 이와 관련된 〈유일록〉의 B′를 보면 대부분의 내용이 수용된 후 내용이 첨가된 양상을 보이고 있다. ⓐ′~ⓒ′를 보면 『범사록(泛槎錄)』에서 코끼리, 호랑이와 표범, 원숭이 등의 형상을 묘사한 방식이 대부분 일치하고 있다.

그런데 흥미로운 점은 이 과정에서 묘사의 직접성을 강화하기 위한 비유적 표현과 감각어와 의태어 등이 첨가적으로 구사되고 있다는 것이다. ⓐ′를 보면 '전신에 털 난 거슨 누른 빗과 거문 빗세', '코라고 하는 거슨 기동만큼 굴근 거시 쌍의 쳘쳘 쓸리다가' 등과 같이 코끼리의 외양에 대한 감각적 묘사가 추가되어 있으며 '닙으로 넌믄 모양 손놀림과 방불하다'라는 구절에도 독자의 효율적 이해를 가능케 하는 비유가 추가적으로 활용되고 있다. 또한 원숭이를 묘사한 ⓒ′를 보면 '늙은 할아비 같았다'는 『범사록』의 내용이 '말을 못히 그러허지 너다라 슈작헐 듯'과 같이 생생한 비유로 전환되었으며 '낫낫치 썹질 벽겨', '움물움물 씸는 모양', '너푼너푼 츔츄는 것'에서 활용된 의태어들은 장면에 대한 감각적 이해를 가능케 하는 언어적 효과를 생성케 하는 요소들이다.

이러한 어휘적 측면뿐만 아니라 〈유일록〉에서는 장면 단위의 내용도 추가적으로 형상화되어 있음을 B′의 **'강조 표시'**된 부분을 통해 확인할 수 있다. 『범사록(泛槎錄)』의 ⓒ를 보면 물소, 낙타, 돌고래, 해마 등과 여타 동물들의 종류가 나열되어 있으며 그 '모양은 다 기록할 수가 없다'로만 정리되어 구체적 묘사는 진행되지 않았다. 그런데 〈유일록〉을 보면 **'-라 허는 거슨'**, **'-엇더튼ㄱ'**, **'-볼만허다'** 등과 같은 통사 구조가 반복되면서 ⓒ에 나열된 동물들의 주요 특징들이 체계적으로 나열·묘사되어 있음을 알 수 있다.

물론 그 내용을 살펴보면 상당히 간략하며 여우는 '교헐', 곰은 '미련', 토끼는 '경망' 등과 같이 상식적 범주에 한정되어 있어 화자가 자신의 지식과 기억을 종합하여 추가적으로 재구성한 것으로 추정된다. 그러나 이 역시 자신의 견문을 강조하고 종합적으로 전달하려 한 의식적 노력으로 볼 수 있으며 이는 〈무자서행록〉과 〈병인연행가〉에서도 확인되는 바이기도 하다. 다음의 사례에서는 이러한 체계적 구성은 물론 구체적 묘사의 특질이 강화된 현상도 발견할 수 있다.

C
9월 30일 맑다 **의화군** 어른이 찾아오셔서 같이 아침을 먹은 뒤에 **함께 왕자촌으로 가서 종이 만드는 공장을 구경**하였다. ⓐ그 공장 건물에는 기계를 설치하여 놓았는데 얼마나 어머어마한지 이루다 기록할 수가 없다. ⓑ일반적으로 이곳의 종이는 원래 볏짚 줄기를 주재료로 하고 **닥나무 껍질**을 조금 섞어서 만들면 상품 종이가 되고 그밖의 질이 좋지 아니한 종이는 순볏짚으로만 만들었다. ⓒ대체로 각 항목별로 기계를 차례로 벌려 놓고 닥나무를 저절로 두드려 다듬이질할 때까지 사람의 힘은 전혀 들이지 아니하니 바로 앞에서 들은 것과 같았다. 가게에 들어가서 점심을 먹은 뒤에 또 종이를 만드는 공장에 들어가서 종이 만드는 것을 구경하다가 해질녘에 공관으로 돌아왔다.

C′
의화군 흔가지로 왕즈촌 차져가셔/ **죠지쇼** 드러가셔 죠희쓰는 구경 허니/ ⓐ′여러 빅간 널분집에 화륜긔계 다라노코/ 각식가지 잔 **긔계**를 츠례로 다라노아/ 닛집을 잘게 써러 가마에 너어두면/ 셕탄훈긔 쓰거운데 그 집히 무른후에/ 긔계통에 너어 노코 무즈위로 물을 티면/ 박퀴가 도라가면 져졀로 마젼되야/ 더러운 것 다 썬져셔 희기가 눈빗 것고/ **쏘 흔 군듸** 연허기가 풀솜쳐럼 되년후에/ **쏘 흔 군듸** 윙겨 너어 졍헌 물을 듸야 노면/ 고동이 도라가며 죠희가 졀루 되되/ 후박이 젼여 업셔 흔갈 것치 다 잘되며/ ⓒ'홍둑긔가 졀로 굴러 화통으로 지나가면/ 이리 져리 두집펴셔 쳐졀로 마른 후에/ **쏘 흔 군듸** 드러가면 도침이 졀로 되야/ 반드럽고 밋그럽기 영칰가 어른어른/ **쏘 흔 군듸** 드러가면 비슈 갓튼 큰 칼들이/ 번쌔쳐럼 왕닉흐야 슈쳔장 쓰으 논것/ 삽시간 도련허되 호리가 안 틀려셔/ 처음부터 ㄴ중꺼지 온갖 허는 긔계들이/ 스람이 듸만 노면 이러틋 쉽게 되며/ ⓑ'못쓰는 슈지들과 너버리는 헝겊죠각/ **닥썹질** 죠금 셕거 흔데 너쏘 마젼흐야/ 그도 쏘흔 죠희 쓰면 상품은 못되야 도/ 질기고도 결빅허미 온갖 것 다 헐러라/ ㉠죠희 쓰는 신통헌 법 말로 만 들어쩌니/ 오늘날 당희 보니 듯든 말과 다름업다

위의 C는 의화군과 함께 제지소를 견학한 날의 일기이다. 이『범사록(泛槎錄)』의 내용을 토대로 하되 〈유일록〉의 경우 장면에 대한 구체적 설명이 보강되어 있음을 C'에서 발견할 수 있다. 우선 ⓐ를 보면 『범사록』은 공장의 기계에 대해 '얼마나 어마어마한지 이루다 기록할 수 없다'로 기술한 반면 〈유일록〉의 ⓐ'에는 기계의 원리와 작동 과정이 상세하게 묘사되어 있는 것이다. '다라노코', '다라노아', '너어두면' 등과 같은 종속적 연결 어미가 통사 분단의 말미에 지속되면서 변화의 과정이 효율적으로 전달되고 있으며 '화륜긔계', '셕탄훈긔', '긔계통', '박퀴' 등과 같은 구체적 어휘들은 장면의 실제성을 환기하는 데 기여하고 있다.

또한 ⓒ를 보면 닥나무가 종이로 변화할 때까지 '사람의 힘은 전혀 들이지 않았다'는 내용이 확인되는데 〈유일록〉의 C'를 보면 곳곳에 '쳐졀로 졀루 졀로' 등의 어휘가 배치되어 있어 자동화된 기계의 공정

을 강조하고자 한 화자의 의식을 발견할 수 있다. ⓒ에는 '대체로 각
항목별고 기계를 차려 놓고'와 같이 분업화된 공정에 대한 설명도 있
는데 〈유일록〉에서는 이를 '쏘 흔 군딕'로 시작되는 통사 분단을 반복
하며 장면 단위의 묘사를 확장하는 방식으로 변화시키고 있다. 앞서
살핀 B→B′는 일기에 언급된 일부 소재들이 체계적으로 재배치되는
양상을 보이고 있었다면 위의 C→C′에는 대부분의 내용이 새롭게
첨가되고 있어 구성의 체계성은 물론 구체적 장면화의 특질이 생성된
현상을 발견할 수 있는 것이다.

특히 ⓒ′를 보면 '홍둑기', '비슈갓튼 큰 칼들이', '번개쳐럼 왕니ᄒ
야' 등과 같은 비유의 수사는 물론 '이리저리 두집펴서', '반드럽고 믯
그럽기 영치가 어른어른'과 같은 묘사로 인해 실제적 이해의 층위가
강화되고 있다. 이 과정에서 활용된 비유나 의태어 등은 자국어 어
휘의 감각적 효과들을 발현케 하는 요소로 작동하고 있는 것이다. 또
한 종이의 원료에 대한 객관적 정보를 서술한 ⓑ의 내용은 '못쓰는
슈지들과 닉버리는 헝겊죠각' 등도 다시 종이가 될 수 있다는 내용으
로 ⓑ′에서 변환되어 구체성과 흥미성을 강화하고 있음을 발견할 수
있다. 'ⓖ죠희 쓰는 신통헌 법 말로만 들어쩌니/ 오늘날 당히 보니
듯든 말과 다름업다'라는 마지막 구절을 보더라도 〈유일록〉의 화자가
체험의 '직접성'과 '가시적 재현'을 강화하는 차원에서 C′를 구성했음
을 알 수 있는 것이다.

한문이 국문으로 번역되는 과정에서 객관적 사실성의 층위가 주관
적 묘사와 생생한 비유를 통해 재현과 전달을 강화하는 방향으로 변모
되었으며 전대의 〈일동장유가〉와 비교해 보았을 때 그 양상과 편폭이
강화된 현상까지 〈유일록〉에서 확인할 수 있다. 다음 장에서는 조선후

기 사행가사에서 발견할 수 있는 이러한 현상을 근대적 글쓰기의 문제
와 연계하여 살펴봄으로써 그 실천적 의미를 조망해 보도록 하겠다.

3. 사행가사에 대한 자국어 문학적 조망과 실천적 의미 : 근대적 글쓰기의 문제와 대비하여

1) 〈셔유견문록〉의 감각적·구체적 언어

현전하는 사행가사로는 마지막 작품에 해당하는 이종응(李種應, 1853~1920)의 〈셔유견문록〉은 1902년 영국 사행의 체험을 소재로 창작되었다. 〈셔유견문록〉이 자신의 한문일기인 『서사록(西槎錄)』을 탈고한 지 한 달 후쯤 완성되었다는 점은 선행 연구에서 지적되었다.[19] 또한 〈셔유견문록〉 역시 전대의 사행가사 작품들과 마찬가지로 한문일기를 토대로 재구성된 작품이며 변환의 과정에서 나름의 문학적 특질이 생성된 현상도 분명하게 확인할 수 있다.[20] 이 글에서는 특히 국문으로서의 언어적 효과가 발견되는 사례들에 주목하여 이를 근대 문학의 논의와 연계해서 살펴보고자 한다.

    D
    ⓪上十一鍾　復開輪向加拿多　因ⓐ**房口堡**港口 … 下四鍾　入駐**旅館**
一宿

---

19 김원모, 「李鍾應의 『西槎錄』과 〈셔유견문록〉 解題·資料」, 『동양학』 32, 단국대학
　　교 동양학연구소, 2000, 1~3쪽.
20 김윤희, 위의 논문, 254~263쪽.

1 十六日 初九日 早雨晚晴

≪到核峙 此地卽山嶺極亢 汽車線 路自房口堡港 逶迤屈曲因地形開通≫ ⓔ或環山抱谷 ⓓ或沿江鐵架 或浮橋築臺 ⓒ或鑿山通穴行幾千里 ⓑ其人工物力 可謂天作江山 人作鐵路

2 ≪到核峙嶺下 亂峰聳挿天面 白雲橫掩山腰 珍樹嘉木奇花瑤草 韶光滿目≫ 上是ⓕ靑山ⓖ綠樹 ≪下有白雪澌氷 果是非常時景≫

3 或ⓗ流澗潺潺 ⓘ鳥聲嚶嚶 ≪漸入佳境 飛瀑出從絕壁≫ ⓙ亂谷方方曲曲 異源合流 ⓚ蕩蕩激着於越壁屛風石者 不知幾處 ≪終日拍手喝采聲 不知高低而多≫ ⓛ失眞於拙筆可歎

4 ≪車到核峙嶺 地形高於港口者 五千四百二十餘尺云 山嶺水勢乃分東西 西流者流入太平洋 東流者流入大西洋云而過核峙以後平≫

D′

0 긔통 소리 나는 곳에 ⓐ′방구보 도박이라/ 여관 슉소 ᄒ연후에

1 ㉠화륜거에 올나 보셰/ 봉명사신 디졉으로 특별거가 분명ᄒ다/ ㉡ 어렵도다 어렵도다 일만여리 철노로다/ ⓑ′철노 공녁 볼작시면 귀신인가 사람인가/ ⓒ′산을 쑤러 길을 니고 ⓓ′강을 건너 다리 놋코/ ⓔ′산은 놉고 골은 깁퍼 안고 돌고 지고 도너/

2 ㉢밤낫 가는 긔츠상에 안젼 경기 평논ᄒ셰/ ⓕ′쳥산은 암암ᄒ고 ⓖ′녹슈난 울울ᄒ다/ ㉣츈광 만지ᄒᄒ던 봉봉이 빅셜이라/

3 ⓗ′잔잔 간향은 금철이 긔명이요 ⓘ′영영 조셩은 쌍거 쌍너로다/ ⓙ′이골몰 폭포슈 져골물 폭포슈/ 열에 열골물 포포슈 한듸 합드려 흘너/ ⓚ′이리도 탕탕 져리로 탕탕 쳔방즈 지방즈/ 월편 평풍셕 탕탕 치난 소리 산곡이 웅셩이라/ ⓛ′별유쳔지 비인간을 오날날 보리로다.
(4)

위의 D→D′의 변환 양상을 보면 의미 단위로 분절해 본 0~4의 부분에서 1~3의 중첩도가 상당함을 확인할 수 있다. 도착과 관련

된 ①의 객관적·사실적 정보는 ⓐ′에서와 같이 장면 묘사를 위한 전제적 표현으로 활용되고 있으며 ④의 지리적 정보는 아예 생략되어 있다. 반면 경치와 감격을 감각적으로 묘사한 ①, ③의 경우 내용적으로는 상당한 일치도를 보이고 있다. 특히 이 과정에서 화자는 ㉠~㉣에서와 같은 주관적 논평을 첨가함으로써 장면의 연속성과 효율적 전달의 특질을 강화하고 있다. ㉠의 '특별거가 분명ㅎ다', ㉡의 '어렵도다 어렵도다 일만여리 철노로다' 등은 체험의 희소성과 우월감을 강조하는 표현이며 '밤낮 가는 긔츠상에 안전 경긔 평논ㅎ셰'라는 ㉢의 구절은 서술자의 개입을 통해 이어지는 장면에 대한 몰입을 가능케 한다. '안전 경긔'라는 표현에서도 알 수 있듯이 ㉢ 이후로는 원경에서 근경으로 장면이 전환하게 되는 것이다.

또한 ㉡에서 강조된 '철노'의 소재로 인해 바로 다음 구절에 '철노 공녁 볼작시면 귀신인가 사람인가'라는 내용이 배치되고 있으며 이 과정에서 D의 순서가 변화되면서 ⓑ부분이 먼저 배치되고 있다. 또한 ⓑ′~ⓔ′의 순서도 D의 경우와 어긋나는데 D의 경우 '或~'으로 시작하는 구절들이 '나열'되어 있는 반면 D′에서는 ⓑ′에서 강조된 철도의 '공녁'이 부각될 수 있는 강도에 따라 그 사례들이 재조정된 것으로 보인다. 그러나 ③ 부분을 보면 ⓕ′~ⓘ′의 배치가 변화하지는 않았으며 마지막 구절인 'ⓘ′별유천지 비인간을 오날날 보리로다'를 통해 장면 단위 내의 감정적 응집을 형성하고 있다.

특히 중첩도가 높은 ②, ③의 경우를 비교해 보면 가사문학으로 변환되는 과정에서 감각적 심상을 보다 적극적으로 활용하고 관용구를 차용함으로써 생동감 있는 문체 특질과 문학적 미감이 생성되고 있음을 알 수 있다. '과시비상시경(果是非常時景)', '비폭출종절벽(飛瀑出

從絶壁)', '점입가경(漸入佳境)' 등과 같이 한문맥에서 주로 활용되는 감탄구나 비유는 생략이 되었고 대신 감각적 층위가 강화된 언어들이 새롭게 추가되어 있다. 'ⓙ'이골몰 폭포슈 져골물 폭포슈/ 열에 열골물 포포슈 한듸 합드려 흘너, ⓚ'월편 평풍셕 탕탕 치난 소릭' 구절의 경우 〈유산가〉와 유사[21]한데 이에 대해서는 선행 연구에서 이미 언급된 바 있으며 대상에 대한 생생한 묘사를 위해 잡가적 리듬을 활용하고 있다고 평가되었다.[22]

그런데 이 경우 'ⓙ와 ⓚ'의 두 구절을 변환하는 과정에서 문학적 관용구가 부분적으로 차용되었다는 점에 보다 유의할 필요가 있다. ⓙ'의 부분은 〈유산가〉의 구절과 거의 유사하지만 ⓚ'는 ⓚ을 그대로 변환하면서 4음보가 유지되고 있으며 〈유산가〉의 구절과도 다르기 때문이다. 또한 ⓚ 부분의 '탕탕(蕩蕩)'에 대한 연쇄적 심상으로 '이리도 탕탕 져리로 탕탕 천방즈 지방즈'라는 구절이 연속되고 있다. 이는 D에 없는 부분으로 청각적 요소를 추가적으로 배치함으로써 폭포의 웅장함을 감각적 층위에서 구현한 것으로 볼 수 있다.

이러한 문학적 전략은 독자에게 현재적 환기와 효율적 전달이라는 두 측면에 동시적으로 기능했을 것이다. 특히 이 과정에서 4음보의 율격을 이탈하면서까지 '천방즈 지방즈'라는 〈유산가〉의 구절을 부분적으로 삽입하고 있는데 이는 과잉된 감정을 익숙한 관용구를 통해

---

21 관련 부분을 제시하면 다음과 같다. "층암 절벽상에 폭포슈은 콸콸 슈졍렴 드리온듯 **이골물이 주루루룩 져골물이 쌀쌀 열에 열골물이 한듸 합수하야 천방더 디방겨** 소코라지고 펑퍼져 …져건너 병풍셕으로 으르렁 콸콸 흐르는 물결이"〈셔유견문록〉과 중첩되는 부분은 '강조 표시'하였다.

22 정흥모, 「20세기 초 서양 기행가사의 작품 세계」, 『한민족문화연구』 31, 한민족문화학회, 2009, 32~33쪽.

효과적으로 전달하려는 작가의 의도로 볼 수 있는 것이다.

그런데 이러한 현상은 이태준(李泰俊, 1904~?)의 『문장강화(文章講話)』에서도 발견되는데 이태준은 〈유산가〉에서 소리를 묘사하는 고유어의 의태어·의성어들을 강조하고 있다. 이는 우리말이 한자어와 대비해 '구체적'이며 '사실적'인, 그리고 '감각적'이며 '정서적'인 부분을 표현하는 데 있어 유용함을 간파했기 때문으로 보인다.[23]

이처럼 조선어의 특징을 발견하는 것은, 조선어가 다른 언어와의 관계망 속에 놓인 근대 이후에 더욱 부각되었다는 명제[24]는 1930년대의 문학 현상에 본격적으로 적용할 수 있는 것은 사실이지만 그 전단계적 현상으로서 조선후기 문학에서 발견되는 잠재적 국면들도 반드시 고려될 필요가 있다. 한문과 국문의 이원적 언어 구도가 기반이 된 조선후기 문학의 존재 양상을 고려해 볼 때 다른 언어와의 대비를 통해 국어로서의 언어적 특질이 발견된 것이 근대 이후의 시기에 와서야만 생성된 것이 아니라는 점에 유의할 필요가 있는 것이다. 다음의 사례에서도 이와 유사한 특질을 확인할 수 있는데 견문의 '생소함'으로 인해 그 양상이 보다 강화되고 있어 흥미롭다.

E

⓪ ≪十八日 十三日 陰 閔公使來訪 英名譽領事磨廣 送名刺

十九日 十四日 陰 英禮式院豫有請帖 戴冠禮式時 座次定以第八座云 英陸軍大都督 로버쓰 外部協辦크린본來訪 余等適出門運動 未得相見 皆留喞而去≫

---

23 문혜윤, 『문학어의 근대 – 조선어로 글을 쓴다는 것』, 소명, 2008, 193~196쪽.
24 문혜윤, 위의 책, 194쪽.

⬜1⬜ 下七鍾 四行人搭汽車 往ⓐ**水晶宮觀火戲** ≪大廈周回三千萬方米 突云 內外上下電燈如滿天星耀 而其後面有一大沼 以白石爲怪石紋爲欄 干沼中 亦以怪石造山滿栽花卉 有小船男女爭載游戲≫

⬜2⬜ ≪會社主人 及引接官導 至一小樓 可容八九人而以紅紫錦繡排舖 此是英皇觀火所云≫ 而ⓑ**其樓下卽火場也** ≪滿場電燈可謂火林而人 山人海中≫

⬜3⬜ 奏軍樂一開 ⓒ**忽聞火砲數聲** ⓓ**火箭從平地 如林投飛上中天** 砲 聲亂發於空中 火箭坼裂降下 ⓖ**一天五色火雨** ⓗ**烟焰漲天** ≪如是者洽 過半時 其樓前左右有十餘丈鐵架 架懸大鐵輪 輪內包無數小輪 板板幅 幅如鵝卵 大之火燈抛珠散豆般 搖搖炫炫俄而有ⓕ**坼坼之聲** 千萬火燈 坼裂火光 迸出如噴水器上噴水出來而≫

⬜4⬜ 已止息火輪忽地變動化爲一大象 鼻長耳垂蜿蜿如生者 又ⓒ**一聲 砲響**平地火箭飛上 右邊鐵架大輪上 生出一朵ⓘ**牧丹葉靑花紅蝴蝶飛 戲** 又其前有大鐵架數百間高可爲十餘丈 忽有砲聲那鐵架上 一時發火 ⓚ**有兩火人儼立如山 詳視之乃英皇及后也** 居無何止息火砲又發 數百 間鐵架上一字長火發 火勢下瀉ⓙ**如千丈壁上瀑布落來** 一半邊白瀑 一 半邊黃瀑 水聲大作 飛雪漫空 ⓛ**如非鬼神於文不能形容其彷彿也**

⬜5⬜ ≪如是者一時間乃止息 又其架前平地上 有火車二兩駕以雙火馬 車上火人坐焉 兩車爭先馳走 一車飛也似去一車機械不利漸漸落後 車上 火人跳下車乘作變通之狀 先車已馳往其信地 其火人下車踏舞 此是火車 勝負云≫

⬜6⬜ ≪俄而一望平地 火砲聲聲火箭滿空 上下砲聲如天翻地覆 兩耳脉 脉 千萬觀看之人如塑人空立 是乃破戲王振也 問當夜所費可爲百餘萬圓 皆取足社會中而夜來入場券價錢幾十倍於該費用云耳≫

E′
⬜1⬜ ①다라 다라 발근 다라 우리 문경 빗친 다라/ 다라 다라 발근 다라 우리 부모 안녕헌가/ 다라 다라 발근 다라 우리 쳐즈 잘 잇던가/ 다라

다라 발근 다라 소식 잠간 젼호여라/ ②이리 심회 산란홀졔 반졉관이
말슴호되/ 금야 삼경 @'슈졍궁에 불노리가 장호오니/ 사신 회포 위로
호야 구경가셔 구경가셔/

　　② ③그말 듯고 반기호야 죽장으로 운동호야/ 슈졍궁에 다다르니 특
별상좌 안져보니/ 유리집 쳔만간에 ⓑ'누아리가 화장일셰/

　　③ ⓒ'일셩포양 나는 곳에 ⓓ'슝긔견이 올나간다/ ⓔ'산악을 흔드
난듯 강하가 쓸년듯시/ ④예셔도 ⓕ'탕탕 졔셔도 탕탕/ 그져 탕 쏘 탕
탕 안식호다가/

　　④ ⓖ'쳥쳔 반공즁에 오식비가 나리난듯 쏘 씩식 탕탕/ ⑤이 쳔지가
모도 다 불쳔지라 ⓗ'연념이 창쳔/ 혹 ⓘ'목단화상에 호졉이 왕늬호며
풍악이 진동/ 혹 ⓙ'쳔장졀벽에 폭포슈 나리 쏫치난 모양도 되고/ 최
말의난 ⓚ'영황 영후 완연히 안진 모양도 되니/

　　⑤ ⓛ'신긔도 하고 이상도 호거이와/ 그져 두 눈 캉캄 귀가 먹먹/
처음 보지 처음 보지 불노리론 처음 보늬

위의 사례 역시 앞의 경우와 유사하게 ①~⑤의 의미 단위 중 ③,
④ 부분의 일치도가 상당함을 확인할 수 있다. 〈셔유견문록〉의 E'
부분은 일상적 사건이나 서사적 흐름을 고려하지 않고 '불놀이' 장면
에 대한 인상적 묘사와 전달을 주목적으로 구성되었음은 『셔사록』의
⓪~① 부분이 생략된 현상에서도 알 수 있다. 그 과정에서 자연스러
운 문학적 흐름을 위해 E에는 없는 '객수 표출'의 장면을 ①, ②에
추가함으로써 장면 전환의 개연성도 확보되고 있는 것이다.

특히 '다라 다라 발근 다라 우리 문졍 빗친 다라'의 통사 구조가 반
복되고 있는 ①의 부분은 민요구의 차용이며 이는 기존의 연구사에서
도 지적된 바 있다.[25] 민요에 대한 작가의 관심이나 독자층에 대한
배려 등의 기존 시각도 일면 타당하겠지만 보다 중요한 것은 ①이 배

치된 서사적 맥락이다. 이어 묘사된 불놀이의 장면에는 상당히 고조된 감격이 투사되어 있으며 이는 ①의 객수 내용과 효과적인 대칭 구도를 형성하고 있기 때문이다.

그러므로 ①에서 민요구를 통해 환기된 향수의 정서는 일차적 독자로 상정된 가족들로 하여금 정서적 몰입을 가능케 하여 이후 불놀이 장면에서 상승하는 감정선에 효과적으로 진입하도록 했을 것으로 보인다. E와 달리 ②부분에 새롭게 첨가된 '반접관'의 말과 '구경가셔 구경가셔'라는 표현은 그 진입의 효율적 매개항으로 작동하고 있는 것이다.

이후 묘사되는 불놀이의 장면은 E의 어구들을 주로 활용하고 있는데 E의 경우 주변 광경이나 불놀이의 도구 등과 같이 확보된 시야가 넓고 묘사의 층위도 세밀하여 그 과정에서 반복되는 내용들도 있다. 그러나 E에서는 '시작-정점-완료'라는 단선적 구조 속에 불놀이의 주요 부분들을 감각적으로 배치함으로써 효과적인 구성 및 전달을 가능케 하고 있다. 그러므로 E′의 문학적 구성 방식에 따라 E의 어휘들은 배열 순서와 상관없이 차용되어 재배치되고 있는 것이다.

예컨대 'ⓒ′일셩포양 나는 곳에 ⓓ′승긔젼이 올나간다'의 경우 E의 ⓒ와 ⓓ 부분을 재구성한 것이지만 아래에 반복되는 내용 중 '(c)일셩포향(一聲砲響)'이 더 적합한 구절로 간주되어 활용되고 있다. E의 후반부에 있는 '천번지복(天翻地覆)'이 환기하는 이미지가 'ⓔ′산악을 흔드난듯'에서 발견되는 점도 마찬가지 현상이라 할 수 있다. 특히

25 김기영, 「〈셔유견문록〉의 문예적 실상과 교육적 가치」, 『한국문학 이론과 비평』 17, 한국문학 이론과 비평학회, 2002, 135~136쪽; 정흥모, 위의 논문, 33~34쪽.

'④예셔도 ⓕ'탕탕 졔셔도 탕탕/ 그져 탕 쏘 탕탕 안식ᄒ다가' 이후부
터는 본격적으로 불놀이의 장관이 묘사되면서 상당히 적극적인 방식
으로 재구성이 진행되고 있다. '탕탕'으로 환기되는 청각적 심상은 작
자의 미망(迷妄)을 깨치게 하는 신호로 지적된 바 있으며[26] 율격의 파
형은 충격과 흥분에 대한 생생한 전달을 가능케 한다고 보았다.[27]

이러한 측면들을 보다 심화하여 살펴보면 ④ 이후에서 확인되는
문학적 특질의 기저에는 '낯선' 문물에 대한 호기심과 경탄에서 유발
된 감정적 고양 상태가 내재해 있음을 알 수 있다. D'에서 살펴본
폭포의 경우 자연 풍광의 웅장함을 감탄하는 방식으로 형상화되고 있
었다면 불놀이는 근대성에 기인한 문물이라는 인식이 투사되어 감정
및 표상이 더욱 과잉된 양상을 보이고 있는 것이다. ⑧'의 경우 '쳥쳔
반공중에 오식비가 나리난듯 쏘 씩식 탕탕'에서 알 수 있듯이 '쏘 씩식
탕탕'을 첨가하여 율격적 파열이 '전달'에의 욕구과 상응 관계에 있음
을 보여준다. 다음 구절인 '⑤이 천지가 모도 다 불천지라'는 'ⓗ'연념
이 창쳔'과 거의 유사한 내용이지만 등위적 배열로 구성한 것도 그
사례로 보인다.

이후 불을 이용해 구체적 형상을 만드는 내용인 ⓘ'~ⓚ'는 율격적
이완이 가장 심한 부분으로 기술적 현란함이 화자에게 근대성에 대한
경탄으로 인지되었음을 보여준다. 특히 'ⓚ'영황 영후 완연히 안진 모
양도 되니'는 ⓚ 부분의 재구성인데 '완연히 안진'으로 내용이 변환되

---

26 박노준, 「〈해유가〉와 〈셔유견문록〉 견주어 보기」, 『한국언어문화』 23, 한국언어문화
학회, 2003, 138쪽.

27 김상진, 「李鍾應의 〈셔유견문록〉에 나타난 서구 체험과 문화적 충격」, 『우리어문연
구』 23, 우리문학회, 2008, 54~55쪽.

고 있다. 영국 황후에 대한 위엄과 안정성이 강조되고 있는 점 역시 E′의 불놀이 장면이 근대적 세계의 실제적 사례에 대한 경외의 시선에 기반해 했음을 의미한다. 그 체험이 기존에 지각된 감각의 범위에서 이탈해 있음은 '신긔도 하고 이상도 ᄒ거이와/ 그져 두 눈 캉캄 귀가 먹먹'이라는 구절에서도 확인된다.

결국 〈셔유견문록〉에서는 '① 쳐음 보지 쳐음 보지 불노리론 쳐음 보니'를 첨가하여 불놀이 장면을 완성하고 있는데 이 부분에서도 '생소한' 근대 문물에 대한 화자의 적극적 인식과 재현의 욕구를 읽을 수 있다. 연행·구연되지 않으므로 텍스트는 독자의 이성에 호소하며 의도된 의미를 재현해야 하며 개별적이고 독자적인 의미체로 조직되어가는 근대적 글쓰기 방식의 변환[28]과 관련된 잠재적 징후 내지는 변모의 실체를 〈셔유견문록〉의 경우를 통해 확인해 볼 수 있는 것이다. 조선후기의 경우 이념적 기제로서 '국어'가 담당한 사회적·정치적 기능이 발휘·강조되지 않았을 뿐 자국어로 된 문학의 언어적 특질은 한문 기록과 대비를 통해 매우 선명하게 포착됨을 알 수 있다.

2) 〈무자서행록〉의 필사기와 수용 담론

지금까지 살펴보았듯이 사행가사의 창작 주체는 대체로 한문기록을 가사로 재구성하는 과정에서 나름의 언어적·문학적 특질을 고려했다고 볼 수 있다. 이러한 실천적 행위는 언어 및 문화적 이질성이 고려되며 전달과 수용의 효율성을 강화하기 위한 문학적 전략으로 해

---

28 신지연, 『글쓰기라는 거울』, 소명, 2007, 90쪽.

석해볼 수 있으며 이는 19세기 초반의 연행가사인 〈무자서행록〉에서
도 확인된다. 〈무자서행록〉은 김지수(金芝叟, 1787~?)가 1828년 연
행을 다녀온 후 창작한 작품으로 작자미상의 『부연일기(赴燕日記)』와
비교해 보았을 때 서사의 균열과 장면의 확장 등의 수법을 통해 '유람
지(遊覽誌)'로서의 특성이 강화되어 있는 작품이다. 특히 일상적이고
구체적인 어휘들이 등위적으로 배열된 장면이 전대의 〈일동장유가〉
에 비해 양적으로 증대되어 있으며 이 과정에서 수용자의 감각적 이
해와 실제성에 대한 환기를 고려한 작가 의식도 간취할 수 있다.[29]

또한 이 〈무자서행록〉의 경우 가내 유통 및 전승이라는 한정된 영
역을 넘어 사회적 담론과 관련하여 일정한 소통망을 확보한 정황이
추정된다는 점에서 다음의 필사기를 주목해 보아야 한다.

①어와 동인들아 중원 구경 흐였는가/ 숨쳔칠십 먼먼길의 귀경흐니
멋멋친고/ 우회로 의논흐면 상수부수 아니시며/ 셔쟝 반당 못가시니
져마다 보올손가/ 아릐로 이를진더 역관 역졸 아니어니/ 압녹 칙문 못가
시니 그뉘라셔 귀경홀고/ 풍마산쳔 격졀흐니 인물풍속 긔뉘알고/ ②션
왕 셰계 아니어니 녜악문물 볼것업닉/ 우리ᄂᆞ라 소중화는 일우탄환 젹어
시니/품긔도 협소흐고 안목도 고루흐니/ 황명틱조 구중원을 디강젼어
드러더니/ 오늘날 셔힝녹의 종두지미 ᄌᆞ셰보디/ 션왕의관 변흐엿고 법
언법힝 간더업다/ 중국이 이젹된들 산쳔이야 변홀손가/ ③연조도가 비
가스는 강긔들도 흐려니와/ 와유명산 이닉몸이 이가스의 디국보니/ 앗
가올스 디명풍속 간더업시 더져두고/ 즉금황뎨 멋멋더를 틱평으로 누려
가니/ 호운이 무빅년은 옛말도 못밋들이/ ④글귀보고 상상흐니 신친목

---

29 〈무자서행록〉과 『부연일기』의 상관성 및 문학적 특질은 김윤희 위의 논문, 145~169
쪽에 논증되어 있음.

격 다름업닉/ 물화도 번셩ᄒ고 긔률도 당홀시고/ 상ᄌ도셩 여염까지
겨의속상 괴이ᄒ고/ 후어습더 송명가지 유젼고젹 분명ᄒ다/ 고금의 물
속들을 ᄌ셔이도 긔록ᄒ여/ 만물됴를 그려닉여 불건불쇄 조리잇다/ 귀
귀ᄌᄌ ᄉᄉ물물 잠시완상 ᄒ량이면/ 슈슈산산 방방곡곡 아니가도 ᄌ셰
본듯/ ⑤ 일쳔숩빅 벅긴글귀 우리아동 ᄉ룸들노/ 상목지지 보아두고
회심긔지 ᄒ여다가/ 풍속션악 알녀니와 산쳔험조 눈의발바/ 일후셩인
기다려셔 장구북벌 ᄒ실젹의/ 쳔하호구 익식쳐를 익이아라 종졍ᄒ면/
남한산셩 원슈갑고 일늉의 졍ᄒ실졔/ 일노좃ᄎ 지휘ᄒ면 만일소보 업슬
는가/ 두어라 이가ᄉ를 이디후인 ᄒ오리라. (계미년–1880으로 추정됨)

〈무자서행록〉의 후반부에서 확인할 수 있는 위의 필사기는 단순히
가문적 차원의 향유를 넘어 체험의 희소성으로 발생한 다수의 지적
욕망을 충족시키는 매개체로서 〈무자서행록〉이 탐독된 정황을 보여
주고 있다. ①의 '동인들아'와 ⑤의 '우리아동 ᄉ룸들노', '이디후인 ᄒ
오리다' 등의 표현들을 보면 필사자가 사적인 향유를 넘어 다수의 독
자를 염두에 두고 있으며 작품의 지속적 전파를 염원하고 있음을 알
수 있다.

또한 ②를 보면 필사자는 우리나라가 '품긔도 협소ᄒ고 안목도 고루
ᄒ'여 중원의 세계를 '대강' 들을 수밖에 없었던 현실을 언급하며 〈서행
록〉을 통해 비로소 '자세히' 알 수 있게 되었다고 강조하고 있다. 그리
고 '즁국이 이젹된들 산쳔이야 변홀손가'라는 구절은 이적의 예악문물
이지만 세밀하게 관찰해야 하는 당위성을 전제한 내용이라 할 수 있
다. ③을 보면 가사를 통해 보게 된 중국의 모습에서 대명풍속은 사라
졌지만 청나라는 '오랑캐가 백년 가지 못한다'는 옛말을 무색하게 할
정도로 태평성대가 지속되고 있음을 재차 강조하고 있기 때문이다.

그리고 곧이어 ④에서는 〈서행록〉을 통해 청나라의 번영한 문물을 '귀귀ㅈㅈ ㅅㅅ물물' 자세히 보았음을 서술하고 있다. '글귀보고 상상ㅎ니 신친목격 다름업닉', '만물됴를 그려닉여', '아니가도 ㅈ셰본듯' 등과 같은 구절을 보면 독자들에게 〈무자서행록〉이 마치 그림이나 사진처럼 중국의 문물을 '보여주는' 역할을 담당했음을 알 수 있다. 작품의 문학적 특질에서 발견되는 사실적 재현과 치밀한 기록성은 이러한 소통 구조를 통해 그 의미가 더욱 부각된다. 4음보에 기반하여 안정된 통사 구조가 반복되고 있는 현상은 독자들에게 문물이 보다 효율적으로 전달될 수 있게 하는 문학적 수사로서 의의를 확보하고 있는 것이다.

특히 ⑤에는 '성인'이 '북벌'을 하게 되었을 경우 〈무자서행록〉을 통해 습득된 지리적 정보가 '남한산성 원수'를 갚는 데 도움이 될 수 있음이 강조되고 있다. 이는 중화 회복에 대한 지속적 열망을 보여주는 동시에 그 이후의 상황에 대한 실질적인 대비책으로서 작품이 열독되었음을 의미한다고 볼 수 있다.

물론 〈무자서행록〉의 창작 연대는 1828년이고 작품의 마지막 구절도 '우리노친 심심즁의 파젹이나 ㅎ오실가'로 되어 있어 〈일동장유가〉와 유사한 양상을 보이고 있다. 그러나 1880년에 필사되면서 첨가된 것으로 보이는 위의 내용을 보면 작품이 필사의 형태로 전파가 지속되면서 수용 담론의 사회적 의미가 생성·확대된 것으로 보인다. 관련된 지식인들의 담론을 구체적으로 논증할 수는 없지만 18세기 후반부터 논의되었던 '청나라 멸망론'과 같은 논리와 연계 지점은 추론해볼 수 있다. 당시 박지원, 박제가, 홍양호 등은 역관 양성과 같은 부국강병의 논리를 강조하면서 전쟁을 대비하기 위해 그들의 문물과 일상

생활을 자세히 알아야 한다고 주장했기 때문이다.

또한 19세기 중반 이후부터 청나라가 약화된 실상이 지속적으로 유입되면서 청나라 위기론은 더욱 활발하게 논의되었을 것으로 보인다. 결과적으로 본다면 이들의 사고는 급변하던 국제 정세에 능동적으로 대처하지 못하고 '대명(大明)'을 중심으로 한 중원 회복을 염원하고 있다는 점에서 분명한 한계를 노정하고 있다.

그러나 기본적으로 평화로운 시대에 대한 갈망이 전제되어 있다는 점, 궁극적으로 자국에 대한 주체적 역사 인식의 발로에서 나온 사고라는 점에서 긍정적 의미 부여가 필요해 보이는 부분이기도 하다. 당시 변화하는 국제 질서에 대한 직접적 정보는 사행 관련 기록을 통해서만 유일하게 접할 수 있었을 것으로 보이기 때문이다.

이러한 측면에서 본다면 〈무자서행록〉 및 이를 발전적으로 참고한 〈병인연행가〉 등의 사행가사 작품들은 시대적 변화와 소통하고 싶은 당대인들의 의식적 열망을 충족시켜 주는 문학물로서 그 효용성을 충분히 발휘했던 것으로 보아야 할 것이다.

그런데 이러한 사행가사의 사회·문화적 의의가 근대 문학을 논하는 자리에서는 거의 고려의 대상이 되지 않고 있어 안타깝다. 대상 세계가 독자들에게 '눈에 보이듯' 재현되기 위해서는 글쓰기 주에의 능력이 요구되며 이러한 양상은 1910년대 이전 『소년』과 그 외 잡지의 몇몇 글에서 징후적으로 드러나다가 강점 이후에 활발하게 나타났다고 규정[30]되는 경우가 대부분이다.[31] 또한 이러한 관점 하에서는 19세

---

30 신지연, 위의 책, 327~328쪽.
31 "조선시대 무수한 산수기행문과 기행가사 기행시에서 발견되는 정신은 대체로 한가

기 기행가사에 묘사된 공간의 생동감은 작자의 시선에 밀착해서 재현
된 것이 아니며 텍스트를 '읊고 들을' 사람들이 생동감을 느낄 만한
언어로 조직되어 있기 때문에 '전형적 공간'이라고 평가된다. 텍스트
의 향유가 구연성에 기반하며 공동의 '흥취'로 수렴될 때 사실적 재현
은 텍스트의 핵심 자질이 되는 데 근본적인 한계를 지닌다[32]는 것이다.

이러한 논의는 일면 타당성을 지니면서도 인식 주체가 '보고 들은
것'을 서술해야만 '근대적 글쓰기'인가라는 의문을 품게 하는 것이 사
실이다. 역사적 관점을 견지할 때 글쓰기에서 주체의 역할을 지나치
게 강조하는 것은 문제가 있으며 그런 맥락에서 글쓰기를 '창의적 주
체가 대상을 인식하여 표현하는 것'이라는 명제보다는 '쓰기 주체가
문자 언어의 문화적 습득을 통해 행하는 외현의 활동'으로 보아야 한

함의 정신이며 무위와 통하는 정신이기도 했다. 이러한 배경에서 쓰인 기행문에서
수려한 경치와 여행의 체험에 대한 영탄과 관조의 정신은 흔히 노래라는 양식으로
나타나기 마련이다. 그런데 적어도 20세기 초에 발표된 기행문들은 전통적인 산수기
행문 부류들과 차이를 나타낸다. 최남선은 '여행은 진정한 대지식의 근원'으로서 근대
적 지식인이 갖추어야 할 수신, 지리수업의 일환으로 여기고 있다."(구인모, 「국토
순례와 민족의 자기구성 - 근대 국토기행문의 문학사적 의의」, 『한국문화연구』 27,
동국대 한국문학연구소, 2004) 이 논의 역시 조선시대 기행문의 다층적 영역과 그
변화를 전혀 고려하지 않은 채 20세기 초와의 대립 구도를 설정하고 있다. 최남선의
경우처럼 여행을 통해 새로운 지식을 재구성하려 한 노력은 조선후기 연행사들의
기록에서 발견되는 정신과 크게 다를 바 없다. 여행을 지식의 근원으로 여기는 사고
도 18세기 북학파들의 연행록에서 충분히 확인할 수 있는 논리이다. 조선의 지식인으
로서 타국의 변화와 문물에 적극적으로 반응하고 치열한 지적 대결을 통해 조선중화
적 담론을 구축한 사례들만 보더라도 20세기 초와 그 전대를 이분법적으로 구획하는
것은 지나치게 성급한 논리임을 알 수 있는 것이다. '근대성'에 지나친 가치 부여를
함으로써 이전 시기의 세계관인 '중화'의 의미를 간과하고 조선시대 지식인들에게는
심화된 지적 담론이나 대타적 자기 인식이 부재했던 것처럼 단순하게 치부하고 논의
를 진행하는 시각은 반드시 지양되어야 한다고 본다.
32 신지연, 위의 책, 92~96쪽.

다는 시각[33]은 참조할 만하다.

더욱이 체험의 직접성에 기반한 한문기록을 토대로 창작된 사행가사의 경우 그 재현 공간이 '전형적', '이념적' 등의 특징으로 단정되기에는 의미 실질의 구체성과 감각성이 상당한 경우들이 발견된다는 점에 유의해야 한다. 〈병인연행가〉의 필사기를 통해서도 알 수 있듯이 근대적 글쓰기의 관점에서 '전형적'으로 규정되어 버리는 19세기 작품들에서도 당대인들에게는 '가지 않아도 볼 수 있는 만물도(萬物圖)'로 이해·수용된 정황이 발견되며 그것을 가능케 하는 작품의 문학적 자질 역시 확인할 수 있기 때문이다.

그러므로 '근대적 글쓰기'에서 말하는 '근대'와 자국어의 대비 관계가 20세기 초반에 와서야 '생성'되었다고 보는 시각은 재고될 필요가 있다. 조선후기 지식인들이 외부 세계를 인식하는 데 있어 주된 개념 체계였던 '중화주의'가 '근대성'으로 대체된 역사적 현상이 논의의 전제로 반드시 고려되어야 하는 것이다. 전근대의 시기에도 한문과 국문의 이원 체계 내부에서 생성·유통·전승된 다층적 담론과 그 실체가 새롭게 조망될 필요가 있다.

일단 다른 언어를 상이한 짝을 이루는 통일체로 표상할 수 있게 되면 언어의 비교가 가능해지며 일본의 경우 번역의 실천계가 일부 지식인들 사이에 퍼진 것은 18세기의 일이다. 민족어의 표상이 가능해짐과 동시에 민족을 유기적 통일성을 지닌 것으로 상상하게 하며 일본어나 일본인이라는 민족-언어 통일체의 출현은 이 시기 언어의

---

33 배수찬, 『근대적 글쓰기의 형성 과정 연구─논설문의 성립 환경과 문장 모델을 중심으로』, 소명, 2008, 60~61쪽.

분류와 번역을 매개로 성립된 것이다. 물론 이러한 현상을 국민국가 성립과 곧바로 결부시킬 수는 없지만 어떤 근대성을 찾아볼 수는 있는 것이다.[34]

주지하듯 18세기 조선의 경우에도 김만중(金萬重, 1637~1692), 김춘택(金春澤, 1670~1717), 이정섭(李廷燮, 1688~1744), 정래교(鄭來僑, 1681~1759) 등에 의해 국문으로 된 시가 작품들의 우수성이 본격적으로 논의된 바 있으며 '지금-여기'로의 심미성이 강조되는 인식론적 전환을 확인할 수 있다.[35] 그러므로 한문과 국문 문학의 이원적 존재 양상에 대한 논의는 양적·질적으로 상당한 연구 성과가 축적된 근대 문학의 연구 경향과 관련하여 보다 입체적으로 그 가치가 조망되어 재조명될 필요가 있는 것이다. 특히 국문으로 창작된 시가 작품들의 언어적·문학적 특질이 한문과의 대비를 통해 면밀하게 고찰되는 작업은 이를 가능케 하는 유효한 지표가 될 수 있을 것으로 보인다.

4. 결론

지금까지 조선후기 일부 사행가사 작품들이 한문일기를 토대로 창작된 정황에 유의하여 그 실제를 분석한 후 이를 근대적 글쓰기의 문제와 연계하여 해석해 보았다. 특히 한문과 국문이라는 언어 표기의 차이에 따른 언어적·문학적 특질을 비교해 봄으로써 국문가사로 창

---

34 사카이 나오키, 위의 책, 14~15쪽.
35 정우봉, 「조선후기 민족어 문학에 대한 인식과 그 의미」, 인권환 외, 『고전문학 연구의 쟁점적 과제와 전망』 下, 월인, 2003.

작되는 과정에서 생성된 새로운 문학적 요소들을 발견할 수 있었다. 일차적으로 한문으로 된 사행일기를 가사문학으로 창작한 실천적 행위는 '모어(母語)'를 통해 의미를 표현하고 전달하고자 당대인들의 문학적 욕망을 보여주는 사례라 할 수 있다.

나아가 창작 주체는 한문과 국문 사이의 대칭적 구조와 차이를 인지하고 있었으며 번역 과정에서 자국의 문화적 환경에 적합한 어휘를 선택하고 통사 구조 및 문단 단위에 따른 체계적 재구성을 시도하는 등 가사 문학적 향유 맥락에 따른 언어적 실천을 시도하고 있다는 점에서 의의를 발견할 수 있다. 특히 번역의 과정에서 국문 언어의 구체적 감각이 확보된 어휘들이 선택적으로 배치되어 있는 현상을 확인할 수 있었으며 이는 자국어만의 가치와 효용성을 전제로 한 문학적 실천 행위라는 점에서 주목해 보아야 할 사례이다.

〈무자서행록〉의 필사기를 통해 간접적으로 추론해 볼 수 있듯이 사행가사 작품들의 이러한 언어적 실천 행위는 가내 소통은 물론 다수의 지적 욕망 및 호기심을 충족케 하는 층위에서 작품들의 효용성이 생성·발휘된 문학적 향유 맥락을 짐작케 한다는 점에서도 의의가 있다. 부녀자나 가내 소통을 위해 국문가사를 창작했다는 원론적 논의를 넘어 작품의 당대적 실질과 가치가 해명되기 위해서는 한문과 국문이라는 언어적 대비와 그 전환 양상을 고찰하는 것이 하나의 유효한 방법이 될 수 있는 것이다.

특히 조선후기의 이러한 문학적 현상이 양적 부족이라는 근본적 한계를 안고 있음에도 그 가치가 재조명 되어야 하는 것은 근대 문학과의 단절적 논의를 지양하기 위해서이기도 하다. 20세기 초반의 국문이 '민족국가의 건설'이라는 당위적 명분과 관련하여 그 담론과 실천이 폭발적으로 증가한 것은 자명한 사실이다. 그럼에도 불구하고 다른 언어와의 관계망 속에서 조선어만의 특질이 강조되는 글쓰기가 근대에 와서야 실천, 실험, 발견되기 시작했다는 단절적 논의는 보다 섬세한 층위에서 재고찰 되어야 하며 함은 분명하다.

한국 고전문학의 언어적 이원화 현상은 그 자체가 모순이지만 내용과 형식의 착종된 모순의 발전, 그 속에서 민족문학적 의의와 한계를 발견[36]할 수 있기 때문이다. 특히 고전시가의 경우 근대적 관점의 문학 관념에 포섭되지 않거나 이탈하는 지점들에 대해서도 가치 부여가 필요해 보이며 근현대적 관점에서의 '거리두기'를 통대 당대의 문화적 사료로서 작용했던 역동적 에너지를 포착해 나가야 할 것이다.

---

36 임형택, 「민족문학의 개념과 사적 전개」, 『한국문학사의 논리와 체계』, 창작과 비평사, 2002, 36~37쪽.

사행가사에 형상화된
타국의 수도(首都) 풍경과 지향성의 변모

1. 서론

이 글은 조선후기 사행가사에 형상화된 타국의 수도(首都) 풍경을 통시적·공시적으로 비교해 봄으로써 공간에 대한 지향성이 구현되는 양상과 그 시대적 변모의 일면을 확인해 보고자 한다. 고대(古代)의 수도는 고귀한 의미를 가지는 의식(儀式)의 중심지로 출발했으며 그 규모의 장엄함을 통해 힘과 명성을 성취하는 동시에 세속인들의 활동을 끌어들인 곳이었다. 하나의 장소이자 의미의 중심지로서 도시는 가시적 상징을 가장 많이 확보한 곳이며 그 자체로서 하나의 상징이 될 수 있기 때문이다.[1] 그로 인해 과거는 물론 현재에 와서도 여전히 수도는 가시적 재현의 장소이자 민족적 자아감을 확보케 하는 상징적 도시로서 기능하고 있다고 볼 수 있다.

역사학계는 물론 국문학계에서도 도시 공간으로서 '서울'에 대한 관

---

1 이-푸 투안(Yi Fu Tuan), 구동회·심승희 옮김, 『공간과 장소』, 대윤, 2011, 278~
   279쪽.

심은 꾸준히 지속되었으며 근래에는 국문학 분야 도시 연구의 전반적
경향을 정리한 논의가 제출²된 만큼 질적, 양적으로 뛰어난 성과들이
축적되어 왔다. 번역어인 '도시'가 사용되기 이전에 조선에서는 '성시
(城市)'라는 용어가 사용되어 왔기 때문에 도시 문화에 대한 연구는
18세기로 소급되어 서울의 역사성과 현재성에 대한 다양한 분야의 연
구가 진행되어 왔다고 볼 수 있다.

특히 한문학, 고전문학의 경우를 보면 18~19세기의 작품들을 통해
도시 문화의 형성과 발전을 탐색해낸 성과들을 많이 발견할 수 있다.
고전문학에서 '도시'에 대한 연구는 주로 '한양'을 중심으로 하여 그
역동적 변화상이 고찰되어 온 것이다. 하지만 근래의 경향을 보면 근
대 초기에 창작된 기행문들을 대상으로 북경과 동경 및 타국의 문학
적 표상을 연구하는 경우가 증가하고 있는 만큼³ 연구의 외연을 넓혀
보는 작업도 필요할 것으로 보인다.

---

2   정인숙, 「국문학 분야 도시 연구의 동향과 전망」, 『도시인문학연구』 제3권 1호, 서울
    시립대 도시인문학연구소, 2011, 289~305쪽.
3   김현주, 「근대초기 기행문의 전개 양상과 문학적 기행문의 '기원'」, 『현대문학의 연
    구』 16, 한국문학연구학회, 2001, 95~129쪽; 김진량, 「근대일본 유학생 기행문의
    전개양상과 의미」, 『한국언어문화』 26, 한국언어문화학회, 2004, 1~17쪽; 우미영,
    「시각장의 변화와 근대적 심상 공간 - 근대 초기 기행문을 중심으로」, 『어문연구』
    124, 한국어문교육연구회, 2004, 327~350쪽; 차혜영, 「1920년대 해외기행문을 통
    해 본 식민지 근대의 내면 형성」, 『국어국문학』 137, 국어국문학회, 2004, 407~430
    쪽; 김중철, 「근대 초기 기행 담론을 통해 본 시선과 경계 인식 고찰 - 중국과 일본
    여행을 중심으로」, 『인문과학』 36, 성균관대학교 인문과학연구소, 2005, 55~83쪽;
    차혜영, 「동아시아 지역표상의 시간 · 지리학」, 『한국근대문학연구』, 한국근대문학
    회, 2009, 123~161쪽; 우미영, 「식민지 지식인의 여행과 제국의 도시 "도쿄":
    1925~1936, 『한국언어문화학회』 43, 한국언어문화, 2010, 81~110쪽; 허병식, 「장
    소로서의 동경 - 1930년대 식민지 조선작가의 동경 표상」, 박광현 · 이철호 엮음, 『이
    동의 텍스트 횡단하는 제국』, 동국대 출판부, 2011, 25~276쪽.

이와 관련하여 최근 연행록에 보이는 북경의 이미지에 대한 통시적 연구가 진행된 바 있어 주목을 요한다.[4] 논자는 명말 연행록의 경우 당시 중국의 타락한 사풍(士風), 양명학과 불교의 성행, 관리들의 부패 등을 언급하며 북경에 대해 실망하는 모습을 보여준다고 보고 있다. 이후 청대 연행록에서는 중화계승의식으로 인해 음란한 사회 기풍에 대한 정신적 우월성을 강조하는 모습이 보이지만 점차 청대 문물에 대해 긍정하고 이를 통해 조선의 후진성을 자각한 후 선진 문물을 수용하려는 의식이 발견된다고 한다. 특히 대부분의 연행록에서 북경이 더 이상 주변이 아니라 중심의 위치를 공고하게 갖추고 있음[5]을 크게 인식하고 있었다고 한다.

외국 체험이 소재가 되는 사행가사는 자국의 경계를 넘어 타국의 공간에서 촉발된 감회, 목도한 풍경이나 문물 등이 주요한 축으로 형상화된 작품군이라 할 수 있다. 특히 시대, 국가, 작가에 따라 공간에 대한 인식과 형상화의 차이가 발견되기 때문에 이에 유의한 해석이 필요하다. 그러므로 사행가사에서 많은 분량을 차지하고 있는 '수도'의 공간에 대한 관심 역시 필요하다고 판단된다.

특히 18세기에 이르면 한양이 도시 문화의 중심지로 기능하면서 다양한 분야에 걸쳐 예술적 형상화가 진행되었음이 확인되므로 조선 후기 지식인들에게 북경, 동경, 런던은 타국의 '도시'[6]로 인식되었을

---

4 김민호, 「연행록에 보이는 북경 이미지 연구」, 『중국어문학지』 32, 중국어문학회, 2010, 185~186쪽.

5 김민호, 위의 논문, 185쪽.

6 이때 '도시'의 의미는 '많은 사람들이 교환을 하는 장소' 혹은 '인구의 밀집 거주 지역으로 각종 물적 시설이 갖추어진 지역 공간'으로 정의한 레이먼드 윌리엄스의 견해를

것임이 분명하다. 더욱이 이러한 '수도(首都)'는 타국의 중심지에 대한 이해와 열망의 정도를 가늠케 한다는 공간이라는 점도 중요하다. 공간이나 장소에 대한 작가의 경험이 주로 기술되는 기행가사에는 작가의 인식이나 당대의 해석이 반영되어 있음은 물론 새로운 이미지가 생성되는 현상이 발견되기 때문이다.[7]

풍경은 자연 장면의 객관적 재현만이 아니라, 시인이 지니는 꿈과 욕망 또는 '이념과 표상이 매개된 구성이거나 특정한 문화적 의도를 실현하는 수행적 성격'을 지닌다[8]는 점에서 기행가사를 분석하는 유요한 개념틀이 될 수 있다. 사행가사는 비록 그 소재가 타율적 동기에 기인하고 있지만[9] 귀국 후의 여흥과 가내소통을 전제로 창작된 만큼 풍경의 관점을 도입해 볼 필요가 있다. 특히 사행가사 내에서 각국의 수도로 그 분석의 범위를 한정해 보면 국가와 시기에 따라 체험 주체의 심적 태세는 물론 형상화의 방식에서도 확연한 차이가 발견되고 있어 더욱 그러하다.

수용하여 적용하였다.(정인숙, 위의 논문, 291쪽 재인용)

7 염은열, 「기행가사의 '공간' 체험이 지닌 교육적 의미」, 『고전문학과 교육』 12, 한국 고전문학교육학회, 2006, 12~13쪽.

8 이형대, 「17·18세기 기행가사와 풍경의 미학」, 『민족문화연구』 40, 고려대학교 민족문화연구원, 2004, 124쪽. 이 글의 '풍경'에 대한 개념과 분석의 방향은 주로 이 논문에 의거하고 있음을 밝혀두는 바이다.

9 위의 이형대 논문에서 사행가사는 타율적 동기에 의한 강제적 공간이동을 형상화했다는 점에서 분석의 대상에서 제외되고 있다. 그러나 동기는 강제적이나 작품 창작의 동기가 자발적이고, 풍경이 '감각적으로 포착된 외적 자연을 재현하는 데 그치는 것이 아니라, 주관적 정조를 형상적으로 재현하는 장소이자 일종의 매개적 구성물'을 뜻한다는 점에 유의하면서 사행가사에 형상화된 타국의 수도를 분석해 보고자 한다.

조선후기 사행원들에게 타국의 수도는 '중심과 주변', '자국과 타국'과 같은 변별적 세계 인식을 통해 이해된 공간이었을 것이며 나아가 그 공간의 가시성에 대한 문학적 재현과 전달의 욕망이 발견되는 곳이기도 하다.

따라서 이 글에서는 북경, 동경, 런던에 대한 체험 주체의 내면은 물론 문학적 형상화의 특질에 유의하면서 조선후기 가사에 투영된 도시 문화에 대한 이해와 분석의 편폭을 넓혀보고자 한다. 비교적 분량이 짧고 대부분 관념적 서정으로 수렴되는 특질을 보이는 17세기의 사행가사 작품들은 비교의 과정에서 일부 살펴볼 것이며 주된 분석의 텍스트는 18세기 이후의 〈일동장유가〉, 〈무자서행록〉, 〈병인연행가〉, 〈유일록〉, 〈셔유견문록〉[10]을 대상으로 할 것이다. 장편 사행가사인 만큼 수도에 대한 형상화가 구체적이며 일본, 중국, 영국과 같이 체험 공간이 다양하여 그 풍경의 특질과 지향성이 국가와 시대에 따라 확연한 변모를 보이고 있기 때문이다.

---

10 앞으로 인용될 작품들의 원문 텍스트를 순서대로 밝히면 다음과 같다. 김인겸 원저, 심재완 역주, 〈일동장유가제삼〉, 『어문학』, 통권 제19호, 한국어문학회, 1968, 67~122쪽; 임기중, 『연행가사 연구』, 아세아문화사, 2001, 138~392쪽; 이태직 원저, 최강현 역주, 『조선 외교관이 본 명치시대 일본』, 신성출판사, 1999, 9~169쪽; 김원모, 『이종응의 『서사록』과 〈셔유견문록〉 해제 · 자료』, 『동양학』 32, 단국대학교 동양학연구소, 2000, 133~183쪽. 이후 논의가 전개되는 과정에서 인용문의 출처와 페이지는 따로 표시하지 않음.

2. 18세기 중반

: 이적국(夷狄國)의 중심지에 대한 관념과 풍경의 이원화(二元化)
– 〈일동장유가〉의 경도(京都)와 강호(江戶)[11]

일본과의 교린 관계가 지속되어 왔음에도 불구하고 〈일동장유가〉
가 창작된 18세기 중반까지 일본은 여전히 주변의 이적국으로 배척되
었다. 그렇지만 사행 자료 및 정보가 축적되면서 일본을 비롯한 주변
세계에 대한 지식인들의 시야가 점차 확장되었다는 사실에 유의할 필
요가 있다. 이 시기 북학파 실학자들은 일본의 발전된 기술과 통일된
도량형, 화폐의 전국적 유통, 해외 통상 등 실용적 측면에 관심을 기
울였으며 이덕무에 의해 일본 이적관이 비판될 만큼 대일 인식에 있
어 적극성과 개방성을 보였다.[12]

또한 한일 문사들이 주고받은 필담을 통해 조선 사신들은 중국 이
외의 서양이나 기타 외국의 존재를 인식하게 되었고 이는 중화를 천
하의 중심에 놓았던 조선 문사들의 사고를 근본적으로 흔드는 계기[13]
가 되었다. 특히 김인겸이 소속된 계미통신사의 사행록은 대체로 전

---

11 경도(京都)는 794년부터 1868년 메이지 유신(明治維新) 시기까지 일본의 수도였다.
그러나 1603년 도쿠가와 이에야스(德川家康)가 강호(江戶)에 바쿠후(幕府)를 개설
함에 따라 이곳이 정치의 중심지가 되었으며 경도의 전황은 실권이 거의 없었다.
조선사절단에게 경도는 '왜경(倭京)'으로 지칭되는 경우가 많았지만 '국서전달'은 강
호에서 진행되었기 때문에 조선사절단에게 실질적 권력의 중심지는 강호로 인식되었
을 것이다. 따라서 이 글에서는 경도와 강호에 대한 공간 인식을 함께 고찰하도록
하겠다.
12 하우봉, 『조선시대 한국인의 일본 인식』, 혜안, 2006, 57~64쪽.
13 이혜순, 『조선통신사의 문학』, 이대출판부, 1996, 410쪽.

대의 대일 사행록에 비해 실용 정신, 상세한 묘사, 역사 의식 등과
같은 실학 정신이 두드러진다고 평가받고 있다.[14]

따라서 〈일동장유가〉 역시 이러한 역사·문화적 자장에 놓여 있는
작품이며 대체로 한문 사행록들에 비해 과장된 표현과 사실적 어휘들
로 이국의 풍속이 생생하게 재현되어 있는 장편 가사로 평가받고 있
다. '파적(破寂)'이나 '가내소통'을 염두에 둔 창작임이 명시되어 있어
일본 사행의 참고자료로 삼기 위해 지어진 조엄의 사행록이나 일본에
대한 광범위한 지식을 전달하기 위한 원중거의 사행록과는 창작 동기
에서부터 차이를 보이고 있는 것이다.[15] 그로 인해 서술 내용이 사실
적이고 객관적이기보다는 흥미를 유발할 수 있는 주관적 판단 위주로
전개되고 있다[16]는 지적을 받기도 하지만 자긍적 과장과 직설적 감정
의 표출이 발견되는 작품인 만큼 일본의 수도 풍경에 대한 실제적 내
면을 탐사하는 데에는 오히려 적절한 자료가 될 수 있다.

〈일동장유가〉 이전 시기의 대일 사행가사인 〈장유가〉에서 강호를
형상화한 장면을 보면 간략한 조망과 감탄이 제시된 후 임란의 치욕을
회상하는 서정으로 수렴되는 양상을 보이고 있다. 특히 당시의 '왜경
(倭京)'이었던 경도(京都)를 지나면서 화자는 왜황에 대해 '위권(威權)
은 다일허도 신세(身世)은 한가(閑暇)ᄒ다/ 주유왕(周幽王) 이후(以
後)로 일성상승(一姓相承)ᄒ니/ 이적유군(夷狄有君)이 제하(諸夏)도
곤 나은쟉가'[17]라고 표현한 부분이 있다. 당시 〈장유가〉의 작가 남용익

14 이혜순, 위의 책, 410~418쪽.
15 구지현, 『계미통신사 사행문학 연구』, 보고사, 2006, 105~106쪽.
16 구지현, 위의 책, 106~110쪽.
17 작품 인용은 임형택 편, 〈장유가〉, 『옛노래, 옛사람들의 내면풍경』, 소명출판, 2005,

은 세계의 중심을 관념적 중화(中華)로 간주하고 있으며 강호는 외적
으로 번성했지만 주변 이적국(夷狄國)의 중심지에 불과한 도시로 인
식했던 것이다.

특히 경도, 강호 이외의 지역과 풍광에 대해서는 감각적으로 묘사
하면서 초월적으로 예찬하고 있어[18] 17세기 후반의 작품 〈장유가〉에
형상화된 일본의 수도는 관념적 화이관을 환기케 하는 중심적 공간으
로 인식되었음을 알 수 있다. 또한 동일한 작품 내에서 중국의 여정은
대부분 명(明)에 대한 회고와 탄식으로 점철되어 있고 북경에서는 이
러한 한탄이 최고조에 이르러 이적에 의해 문명이 파멸된 형식적 수
도로 간주되고 있다.[19] 이는 중화라는 중심 세계의 회복을 적극적으로
열망하는 화자의 의식 세계를 더욱 선명하게 보여주는 현상이며 따라
서 〈장유가〉에서 일본의 수도는 지향성이 소거된, 주변 이적국의 도
읍지로만 간주되었다고 볼 수 있다. 이러한 특징은 18세기 중반에 창
작된 〈일동장유가〉에서도 지속되고 있으며 작품의 분량이 증가하면
서 가시적 풍경과 화이론적 관념이 이원화되는 양상이 보다 선명하게
확인되고 있다.

여긔는 도희쳐라 부귀ᄒ니 만흔디라/ 온갓거술 가져오디 그수가 풍
셩ᄒ다/ …미롱슈의 햐쳐겻희 ㉠놉흔난간 우희안자/ 스면을 바라보니

9~44쪽에 의거함.

18 김윤희, 「〈장유가〉의 표현 양상과 공간관을 통해 본 17세기 사행가사의 특징」, 『어문
논집』 56, 민족어문학회, 2007, 61~64쪽.

19 대표적 구절을 인용해 보면 다음과 같다. "金臺예 草沒ᄒ고 石鼓의 塵埋ᄒ니/ 柴市
北風의 白日이 慘愴ᄒ다/ 千載 忠魂을 뉘라셔 됴상ᄒ리/ 萬歲山 松柏이 혼가지로
업서잇다/ 黃河水 언제말가 漢威儀 다시볼고"

지형도 긔절ᄒ고/ 인호도 만흘시고 빅만이나 ᄒ야뵌다/ ⓛ우리나라 도
셩안은 동의셔 셔의오기/ 십니라 ᄒ오되는 채십니는 못ᄒ고셔는/ 부귀
ᄒ 기샹들도 빅간집이 굼법이오/ 다몰쇽 흙지와롤 니워셔도 장타는더/
장홀손 왜놈들은 쳔간이나 지어시며/ 그듕의 호부ᄒ놈 구리기와 니어노
코/ 황금으로 집을ᄉ며 샤치키 이샹ᄒ고/ ⓒ남의셔 북의오기 빅니나
거의ᄒ더/ 녀염이 빈틈업서 둠복이 드러시며/ ᄒ가온대 낭화강이 남북
으로 흘러가니/ 텬하의 이러ᄒ경 쏘어더 잇단말고/ 북경을 본 역관이
힝듕의 와이시더/ 듕원의 장녀ᄒ기 이에셔 낫쟌타니/ ⓔ이러ᄒ 됴혼세
계 희외의 비판ᄒ고/ 더럽고 못쓸꾜로 구혈을 삼아이셔/ 쥬평왕적 닙국
ᄒ야 이째ᄀ디 이쳔년을/ 흥망을 모ᄅ고 ᄒ셩으로 젼ᄒ여셔/ 인민이
싱식ᄒ야 이쳐로 번셩ᄒ니/ 모롤니는 하늘이라 가탄ᄒ고 가ᄒ일다/

위의 인용문은 화자가 경도의 풍경을 입체적으로 조망하면서 촉발
된 감회를 형상화하고 있는 장면이다. ㉠, ㉢을 보면 뛰어난 사면의
지세(地勢)와 조밀한 가옥, 그리고 '낭화강'으로 구획되는 남북의 경
관이 높은 곳에서 관찰되는 시선을 통해 제시되고 있다. 그런데 이러
한 경도의 풍경은 자국 수도와의 대비를 통해 그 웅장함이 더욱 부각
되고 있다. 한양의 경우 동서 거리가 '십리'이고 부귀한 재상들도 '빅
간집'이 금법인 반면 경도는 '남북이 빅니'나 되고 집도 '쳔간'인 곳으
로 표현되어 수치적 비교를 통한 규모의 격차가 확인되는 것이다.

특히 ⓛ을 보면 또한 한양 가옥의 '흙기와'와 '구리기와', '황금'을
대비함으로써 문명의 격차를 가시적으로 표상하고 있다. 경도는 자국
의 수도보다 우월한 '됴혼세계'였음은 물론 북경보다도 그 경치가 뛰
어난 곳이라는 전언이 발견될 만큼(ⓒ) 고조된 화자의 감탄은 '텬하의
이러ᄒ경 쏘어더 잇단말고'으로 수렴되고 있는 것이다. 그렇지만 화
자는 '왜놈', '더럽고 못쓸꾜' 등과 같은 표현으로 일본 종족의 근원과

역사를 부정하고 있기도 있다. '모롤니는 하늘이라 가탄ᄒ고 가혼일다'라는 표현으로 끝나는 ㉣의 내용을 보면 화자는 우월한 경도의 풍경이 이적(夷狄)의 소유물이라는 점을 통탄하고 있는 것이다.

이처럼 화자는 압도적인 규모와 위엄을 보이는 경도를 직접 목도하면서 그 외적 풍경에 감탄하지만 대타적 자의식을 통해 발현된 화이관으로 인해 관념과 실제적 풍경이 이원화(二元化)되는 양상이 발견된다. 가시적 풍경에 대한 자국의 열세(劣勢)는 분명히 확인되지만 일본을 이적(夷狄)으로 규정하여 그 역사적 정통성을 부정함으로써 자존감과 우월감을 확인하고자 한 것이다. 이러한 특징은 다음의 장면에서도 발견된다.

이십이 실샹수가 삼ᄉ상 됴복홀졔/ 나는 ᄂ리쟌코 왜셩으로 바로가니/ 인민이 부려ᄒ기 대판만은 못ᄒ여도/ 셔의셔 등의가기 삼십니라 ᄒᄂ고나/ ㉤관ᄉᄂ 봉등ᄉ오 오츙문누 우희/ 여라문 구티기동 운쇼의 다핫고나/ 슈셕도 긔졀ᄒ고 듁슈도 유취잇ᄂ/ ㉥왜황의 사ᄂ더라 샤치가 측냥업다/ 산형이 웅쟝ᄒ고 슈셰도 환포ᄒ여/ 옥야쳔니 삼겨시니 앗갑고 애둘을손/ 이리됴혼 텬부굴탕 왜놈의 긔물되여/ 칭뎨 칭왕ᄒ고 견ᄌ 젼손ᄒ니/ 개돗ᄌ튼 비린뉴롤 다몰쇽 소탕ᄒ고/ ᄉ쳔니 뉵십쥐롤 됴션짜 민드라셔/ 왕화의 목욕금겨 녜의국 민둘고쟈/ 삼디롤 효측ᄒ야 셰습ᄒᄂ 법이이셔/ 물론 현우ᄒ고 못ᄌ식이 셔ᄂ더라/ 둘재셧재 나ᄂ니ᄂ 비록영웅 호걸이나/ 범왜와 혼가지로 벼슬을 못ᄒ기의/ 웃듬으로 등을혜고 그다음의 원이라/ 져그나 잘난놈은 등의원 다된다니/ ㉦왜황은 고이ᄒ야 아모일도 모르고셔/ 병농형뎡 온갓거술 관빅을 닷뎌두고/ 간예ᄒᄂ 일이업셔 궁실화초 치례ᄒ고/ 보룸은 지계ᄒ고 보톰은 쥬식ᄒ야/ ᄯᆞᆯ이나 아둘이나 못거시 션다ᄒ니/ 시방도 셧ᄂ왜황 녀쥬라 ᄒᄂ고나

위의 인용문은 경도 내 '왜성(倭城)'에서의 감상을 형상화한 부분인데 이적국의 역사적 정통성을 인정하지 않는 관념이 왕권을 부정하고 비하하는 방식으로 구체화되고 있음을 보여준다. ㉂을 보면 제반 권력은 '관빅'에게 있어 무의미한 일상을 보내는 '왜황'이 '여주(女主)라 하는구나'와 같은 조소의 시선에 기반하여 인식되고 있기 때문이다. 그런데 이 곳 역시 ㉃에서와 같이 빼어난 자연 풍광으로 둘러싸여 있으며 도읍의 '부려(富麗)'함도 '사치가 측량(測量)없다'와 같은 표현으로 구체화될 만큼 감탄을 유발하는 공간이었다. 그렇지만 이러한 가시적 풍경과 이에 투사된 관념이 이원화되는 양상은 여전히 유지되고 있다. 앞서 살펴본 인용문에서 경도의 웅장함이 그 종족적 기원을 비난하는 방식으로 부정되었다면 왜성에서는 종족에 대한 동화 내지는 포섭의 논리로까지 확장되고 있음을 ㉃에서 발견할 수 있는 것이다. ㉃을 보면 '옥야천리(沃野千里)', '이리 좋은 천부금탕(天府金湯)'과 같은 공간이지만 '개돝'과 같은 이적이 점령하고 있기에 이들을 모두 소탕하여 '조선의 땅'으로 만드는 것은 물론 '예의국'으로 교화시키고 싶은 화자의 열망이 확인된다.

이와 같은 지리적 소유와 종족적 교화의 관념도 중화계승의식에 기인한 것이지만 그 이면에는 일본 수도의 번성함에 대한 직접적 인지와 인정의 논리가 내재해 있음에 유의할 필요가 있다. 19세기 연행가사에 보이는 북경에서는 풍경과 관념이 분리되는 현상을 발견할 수 없는데 이를 통해 청과 일본이 이적국으로 간주되었지만 화이관의 발현 양상과 강도에서 현격한 차이가 있었음이 확인되기 때문이다.

십뉵일 우장닙고 강호로 드러갈시/ ◎왼편은 녀염이오 올흔편은 대

희로다/ 피산대희ᄒᆞ야 옥야쳔니 잠겻ᄂᆞᆫ디/ 누디졔터 샤치홈과 인물남
녀 번셩ᄒᆞ다/ 셩쳡이 졍장ᄒᆞᆫ것과 고냥쥬즙 긔특ᄒᆞᆫ것/ 디판셩 셔경드곤
삼비나 더ᄒᆞ고나/ 좌우의 굿보ᄂᆞ니 하장ᄒᆞ고 무수ᄒᆞ니/ 셔어ᄒᆞᆫ 붓긋ᄎᆞ
로 이로긔록 못홀로다/ 삼십니 오ᄂᆞᆫ길히 븬틈업시 뭇거시니/ 대쳬로
혜여보면 빅만으로 여러헐쇠/ 녀싞의 미려ᄒᆞ기 명호옥과 일반일다/ 실
상ᄉᆞ로 드러가니 여긔도 무쟝질쇠/ 쳐엄의 원가김이 무쟝쥐 태슈로셔/
평수길이 죽은후의 영가포도 업시ᄒᆞ고/ 이좌의 도읍ᄒᆞ야 강ᄒᆞ고 가음열
며/ ㉐빈초가 신밀ᄒᆞ고 법녕도 업쥰ᄒᆞ여/ 지뫼가 심쟝ᄒᆞ야 왜국을 통일
ᄒᆞ니/ 아모커나 졔뉴의ᄂᆞᆫ 영웅이라 ᄒᆞ리로다/ 가간이 죽은후의 ᄌᆞ손이
니어셔셔/ 이째ᄭᆞ디 누려오니 복력이 갸륵ᄒᆞ다/

위의 인용문은 강호의 풍경을 묘사한 장면인데 앞서 살펴본 경도의
경우와 형상화의 방식이 유사하다. ◎을 보면 산을 피하고 바다를 마
주한 지세를 통해 강호의 지리적 웅장함이 표현된 후 건물들의 사치
함과 인물의 번성함, 성첩(城堞)의 정장(整壯)함, 교량주즙(橋梁舟
楫)의 기특(奇特)함과 같이 점차 시선이 근거리화·세분화 되고 있
다. 가시적 풍광에 압도된 화자의 의식은 '서경보다 삼배나 더하구나',
'붓끝으로 이루 기록 못하겠다'와 같은 감탄에서도 발견할 수 있다.

그러나 더 이상 구체적인 묘사가 진행되지는 않고 있으며 원가강,
평수길에 대한 회상을 통해 권력의 중심지로서 강호의 역사성이 설명
되고 있다. 특히 이들을 이적으로 비난하지 않고 오히려 '법령도 엄준
하고 지려가 심장하여 왜국을 통일했다'와 같이 인정하고 있는 논리
는 황제의 권력 자체를 부정하며 종족적 비난의 강도를 높였던 경도
의 경우와 대비된다. '어찌되었든 제 류(類)에는 영웅이라 하겠구나'
와 같은 조소적 논리가 여전히 병치되고 있음을 ㉐에서 확인할 수 있

지만 그 강도는 매우 약화되어 있는 것이다. 경도는 유명무실한 황제가 거주하는 수도로서 종족적 비난과 소유의 욕망이 환기되는 공간이었던 반면 강호는 실질적 막부 권력의 중심지로 인식되어 이원화된 구도가 약화되고 있음을 알 수 있다. 발전된 도시 문물에 대한 직접적 체험을 통해 현실적 권력의 실체를 인지하며 점차 관념의 배타성이 균열되어가던 화자의 내면을 발견할 수 있는 것이다.

특히 〈일동장유가〉에서 경도와 강호 이외의 여정에서는 배타적 이적관은 물론 풍경과 관념이 이원화되는 양상을 거의 발견할 수 없다. 오히려 부사산은 '해동의 명산 중에 제일이라 하리로다'와 같은 방식으로 예찬되고 있으며 '명호옥(名護屋)'에서 일본 미인들은 '월녀천하백(越女天下白)'으로 간주되며 그 외양이 즉물적으로 묘사되고 있다. 나아가 대판(大阪)의 정포(淀浦)에서 화자는 실학적 사고를 기반으로 '수차(手車)'의 제작법과 원리를 묘사하며 그것을 본받고자 하는 의식까지 표출하고 있다.

또한 구멍난 배를 막아 아버지를 살린 전복을 먹지 않는 이의 일화를 통해 '비록 못 쓸 왜놈이나 아비유언 지키는 양 인심이 있다'고 말하고 이후 회정길에는 필담을 주고받던 이가 이별을 아쉬워하며 눈물지고 슬퍼하자 '비록 이국 사람이나 인정이 무궁하다'와 같이 표현하는 등 인간적인 삶에 대한 보편적 인식과 감동을 표현한 장면이 발견되기도 한다. '왜놈'이라는 작품의 곳곳에서 관습적으로 사용되고 있지만 수도 이외의 여정에서 비판적인 의미망과 연계되는 경우는 거의 없다.

이처럼 일본에서의 체험과 교류를 통해 화자의 화이론은 그 관념적 실질이 점차 균열되어 갔으며 경도와 강호는 가시적 풍경과 종족적

관념의 이원화 구도를 통해 이를 상징적으로 보여주는 공간이라 할
수 있다. 〈일동장유가〉의 화자는 일본 수도의 지리적·물질적 웅장함
에 압도되었기에 오히려 대타적 자의식의 기제로 종족적 화이관을 강
하게 표출하였으며 그로 인해 중심적 공간에 대한 이원적 표현 구도
가 선명하게 확인되는 것이다.

특히 실제 막부 권력의 중심지였던 강호에 비해 유명무실한 황제
의 거주지인 경도에서 이러한 특징이 더욱 부각되고 있다. 마치 동전
의 양면과도 같은 이원적 구도는 현실적 권력의 위엄에 점차 그 간극
을 좁혀가게 된 것으로 보이며 이러한 변모는 20세기 초의 〈유일록〉
에서 확인해 볼 수 있다. 결국 〈일동장유가〉에 형상화된 일본의 수도
는 북경보다 뛰어난 풍광을 보임에도 불구하고 중심을 향한 지향성
이 발견되지는 않는 공간이었음을 알 수 있다. 일본은 주변 세계에
위치한 이적국으로 간주되었기에 수도의 뛰어난 풍경과 문물은 오히
려 포섭과 교화에 대한 열망으로 그 지향성이 변형되어 표출되고 있
는 것이다.

그런데 19세기 연행가사에 형상화된 북경의 풍경을 보면 화이론적
관념이 거의 작동하지 않고 있음을 알 수 있다. 조선후기 지식인들에
게 북경은 문화적 중심을 환기케 하는 동시에 지리적 현재성을 유지
하고 있는 수도였기에 일본의 경우와는 상당히 다른 면모를 보이고
있는 것이다. 다음 장에서는 1828년, 1866년의 연행 체험을 토대로
창작된 〈무자서행록〉과 〈병인연행가〉에서 발견되는 북경의 풍경을
통해 이를 구체적으로 살펴보도록 하겠다.

3. 19세기 초·중반

: 대국(大國)의 중심지에 대한 인정과 즉물적 풍경의 정형화(定型化)
- 〈무자서행록〉과 〈병인연행가〉의 북경(北京)

　19세기에 들어서도 거의 대부분의 연행 사신들은 여전히 청을 오랑
캐로 멸시하였으며 조선에게 청은 '대국'에 불과할 뿐이라는 인식이
주류였다고 볼 수 있다.[20] 그러나 체험에 대한 기록인 연행록들을 보
면[21] 18세기 전기부터 '직접 경험'과 '박람(博覽)'을 지향하는 특징을
보이고 중기에 들어서는 자신들의 눈앞에 등장한 새로운 세계를 알고
자 하는 쪽으로 관심이 이동하게 된다. '그림과 같다'고 감탄하는 대상
도 산과 들이 아니라 도시 구조로 변화하게 되며 시사(市肆), 음식물,
생활도구, 환희(幻戲) 등 다채로운 일상 문물에 대한 관심과 묘사가
증가하는 양상을 보이는 것이다. 한문 기록을 토대로 창작된 경향성
을 보이는 사행가사의 경우 19세기 초에 창작된 〈무자서행록〉에서 이
러한 특징이 발견된다.
　이와 관련하여 1792년 정조가 〈성시전도(城市全圖)〉를 그림으로
그리고 시를 짓게 명령한 조치는 한양을 전체로서 '읽는' 시각을 제공
함으로써 이후 한양을 읽고 보고하는 문학과 문화의 흐름을 선도하게
한 정황[22]도 유의해볼 필요가 있다. 이러한 분위기에서 창작된 가사

20　계승범, 「조선시대 동아시아 질서와 한중관계 - 쟁점별 분석과 이해」, 『한중일 학계
　의 한중관계사 연구와 쟁점』, 동북아역사재단, 2009, 168쪽.
21　이에 대한 설명은 김현미, 『18세기 연행록의 전개와 특성』, 혜안, 2007, 281~282쪽,
　288~289쪽을 참조함.
22　안대회, 「〈城市全圖詩〉와 18세기 서울의 풍경」, 『고전문학연구』 35, 한국고전문학

〈태평성시도(太平盛市圖)〉

18세기 후반-19세기에 제작된 것으로 추정되는 8폭 병풍. 특히 〈태평성시도〉에 묘사된 검무는
지방의 관아가 아닌 개인의 연회와 도성 안의 야외에서 연행된 것으로, 양반들뿐만 아니라 일반
서민들까지 주변에서 검무를 관람하고 있어, 검무가 전국적으로 계층을 초월하여 폭넓게 확산되
어 있었음을 보여 준다.(국립중앙박물관 소장)

〈한양가〉에는 한양의 지세, 궁궐, 벼슬 등이 열거되고 있으며 특히
시장 거리의 생선전, 싸전, 포목전, 약전, 화상, 생필품전 등이 자세
하게 묘사되고 있다. 그리고 공연물, 공연패의 거동과 기생의 모습,
임금의 왕능 행차, 과거(科擧) 장면 등이 이어진다.[23]

학회, 2009, 239~240쪽.

23 서종문, 「한양 도읍에 대한 문학적 형상화의 두 방향」, 『문학 작품에 나타난 서울의
　형상』, 한국고전문학회, 1994, 157~178쪽.

특히 한양의 3대 시장 중에 가장 번화했던 시전 상가에 초점을 맞춤
으로써 한양의 도시적 분위기가 사실적으로 전달되고 있다.[24] 흥미로
운 것은 이러한 〈한양가〉에서 확인되는 단위적 장면화와 도시 문화적
요소에 대한 세밀한 묘사의 방식이 〈무자서행록〉과 〈병인연행가〉에
형상화된 북경의 경우와 상당 부분 중첩된다는 것이다.[25] 한양을 조감
하며 묘사하기 시작한 회화·한시 분야의 문화적 흐름과 한양의 도시
문화가 형상화된 가사의 창작과 유통, 그리고 '직접 경험'과 '박람(博
覽)'의 경향성을 보이는 18세기 연행록의 특징 등은 19세기 초·중반
북경을 묘사하는 사행가사가 창작·향유될 수 있었던 문화적 기반을
보여주는 것이다.

특히 두 작품은 대청 인식에서 상당한 차이를 보이고 있음에도 불
구하고 작품 분량의 대부분을 차지하는 '북경'에 대해서는 놀라울 정
도의 일치도를 보이고 있는 현상에 유의할 필요가 있다. 〈무자서행
록〉의 경우 청나라의 황제를 예찬할 정도로 긍정적 대청관이 확인되
는 반면 〈병인연행가〉에서는 서세동점의 현실로 인한 대명의리론이
강하게 발현되는 양상이 보인다.[26]

그런데 이러한 세계 인식의 차이는 '북경' 이외의 여정과 견문에서

---

24 정인숙, 「19세기~20세기 초 시가를 통해 본 서울의 인식과 근대도시의 의미지향」,
  『문학치료연구』 20, 문학치료학회, 2011, 171쪽.
25 19세기 이후 가사 문학에서 북경이나 한양과 같이 도읍지를 형상화하는 방식에는
  일정한 경향성이 있었던 것으로 판단된다. '주변부'에서 '중심'을 지향하는 의식과
  '수도'라는 공통 분모로 인해 형상화 과정의 유사성이 생성되었을 가능성이 높은 것이
  다. 특히 현전하는 한산거사의 〈한양가〉가 1844년에 창작된 점으로 미루어 볼 때
  〈연행가〉류의 작품과도 일정 정도 관련성이 있을 것으로 보인다.
26 이에 대한 자세한 논증은 김윤희, 『조선후기 사행가사의 세계 인식과 문학적 특질』,
  고려대학교 박사학위 논문, 2010, 170~182쪽.

주로 발견되며 〈병인연행가〉에서 북경을 묘사한 장면은 서사적 흐름
이 단절된 채 〈무자서행록〉과 대부분 일치하는 양상을 보이고 있다.
이는 19세기 연행사들이 변화하는 국제 정세에 민감하게 반응하면서
도 '청'을 '대국'으로 인정하는 분위기가 확산되면서 발생한 현상으로
보인다. 오랜 기간 지속된 연행의 역사에서 본다면 '북경'은 '지배 종
족'만 바뀌었을 뿐 여전히 명나라의 역사성과 정체성이 환기되는 지
리·문화적 중심지로 간주되었으므로 기본적으로 '앎'에 대한 열망과
지향성이 내재된 공간이었다고 볼 수 있다.

나아가 '청'을 이적의 국가로 간주하는 시각은 유지하되 '북경'을 대
국의 중심지로 인정하면서 물질성에 압도되어가던 사고가 가사문학
으로까지 표면화되었던 것이다. 그 과정에서 북경의 도시 문화적 요
소는 독자적으로 분리, 지향되었을 것이며 이로 인해 두 작품에서 북
경의 풍경은 대체로 즉물적 언어를 통해 형상화되고 있음을 확인할
수 있다.

  ① 초구일 낫춤지나 동악묘 **구경히신**/ 피루도 금즉ᄒ고 치와는 각식
이라/…조양문 다다르니 북경의 동문이라/ 놉고큰 셩을쏘고 셩문은 겹
문이오/ 삼층문누 지어시되 쳥기와 니웟고나/ 녀염이 거려ᄒ고 시젼이
웅부ᄒ니/ 젼집을 **볼죽시면** 외모도 훌늉ᄒ다 …/ 습쳔 칠십니를 이졔야
득달ᄒ니/ 지리는 ᄒ다마는 **셰상을 이졔본듯** … 〈무자서행록〉

  ② 됴양문에 들어가니 북경장안 동문이라/ 고분셩 삼층문누 ᄉ층포
루 굉장ᄒ고/ 길가의 어엄들은 단청ᄒᆫ집 즐비ᄒ고/ 네거리의 시젼들은
도금ᄒᆫ집 무수ᄒ다/ **안목이 당황ᄒ고 졍신이 황홀하데** …즈문을 밧드
러셔 상셔의게 봉젼ᄒ고/ 삼ᄉ신 쑤러안져 아홉번 고두ᄒ여/ 녜필후

도라오니 스신홀일 다ᄒᆞ넛다/ 무어스로 소일ᄒᆞ리 **구경이나 가즈셔라**
… 병인연행가〉

③ 어와 동인들아 중원 **구경** ᄒᆞ엿는가/ 숨쳔칠십 먼먼길이 **귀경ᄒᆞ니**
멋멋친고/ 우희로 의논ᄒᆞ면 상ᄉ부ᄉ 아니시며/ 셔쟝반당 못가시니 져
마다 **보올손가/** 아리로 이를진더 역관역졸 아니어니/ 압녹칙문 못가시
니 그뉘라서 **귀경ᄒᆞ고/** 풍마산쳔 격졀ᄒᆞ니 인물풍속 긔뉘알고/ 선왕세
계 아니어니 녜악문물 볼것업닉/ 우리ᄂᆞ라 소즁화는 일우탄환 젹어시니
/ 품긔도 협소ᄒᆞ고 안목도 고루ᄒᆞ니/ 황명틴조 구즁원을 디강견어 드러
더니/ 오늘날 셔힝녹의 종두지미 **즈셰보니/** 선왕의관 변ᄒᆞ엿고 법언법
힝 간디업다/ 중국이 이젹된들 산쳔이야 변홀손가/ 연조고다 비가ᄉ는
강긔들고 ᄒᆞ려니와/ 와유명산 이닌몸이 이가ᄉ의 **디국보니/** 앗가올사
디명풍속 간디업시 더져두고/ 즉금황데 멋멋디를 티평으로 누려가니/
호운이 무빅년은 옛말도 못밋들이/ **글귀보고 상상ᄒᆞ니 신친목격 다름
업닉/** 물화도 번셩ᄒᆞ고 긔률도 댱홀시고/ 상ᄌ도셩 여염까지 져의속상
괴이ᄒᆞ고/ 후어숩더 송명가지 유젼고젹 분명ᄒᆞ다/ 고금의 물속들을 ᄌ
셔이도 **긔록ᄒᆞ여/ 만물됴를 그려닉여** 불건불쇄 조리잇다/ 귀귀ᄌᆞᄌᆞ
ᄉᆞᄉ물물 잠시완상 ᄒᆞ량이면/ 슈슈산산 방방곡곡 아니가도 **즈셰본듯/**
일쳔숨빅 벅권글귀 우리아동 ᄉᆞ롭들노/ 상목지지 보아두고 회심긔지
ᄒᆞ여다가/ 풍속션악 날녀니와 산쳔험조 **눈의발바/** 일후셩인 기다려서
장구북벌 ᄒᆞ실젹의/ 쳔하호구 익식쳐를 익이아라 종경ᄒᆞ면/ 남한산셩
원슈갑고 일늉의 졍ᄒᆞ실졔/ 일노좃ᄎ 지휘ᄒᆞ면 만일소보 업슬는가/ 두
어라 이가ᄉ를 이디후인 ᄒᆞ오리라 〈무자서행록〉

위의 인용문 ①②는 〈무자서행록〉, 〈병인연행가〉에서 북경에 진입
하는 초반부 장면에 해당하며 ③은 〈무자서행록〉의 필사자가 남긴 후
기(後記)에 해당하는 부분이다. 우선 ①②의 밑줄 친 부분을 보면 '보

다', '구경', '안목이 당황'과 같은 표현들이 발견되는데 이를 통해 두 작품에서 북경은 체험의 직접성과 유람(遊覽) 의식이 강조된 곳임을 짐작해 볼 수 있다. 특히 북경에 대한 첫 인상이 '조양문→ 높은 성곽 →여염 거리 → 시전'과 같이 공통적인 시선의 이동으로 정형화되고 있는 점도 흥미롭다. 신문화사에서 주목한 개념 중의 하나인 '표상'과 관련하여 사이드는 『오리엔탈리즘』을 통해 '타자'의 표상에 주목한 바 있다. 특히 여행의 역사를 보면 친숙하지 못한 타자의 문화가 인식되고 서술되는 주된 방식이 '정형화'임을 강조했다.[27]

그러므로 여행이 일상화되지 못했던 전근대 사회의 사행가사에서 북경의 묘사에 대한 정형화된 양상이 발견되고 있음은 흥미로운 현상이라 할 수 있을 것이다. '자족적 향유'에 한정되었던 17세기 사행가사의 특징은 점차 '기록'과 '전달'에의 욕망이 증폭되는 양상을 보이게된다. 특히 사행가사는 대체로 자신의 일기를 토대로 재구성되었기때문에 체험 서사에 따라 구성되었는데 〈무자서행록〉과 〈병인연행가〉에서 북경을 묘사하는 장면을 보면 '즉물성'과 '정형화'의 정도가강화되면서 공간에 대한 효율적 재현과 전달을 지향하고 있는 것이다.

다시 위의 인용문에 주목해 본다면 마치 높은 곳에서 도시를 조망하는 듯한 화자의 시선이 ①의 경우 '세상을 이제본듯'과 같은 구절로응집되고 있어 대국(大國)의 수도에 진입한 화자의 감격이 발견된다.또한 〈병인연행가〉의 화자는 사절 임무의 완료에 대해 언급한 후 '무엇으로 소일하리 구경이나 가자'라는 구절로 본격적 유람의 시작을알리고 있다. 물론 이 경우 '구경'이라는 어휘는 단순한 호기심의 차원

---

27 피터 버크(Peter Burke), 조한욱 옮김, 『문화사란 무엇인가』, 길, 2006, 111~112쪽.

을 넘어 적극적 관찰과 기록을 통
해 북경을 효율적으로 묘사하고자
한 의식이 전제된 용어로 보아야
할 것이다. 그로 인해 두 작품이
수용자들에게는 단순히 '읽는 독서
물'이 아니라 북경에 대한 '간접적
시각 체험'을 가능케 한 자료로 작
용했음을 ③에서 확인할 수 있기
때문이다.

'서행록'을 통해 '구중원(舊中原)'
을 자세히 볼 수 있었고, '이 가사'
를 통해 '대국을 보았다', '글자를
보고 상상하니 직접 본 것과 다름
없다' 등과 같은 구절들을 보면 두
작품에서 자세하게 묘사된 장면들

사담자(耍罈子)의 공연 모습
19세기 청나라의 풍속화다. 사담자는 청대에 유행
한 대표 잡기 중 하나로, 단지를 공중에 던졌다가
머리로 받거나 혹은 어깨, 팔 등을 이용해 다양하
게 놀리는 기예를 말한다. 사담(耍罈) 혹은 담기(罈
技)라고도 불렀는데, 그 손재주가 매우 경쾌하고
날렵하여 관객들의 관심을 끌기에 충분했다.

은 독자들로 하여금 연상적(聯想的) 재현을 가능케 했을 것으로 보인
다. 특히 인간의 공간 조직은 시각에 의존하고 다른 감각은 시각 공간
을 확장시키고 풍부하게 하기 때문에[28] 작품들 내에서도 북경에 대한
형상화는 '시각적 층위'가 강조되고 있으며 다른 감각들이 보조적으로
활용되는 양상이 확인된다. '기록하여 만물도를 그려내니'와 같은 ③
의 구절에서도 알 수 있듯이 작품의 기록은 평면적 나열에 그치지 않
고 마치 '그림'을 연상케 할 만큼 시각적 재현과 전달에 효과적이었던

---

28 이-푸 투안(Yi Fu Tuan), 구동회·심승희 옮김, 『공간과 장소』, 대윤, 2011, 34쪽.

것이다. 고유어와 감각어가 효과적으로 활용될 수 있었던 가사 문학의 특질로 인해 두 작품은 보다 많은 독자들에게 북경에 대한 지향성을 충족시키는 연상적 매개물로서 가능했을 것이다.

> 쏘흔놈 **바늘**너여 이십기를 **닙의녀코**/ 무슈히 너흐다가 다뱁어 **삼킨후의**/ **실흔임을** 쓴어너여 **츠츠로 삼키더니**/ 인흐여 트림흐고 **비야타셔 쏫출너니**/ 그임실이 드러가셔 **그바눌의 귀를쎄여**/ 이십기 **눗눗치로** 흔실의 **달녀시며**/ …입속으로 시두마리 호로로 나라난다/ 어이흔 입이완디 그속이 그리널너/…쇠몽치 쌍탄즈를 닭의알 갓튼거슬/ 입의 너허 삼킨후의 쎄로흔 젹은탄즈/ 그우희 쏘삼키고 이리져리 거러가니/ 비속의 드러가셔 달낭달낭 소리난다/ 〈무자서행록〉

> **ᄇ눌**흔줌 입의녀코 **쎼륙쎼륙 삼킨후의**/ **실흔님을 츠츠삼켜 쏫츨잡고 쎼여느니**/ 그바늘을 **모도쒸여** 쥬렁쥬렁 달녓고나/ 오식실 흔타리을 **잘게잘게 쓰흐러셔**/ **활활셕거 뷔뷔여셔** 한줌이나 잔쓱쥐고/ 흔쏫흘 잡아쎄니 쓴너진실 도로이여/ **싁싁이로** 연희쎄면 실흔타리 도로된다 〈병인연행가〉

위의 두 인용문은 두 작품에서 환희(幻戲)를 묘사한 장면의 일부인데 '강조 표시'된 부분들을 비교해 보면 '바늘'과 관련된 내용이 거의 일치하고 있음을 알 수 있다. 그런데 〈병인연행가〉를 보면 '쎼륙쎼륙', '쥬렁쥬렁'과 같은 음성상징어가 첨가되어 여러 개의 바늘을 삼킨 후 실로 꿰어 뱉어내는 장면이 보다 생동감 있게 묘사되고 있다. 〈무자서행록〉에서는 '츠츠', '눗눗치'와 같이 첩어만 사용된 반면 〈병인연행가〉에서는 감각어는 물론 '모도'와 같은 부사어까지 활용되어 장면의 실재성에 대한 환기의 정도가 강화되고 있는 것이다.

기본적으로 '시각적 재현'을 시도하고 있지만 '끼룩끼룩'과 같은 청
각적 심상까지 보조적으로 활용된 것은 보다 사실적인 묘사를 위한
고민의 사례로 볼 수 있을 것이다. 인용된 〈무자서행록〉의 다른 장면
을 보면 '호로로', '이리져리', '달낭달낭'과 같은 부사어가 부분적으로
발견되고 있기는 하다.

그러나 〈병인연행가〉의 경우에는 환희를 묘사하는 대부분의 장면
에서 감각적인 어휘들과 강조를 위한 부사어가 활용되고 있다. 특히
위의 인용문을 보면 '바늘'에 이어 '오색실'에 대한 환희를 첨가하는
소재적 연속성도 발견할 수 있다. 이 경우 '활활', '뷔뷔여셔', '싁싁이'
등과 같은 고유어들이 활용되면서 보다 효율적인 몰입과 연상을 가능
케 하고 있다.

이처럼 19세기 사행가사에 나타난 북경의 풍경에서는 다채로운 감
각어와 부사어들이 배치되면서 고유어만의 미감과 효용성이 극대화
된 현상을 발견할 수 있다. 한문과 국문의 대칭적 구도 하에서 자국어
가사 문학을 통해 언어적 실천을 시도한 사례는 〈일동장유가〉에서부
터 발견되며[29] 특히 사행가사에서 타국의 인상적인 문물을 재현하는
부분에서는 이러한 고유어의 미감이 더욱 부각되는 양상을 보인다.

이처럼 위의 사례에서 부분적으로 확인되는 즉물적 언어미와 연속
적 배열의 양상은 북경에 대한 묘사가 진행될수록 더욱더 전면화 되고
있다. 특히 〈무자서행록〉이 〈병인연행가〉에 수용되는 과정을 보면 북
경이 단순히 체험한 공간이 아닌, 기존 작품의 내용을 통해 재구성될

---

29 김윤희, 「조선후기 사행가사의 창작 과정과 언어적 실천의 문제」, 『한국시가연구』
29, 한국시가학회, 2010, 235~265쪽.

수 있는 곳으로 인식될 만큼 풍경이 정형화되었음을 확인할 수 있다.

〈표 1〉

〈무자서행록〉 A	〈무자서행록〉 B	〈병인연행가〉 B
동악묘 구경ㅎ시 셔산 구경 가는길의 즁문밧 다리아리 오식부어 구경ㅎ시 션무문 안 셔편셩밋 코키리도 구경일식 차셰타고 가셔보니 긔쏘호 구경이라 두달스흘 유관키로 구경도 다ㅎ얏고	뎐집을 볼죽시면 호권을 보려ㅎ고 곰의모양 볼쟉시면 바라보니 황홀ㅎ다 환회를 보려ㅎ고 쳔불누를 볼죽시면 북경을 의논ㅎ면 티화뎐 볼죽시면 목허치례 볼죽시면 년졔도를 볼죽시면 이졔야 보게고나 듕의모양 볼죽시면 글즈를 볼죽시면 외셩을 느가보면 칙스ㅎ곳 드러가니 뉴리창의 드러가니 모물뎐을 볼죽시면 곡식푸리 볼죽시면	볼스록 쟝ㅎ고나 ㅂ라보미 션경이가 몽고놈들 볼쟉시면 안경푸리 볼쟉시면 잡화루리 볼쟉시면 향푸리롤 볼쟉기면 붓푸리롤 볼쟉시면 묵푸리을 볼쟉시면 죠희푸리 볼쟉시면 칙푸리을 볼쟉시면 비쟌푸리 볼쟉시면 붓치푸리 볼쟉시면 약푸리을 볼쟉시면 츠푸리을 볼쟉시면 긔명푸리 볼쟉시면 모물풀리 볼쟉시면 치풍푸리 볼쟉시면 실과푸리 볼쟉시면 치소푸리 볼쟉시면 곡식푸리 볼쟉시면 고리푸리 볼쟉시면 싱션푸리 볼쟉시면 슒푸리롤 볼쟉시면 쩍푸리를 볼쟉시면 목긔푸리 볼쟉시면 마안푸리 볼쟉시면 쳘물푸리 볼쟉스면 옹긔푸리 볼쟉스면 젼당푸리 볼쟉시면 쏘흔곳 둘러보니 약더모양 엇더터냐 잔나븨 엇더터냐 샹여를 볼쟉시면 관치례을 볼쟉시면 도스모양 엇더터냐 계집년을 볼쟉시면
〈병인연행가〉 A		
구경이나 가즈셔라 져리로 구경가즈 양퇵문 드리다라 쳔불스 구경가즈 그도쏘호 삼층문누 쏘흔곳 지니더니 혼인구경 맛춤한다 쳔령스가 어딘미냐 그리고 구경가즈 빅운관이 어딘메냐 그리로 차자가니 쟝춘스가 어데메냐 그리로 향희가즈 만슈스가 어딘메냐 게도쏘호 구경쳐라 진각스가 어딘메냐 게도쏘호 구경가즈 각샹스가 어딘메냐 그리고 향희가즈 환회를 구경코져 희즈를 불너오니 곰놀니는 구경ㅎ즈		

위의 〈표 1〉은 북경 내에서 견문을 형상화할 때 '구경', '볼작시면'
및 유사 어휘들이 사용되고 있는 사례를 정리해 본 것이다. 〈무자서행
록〉의 경우 '구경'이라는 어휘가 6회, '보다'와 관련된 어휘는 15회가
발견되고 있으며 〈병인연행가〉는 각각 12회, 34회로 그 빈도가 급증
하고 있다. '볼작시면'과 같은 어구로 재현된 즉물적 묘사의 효용성이
확인되면서 〈병인연행가〉는 이러한 특질을 전면적으로 수용하여 확
대·재생산했던 것으로 보인다.

더욱이 북경에서의 흥미로운 소재나 장면들에 한정해 본다면 〈병
인연행가〉는 〈무자서행록〉을 참고함으로써 보다 진전된 문학적 구성
의 전략과 형상화의 특질을 확보하게 된 작품이라 할 수 있다. '상호텍
스트성'에 기반하면서 군집화된 소재별 분류, 확장적 첨가의 방식 등
이 발견되기 때문이다.[30]

그런데 〈병인연행가〉의 경우 북경의 풍경이 정태적, 병렬적 특징을
보이는 동시에 대부분의 내용이 '유리창'에서의 견문에 집중되어 있어
흥미롭다. 〈무자서행록〉은 동일한 사행 체험에 대한 기록인 『부연일
기(赴燕日記)』와 여정과 서사의 흐름에서 유사성을 보이는 작품이
다.[31] 그로 인해 북경의 풍경도 서사적 흐름에 따라 소재들이 산재되
면서 부분적으로 군집화, 항목화된 특징을 보이고 있다.

그런데 〈병인연행가〉에서 북경은 서사적 흐름이 아닌 소재별·항
목별 분류에 따라 즉물적인 묘사가 확대된 공간으로 형상화되고 있

---

30 이에 대한 자세한 분석은 김윤희, 『조선후기 사행가사의 세계 인식과 문학적 특질』,
　고려대학교 박사학위 논문, 2010, 183~200쪽.
31 김윤희, 위의 논문, 146~147쪽.

다. '무어스로 소일ㅎ리 구경이나 가즈셔라'라는 구절 이후부터 진행
되는 북경의 모습은 우선 궁궐과 그 주변의 경관·사찰 등이 원거리
에서 조망되는 양상을 보인다. 이 과정에서 '미산각'³²에서와 같이 명
을 회고하는 장면도 있지만 '졍양문이 즁획되여 쟝안의 복판이라/ 물
식의 번화ㅎ미 쳔하의 디도회라', '것흐로 얼는보아 져러틋 휘황홀제/
안의들어 즈세보면 오죽히 쟝홀호냐', '여긔져긔 죠요ㅎ니 ㅂ라보미
션경이가', '굉걸ㅎ고 웅쟝홈은 보다가 쳐음일세'와 같은 감탄으로 대
부분 소재별 형상화가 마무리되고 있다. 이어 화자는 청각적 심상이
가득한 시장 거리를 걷다 유리창에 이르는 장면³³을 삽입함으로써 독
자의 몰입도를 강화하며 유리창으로 안내하고 있다. 북경의 풍경에
대한 원거리적 조망을 근거리적 관찰로 전환하면서 의도적으로 유리
창에서의 풍물을 집중적으로 묘사하며 범주화하고 있는 것이다.

'유리챵이 여긔더라 쳔하보비 드녀봣다'로 전개되는 이후 내용은 위
의 〈표 1〉에서 1~27로 구획한 부분에 해당하는데 그 비중도 상당할

---

32 미산각(煤山閣) : 명(明) 의종(毅宗)이 자살한 전각(殿閣). 〈병인연행가〉에서 이
   곳과 관련된 부분은 다음과 같다. "미산각이 어디메냐 녯일이 시고왜라/ 갑신 삼월
   십구일의 슝졍황데 순졀티라/ 셔리지회 그음업셔 다시곰 ㅂ라보니/ 챵오산 져문구름
   지금의 유유ㅎ고/ 상원의 우은버들 어ᄂᆞ쩌 일어ᄂᆞ리"

33 주요 내용을 간략히 인용해 보면 다음과 같다. "큰길노 ᄎᆞᄌᆞ나와 졍양문 니다르니/
   온눈츰며 가눈ᄎᆞ가 나가락 들어오락/ 박셕우희 박회쇼리 울룩룩 쌱쌱ㅎ여/ 청쳔빅일
   말근날의 우리소리 일너나듯/ 노시목의 줄방울은 와랑져랑 소리나고/ 발목아지 미단
   방울 웽걸쳉겅 ㅎ눈서리/ 더갈박눈 마치서리 쏘닥쏘닥 소리나며/…ᄌᆞ옥헌 몬지속의
   스룸들은 와글와글/ 졍신이 아득ㅎ듕 좌우롤 술펴보니/ 거문삼승 청양의다 흰글ᄌᆞ로
   덕담써서/ 이편져편 거러시니 그밋히 젼집들이/ 길가흐로 넌너여셔 즐비하게 버쳐시
   니/ 무산푸리 무산푸리 픠를셰워 표ㅎ더라/ 유리챵이 여긔더라 쳔하보비 드녀봣다"
   이 장면의 문학성에 대한 자세한 분석과 〈무자서행록〉과의 상관성은 김윤희, 위의
   논문, 190~192쪽에서 진행된 바 있음.

뿐만 아니라 '볼작시면'으로 구획된 분류의 정도가 상당히 일관된 체계성을 보이고 있다. 서사적 흐름에 따라 구성된 〈무자서행록〉에서는 융복사 근처의 시장과 유리창[34]에서의 견문이 분리되어 나열되어 있는 반면 〈병인연행가〉에서는 이 두 장면을 조합하여 '유리창'으로 범주화한 것은 물론 항목별로 체계화된 풍경의 정형성도 확대되고 있는 것이다.

특히 유리창의 문물을 재현하고 있는 〈병인연행가〉의 1~27 부분을 보면 분류의 내부 기준도 상당히 세분화·체계화되어 있는 양상을 발견할 수 있다. 각종 시장 풍물이 나열되면서 부분적 군집화를 보이고 있는 〈무자서행록〉과 달리 〈병인연행가〉를 보면 안경, 잡화, 종이 등과 같이 선명한 항목들이 연속되는데 이 연속성 내에서도 상위 항목의 기준을 설정해 볼 수 있을 정도로 체계성의 정도가 진전되어 있다. 1~27의 배열을 보면 안경, 잡화, 향, 붓, 묵, 종이, 책(2~8)은 지필연묵(紙筆硯墨)과 같이 사대부 남성들이 주로 관심을 가질 항목들이고 이후 비단, 부채, 약, 차, 기명, 모물, 채풍(9~15)은 사대부가 여성들과 연관된 소재들이다.

또한 과일, 채소, 곡식, 생선, 술, 떡(16~21)은 음식들의 나열이며 마지막으로 목기, 마안(馬鞍), 철물, 옹기(22~25) 등은 집안의 필수품이지만 주로 창고에 보관되는 소재들로 볼 수 있다. 몽고인, 전당에

---

34 융복사는 명나라 때 세워진 절인데 이 절의 마당에 8,9,10이 드는 날 북경의 상인들이 몰려들었다. 상품은 서화, 골동품, 서적으로 유리창과 같았다. 유리창이 상설시장이라면 융복사는 정기시(定期市)였던 것이다.(강명관, 『책벌레들 조선을 만들다』, 푸른역사, 2008, 217~220쪽) 이처럼 두 시장의 품목이 거의 동일하기 때문에 〈병인연행가〉에서는 두 장면을 조합하여 체계적인 재구성을 시도한 것으로 보인다.

대한 묘사를 제외하면 대부분 사대부가(士大夫家)의 집안에서 필요한 물건들이 일정한 상위 범주에 따라 배열되어 있는 현상이 발견되는 것이다. 나아가 유리창 이후 배열되는 소재들도 동물(약대·잔나비), 관혼상제(상여·관·혼인), 사찰(천령사, 백운관, 장춘사, 만수사, 진각사, 각상사), 서산, 환희(곰놀이) 등과 같이 순서대로 분류해 볼 수 있다.

특히 사찰들의 경우 천령사는 화초, 백운관은 도사 모양, 장춘사은 중놈 모양, 만수사는 괴석, 진각사는 옥탑, 각상사는 쇠북 등과 같이 인상적으로 재현하고자 한 중심 소재들이 발견된다. 이 역시 핵심적으로 재현하고자 한 대상들을 미리 선별한 후 나름의 기준에 따라 상위 범주에 귀속시키는 방식을 확인케 하는 사례일 것이다.

이처럼 〈무자서행록〉과 〈병인연행가〉에 재현된 북경의 풍경은 가시적 문물에 압도되어 그것을 재현코자 한 화자의 의식 세계를 보여 준다. 체계적이고 세밀한 분류를 통해 점차 묘사의 정형성이 확대된 북경의 풍경으로 인해 독자들은 마치 만화경(萬華鏡)을 통해 보는 듯한 세계로의 추체험(追體驗)이 가능했던 것이다. 한문산문의 경우 날짜별 순차가 아닌 주제별로 절목(節目)화, 소품화 되는 양상이 18세기 산수유기에서 새롭게 관찰되는데 이 때 발견되는 항목별 나열의 양상은 다소 지리한 느낌을 주면서도 눈앞의 사물이 돌올하게 펼쳐지는 듯한 생동감을 불러일으킨다.[35]

이러한 문체의 변화와 경향성은 조선후기에 확대·창작된 '록자류 가사'에서도 발견[36]되며 두 사행가사에서 발견되는 북경의 풍경은 이

---

35 정민, 『18세기 조선 지식인의 발견』, 휴머니스트, 2008, 160∼179쪽.
36 박애경, 「후기 가사의 흐름과 '록'으로의 지향」, 『한국 고전시가의 근대적 변전과정

러한 문학사적 전변(轉變)의 일면을 보여주는 사례라고 볼 수 있다. 북경이 대국의 수도로 간주되는 인식이 확산되면서 이해와 앎의 열망 이 증가했을 것이며 이 과정에서 가사 문학은 즉물적 정형화의 방식 을 확대해 가면서 북경을 생동감 있게 재현하고 있는 것이다.

〈병인연행가〉의 일부 이본들을 보면 자금성의 경관에 대한 묘사가 생략되어 있고 유리창의 풍물에 대해서도 '안경푸리, 줍화푸리, 향푸 리, 붓푸리, 먹푸리와'와 같이 항목 단위의 제목만 나열되었을 뿐 자 세한 종류들은 생략된 경우를 발견할 수 있다.[37] 그런데 품목들이 나 열된 순서가 동일하고 다른 부분들의 내용은 거의 유사하기 때문에 묘사의 방식이 정형화된 상태에서 이본들이 생성·유통되었던 정황 을 짐작해 볼 수 있다.

이처럼 두 사행가사에서 북경의 풍경은 점차 정형화되어 가는 반면 여타 여정과 관련된 장면에서는 차이를 보이고 있다. 특히 〈무자서행 록〉에 비해 〈병인연행가〉는 서세동점의 현실에 대한 조선 집권층의 자의식이 강화되면서 반청 의식과 대명의리론이 상당히 고조된 양상 을 보이는데 이는 청석령, 심양, 대릉하, 산해관, 수양관 등과 같이 역사 의식을 환기하는 공간에서 주로 발견된다.[38] 북경에서는 필담 과정에서 서양인들을 부정적으로 묘사하는 장면만이 확인될 뿐 유람

연구』, 소명, 2008, 141~158쪽.

37 최강현은 〈병인연행가〉의 이본이라 할 수 있는 〈연행유기〉(1896 전사)와 〈북원록〉 (1909 전사)의 원문을 학계에 공개하면서 이본으로서의 특징을 비교한 바 있다. 논자 는 〈북원록〉에 비해 〈연행유기〉는 궁궐과 시장에 대한 묘사가 생략되어 있어 다른 계열의 이본임을 지적하였다. 최강현 번역, 김도규 주석, 『홍순학의 연행유기와 북원 록』, 신성출판사, 2005, 9~21쪽.

38 김윤희, 위의 논문, 175~179쪽.

공간으로서의 도시가 즉물적·능동적으로 재현되고 있는 것이다. 19세기 두 사행가사에서 확인되는 북경은 대국의 중심지로서 관념성이 거의 소멸된 공간으로 형상화되고 있으며 이는 청나라의 문화를 알고자 하는 열망이 확산되었음을 의미하는 문화적 현상일 것이다.

그런데 이미 19세기의 연행록 중 상당수는 이전 시기 기록에 비해 생동감을 잃고 있으며 전대 연행록을 반복하는 관습성, 퇴행성을 보이고 있음이 확인된 바 있다. 연행이 종료된 1895년은 공교롭게도 유길준이 『서유견문』을 출판한 해이며 마지막 연행록의 퇴행적이고 정체된 면모에 비해 『셔유견문』은 근대적 세계의 원리를 해명하여 지식인들의 각성을 독려하고 있기까지 한 것이다.[39] 이러한 역사적 전환의 양상은 근대 초기 기행문을 통해서도 쉽게 확인이 된다. 20세기 초 기행문에서 일본은 문명적·생동적 이미지로 그려지지만 중국은 야만적·정체적이며 미신·아편 등으로 상징되는 병자(病者)의 이미지로 형상화되고 있기 때문이다.[40]

특히 이후 김사량(金史良, 1914~1950)이 북경을 체험한 후 창작한 수필과 소설을 보면 일제 점령 지역으로서의 북경에 대한 참담한 생활상이 묘사되어 있다.[41] 〈병인연행가〉에서 즉물적인 묘사로 재현되었던 자금성은 퇴색한 고도(古都)의 퇴락한 상징물로 간주되고 역동

---

39 임준철, 「대청사행의 종결과 마지막 연행록」, 『민족문화연구』 49, 고려대학교 민족문화연구소, 2008, 170~172쪽.

40 김중철, 「근대 초기 기행 담론을 통해 본 시선과 경계 인식 고찰 – 중국과 일본 여행을 중심으로」, 『인문과학』 36, 성균관대 인문과학연구소, 2005, 57~80쪽.

41 박남용·임혜순, 「김사량 문학 속에 나타난 북경 체험과 북경 기억」, 『중국연구』 45, 한국외대 중국연구소, 2009, 75~78쪽.

적이었던 유리창의 풍경은 비참한 인력거꾼들, 아편 중독자, 걸인 등의 하층민들의 이미지로 대체되어 버린 것이다. 〈병인연행가〉는 20세기 초반까지 전사(傳寫) · 향유된 이본들이 발견되지만 1910년대 이후의 문학들을 보면 북경이 점차 문화적 · 지리적 지향성을 상실해 갔음을 알 수 있다. 〈병인연행가〉의 북경과 다음의 두 사행가사에 보이는 동경과 런던의 풍경을 비교해 보면 근대적 권력의 중심지로 지향성이 변모해 가던 양상이 매우 선명하게 발견된다.

4. 20세기 초

: 근대적 권력의 중심지에 대한 지향성과 동 · 서양 수도 풍경의 편차
– 〈유일록〉의 동경(東京)과 〈셔유견문록〉의 런던

앞서 살펴본 〈무자서행록〉과 〈병인연행가〉는 병존하는 한문일기가 남아 있지 않은 반면 〈유일록〉(1902)과 〈셔유견문록〉(1902)의 경우에는 한문일기를 토대로 국문가사가 창작된 정황과 의의가 선명하게 확인된다. 흥미로운 점은 수도에 도착한 후 일기의 서사를 재배치하여 풍경과 감회를 먼저 제시하는 장면이 공통적으로 발견된다는 것이다. 이는 수도를 재현하는 방식과 관련하여 사행가사의 글쓰기 관습이 점차 일정한 경향성을 확보했음을 보여주는 것과 동시에 각국의 수도 풍경을 의도적으로 강조하고자 한 창작 의식과도 관련이 있어 보인다. 〈유일록〉을 보면 일정한 독자를 상정한 독서물로 창작된 만큼 동경에 대한 개략적 이해를 돕기 위해 일기 『범사록(泛槎錄)』에서 주요 정보를 선별 · 재배치하여 먼저 형상화한 후에 조회 장면과 동물원 ·

금각사 구경 등의 순으로 작품이 진행되고 있다.[42]

또한 〈셔유견문록〉의 화자도 영국에 도착한 후 일기인 『서사록(西槎錄)』의 서사와 달리 런던을 유람하는 장면을 추가한 후에 백화점·동물원·서커스·국서 전달의 내용으로 작품을 진행하고 있다.[43] 두 작품 모두 수도에 도착한 후에 전반적 풍경과 감회를 묘사하며 공간의 주요 특징을 강조하고 있는 점은 전대의 사행가사와 유사하다고 볼 수 있다. 다만 그 재구성의 과정이 확인되기에 작품에 형상화된 도시의 풍경에서 화자의 의식 지향성이 보다 선명하게 발견된다.

특히 동경과 런던은 동양과 서양이라는 지리·문명적 격차를 보이는 곳으로 두 작품에서 동경은 서구적 근대화를 효율적으로 수용한 도시, 런던은 근대 권력의 진원지로 각각 인식되고 있어 유의미한 비교의 대상이 될 수 있을 것으로 보인다.

이러한 〈유일록〉과 〈셔유견문록〉은 각각 1895~1996, 1902년의 사행 체험을 토대로 창작되었는데 20세기 전후로 구획될 수 있는 1894~1910년은 유사 이래 최대의 전환점이라 할 만큼 '위기의 시대'였으며 동시에 '문명담론의 시대'이기도 하였다. 근대적 전환기에 대응하는 이 시기의 문명담론은 '문명 개조의 논리', '문명적 시각의 비교우위론', '위정척사론'으로 구분해 볼 수 있는데 이런 논리들의 충돌은 문명 갈등의 시대였음을 보여주는 동시에 20세기 전후가 오늘날의 반성을 위한 매개적 거점의 시기임을 의미한다.[44]

---

42 김윤희, 위의 논문, 233~236쪽.

43 김윤희, 위의 논문, 254~255쪽.

44 임형택, 『문명의식과 실학』, 돌베개, 2009, 41~60쪽.

이러한 구도에서 보면 〈유일록〉의 화자는 일본과 서양에 대해 '문명적 시각의 비교우위론'을 유지하고 있었으며 〈서유견문록〉의 화자는 서양의 상대적 우위를 인정하고 예찬하지만 '문명 개조'의 논리까지 확대하고 있지는 않았다고 볼 수 있다. 물론 두 작품은 전통적인 '장유(壯遊)' 의식에 기반한 가사 문학이라 문명 담론과 직결될 만큼의 일반화된 논리를 발견하기 어렵다.

그러나 격변의 시대에 사절단의 일원으로 외국에 파견된 화자들은 근대화된 세계에 대한 직접적이고 일차적인 반응을 작품에 표현해 놓았다고 볼 수 있다. 따라서 두 작품이 이러한 근대적 변혁기에 생성된 문학임에 주목한다면 동경과 런던의 풍경과 그 편차를 통해 유의미한 논의가 추론될 것으로 보인다.

　Ⓐ 시벽꺼지 전전반측 잠 이루기 어렵도듯/ 동경 비포허문 쥬회가 오십니의/ 산이 업셔 평평헌데 셩은 잇고 못 업쓰며/ 셩닉의 큰 기쳔들 쥴기쥴기 통흐야셔/ 좌우로 셕축하야 그 우의 다리 노코/ 다리 밋헤 비 닉왕들 바다으로 흘러가며/ 셩닉가 십오구며 한 구의 몟 번지싞/ 곳곳지 공희집들 ㉠양제로 지어쓰되/ 벽돌루만 쓰ㅇ쓰니 찬란허고 굉장허며/ 딕관이며 평민들이 집치레가 딕단허다/ 스면으로 통헌 길이 한갈것치 광활흐야/ ㉡죠고마헌 골목들도 우리나라 죵노길만/ 셔발 막딕 거침 업셔 평평허고 졍결허다/ 길가의 슌스들은 환도 차고 느러 셔셔/ 느인거긱 동졍이며 슈상죵젹 검찰허되/ 잠시를 안 쩌나고 신지의 셔 잇쓰가/ 시각이 다 헌 후의 다른 슌스 체번허니/ ㉢법령과 규모들이 이러희야 헐 닐이라/ 그러무로 이 나라는 도젹이 젹다 허데 〈유일록〉

　Ⓑ 풍우갓치 가는 긔계 졍거장에 발셔 왓닉/ 지리흐고 지리흐다 영국 셔울 여긔로다/ 반졉관이 션도흐야 긔츳아리 나려시니/ ⓐ장녜경이 영

접ᄒ고 황실마ᄎ 등더로다/ 쟝녜경 거동보소 물식 고은 공복이요/ 황실
마ᄎ 근본 듯소 영황 타는 슈릭로다/ 은쟝식에 금쟝식은 치식도 황홀ᄒ
다/ 집치 갓튼 말 두필니 쌍입ᄒ야 메이도다./ 쌍마부 치레 보소 홍쟉복
금벙거지/ 손호편 길게 잡어 칙직 쌍마필을 어거ᄒ니/ 위의를 졍졔ᄒ고
거샹에 단좌ᄒ니/ ⓑ하날 갓튼 딕도샹에 호호탕탕 가는고나/ 오난 스람
가는 스람 여화여월 미인더라/ 구름처름 뫼야 셔셔 타국 스신 구경ᄒ다
/…ⓒ가로샹 운동ᄒ니 논돈 셔울 쟝ᄒ도다/ 집치러를 볼작시면 층누고
각 운중긔라/ 네모 번듯 빅셕으로 마광ᄒ야 지어니니/ 연쟝졉옥 화도즁
에 삼빅만호 공쟝ᄒ다/ 가가히 쳘난간에 문문이 화쵸로다/ 도로샹 박셕
쌀고 스이 스이 슈목이라/ 일졈 진인 돈졀ᄒ니 우리 셰계 여긔로다/
오난 사람 가난 스람 억쎄을 부븨이고/ 샹마ᄎ며 외마ᄎ는 슈미를 년ᄒ
도다/ ⓓ듸졍빅디 긔신시에 딕강딕강 구경ᄒ셰/ 능나금슈 구산 갓고
금은보픽 말노 된다/ 이리져리 운동할졔 화원 구경ᄒ야 볼가/ 십녀리
쳘난간에 젼후 셕문 공쟝ᄒ다/ 가득ᄒ니 긔화요쵸 비단 갓튼 금쟌듸라/
슈만쟝 쳘교위을 항열좃차 버려 노코/ ⓔ왕닉유람 쳔만인에 부녀 더욱
번화ᄒ다/ 오쇠비단 샹하의복 금보픽물 화려ᄒ다/ 일진쳥풍 건듯 불면
진진 향긔 촉비ᄒ다/ 인간인가 션경인가 츈몽이 의의ᄒ다/ 반졉관이
인도ᄒ야 동물원 드러가니 〈셔유견문록〉

위의 인용문 Ⓐ와 Ⓑ는 두 작품에서 동경과 런던의 도시 풍경이
묘사된 장면이다. Ⓐ를 보면 지세, 성곽, 개천, 다리, 바다 등으로 도
시의 전체적인 면모가 조망된 후에 가옥과 골목길 등에 대한 묘사가
진행되고 있어 전대의 〈일동장유가〉와 거의 유사한 구성을 보이고 있
다. 특히 '조그마한 골목길도 우리나라 종로길만'과 같다고 표현한 ⓛ
을 보면 자국과의 비교를 통해 감탄을 표출하는 방식 역시 〈일동장유
가〉와 유사함을 알 수 있다.

그런데 〈일동장유가〉에서는 '종족적 비난'과 '영토 소유에 대한 열

망'으로 지향성이 변형되어 있었다면 〈유일록〉은 감탄과 수용에의 논
리만이 발견된다는 점에서 차이가 발견된다. ㉠을 보더라도 '찬란',
'굉장', '대단', '광활', '정결' 등의 어휘가 지속되고 있어 '사치'로 규정
되었던 〈일동장유가〉에 비해 그 감탄의 진폭이 확대되었음을 쉽게 알
수 있다.

특히 화자는 동경 길가의 경찰을 매우 인상적으로 보고 '법령과 규
모가 이러해야 한다'와 같이 근대적 규율 제도를 인정·수용하는 시
각까지 보이고 있다. 일본의 발전된 수도가 화이론을 직접적으로 환
기케 하는 공간이었던 〈일동장유가〉와 비교해 보면 〈유일록〉에서는
근대화된 일본의 중심지로 인정하는 시선을 발견할 수 있는 것이다.
종족적 화이관과 문화적 거부감은 풍속의 층위에서만 적용되고 있는
점[45] 역시 〈유일록〉에서 동경이 이적국의 중심지가 아니라 근대화된
세계의 중심지로 간주되었음을 의미한다.

그런데 이러한 동경의 풍경에 비해 런던의 경우에는 감탄의 정도가
강화되어 초월적인 표현 특질까지 생성되었음을 B를 통해 확인할 수
있다. 우선 ⓐ, ⓑ와 같이 장례경의 영접 장면과 황실마차에 대한 묘
사를 첨가함으로써 화려한 수도 입성을 강조하고 있는 점은 기존의
사행가사에서 발견하기 어려운 부분이다.

특히 ⓒ에 형상화된 런던의 풍경에는 '화초'와 '정결'의 이미지가 강
조되고 있어 초월적인 공간성이 부각되고 있음은 물론 '우리 세계 여
기로다'와 같이 동화적 지향성까지 발견되고 있다. 포섭이나 수용의
논리가 아닌 동화를 열망하는 것은 동경과 비교했을 때 런던이 근대

---

45 이에 대한 자세한 논증은 김윤희 위의 논문, 223~226쪽.

성의 진원지로 간주된 상징적 공간이었음을 의미한다.

　조선시대의 경우 행복의 환상과 지리적 현실을 하나로 조화시킴으로써 유토피아와 풍경이 화합하는 양상이 발견되기도 한다. 이 경우 '땅'에서 체험한 '형이상학적 전율'이 미적 체험의 중요한 촉진제로 기능하면서 예술에서 초월적 미의식이 생성되었던 것이다.[46] 이를 위의 묘사된 런던의 경우와 병치해 본다면 근대적 문물이 '형이상학적 전율'로 작동하게 되면서 유토피아와 풍경이 합치된 현상으로 해석해 볼 수 있다. '하늘 같은 대도상'에 '여화여월 미인'들이 오고가는 거리의 모습, '능라금수', '금은보패'로 상징되는 백화점과 '기화요초'와 '비단'으로 표상된 '화원'의 이미지(ⓓ) 등은 '인간인가 선경인가 춘몽이 의의하다'라는 ⓔ의 구절로 응집되고 있기 때문이다.

　이러한 특징은 이후 버킹엄 궁전에 대한 묘사 장면[47]에서도 발견되는데 '옥경 선관 아니면 요지연에 왕모로다'와 같은 도가적 심상은 물론 '인간 천상 여기 아닌가'와 같은 감격적 어구 역시 확인할 수 있다. 화자는 런던을 감각적으로 체험했지만 그 풍경과 유토피아가 합치되면서 미화된 이상 세계로 기억하게 되었으며 따라서 초월적 심상 지리를 통해 런던의 풍경이 재현되고 있다고 보아야 할 것이다.

　이처럼 〈유일록〉의 동경과 〈셔유견문록〉의 런던은 근대화된 국가

---

46 김우창, 「풍경과 선험적 구성」, 『풍경과 마음』, 생각의 나무, 2003, 45~60쪽.

47 "공복 입고 츌문ᄒ야 법킹힝궁 나아가니/ 층층이 층졔 놋코 문문이 금슈로다/ 공걸ᄒ고 웅장ᄒ다 쳔만간 디하로다/ …공경디부 부인더리 폐현초로 입궐ᄒ야/ 각식 비단 상하의와 보셕 투심 녜복으로/ 화관화모 빗난 거실 운치 잇게 눌러 씨고/ 오륙빅명 미인더리 꼿가지를 기기 드니/ 옥경 선관 아니면난 요지연에 왕모로다/ 향취가 촉비ᄒ고 안목이 현황ᄒ다/ 층층 난간 반월문에 디풍악이 우레 갓다/ 웅장ᄒ고 화려ᄒ다 인간 천상 예 아닌가"

의 중심 도시로 간주되면서 웅장한 풍경으로 묘사되고 있는 점에서는 유사하지만 그 지향성의 차이에 따라 런던은 초월적 공간으로 격상되고 있음을 알 수 있다. 이러한 외적 풍경 외에 조선을 대표하는 '사신(使臣)'으로서 생성된 내적 풍경의 편차 역시 발견된다.

ⓒ 일본황졔 쳔장졀의 궁너으로 쳥희씨로/ 디례복을 가츄 입고 시각에 드러가미/ …디신 니ᄒ 쥬임관과 각국의 공ᄉ들이/ 한가지 모야션 것 ᄉ오빅인 되깃드라/ 황졔 젼좌허미 좌우에셔 지영허고/ 그 뒤로 ᄯ라셔셔 연회쳥 드러가니/ 여러 빅간 널분 마루 다셧 쥴로 늘어 노고/ 황졔가 상좌 안쪼 츠려로 좌졍하야/… ㉠황졔 이ᄒ 여러 빅인 면면이 즁다바지/ 그 즁에 일렵쳥이 관디 ᄉ모 품디로다/ 니 모양 너가 보ᄋ도 도로여 우슐 쪅에/ 져 ᄉ람들 쇽 마음에 오작히 비쇼허랴/ …음식이 여러 가지 먹는 동안 지리헌 즁/ ㉡져의씨리 질거워셔 슐들을 만냥 먹고/ 여러 ᄉ람 직거려셔 슈작이 난만허되/ 언어를 불통허니 답답허고 무미하야/ ᄭ어온 보리ᄌ루 너 모양 홉ᄉ허다 〈유일록〉

ⓓ 양녁 뉴월 이십삼일 영황 영후 쳥쳡으로/ 각국 사신 졔회ᄒ야 디연을 비셜홀시/ 잔치 비포 불작시면 팔션식상 일곱인디/ 사신 좌차 마련ᄒ야 차려 차려 안질 젹에/ 졔일상은 영황뎨 쥬셕ᄒ고 각국 ᄉ신 둘너 안고/ 졔이상은 영황후 쥬셕ᄒ고 각국 사신 둘너 안고/ 졔삼상은 황티ᄌ 쥬셕ᄒ고 각국 사신 둘너 안고/ 졔ᄉ상은 티ᄌ비 쥬셕ᄒ고 각국 사신 둘너 안져/ ⓐ우리 좌츠 어딜넌고 티ᄌ비와 겸상이라/ 영화로다 영화로다 봉명사신 영화로다/ 잔치 긔구 거룩ᄒ다 슌금 긔명 금슈져라/ 긔췌차포 하년 후의 사은퇴귀 ᄒ얏고나 〈셔유견문록〉

위의 ⓒ, ⓓ는 황제가 초청한 연회장을 묘사한 장면인데 상당히 이질적인 현상이 발견된다. ⓒ를 보면 〈유일록〉의 화자는 각국의 공사들 사이에서 철저히 소외되어 있음을 알 수 있다. ㉠에서 화자만 '관대 사모'와 '품대'를 하고 있는 모습은 근대적 국제 질서에서 소외된 조선 을 표상한다고 볼 수 있으며 이에 대해 화자는 '내 모양 내가 보아도 우스운데 저 사람들 속마음에 오죽 비소하랴'와 같이 매우 직설적이고 자조적인 화법으로 내면을 드러내고 있다. 더욱이 '저희끼리 즐거워 술을 먹는 모습'과 '언어가 불통하여 꾸어온 보리자루같다'고 표현된 ㉡을 보면 일본 및 각국의 사신들 속에서 괴리된 화자의 실상과 탄식 이 냉정하게 그려지고 있다. 이런 상황에서 화자는 근대화된 동경을 여전히 불편하고 이질적인 공간으로 인식할 수밖에 없었을 것이다.[48]

그런데 〈셔유견문록〉의 화자는 거의 비슷한 시기에 사행을 다녀왔 음에도 불구하고 런던에서의 연회 장면을 상당히 긍정적으로 재현하 고 있다. 위의 D 장면을 보면 영국 황제를 구심점으로 각국의 사신들 이 '둘러 앉아' 있는 장면이 발견되는데 이 역시 런던이 권력의 중심지 로 이상화된 공간이었음을 보여주는 사례이다.[49] 특히 당시 국제적 현실에서는 일본에 비해 낮은 서열이었음에도 불구하고 태자비와 겸 상을 한 사실이 위의 장면에서 '영화로다 영화로다 봉명사신 영화로 다'(ⓐ)와 같이 고조된 감탄으로 처리되고 있다.

이처럼 〈유일록〉과 비교해 볼 때 〈셔유견문록〉의 화자는 낙관적 세

---

48 동경에 대한 이러한 인식은 내지시찰단원으로 일본을 다녀온 체험이 형상화된 가사 〈동유감흥록(東遊感興錄)〉(1926)에 이르면 소멸되는 양상을 보인다. 이에 대해서 는 지면을 달리하여 살펴볼 볼 예정이다.

49 한문일기인 『서사록』을 보면 이 연회에 영국 황태자는 참석하지 않았으며 일본 친황 이 3좌에 앉고, 우리나라 친왕은 4좌에 앉았다고 기록되어 있다. 반면 〈셔유견문록〉 에서는 황태자가 참석한 것으로 되어 있고 '일본'에 대한 구체적 언급은 생략되어 있다. 이에 대한 구체적 논증은 김윤희, 위의 논문, 251~253쪽.

계관을 보여주고 있는데 이 역시 중심 세계를 지향하는 의식과 그 대상이 일치함으로써 발생한 현상으로 볼 수 있다. 이후의 관병식 장면을 보아도 영국의 황제와 황태자가 경외의 시선으로 형상화되고 있고 군사력의 위엄은 '기상이 태평이라', '부국강병 분쟁시에 서양에 제일이라'와 같은 감탄으로 구현되어 있다. 자국의 열세가 극복되기를 바라던 지식인의 내면은 '근대적 권력의 중심지'로 은유된 런던의 풍경과 황태자의 모습을 통해 점차 낙관적·초월적 세계관을 확보하게 된 것이다.

〈유일록〉을 보면 〈일동장유가〉와 마찬가지로 황제의 권력을 부정하거나 경시하는 장면이 발견되는데 〈셔유견문록〉의 황제는 절대적이고 초월적인 권력의 주재자로 간주되고 있어 이 역시 수도 풍경의 편차를 유발한 요인으로 보인다. 또한 〈셔유견문록〉에서 런던은 〈유일록〉의 동경에 비해 비실재적이고 초월적인 심상 지리로 재현되고 있어 작품의 전체 분량도 〈병인연행가〉나 〈유일록〉에 비해 1/4 정도밖에 되지 않는다.[50] 이처럼 중화의 세계에 대한 지향성이 근대적 권력에 대한 열망으로 전환되는 20세기 초반의 양상을 사행가사에 형상화된 각국의 수도 풍경과 그 편차를 통해서도 선명하게 확인해 볼 수 있었다.

---

50 이 분량은 17세기의 사행가사 〈장유가〉와 유사한데 이는 풍경에 대한 초월적 재현을 위주로 하는 기행가사들이 대부분 분량이 길지 않는 경향성과 상관이 있어 보인다.

5. 결론

지금까지 조선후기 장편 사행가사 작품들을 대상으로 타국의 수도에 대한 풍경과 그 지향성이 변모되는 양상을 통시적·공시적으로 살펴보았다. 수도는 각국의 중심지로서 여타 여정과 변별되는 표상을 보이는 경우가 많았으며 사행 시기와 국가에 따른 편차 역시 발견되는 공간이었다. 18세기 중반의 〈일동장유가〉에 나타난 경도와 강호는 그 외적 풍경은 예찬되지만 관념적 화이관이 촉발되면서 관념과 풍경이 이원화되는 공간으로 형상화되고 있다. 일본 수도의 발전된 풍경에 압도되지만 이내 이적국의 역사적 정통성을 부정하면서 공간을 소유하고자 하는 열망으로 그 지향성을 드러낸다.

반면 19세기 초반에 창작된 〈무자서행록〉에는 청나라 황제의 권력에 압도되는 모습과 함께 북경에서의 견문이 매우 상세하게 묘사되어 있다. 명나라의 수도였던 북경을 오랫동안 지배하며 번성해온 대국으로서 청을 인정하는 모습이 발견되는 것이다. 이러한 특징은 19세기 중반의 작품 〈병인연행가〉에 이르러 더욱 강화되면서 북경의 풍경은 즉물적 정형화의 방식으로 더욱 체계화되고 있었다. 〈일동장유가〉의 수도에 비해 19세기 연행가사에 형상화된 북경의 풍경에는 화이론적 관념이 거의 투사되어 있지 않은 것이다. 조선후기 지식인들에게 북경은 문화적 중심을 환기케 하는 동시에 지리적 현재성을 유지하고 있는 수도였기에 일본의 경우와는 상당히 다른 면모를 보이고 있는 것이다.

또한 〈일동장유가〉의 이원적 구도는 근대적 권력의 위엄에 점차 그 간극이 축소되었으며 이는 20세기 초의 〈유일록〉에서 확인해 볼 수 있었다. 일본의 발전된 수도가 화이론을 직접적으로 환기케 하는 공간이었던 〈일동장유가〉와 비교해 보면 〈유일록〉에서 동경은 근대화된 일본의 중심지로 간주되는 시선을 발견할 수 있는 것이다. 종족적 화이관과 문화적 거부감은 풍속의 층위에서만 적용되고 있는 점 역시 〈유일록〉에서 동경이 이적국의 중심지가 아니라 근대화된 세계의 중심지로 인식되었음을 보여주는 사례이다.

이는 중심에 대한 지향성이 중화주의에서 서구적 근대화라는 패러다임으로 전환되는 과정에서도 일본의 수도는 여전히 주변국의 도읍지로 인식하려 했음을 의미한다. 반면 비슷한 시기의 사행 체험으로 창작된 〈셔유견문록〉을 보면 영국의 런던은 천상의 세계로 간주되면서 그 지향성의 정도가 가장 강한 수도로 형상화되고 있었다. 근대적 세계의 구심점이 군사력임을 간파한 화자는 영국의 황제를 그 실권의 중심이자 실질적 주재자로 간주하면서 황실과 런던의 풍경을 낙관적·초월적으로 재현하게 된 것이다.

이와 같이 지금까지 살펴본 사행가사 작품들은 사행이라는 공적인 체험 이면에 내재된 솔직한 내면과 의식 지향성이 확인된다는 점에서 문학사적 의의가 있다. 특히 중심을 지향하는 의식의 방향과 궤적에 따라 각국의 수도 풍경을 재현하는 양상에서 일정한 경향성 및 변모의 특징이 발견된다는 점 역시 중요하다. 고전문학에 투영된 타국의 수도에 대한 이러한 고찰은 조선의 한양과 근대 이후의 기행문들을 통해 도시의 표상이 주로 연구되어 온 기존의 동향에 대한 보완적 논의가 될 수 있을 것이다.

『부연일기』와의 관련성을 통해 본
19세기 연행가사 〈무자서행록〉의 특징

1. 서론

이 글은 19세기 초반의 연행가사인 〈무자서행록〉이 연행록 『부연일기』와의 관련성 하에서 창작된 작품이라는 점을 논증해 보고자 한다. 〈무자서행록〉은 1828년의 연행 체험을 토대로 창작된 작품으로 임기중 선생님에 의해 학계에 소개[1]된 이래 많은 연구가 이루어진 대표적 연행가사이다. 근래 들어 〈병인연행가〉에 비해 상대적으로 긍정적 대청관을 보이고 있으며 자국의 열세(劣勢)를 자각한 세계 인식이 표출된 작품이라는 점도 새롭게 분석되었다.[2] 이 〈무자서행록〉은 9편 이상의 이본이 확인되는 〈병인연행가〉와 달리 그 동안 이본이 발견되지 않았었는데 근래에 서울대 소장본이 학계에 소개되어 주목을 요한다.[3]

---

1 임기중, 「기행문학사의 신기원 서행록」, 『문예중앙』 가을호, 1978. 임기중 선생님은 『연행가사 연구』(아세아문화사, 2001)에서 이 〈무자서행록〉을 상세한 주석과 함께 소개하셨는데 이 글에서 인용될 원문과 주석은 이 책에 의거한 것임을 밝혀둔다.
2 김윤희, 『조선후기 사행가사의 문학적 흐름』, 소명출판, 2012, 220~239쪽.
3 한영규, 「새자료 〈무자서행록〉의 이본으로서의 특징」, 『한국시가연구』 33, 한국시가

또한 김지수(金芝叟)라는 이름만이 알려졌던 〈무자서행록〉의 작가
도 연행 당시 교류가 있었던 청대 시인 장제량(張際亮)의 작품을 통해
'지수'라는 호를 지녔던 김노상(金老商, 1787~?)이었음이 밝혀졌다.
김노상은 경주김씨 명문가의 후예인 경화사족으로 연행 당시에는 관
직이 없었지만 이후 읍관으로 현감을 지낸 인물이다. 그리고 장제량
의 작품을 통해 미상이었던 『부연일기』의 작가 역시 이재흡(李在洽,
1799~1843)이었음이 확인되었다.[4]

이처럼 〈무자서행록〉과 관련된 새로운 정보와 이본의 특징이 상세
하게 분석된 연구 성과들로 인해 19세기 연행가사에 대한 진전된 연
구가 가능하게 되었다. 〈무자서행록〉은 19세기 경화세족이 창작한 장
편 가사의 선성(先聲)이라고 볼 수 있으며 장제량과의 교유로 인해
〈병인연행가〉에 비해 내밀한 체험이 추가된 특징이 보이는 등[5] 점차

학회, 2012. 이 자료는 서울대 도서관 '일사문고(一簑文庫)'에 소장되어 있는 것으로
1920~30년대 최남선의 개인 서재였던 '일람각(一覽閣)' 원고 용지에 필사되어 있다.
그로 인해 자료를 소개한 한영규 선생님은 임기중 교수 소장본은 『연행록선집』에
영인되어 있으므로 '연행록본', 새자료는 '일람각본'으로 지칭하였다. 이 글 역시 이를
수용하여 이본을 구분하도록 하겠다. 또한 필자가 서울대 도서관에 소장된 〈무자서
행록〉 자료를 접하는 데 있어 큰 도움을 주신 서울대학교 신현웅 선생님께도 감사의
말씀을 전한다.
4 한영규, 「19세기 한중 문인 교류의 새로운 양상-『赴燕日記』, 「서행록」을 중심으로」,
『인문과학』 45, 성균관대 인문과학연구소, 2010; 또한 『부연일기』의 〈왕환일기 서〉
를 보면 이 연행의 정사(正使)는 남연군(南延君) 이구(李球), 부사는 참판 이규현
(李奎鉉), 서장관은 문학(文學) 조기겸(趙基謙)이었다. 『부연일기』의 작가인 이재
흡은 의관 겸 비장(醫官兼裨將)으로 정사를 따라갔으며 정사의 반당(伴倘)은 유학
김노상(金老商)인데 자는 성여(成汝)이고, 나이는 45세라고 기록되어 있다. 즉 〈무
자서행록〉의 작가인 김노상은 정사의 반당 자격으로 연행을 다녀왔음을 알 수 있다.
5 한영규, 「19세기 연행가사 「서행록」 연구」, 『민족문화논총』 52, 영남대 민족문화연
구소, 2012.

그 실체가 선명하게 드러나고 있는 것이다.

　그런데 일람각본 〈무자서행록〉은 조리 정연한 기존의 연행록본에 비해 구술적 문맥이 강하기 때문에 애초 성립기의 모본(母本) 모습을 상당히 잘 온존하고 있다[6]는 등의 일부 논점에 대해서는 시각을 달리해 보고자 한다. 실제로 일람각본 〈무자서행록〉을 검토해 보면 연행록본에 비해 상대적으로 구술적 특징이 두드러지는 현상은 선명하게 확인된다. 그렇지만 선행 연구에서도 지적된 바[7]와 같이 이 두 이본은 거의 대부분의 내용이 일치하고 있기도 하다.

　특히 연행록본 〈무자서행록〉은 발굴 초기부터 『부연일기』와의 유사성이 제기된 바 있는데[8] 그 일부 사례를 통해 〈무자서행록〉이 『부연일기』에 비해 구술적 특징이 부각된 작품이라는 점은 논증된 바 있다.[9] 즉 비교하는 대상의 자료를 어떻게 상정하느냐에 따라 〈무자서행록〉의 구술성 정도는 차이를 보일 수 있는 것이다. 또한 연행록본 〈무자서행록〉이 『부연일기』를 참조한 것은 분명하지만 일람각본은 그렇지 않다[10]라는 논의 역시 재고될 필요가 있다. 새로 발견된 〈무자

6　한영규, 「새자료 〈무자서행록〉의 이본으로서의 특징」, 『한국시가연구』 33, 한국시가학회, 2012.

7　한영규, 위의 논문, 210~211쪽. 이 논문에는 두 이본의 대조표가 제시되었는데 통사상 서로 차이가 나는 부분은 120여 구이며 이는 〈서행록〉 전체인 2702구에 견주어 4.5%에 해당한다. 즉 대부분의 내용이 일치하고 있는데 이에 대해 논자는 '연행 도중에 성립된 최초의 모본과 1883년 필사된 연행록본 사이에 심각한 차이가 보이지 않는다'고 분석하고 있다. 그러나 연행가사의 전반적인 창작 경향성과 방식을 보았을 때 〈무자서행록〉의 모본이 연행 도중에 성립되었을 가능성은 희박해 보인다.

8　임기중, 「연행가사와 그 연행록」, 위의 책, 106~116쪽.

9　김윤희, 위의 책, 239~247쪽.

10　한영규, 위의 논문, 199쪽.

서행록〉에 구술성이 강화되어 있는 현상을 이해하기 위해서는 먼저
『부연일기』와 〈무자서행록〉의 상관성[11]이 해명되어야 한다는 것이 이
글의 기본적인 시각이다.

　〈무자서행록〉이 필사의 형태로 기록된 작품이라는 점에 주목해 보
면 그 참조 대상이 된 『부연일기』와의 관련성이 곳곳에서 확인된다.[12]
두 자료는 모두 필사의 형태로 남아 있지만 〈무자서행록〉의 경우 한
글 필사본이라는 점에서 차이가 있다. 이 시기 한문 글쓰기의 경우
법식과 규범이 요구되지만 한글의 경우 이러한 규범에서 자유로웠으
며 그런 점에서 한글로 쓴 글은 글다운 '글'이 아닌 '말'과 유사한 것으
로 인식되었을 가능성이 높다.[13] 한글 필사본은 완성되어도 고정된
텍스트로 인식되지 않고 변형된다는 점에서 한글 필사 문화는 구술
문화와 닮아 있는 것이다. 그러나 일단 필사된 텍스트는 필사자의 흔
적을 지닌 채 그대로 고정되기 때문에 한글 필사 문화는 구술성과 기
록성을 동시에 지닌다고 볼 수 있다.[14]

　그러므로 〈무자서행록〉과 『부연일기』와의 유사성이 발견되는 현

11　이 글에서 비교의 주된 자료로 삼은 것은 연행록본 〈무자서행록〉이다. 물론 일람각본
　　과 『부연일기』와의 관련성 또한 면밀히 살펴보아야 하겠지만 주석 7)에 제시되었듯
　　이 일람각본과 연행록본의 내용 차이는 크지 않다. 특히 서사 흐름이나 주요 사건이
　　일치하기 때문에 이 글에서 연행록본과 『부연일기』의 관련성이 논증된다면 이 논의
　　는 일람각본에도 적용된다고 볼 수 있다.
12　그동안의 연구에서는 〈무자서행록〉이 『부연일기』를 참조했을 가능성과 그 일부 사례
　　들이 검토된 적은 있지만 두 자료의 관련성에 대한 실증적 논증이나 그 의미에 대한
　　고찰은 진행된 바 없다.
13　이지영, 「한글 필사본에 나타난 한글 筆寫의 문화적 맥락」, 『한국고전여성문학연구』
　　17, 한국고전여성문학회, 2008, 300쪽.
14　이지영, 위의 논문, 302～303쪽.

상에 주목해 보면 19세기 장편 연행가사인 〈무자서행록〉의 특징을 선
명하게 확인해 볼 수 있을 것으로 보인다. 기존의 연행 문학 연구에서
는 김창업(金昌業, 1658~1722)의 「노가재연행일기(老稼齋燕行日記)」
가 상호텍스트성의 개념으로 분석된 바 있다.[15] 「노가재연행일기」는
전대 글쓰기 관습을 주체적으로 수용·변용함으로써 새로운 사행록
글쓰기 관습의 모범을 보여주고 있으며 다시 후대 사행록의 전범으로
지속적으로 활용되었음이 확인되었다. 뿐만 아니라 조선후기 국문 사
행록은 「노가재연행일기」→「을병연행록」→「무오연행록」으로 이어
지면서 '모방과 답습, 극복'이라는 수용 양태의 통시적 연결상을 보여
주고 있다는 사실도 논증된 바 있다.[16]

이러한 경향성을 볼 때 19세기 연행의 기록물로서 『부연일기』→
〈무자서행록〉→〈병인연행가〉로 이어지면서 유사성이 발견되는 현
상도 중요하게 평가되어야 할 것으로 보인다. 연행록과 장편 연행가
사의 관련성을 통해서는 자국어 시가 문학의 특질을 발견할 수 있으
며 이 연행가사가 다른 연행가사의 창작에도 영향을 주었다는 점 역
시 19세기 가사 문학사의 유의미한 사례로 해석될 수 있기 때문이다.
구술 문화에서 텍스트는 경험을 조직하는 데 익숙한 텍스트를 활용하
기 때문에 필사 문화에서 상호텍스트성은 당연한 현상으로 간주되었
다고 볼 수 있다.[17] 조선후기 가사가 한시, 소설, 시조 등과 같은 선행

---

15 김아리, 「『노가재연행일기』의 글쓰기 방식 – 상호텍스트성을 중심으로」, 『한국한문
학연구』 25, 한국한문학회, 2000. 논자는 크리스테바의 용어를 차용하면서 상호텍스
트성을 '텍스트가 그 자체로서 완결적 의미를 갖는 것이 아니라 언제나 과거 혹은
동시대의 다른 텍스트들과의 연관 관계 아래에서 의미 작용이 완성된다는 특성'이라
고 정리했다.
16 조규익, 「조선조 국문 사행록의 흐름」, 『국문 사행록의 미학』, 역락, 2004.

담화를 적극적으로 수용함으로써 '여러 목소리'의 현상과 '열린 체계'의 특성을 보인다는 점은 이미 논증된 바 있다.[18]

또한 이러한 가사 문학은 작시(作詩)상 기록문학의 형태였지만 대체로 가창되었고 익명성이 부각되는 조선후기로 갈수록 구비적 성격이 강화되면서 필사 전승되는 경향성을 보인다.[19] 그러나 가사의 장형화, 담론 구성 방식의 다변화, 개방성 증대 등으로 인해 조선후기에 확대·창작된 '록자류 가사'에서는 인정·세태·경물·인간사의 단면 등이 폭넓게 수용되어 있는 특징을 보이기도 한다.[20] 조선후기에 이르러 증가한 장편 가사는 이처럼 필사된 기록물이라는 점에서 구술성과 기록성이 동시에 고려될 필요가 있는 것이다.

특히 조선후기 기행가사는 전기 기행가사에서 보이는 단일한 이데올로기가 결여됨으로써 각 부분들이 분화되고 개별적으로 나열되는 특징을 보인다.[21] 기행을 통해 관심 영역이 확대되고 의식이 다변화되면서 확장적 진술과 세밀화된 묘사로 견문을 형상화하는 경우가 많은 것이다.[22] 또한 기행가사에 형상화된 공간은 작가의 관점과 공

---

17 이기우·임명진 옮김, 월터옹(Walter J. Ong) 지음, 『구술문화와 문자문화』, 문예출판, 2009.
18 이동찬, 「가사의 텍스트 상호관련성과 '여러 목소리' 현상」, 『가사문학의 현실 인식과 서사적 형상』, 세종출판사, 2002.
19 고순희, 「가사문학의 구비적 성격」, 한국고전문학회 엮음, 『국문학의 구비성과 기록성』, 태학사, 1999, 343~375쪽.
20 박애경, 「후기 가사의 흐름과 '록'으로의 지향」, 『한국 고전시가의 근대적 변전과정 연구』, 소명, 2008, 141~158쪽.
21 조세형, 「후기 기행가사 〈동유가〉의 작자의식과 문체」, 『가사의 언어와 의식』, 보고사, 2009, 127~130쪽.
22 박영주, 「기행가사의 진술방식과 문학적 형상화 양상」, 『한국시가연구』 18, 한국시

간 경험에 의해 실제 공간이 변형되고 왜곡된 측면이 있다는 점도 고려되어야 한다.[23] 19세기에 창작된 장편 연행가사 〈무자서행록〉를 보면 청나라 문물이 확장적으로 묘사된 경우가 많은데 동시에 『부연일기』와 비교했을 때 작가에 의해 임의적으로 첨가된 장면이나 내용이 발견된다.

즉 연행록본 〈무자서행록〉은 『부연일기』에 비해, 일람각본 〈무자서행록〉이 연행록본에 비해 구술적 특징이 두드러지며 변이가 발생하지만 기록물로서는 유사성을 보이고 있다. 나아가 19세기 중반에 창작된 〈병인연행가〉 역시 〈무자서행록〉과의 상호텍스트성이 논증된 바 있으며[24] 〈병인연행가〉는 내용이 유사한 다수의 이본들이 확인되고 있다. 이처럼 19세기 장편 연행가사 필사본들은 기록 문학으로서의 속성을 내포하되 동시에 가변성과 유동성을 내포한 열린 텍스트들이었음에 유의해 보아야 한다. 『부연일기』와 〈무자서행록〉과의 연관성은 이 자료들의 상관성을 해명하는 데 있어 중요한 기초 작업이 될 것이며 이를 통해 19세기 장편 연행가사 〈무자서행록〉에 대한 이해 지평을 확장해 보고자 한다.

가학회, 2005, 227~231쪽.
23 염은열, 「기행가사의 '공간' 체험이 지니는 교육적 의미」, 『고전문학과 교육』 12, 고전문학과교육학회, 2006, 92~93쪽.
24 김윤희, 『조선후기 사행가사의 문학적 흐름』, 소명출판, 2012, 291~313쪽.

2. 19세기 초반의 연행록 『부연일기』와 가사 〈무자서행록〉의 연관성

『부연일기』의 체제는 「노정기(路程記)」, 「왕환일기(往還日記)」, 「역람제처(歷覽諸處)」, 「주견제사(主見諸事)」, 「회자국(回刺國)의 국서」, 「일급(日給)」으로 구성되어 있는데 이 중 「왕환일기」와 「역람제처」, 「주견제사」의 부분에서 〈무자서행록〉과의 유사성이 발견된다. 이러한 '잡지(雜誌)' 형식의 연행록은 18세기 초부터 유행하기 시작했는데 공적인 보고서인 '별단(別單)'의 내용을 벗어나 사소한 일이나 음식들, 한녀들의 옷차림 등과 같이 사적인 관심이 확대되면서 문물 소개도 본격화된다.[25] 이처럼 연행록이 변모되는 양상은 19세기에도 지속되는데 '경물(景物)'에 대한 적극적 기록과 '유람(遊覽)'의 성격에 기반한 여행기로서의 연행록들도 다수 확인된다.

19세기 초의 『부연일기』역시 이처럼 잡지 형식으로 다원화된 연행록의 일종으로 볼 수 있으며 〈무자서행록〉은 이를 통합으로 수용한 장편 가사에 해당한다. 〈무자서행록〉이 청국의 물질적 번영을 상징하는 문물과 기이한 풍물에 대한 관심이 확장된 연행가사라는 점은 일찍이 논증된 바 있다.[26] 나아가 〈무자서행록〉의 서사 흐름이 『부연일기』와 대체로 일치하며 '유람'의 성격이 강화된 부분에서는 서사가 균열되면서 묘사의 특질이 강화되어 있다는 방향으로 연구가 확장되었다. 특히 즉물적 나열이 이루어진 부분들은 대부분 「주견제사」의 소

---

25 김현미, 『18세기 연행록의 전개와 특성』, 혜안, 2007, 284쪽.
26 유정선, 『18·19세기 기행가사 연구』, 역락, 2007, 132~138쪽.

항목들과 유사성을 보이고 있는데 〈무자서행록〉의 경우 자국어의 미
감과 효용성이 상대적으로 부각되어 있다는 점이 중요한 특징으로 제
시되기도 하였다.[27]

이 장에서는 이러한 성과들을 심화하여 〈무자서행록〉이『부연일기』
와의 관련성 하에서 창작된 작품이라는 점을 정밀하게 논증해 보고자
한다. 한문 기록이 가사 문학으로 재구성되는 과정에서 확인되는 유
사성과 차이점을 통해 〈무자서행록〉을 창작한 작가의 의식 세계는 물
론 언어적 구성력에 대한 이해 지평을 확장해 나갈 수 있기 때문이다.
기존의 연구에서는 중국에 입국한 이후부터의 유사성이 주로 비교되
었는데 〈무자서행록〉의 전반부를「왕환일기」와 비교해 본 결과 다음
과 같은 연관성이 확인되었다.

〈표 1〉

「왕환일기」 날짜	「왕환일기」내용[28]	〈무자서행록〉 구절
4월 13일	맑음. 밥을 먹은 다음 길을 떠나 영화역(迎華驛) 말을 탔는데	亽월 십삼일의 영화역 말을 타니
4월 14일	흐리며 가랑비가 내려 먼지를 적셨다. 늦게 길을 떠나 40리를 가 풍락헌(豊樂軒)·파주(坡州)의 정당임 에서 잤다.	이튼놀 셰우맛고 파쥬의 숙소ᄒ니

---

27 김윤희, 위의 책, 241~250쪽.
28 앞으로 인용될『부연일기』의 번역문은 한국고전번역원(http://db.itkc.or.kr)의
고전번역총서에 의거한 것이며 필요하다고 판단되는 경우에만 원문을 첨부하도록
하겠다.

4월 15일	맑음. **일찍 떠나 화석정(花石亭)**·율곡(栗谷)의 옛집인데 임진강(臨津江) 나루 동쪽에 있다. 에 **올랐다가**, 임진강을 건너 40리를 가 근민당(近民堂)·장단(長湍)의 정당임 에서 **점심을 먹고**, 이내 40리를 가 **송경(松京)**에 들러 내성당(乃成堂) 개성부(開城府)의 연리청(椽吏廳)임 에서 잤다. 다음 날 최치수 및 집 아이들과 작별하고, 한자은만은 유람한다고 말[馬]을 삯내어 성천(成川)으로 갔다.	십오일 일쪽쩌나 화셕경 츠즈가니 / 뉼곡 구디는 의구히 잇거마는/ ㉠진셩인 니문셩은 시베를 격ᄒᆞ온듯/ 임진강 얼픗건너 동파졈 지ᄂᆞ거다/ **남단의 즁화ᄒᆞ고 송도의 드러가니**/ ㉡만월더 져문구름 망국ᄒᆞ 여한인가/ 남문밧 유익비는 션젹이 완연ᄒᆞ다
4월 16일	맑음. 30리를 가 **청석점(靑石店)**에서 쉬고 **30리를 가서 금릉관(金陵館)** 금천(金川) 객사(客舍)에서 점심을 들고	청셕골 너다르니 금능관 반갑도다
4월 17일	맑음. 30리를 가 **총수관(蔥秀館)**에서 점심 먹고, 또 50리를 가 용천관(龍泉館)·서흥(瑞興)의 정당임 에 이르러 갔다.	총슈의 옥류쳔은 쥬텬ᄉ 심획이라
4월 19일	맑음. **동선령(洞仙嶺)**을 넘어 동선관(洞仙館)으로 나와 황강(黃岡)의 연가루(燕嘉樓)·황주(黃州)의 별관(別館)에 이르러 갔다.	동션녕 너문겻티 황쥐부 드러가셔
4월 20일	맑음. 황주(黃州)에 머물렀다. 이날 **월파루(月波樓)**에 올라가 검무(劍舞)를 관람하고, 또 제안관(齊安館)의 **태허루(太虛樓)**에 오르고 **무검정(撫劍亭)**에 올랐다가 저물어서야 돌아왔다.	월파루 다시보니 왕ᄉ가 암암토다/ 티허루 도라나려 **무검졍** 츠즈가니
4월 22일	맑음. **평양**에 머물렀다. 오후에 배를 타고 **부벽루(浮碧樓)**에 올라가 검무(劍舞)를 관람하고, **영명사(永明寺)**의 득월루(得月樓)로 옮겨 쉬었다가, 또 **모란봉(牧丹峯)**에 올라가 을밀대(乙密臺)와 기자묘(箕子墓)를 바라보고, 장경문(長慶門)으로 해서 저물어서야 처소로 돌아와 칠언 절구(七言絶句) 1수를 지었다.	예ᄒᆞ로 묵은후의 **평양셩** 드러가니/ ㉢팔조 유교는 츠즐더 바히업고/ 왕검구격이 셩쳡이 예와갓다/ 쳥유벽 더동강은 비류강 하류되고/ 을밀더 모란봉은 긔자묘 쥬믹이라/ 연광졍 표묘ᄒᆞ야 물우의 쩌셔잇고/ **부벽누 영명ᄉ**는 상류를 임ᄒᆞ엿니/ ㉣댱임밧 겨문니와 능나도 모린 빗치/ 평연이 바라보니 화즁경 아니런가/ 여염이 즐비ᄒᆞ고 쥬즙이 만강ᄒᆞ더/ 가션어쥬는 곳곳이 왕니ᄒᆞ고/ 물가의 이층집들이 장셩을 의지ᄒᆞ여/ 인민이 부려ᄒᆞ고 물식의 번화ᄒᆞ고과/ 강산풍경이 국즁의 거갑이라/ 그려본더의 음악도 가즐시고

(*표시는 원문에 제시되어 있는 주석을 의미함)

위의 〈표 1〉은 두 자료의 전반부에서 날짜나 여정이 일치하는 부분을 발췌하여 정리해 본 것인데 '강조 표시'된 부분에서 알 수 있듯이 상당한 유사성을 보이고 있다. 일기에 서술된 날짜 정보와 지명, 간략한 일정 등의 연속적 흐름이 〈무자서행록〉과 거의 일치하고 있다. 특히 4월 15일과, 22일의 경우를 살펴보면 사실적 정보는 일치하되 정서를 표출하는 면에서는 차이를 보이고 있는 현상을 확인해 볼 수 있다. 밑줄 친 ㉠㉡에 보이듯이 〈무자서행록〉의 화자는 율곡의 옛 집인 '화석정'에서 '의구히 잇거마는', '시볘를 격ᄒ온듯[29]'과 같은 표현으로, 송도(松都)에서는 '망국한 여한인가', '션젹이 완연ᄒ다'와 같은 구절을 통해 무상감을 표출하고 있다.

이러한 특징은 평양을 둘러보는 4월 22일의 사례에서도 확인된다. ㉢㉣를 보면 기자의 도읍지로서 평양을 환기하는 의고적 정서와 함께 을밀대에서 조망되는 풍경미가 '화중경 아니런가', '강산풍경이 국중의 거갑이라'와 같이 표출되고 있다. 이 날 「왕환일기」의 내용을 보면 '처소로 돌아와 칠언 절구 1수를 지었다'고 되어 있는데 「왕환일기」의 작자인 이재흡은 별도의 한시 창작을 통해 감회를 형상화했음을 알 수 있다.

반면 〈무자서행록〉의 작자는 사실적인 여정의 기록에다 자신의 주관적 감흥을 통합하여 작품을 구성했음이 확인된다.[30] 이어지는 「왕

---

29 '새벽을 격해 있는 듯'의 의미로 새벽을 과거와 현재를 이어주는 시간의 경계로 이해하여 '율곡과 시인 사이에 긴 시간적 간격이 있음을 말한다'고 이해될 수 있다.

30 〈무자서행록〉의 이러한 특징은 '객관적 거리 유지보다는 감정이입적 또는 참여적'(이기우·임명진 옮김, 월터옹(Walter J. Ong) 지음, 『구술문화와 문자문화』, 문예출판, 2009, 76쪽)이라는 구술문화의 사고 과정과도 유사하다.

환일기」의 내용은 국경을 넘어가게 되면서 구체화되고 특정 대상이
상세하게 묘사되는 부분들도 보이는데 〈무자서행록〉과 일치하는 장
면도 쉽게 발견된다.

〈표 2〉

「왕환일기」 5월 12일	집으로 보내는 편지를 부쳤다. 길을 떠나 30리를 가 봉황성에서 점심을 먹었다. 봉황성은 대개 평지에 있는 **방성(方城)**인데 벽돌로 쌓아 두께가 10보(步)나 되며, 위에는 층층 문루(門樓)가 있는데 문살이 가는 창을 내고 **단청을** 하였다. 성안에는 가게와 저자들이 조밀한데 모두 무늬창과 조각한 문에는 **금벽(金碧)**을 하였다. 비록 서민들의 구석진 집이라도 흰 서까래(素題)와 흙담이 전혀 없는데, 어디나 그렇지 않은 곳이 없었다. 책문에 들어간 이후로 가는 곳마다 구경하는 자들이 담 쌓듯 하였는데, 말에서 내릴 때에는 문을 메우고 길이 막히도록 분주하게 둘러싸고 구경하기를 마지않아 싫고 괴로울 때가 많았다. 또 50리를 더 가 송참(松站)에서 머물러 잤다.
〈무자서행록〉	강건너 빅여리의 비로소 **칙문드니**/ 봉셩장 문을 열고 녀관의 드러가니 / 평디의 셩을쓴허 스면이 **방뎡ᄒ고**/ 시면이 **부요ᄒ니 화려키 금죽 ᄒ다**/ 슈호문창 괴교ᄒ고 금벽조초 찬난ᄒ니/ 지빈ᄒ 편호들도 집치레 과람코나/ ⓜ가가의 스당잇셔 관왕을 위ᄒ엿고/ 촌촌이 신퓌두고 슙불도 셩풍ᄒ다/ 금은글즈 단쳥집의 아로식인 벽이며/ ⓗ뎐당푸리 츠푸리며 각식힝화 더상고라/ 한임츠의 호달마며 틱평츠의 조혼노신/ 무역디차 농가소차 여긔져긔 우격지격

위의 〈표 2〉는 5월 12일자 일기와 유사성이 발견되는 〈무자서행록〉
의 내용을 비교해 본 것인데 '강조 표시'된 부분에 보이듯이 사실적
정보들이 대부분 일치하고 있다. 일기에는 봉황성과 성안 거리가 간
략하게 묘사되어 있는데 '방성(方城)', '무늬창', '조각한 문', '금성(金
城)' 등과 같이 시각적 심상으로 주요 특징을 제시한 표현들은 〈무자
서행록〉에 고스란히 수용되어 있음을 확인할 수 있다. 또한 서민들의

집들조차 '흰 서까래(素題)와 흙담이 전혀 없다'고 설명된 일기의 내용이 가사에서는 '집치레 과람코나'와 같이 주관적으로 재해석된 현상도 발견할 수 있다.

그런데 밑줄 친 ⑩ 이하 내용은 일기에서 확인되지 않는데 다른 자료들을 검토해 본 결과 「주견제사」의 일부 항목들과 유사성을 보이고 있었다. 먼저 ⑩에 보이는 '사당'과 '관우', '신패(神牌)'와 관련된 내용은 「주견제사」의 〈사묘(祠廟)〉 항목에 보이고 〈사묘〉에 바로 이어 있는 〈사찰(寺刹)〉 항목에는 중국인들의 불교 숭상과 관련된 내용이 나오는데 이것이 가사에 '승불도 셩풍ᄒ다'와 같이 간략히 정리된 것으로 보인다.

또한 ⑭에 보이는 '뎐당푸리 츳푸리며'는 〈시전(市廛)〉 항목에, '각 식힝화 디샹고라'는 〈수목(樹木)〉에 보이는 어휘이며 '한임츳, 티평츳'는 〈기용(器用)〉에서 확인된다. 한문 구음이 정확히 일치하는 것으로 보아 〈무자서행록〉의 작자는 이 부분에서 「주견제사」의 일부 어휘들을 차용하여 제시함으로써 중국 문물에 대한 독자들의 관심을 일차적으로 환기하고자 한 것으로 보인다. 특히 수레와 농기구를 나열하면서 '여긔져긔 우격지격'과 같은 의성어를 첨가한 것을 보아도 이 부분은 화자가 전략적으로 구성한 장면임을 알 수 있다.

즉 〈무자서행록〉의 작가는 기본적으로 「왕환일기」의 서사와 내용을 반영하되 중국의 특징적 문물을 형상화하고자 한 부분에서는 「주견제사」 항목들을 선택적으로 수용하려 한 의식의 일면을 발견할 수 있는 것이다. 「주견제사」와 〈무자서행록〉의 연관성이 특히 두드러지는 항목은 〈풍속〉, 〈금축〉, 〈수목〉, 〈기술〉 등인데 대표적 사례를 통해 이를 확인해 보도록 하겠다.

〈표 3〉

	「주견제사」 중 〈풍속〉	〈무자서행록〉 중
Ⓐ	상례·장례·제례에 있어서는 전연 예절을 지키지 않는다. 초상이 나면 패루(牌樓)를 문밖에 세우고 삿자리로 싸며, 동자기둥과 기둥머리에 산과 마름을 그리는데 매우 교묘하였다. ⓐ뜰 가운데에는 점루(簟樓)를 세우고 문밖에는 점막(簟幕)을 설립하며, 광대 무리들이 풍악을 울리고 나팔을 불고 북을 울리면서 조객들을 맞이하고 보내곤 한다. 당(堂) 앞에는 큰 상 하나를 펴놓고 떡·밥·탕·면을 진설하고 향촉(香燭)의 기구를 아울러 벌여 놓았는데, 그것은 곧 이른바 사자상(使者床)이라는 것이다. 비록 빈천한 사람이라 하더라도 초상이 났을 적에 악곡을 사용하는 것은, 예제상 폐지할 수 없는 것이라 한다. 발인하는 것을 보았는데 ⓑ상여에는 채색 비단을 사용하여 묶어 놓아서 구조가 마치 층루(層樓)와 같았으며, 겹처마의 8각에는 오색 술이 너울대어 높이가 한 발 반이나 되었고, 비단 장막으로 덮어 놓았다.³¹	이굿슨 그만후고 발인굿 고이후다/ ⓐ′상가라 후는거슨 쓸가온더 삿집짓고/ 문밧긔 초막짓고 디취타와 셰히격이/ 됴긱의 출입마다 풍유로 영송후다/ ⓑ′상여를 볼죽시면 소방상 틀을ᄯᅩ고/ 오식비단 두로읽어 황홀후고 고이후게/ 뉘읽어셔 문을노하 꼿송이도 쳔연후게/ 아러우회 길반되게 층층이 쑤며시며/ 스면춘혀 층도리의 누각과 일톄로다/
Ⓑ	ⓒ관(棺)의 제도가 너무 높아서 웃머리가 툭 튀어나왔고 붙인 널빤지가 높이 솟았는데, 주흑색(朱黑色)을 발랐고 그림에는 금은을 사용했으며, 관은 모두 널빤지를 붙였는데 몸통이 높았다. 길에서 널을 놓아 둔 것을 보았는데 높은 평상 위에서 부녀자가 널을 어루만지면서 곡을 하였고, 곡하는 소리는 마치 밭 가운데서 부르는 노래 곡조와 같았으며, 음절은 구슬퍼서 전적으로 호소하는 말을 썼다. ⓓ널을 옮겨 상여에다 실을 적에는 긴 장대 사이에 큰 밧줄을 묶고서는 따로 짧은 장대를 가지고 나란히 어깨로 메었고, 상주들은 상여 앞에서 줄지어 서서 걸어갔으며, 흰 무명베의 의건(衣巾)을 착용하였다. 널 앞에 나열된 모든 도구들은 이루 다 기록할 수 없었다.³²	ⓒ′관치례를 볼죽시면 놉히는 반길되게/ 왜쥬홍으로 칠을후고/ 황금으로 그림그려/ 모양도 괴려후고 크기도 영댱후다/ ⓓ′디틀의 쥴을거러 간간이 메여시되/ 저근연츄 쥴을언져 두놈이 마조메여/ ⓗ이우물 겨우물의 우물마다 그러후니/ 상여는 달니워셔 물담은듯 편안후다/ ⓖ′상여앒회 상인셔고 상계앒회 공포셔고/ 동ᄌ삼텬 그압셔고 계집복인 츠를 타고/ ⓓ′흰슈건의 머리미고 흰옷슬 입어시며

ⓒ

ⓔ영좌거(靈座車)의 의금(衣衾)은 모두 오색 종이로 만들었으며, 향정자(香亭子)·채여(綵輿)·서안(書案)·책갑(冊匣)·필연(筆硯)·필통(筆筒)·분화(盆花)·주미(麈尾)·정기(旌旗)·당번(幢幡)·관패(官牌)*붉은 색깔로 모난 널빤지를 칠하여 이부(吏部)·호부(戶部) 등의 글자를 금으로 썼는데, ⓕ긴 자루가 있어서 마치 부채와 같았으며, 좌우로 줄을 지어 가는 것은 몇 쌍인지 모를 정도였다.*·모둑(旄纛)·양(羊)·말[馬]·사자(獅子)·범·사슴·고양이·신선(神仙)·귀찰(鬼刹) 등은 형태가 괴이하지 않은 것이 없었다.

혹 장대를 사용하여 마주 메기도 하고, 혹은 수레로 끌기도 한다. ⓖ또 동자악(童子樂) 1대(隊)가 있는데, 징을 치고 나팔을 불면서 앞에서 인도하였고, 부녀자 및 송장(送葬)의 수레는 뒤에서 떠들썩하며 따랐다. 장지는 대부분 들 가운데였다. 만약 산에다 장지를 선택코자 한다면 넓고 아득한 땅이라서 천 리 안팎이 아니고서는 결코 이를 이루기가 어려우므로, 밭 가운데나 길 곁에나 도랑가에나 담 모퉁이에도 장사를 지내게 마련이다.[33]

ᄎ례로 슈샹ᄒ니 몃슈렌지 모를노다/ ⒜조희로 긔를ᄒ여 쥬룽쥬룽 너푼너푼/ ⓕ′노로 사슴과 긔들과 토기ᄉ지 쥭산미며/ 신션과 귀신들도 몃쌍인지 모르겟고/ ⓔ′가화분은 몃쌍이며 즘물은 몃수레니/ 향졍ᄌ와 치여들도 쌍쌍으로 느려셔고/ 좌ᄎ가지 조작이요 의복금침 조희로다/ 교의 반등 셔안문갑 셔칙필통 무슨일고/ 슈귀치 쳥홍긔며 ᄉ인교는 영좌로다/ 길앒회 느려셔니 그도ᄯᅩ훈 볼만ᄒ다 ⓖ′젼후고취 증을치고 들가온뎌 영쟝ᄒ니/ 산도지 조흘시고 밧두듥이 명당이라

(*표시는 원문에 제시되어 있는 주석을 의미함)

---

31 喪葬祭禮。專然非禮。始喪立牌樓於門外。裹以細簟。結搆作藻梲山節。殊覺巧工。庭中作簟樓。門外設簟幕。倡輩作樂。羅吹鼓吹。迎送弔客。堂前陳設一大床。餅飯湯炙果菜備。并設香燭之具。卽所謂使者床也。雖貧殘下賤。亦用樂曲。禮不可廢云。見發靷者。喪車用採帛結繡。造若層樓複檐。八角流蘇累累。高可丈半。蒙以繡帳

32 棺制太高。上頭作添頂。附板高起。塗以柒黑。繪用金銀。棺皆附板體高。道見置柩高床之上。婦女撫柩而哭。哭聲如田中歌曲。節音哀怨。專用訴話。遷柩載轝長杠之間。結以大纜。另以短杠對對肩擔。喪主在轝前。排立步行。白木衣巾。柩前羅列諸具。不可勝記

33 若靈座車衣衾。皆五色紙造成者。而香亭子綵輿書案冊匣筆硯文匣筆筒盆花麈尾旌旗幢幡官牌。*以朱漆方板。金書吏戶部等字。有長柄如扇。左右排行。不知幾

위의 사례 역시 앞의 〈표 2〉와 마찬가지로 「주견제사」 내용과 〈무자서행록〉의 상당한 일치도를 보여주는데 보다 군집화된 단위로 유사성이 보인다는 점에서 차이가 있다. Ⓐ~Ⓒ[34]는 장례 절차가 형상화된 〈풍속〉 항목의 일부인데 상가, 상여, 관 등의 외양과 상여를 메고 장지까지 이동하는 모습의 특징적 양상이 순서대로 가사에 반영되어 있다. 먼저 Ⓐ를 보면 일기의 경우 '상례·제례·제례에 있어서는 전연 예절을 지키지 않는다'라고 시작하면서 초상시 악곡을 사용하는 것에 대한 부정적 의견을 보이고 있다. 반면 가사에는 이러한 가치 판단이 생략된 채 '상가의 외양과 풍악으로 조문객을 맞이한다'라는 사실적 정보만이 형상화되어 있다.(ⓐ′) 또한 ⓑ′를 보면 '황홀ᄒ고 기이ᄒ게', '꽂송이도 천연ᄒ게', '층층이 쑤며시며'와 같은 구절을 첨가함으로써 상여의 특징이 더욱 생동감 있게 표현되고 있다.

이처럼 이국적인 문화 풍경을 선별하여 감각적으로 재현하는 〈무자서행록〉의 특징은 Ⓑ, Ⓒ에서도 확인된다. Ⓑ의 ⓒ′를 보면 '왜쥬홍', '황금'과 같은 시각적 심상의 어구는 ⓒ와 완전히 일치하고 있으며 '모양도 괴려ᄒ고 크기도 영당ᄒ다'와 같은 감탄구가 첨가되어 있다. 반면 부녀자가 곡을 하고 있는 일기의 내용은 가사에 생략되었다. 또한 ⓓ′에서도 관을 상여로 옮기는 모습과 '흰슈건', '흰옷'과 같은 시각적 표현이 일치하고 있다. 그러나 밑줄 친 Ⓗ에서와 같이 가사에

雙。*旄纛羊馬獅虎鹿猫神仙鬼刹等屬。無不詭形。或用杠對擡而行。或輪輿而轉。又有童子樂一隊。婦女及送葬之車。在後駢闐。金鐺鑼吹。轟轟前導。葬處不過野中。若欲擇山則廣漠之地。除非千里內外則決難致之。所以田中路左溝邊墙曲。皆可以竁之也

34 두 자료 모두 연속된 내용인데 Ⓐ~Ⓒ는 논지 전개의 편의상 구획한 것임을 밝혀둔다.

서는 관을 메고 이동하는 장면이 보다 상세하게 묘사되어 있다. '우물³⁵'이라는 표현의 연속과 '물담은듯 편안ᄒ다'라는 비유적 수사는 장면에 대한 효과적 연상을 가능케 하고 있다. 또한 '상주들은 상여 앞에서 줄지어 서서 걸어갔다'는 일기의 내용은 '상여앏히 상인셔고 상졔앏희 공포³⁶셔고 동ᄌᆞ삼텬³⁷ 그앞셔고 계집복인 ᄎᆞ를 타고'와 같이 반복과 대구, 연쇄, 병렬 등의 수사가 모두 보일 만큼 생생하게 재현되고 있다. 그런데 여기서 '동자ᄌᆞ삼텬', '계집복인'과 같은 일부 어휘들은 ⓒ의 ⓖ 부분에서도 확인된다. '이동'과 관련된 내용이 일기에서 반복되고 있는 경우 가사에서는 이를 통합하고 있음을 알 수 있는 사례인 것이다.

이어진 ⓒ 부분을 보면 정보들의 배치 순서가 변환되는 것은 물론 일기에 나열되어 있는 대상들 중에서도 일부만이 취사선택된 특징이 확인된다. 가사에서는 ⓕ 'ⓔ'와 같이 깃발에 새겨진 형상들이 먼저 제시된 후에 수레에 실린 물품들의 종류가 나열되어 있다. 밑줄 친 Ⓐ의 '조희로 긔를ᄒ여 쥬룽쥬룽 너푼너푼'이라는 표현을 보아도 깃발들의 다양한 종류와 규모를 시각적 심상으로 앞서 강조하려 한 의도임을 알 수 있다.

또한 ⓔ'를 보면 일기의 내용과 순서가 분산되면서 유기적이지 않

---

35 우물은 연춧대(연이나 상여 등을 멜 때 멍에에 옆으로 대는 나무)에 줄을 걸어 칸칸이 맨 것이 마치 '우물 정(井)'자와 유사하기 때문에 활용된 비유임.

36 공포(功布) : 발인할 때 상여 앞에 세우고 가는 기. 기폭은 길이 석자 되는 흰 삼베로 만들었으며 매장할 때 이것으로 관을 닦음.

37 동ᄌᆞ삼텬(童子三絃) : 어린 아이들의 음악대. 삼현은 거문고, 가야금, 향비파의 세 악기지만 일기의 내용을 보면 징, 나팔을 의미함.

은 특징을 보이고 있는데 ⓕ에 비해 ⓔ는 감각적 가시화가 어려운 소재들이기 때문에 일부 어휘만 가져온 것으로 보인다. '몃쌍이며', '몃수레니', '벙벙이로' 등과 같은 표현에서 보이듯이 사실적인 정보 전달보다는 '영좌거(靈座車)'가 화려하고 뒤따르는 수레들의 규모도 상당하다는 점을 강조하고자 했던 것이다. 이처럼 「주견제사」와의 유사성을 보이는 부분에서는 이국적인 문물을 보다 효과적으로 재구성하여 표현하고자 한 화자의 의식을 발견할 수 있다.

〈표 4〉

「주견제사」	천기(天氣) 지리(地理) 인물(人物) **풍속(風俗)** 방적(紡績) 공장(工匠) **시전(市廛)** 돈(錢財) **기술(技術)** 성읍(城邑) 궁실(宮室) **사묘(祠廟) 사찰(寺刹) 의관(衣冠)** 음식(飮食) **기용(器用) 금축(禽畜) 수목(樹木)** 토산(土産)
「역람제처」	봉황성(鳳凰城) 요동성(遼東城) 관제묘(關帝廟) 백탑(白塔) 심양(瀋陽) 원당사(願堂寺) 북진묘(北鎭廟) 도화동(桃花洞) 영원성(寧遠城) 강녀묘(姜女廟) 산해관(山海關) 화표주(華表柱) 이제묘(夷齊廟) 독락사(獨樂寺) 반산(盤山) 통주강(通州江) 동악묘(東嶽廟) **연경(燕京)** 각생사(覺生寺) 해전(海甸) 만불사(萬佛寺) 오룡정(五龍亭) 홍인사(弘仁寺) 인수사(仁壽寺) 융복사(隆福寺) **옹화궁(雍和宮)** 태학(太學) 벽옹(辟雍)

위의 〈표 4〉는 「주견제사」와 「역람제처」의 항목들인데 〈무자서행록〉과의 유사성이 발견되는 항목들에는 '강조 표시'를 해 보았다. 「역람제처」에서는 '연경(燕京)', '옹화궁(雍和宮)' 부분만이 수용되었는데 이를 제외한 다른 항목들은 모두 「왕환일기」의 여정과 중첩되기 때문에 굳이 「역람제처」의 내용을 참고하지는 않은 것으로 보인다. 이 외에도 장산(長山)의 정자 위로 김노상이 올라가 제명하던 5월 24일자 일기에 보이는 일화, 청나라 문인이었던 장제량과의 필담과 교류 양

상에 관련된 일기들[38], 천자가 환궁하는 내용을 기록한 7월 1일자 일기와 같이 화자에게 인상적이었던 일화가 비교적 구체적으로 서술된 경우에는 가사에 대부분 수용되어 있다.

또한 「역람제처」의 〈연경〉 항목에는 태화전(太和殿), 중화전(中和殿) 등과 같이 궁궐의 주요 특징들이 설명되어 있는데 가사에서 궁궐들의 외양 묘사를 하는 과정에 참고 자료가 된 것으로 보인다. 〈옹화궁〉 항목에는 몽고(蒙古) 중들이 송경(誦經)하는 장면이 '마치 개구리 우는 소리 같으면서 웅대하다'라고 서술되어 있는데 이 부분은 이러한 감각적 심상을 환기하기 때문에 〈무자서행록〉에 수용된 것으로 보인다.

위의 〈표 4〉에서 유사성이 발견되는 「주견제사」 항목들을 살펴보면 천기, 지리, 인물, 방적, 공장, 돈 등과 같이 추상적 지식이나 개념·원리가 서술된 내용들은 가사에 대부분 배제되어 있다. 반면 풍속, 시전, 기술, 금축, 수목 등에서 구체적 가시화가 가능한 대상들이나 흥미를 유발할 수 있는 소재들은 중점적으로 형상화되어 있다. 특히 〈풍속〉 항목을 보면 '법령·예절·음악을 붙임'이라는 부제가 보이는데 남녀간의 법도, 형법, 군령 등이 간략히 서술된 후에 앞서 〈표 3〉에서 살펴보았듯이 장례의 절차와 관련된 내용이 실제 장면과 같이 매우 구체적으로 묘사되어 있다.

그리고 음악과 관련하여서 일기는 '광대놀이'를 상당히 상세하게 서술하고 있는데 이러한 특징들로 인해 이 〈풍속〉 항목의 상당 부분이

---

38 7월 29일, 6월 26일, 7월 4일, 7월 15일의 일기에서 장제량과의 교류가 확인되는데 〈무자서행록〉에는 이 내용들이 통합적으로 형상화되어 있다.

〈무자서행록〉에서 수용된 것으로 보인다. 기술 항목 역시 '요술을 붙임'이라는 부제에서 알 수 있듯이 환술이 상세하게 묘사되어 있는데 〈무자서행록〉과 상당한 일치도를 보이고 있다. 또한 〈금축〉 항목을 보면 소, 말, 노새, 나귀, 돼지, 염소, 양, 개, 고양이, 낙타, 코끼리 등이 설명되어 있는데 〈무자서행록〉의 작가는 이 가운데 낙타, 코끼리와 같이 비교적 낯선 동물들만을 형상화하고자 한 선별 의식도 확인된다.

요컨대 〈무자서행록〉은 잡지 형식의 연행록이라 할 수 있는 『부연일기』의 기록을 통합적으로 수용하되 주로 청나라의 이국적 문물들을 선별하여 흥미롭게 표현하고자 한 지향성으로 인해 '장편' 가사로 구성된 작품이라 할 수 있다. 따라서 두 자료의 연관성이 선명한 곳에서는 기록성이 부각되지만 가사 문학이기 때문에 개입된 구술적 변이 또한 발견되며 유사성이 발견되지 않는 영역에서는 〈무자서행록〉만의 독자적 특질이 더욱 선명해지는 양상을 보이고 있다. 다음 장에서는 『부연일기』과 변별되는 〈무자서행록〉의 특징을 살펴보고 이를 토대로 두 이본의 주요 차이점을 통합적으로 고찰해 보도록 하겠다.

3. 『부연일기』와 변별되는 〈무자서행록〉의 특징과 이본(異本) 양상

1) 물명(物名)의 소재별 군집화와 비유기적 병렬

연행록본 〈부자서행록〉의 결사 부분을 보면 '날마다 긔록ᄒᆞ야 녁녁히 젹어시니 우리노친 심심즁의 파젹이나 ᄒᆞ오실가'라고 되어 있고 일람각본에는 없는 연행록본의 필사 후기를 보면 '글귀보고 상상ᄒ니 신친목격 다름업니', '고금의 물속들을 ᄌ셔이도 긔록ᄒ여 만물됴를 그려니여', '슈슈산산 방방곡곡 아니가도 ᄌ셔본듯'과 같은 구절들이 확인된다. 당시 독자들에게 〈무자서행록〉은 마치 그림이나 사진처럼 중국의 문물을 '보여주는' 역할을 하였고 이러한 소통 구조를 보아도 사실적 재현이나 치밀한 기록성은 작품의 주요한 문학적 특질이었음은 분명하다.[39] 또한 앞서 살펴보았듯이 『부연일기』와의 연관성은 이러한 기록성을 가능케 한 주된 동인이 되었을 것으로 보인다.

〈표 5〉[40]

날짜	여정	묘사 대상	『부연일기』와의 관련성이 확인되는 항목
5월 16일	요동성		「주견제사」의 〈기용(器用)〉
Ⓓ(6월 13일)		창시, 굿	「주견제사」의 〈풍속(風俗)〉
6월 11일	연경	호권, 서산	「주견제사」의 〈금축(禽畜)〉
6월 17일	연경	환희	「주견제사」의 〈기술(技術)〉
6월 23일	경산	누각, 만불사, 천수불, 오룡정, 오색붕어, 코끼리	「주견제사」의 〈금축(禽畜)〉
Ⓔ(6월 30일, 7월 1일)	태화전, 융복사, 동화문	연경의 궁궐	「역람제처」의 〈연경(燕京)〉

---

39 김윤희, 「조선후기 사행가사의 창작 과정과 언어적 실천의 문제」, 『한국시가연구』 29, 한국시가학회, 2010, 258~260쪽.

40 이 표는 『조선후기 사행가사의 문학적 흐름』, 소명출판, 2012, 242~243쪽에 제시되었던 표를 이 글의 논지 방향에 따라 간략히 정리하고 수정·보완한 것이다.

Ⓕ(6월 30일)	융복사	새, 화초, 음식, 의복, 서적, 약재	「주견제사」의 〈의관(衣冠)〉, 〈음식(飮食)〉, 〈금축(禽畜)〉, 〈수목(樹木)〉
7월 29일	법륜전	몽고승, 태학	「역람제처(歷覽諸處)」의 〈옹화궁(雍和宮)〉
8월 13일	회정	십숙일 길쩌ᄂᆞ려 션니군관 몬져온다	
Ⓖ		책사(冊肆), 시장, 문방제구, 모물전(毛物廛), 침선(針線), 의방(衣方), 과일, 곡식, 낙타, 철물전, 목물전, 상인들	「주견제사」의 〈시전(市廛)〉, 〈풍속(風俗)〉
8월 13일	회정	십숙일 발힝하야 조양문 밧ᄂᆞ와보니	

위의 〈표 5〉는 중국 내에서 『부연일기』와의 유사성이 확인되는 여정을 중심으로 작품의 서사 흐름과 주된 묘사 대상을 정리해 본 것이다. Ⓓ~Ⓕ로 구획된 단위는 일기의 서사 흐름과 일치하지는 않지만 〈왕환일기〉에서도 여정이 확인되는 부분이다. 또한 Ⓖ의 경우는 앞뒤에 '십숙일'이라는 발행(發行) 날짜가 보이는데 이를 보아도 Ⓖ는 독립적으로 재구성되어 삽입된 장면임을 쉽게 알 수 있다.[41] 〈무자서행록〉의 작가는 서사 진행의 정확성보다 환희, 동·식물, 궁궐, 사찰, 음식, 시전 등과 같이 문화적 이질성이 발견되는 대상들을 흥미롭게 전달하는 것에 초점을 두면서 「주견제사」나 「역람제처」를 참조해 나갔던 것이다. 이 과정에서 〈무자서행록〉의 작가는 소재별, 항목별로

---

41 김윤희, 『조선후기 사행가사의 문학적 흐름』, 소명출판, 2012, 245~247쪽.

대상들을 군집화하여 묘사하거나 나열하고 있는데 그로 인해 '장면의 확장'이라고 볼 수 있는 특징도 발견된다. 기존 연구에서도 이러한 특징은 흥미로운 항목들이 나열·병치된 '병렬' 현상으로 파악되었고 19세기 대부분의 유람가사와 사행가사에 나타나는 주요 특징이라고 밝혀진 바 있다.[42]

그런데 이러한 현상은 19세기의 박물학적 글쓰기 방식의 유행과도 일정 정도 상관성이 있어 보인다. 주지하듯 18·19세기 고증학의 수용과 저변 확대는 중국 문물에 대한 수요가 증폭되고 방대한 서적이 유입되면서 더욱 가속화되었으며 19세기 중반에 이르면 일반인들에게도 청 문화에 대한 동경심이 고조된다. 학술·문화적 측면에서 청 문화에 대한 관심을 배경으로 하는, 실증적이고 박학을 추구하는 고증학적 태도가 경화사족층 내부의 독특한 문화로 한정되는 것이 아니라 그 주변으로 확대되어 문화 전반의 특성으로 자리 잡아 갔던 것이다.[43]

〈무자서행록〉의 작가인 김노상과 〈병인연행가〉를 창작한 홍순학 역시 경화사족의 일원이었고 이들이 창작한 장편 연행가사가 지속적으로 향유·전승될 수 있었던 맥락은 이러한 시대적 분위기와 동궤에 있다고 볼 수 있다. 선행 연구에서는 이러한 연행가사에서 다루고 있는 관심 범위가 '흥미'에 한정된 것으로 실학에 대한 관심이나 고증학적 학문 분위기와 직결된 것으로 보기는 어렵다고 평가되었다.[44]

---

42 유정선, 『18·19세기 기행가사 연구』, 역락, 2012, 158~165쪽.

43 서경희, 「18·19세기 학풍의 변화와 소설의 동향」, 『고전문학연구』 23, 한국고전문학회, 2003, 395~400쪽.

44 유정선, 「19세기 중국 사행가사에 반영된 기행체험과 이국취향」, 『한국고전연구』 17, 한국고전연구학회, 2008, 56~57쪽.

　물론 19세기 장편 연행가사들이 흥미 위주의 전달을 목적으로 하는 '유람지(遊覽誌)'로서의 속성이 강한 것은 사실이다. 그러나 연행록과의 연관성에 유의해 보면 〈무자서행록〉에서 보이는 소재별 군집화 현상이 당대의 박물학적 글쓰기 문화와 상관이 있음은 분명해 보인다. '북학파'의 연행록들이 주로 담고 있는 내용은 청나라의 사상이나 문물과 관련된 것인데 18세기 후반에 가면 이 외에도 박물지적인 풍류와 관련된 연행록들이 다수 등장하고 있다.[45] 또한 19세기 소설에는 당시 연행록에서 볼 수 있었던 박문(博聞), 다식(多識)에 대한 정리, 소개를 위한 글쓰기 방법 등이 확인되는데[46] 연행록과의 연관성 하에서 창작된 19세기 장편 연행가사 역시 이러한 경향성과 유사한 특징을 보이고 있는 것이다.

　또한 실학사상의 영향으로 성행한 18세기 중기 이후의 '물명고(物名考)'류의 유서(類書)들은 정치나 제도, 경학(經學) 등까지 총망라된 전 시대의 백과사전식 유서들과 차이를 보인다. 다산(茶山)의 『물명고』를 보아도 '초목(草木)', '조수(鳥獸)', '충어(蟲魚)', '궁실(宮室)' 등 18개의 분류항이 보이는데 대부분 실생활과 연관된 항목들이며 그 항목 내에는 구체적인 물명(物名)들이 망라되어 있다. 19세기 말까지 이러한 유서들은 집중적으로 편찬, 필사되었는데 이 시기 실사구시(實事求是)의 정신과 새로운 문물에 대한 관심이 반영된 현상으로 평가되고 있다.[47] 『부연일기』에서 취사선택된 〈무자서행록〉의 항목들을 보아도

---

45 김현미, 앞의 책, 79~80쪽.
46 서경희, 위의 논문, 416~417쪽.
47 홍윤표, 「18 · 19世紀의 한글 類書와 實學 – 특히 '物名考'類에 대하여」, 『동양학』, 18권 1호, 단국대학교 동양학연구소, 1988, 4~14쪽.

이러한 『물명고』의 특징과 유사성을 보이고 있는데 구체적인 기록 양
상을 살펴보면 물명들이 군집을 이룬 현상을 곳곳에서 발견할 수 있다.

〈표 6〉

6월 30일 「왕환일기」 일부	오후에 말을 타고 돌아오다가 중로에서 **수레를 세내어 융복사(隆福寺)로 가서 저자를 구경하는데, 먼저 짐승, 새, 화초를 구경하고 다음에 여러 가게와 사찰의 문간까지 구경하였는데, 사고파는 곳에 도무지 없는 물건이 없었다.**
「주견제사」〈금축〉 일부	**닭은 크고 작은 종류가 있으나, 우리나라에서 키우는 것과 다름이 없었다. 중닭 한 마리 값이 50문(文)이고, 달걀 1개가 다섯 끼니의 반찬이 되어 닭과 달걀을 항시 쓰게 된다.** … 비둘기 역시 반찬거리여서 집집마다 키우는데, 각가지 빛깔의 종자가 있다. 모두 쇠방울을 달았는데, 비둘기 떼를 내놓아 날게 되면, 퉁소 부는 소리가 하늘에서 나는 것과 같다. **거위와 오리를 시냇물에 키우는데, 흰 큰 거위와 푸른 큰 오리가 지저귀며 울어댄다.** 그 알이 상용하는 반찬거리가 되며, 백숙(白熟) 오리국 맛이 순순하고 담담하며 기름기가 많아 닭국보다 나았다. 저 사람들의 풍속은 좋은 소리와 아름다운 것(聲色)을 숭상하여, 집집마다 처마 끝에 새장을 달아 놓고 **각가지 진귀한 새들을 키우지 않는 것이 없다. 백설조(百舌鳥)는 다른 새들보다 조금 크고 우는 소리가 각가지 소리를 내어 여러 새의 음성을 낼 줄 아는데 까치·까마귀·꾀꼬리·딱다구리 등의 소리가 음절마다 근사하다. 사고 팔고 하는데, 융복사(隆福寺)에 새와 짐승의 시장이 있다.** ⊙**공작(孔雀)은 보지 못했는데, 저자에는 더러 있다고 한다.** 앵무새는, 주석으로 틀을 만들어 앉혀 놓았다. 항시 도형(圖形)을 보면 꼬리가 제비처럼 짧았는데, 지금 보는 것은 까치 꼬리처럼 길고 크기도 또한 같았으니, 이는 진짜 앵무새가 아니요, 소위 진길료(秦吉了)라는 것이 이것이다. 그런데 수십 냥의 은자(銀子)로 먼 지역에서 사온다 하나, 꼭 그렇지는 않은 것 같다. 부리가 붉고 꼬부장하며 깃은 초록색이고 꼬리는 청색이며 발가락은 뒤로 젖혀진 것이 없다. ⊙**말을 하는지의 여부는 진실로 믿을 수 없다.** 8월 무렵에 귀뚜라미 무리를 잡아 둥우리를 만들어 달아 두고 풀잎·채소·꽃 따위로 키우는데, 가을바람이 서늘해지면 찍찍거리고 운다.
〈무자서행록〉	**늉복시라 ᄒᆞ는데는** 절안의 당이셔니/ 동ᄉᆞ피루 지ᄂᆞ가셔 남관셔 십여리라/ 동북편 구셕으로 교역ᄒᆞ는 곳이어늘/ **차셰타고 가셔보니 긔쯔ᄒᆞᆫ 구경이라/** 시푸리라 ᄒᆞᆫ디는 온갓싀가 다잇고나/ 당ᄃᆞᆰ 더둙 오리게우 희동쳥과 조롱터며/ 각싴소리 빅셜됴며 쇠고리의 굴둑시며/ ⓒ**말좀ᄒᆞ는 잉무시며 곱고고은 공쟉시라**

위의 〈표 6〉은 〈무자서행록〉에서 물명의 나열로 군집화된 장면이
생성되는 과정을 보여주는 사례인데 '강조 표시'는 세 자료에서 유사
성이 발견되는 부분을 의미한다. 〈무자서행록〉의 화자는 「왕환일기」
에서 융복사 근처의 시장을 구경한 내용에 이르자 묘사가 상세한 「주
견제사」 항목을 참조하면서 구체적인 형상화를 시도하고 있다. 특히
'시푸리라 ᄒᆞ는더는'으로 시작되는 부분을 보면 '당둙 디둙 오리게우
희동쳥과 조롱티며 각식소리 빅셜됴며 ᄭᅬ고리의 굴독시며'와 같이 조
류의 명칭이 나열되어 있는데 이 물명은 모두 「주견제사」 〈금축〉 항
목에서 발견된다. 위의 사례에 보이듯이 「주견제사」에는 식재료로 사
용되는 닭, 비둘기, 오리 등의 특징이 설명되어 있으며 진귀한 소리를
내는 백설조, 꾀꼬리 등은 외양과 특징 위주로 서술되고 있다. 그렇지
만 가사에서는 이 부분이 생략된 채 '시푸리'로 설정된 상위 항목 내에
명칭 위주로 나열되고 있음을 알 수 있다.

특히 밑줄 친 ㉠㉡을 보면 '공작을 보지 못했고, 앵무새가 말을 하
는지 여부는 믿을 수 없다'고 되어 있는데 이 내용이 가사에서는 '말줄
ᄒᆞ는 잉무시며 곱고고은 공죽시라'(㉢)로 재구성되고 있다.[48] 〈무자서
행록〉의 작가는 객관적 사실의 여부보다 청나라 시장의 방대한 규모
와 이국적 분위기를 전달하는 것에 초점을 두었기 때문에 산재된 소

---

[48] '말 잘하는 앵무새'나 '곱고 고은 공작새'라는 정형적인 형용구들 역시 구술 문화의
자장 내에서 나온 표현들이라고 볼 수 있다.(이기우·임명진 옮김, 월터옹(Walter
J. Ong) 지음, 『구술문화와 문자문화』, 문예출판, 2009, 65쪽, 구술문화 속에 사는
사람들이 이야기할 때는, 특히 격식을 차리는 장소에서 이야기 할 때는 '군인'보다는
'용맹한 군인'이라고, '공주'보다는 '아름다운 공주'라고, '참나무'보다는 '단단한 참나
무'라고 말하는 편을 좋아한다. 그리하여 구술문화의 특유한 표현은 형용구, 그 밖의
정형구적인 짐을 짊어지게 된다.)

재들을 군집화 하면서 물명만을 선별하여 나열하고 있는 것이다. 이러한 조류(鳥類) 소개에 이어서는 다양한 화초의 종류가 나열되고 있는데[49] 이 역시 위의 사례와 마찬가지로 「주견제사」〈수목(樹木)〉 항목에서 물명과 간략한 특징만인 선택되어 구성된 것으로 보인다. 또한 이어지는 일기의 서사에 따라 〈무자서행록〉에는 장제량과의 교유 장면도 형상화되어 있는데 이 장면에도 필담의 과정이나 구체적 내용보다는 음식과 술의 종류들이 군집을 이루며 나열되어 있다. 이 부분에서 소개된 음식과 주류의 종류를 보아도 위의 사례와 같이 「주견제사」〈음식(飮食)〉 항목에서 물명이 선택되었음을 확인된다. 〈무자서행록〉의 작가는 「주견제사」에 제시된 항목별 분류에 의거하면서 소재들을 재배열하고 있는데 이 과정에 『부연일기』에 기록된 내용들이 상당 부분 참조되고 있음을 알 수 있는 것이다.

이처럼 연행록과의 연관성을 통해 〈무자서행록〉 또한 당대의 박물학적·실학적 경향성이 반영된 작품임을 확인해 볼 수 있다. 그런데 위의 사례에 소개된 상위 개념어들을 보면 '시푸리라 ᄒ는디는', '화초 푸리 드러가니'와 같이 '푸리'라는 용어[50]가 공통적으로 보이는데 이후

---

49 원문의 일부만 제시하면 다음과 같다. 화초푸리 드러가니 긔화이초 다잇는디/ 즐노 심은 옥줌화는 향ᄂ나기 제일이오/ 푸른ᄭᅩᆺ츤 췌됴화요 붉은ᄭᅩᆺ츤 도류화라/ 당국 품 국 셕쥭화며 모란ᄌᆢ약 촉규화며/…

50 판소리 문학에서 '푸리'라는 용어는 '풀이'와 구분되어 사용된다고 보는 견해가 있다. (박영주, 『판소리 사설의 특성과 미학』, 보고사, 2000, 27~28쪽. '푸리'로 표기할 때는 고대로부터 일정 목적을 지니고 행해진 의례와 연관된 개념을 가리키며, 이러한 의례와의 연관에서 벗어나 정서의 확충 및 해소와 관련된 개념을 가리킬 때는 '풀이'로 표기하기로 한다.) 〈무자서행록〉에 사용된 '푸리'는 일차적으로 관련 소재들을 '풀어내다'의 의미로 사용된 것으로 보이는데 무가와 판소리에서 널리 사용되어 온 어휘라는 점에서 구술성이 내포된 개념이라 할 수 있다.

소재들이 나열된 방식도 판소리 문학에서 발견되는 '사설치레'의 특징
과 상당히 유사하다. '사설치레'의 개념은 '길게 늘어놓는 언어 표현을
통해 다양한 형상을 꾸미어 치러내는 양태(樣態)'로 함축할 수 있으며
열거와 반복의 수사 기법이 주로 동원된다.[51] 『부연일기』를 참조하면
서도 '다른' 방식으로 물명이 군집되며 비유기적 병렬을 이루고 있는
이러한 특징은 청나라 문물의 규모를 효과적으로 확장·전달케 하기
위한 수사라고 볼 수 있을 것이다.

그런데 '엮음에 의한 구상적 현시'라고도 규정될 수 있는 판소리의
사설치레는 줄거리 진행과 상관없이 독립된 단위로 분리가 가능하며
맥락에 따라 다양한 기능을 수행한다.[52] 〈무자서행록〉에 군집화된 장
면들 역시 서사와 상관없는 독립적 단위라고 볼 수 있으며 유사한 내
용이 작품의 후반부에 이르면 다르게 변화·확장되는 가변성 또한 확
인된다. 앞의 〈표 5〉에서 살펴보았듯이 대체로 「왕환일기」의 서사 흐
름에 따른 진행과 함께 부분적으로 「주견제사」의 내용이 수용되다가
작품의 후반부에 이르면 「주견제사」의 항목별 분류보다 더욱 세분화
된 기준으로 군집화된 장면이 삽입되어 있다(〈표 5〉의 ⑤). 특히 이
부분은 『부연일기』와의 관련성 정도가 상당히 약화된 양상을 보이는
데 비유기적 병렬의 양상이 가사 문학의 경우 더욱 두드러짐을 확인
할 수 있다.

Ⓗ 절문안을 드러가면 **자발등시** 노혓는디/ 당도환도 시칼졉칼 **부쇠**

---

51 박영주, 위의 책, 32~34쪽.
52 박영주, 위의 책, 42~58쪽.

연죽 담비쥼치/ 미션별션 깃뷔털뷔 구슬호로 당빵울과/ 슈식픠물 분토
당혀 파란나뷔 비단꼿과/… 구렁이회 긔고리탕 양육졔육 션지쩜과/ 국
슈편슈 두부국과 밀썩니썩 ㅈ오빙과/… 의복푸리 셔칙푸리 약파는딕
츠파는딕/ 차관차종 노구솟과 옹긔스긔 유뉩긔명/ 연젹필통 벼로들과
조회필묵 필산조차/ 칙상문갑 궤르룻과 요지경의 죽방울과/ 져편호곳
도라가니 쏘혼뎐을 버려는딕/… 그뒤의 옹화궁은 졀인가 디궐인가

① 번화ㅎ기 금죽하고 **온갖면방** 두루잇다/ …
(가) 【**칙ㅅ호곳 드러가니** 만고셔가 다잇는딕/ 경ㅅㅅ집 빅가셔와 소
셜퓌관 운부ㅈ뎐/ 슈학역학 텬문디리 의약복셔 불경이며/ 샹셔도경 긔
문틱을 시학뉼학 문집들과/ 졔목써셔 뿌혀시니 모르는글 틱반이라】
뉴리창의 드러가니 …
(나) 【**온갖보퓌 문방졔구** 도셔필통 벼로필목/ 진옥밀화 셕우황의 젹
게삭인 신션부쳐/ 괴셕필산 청각셕가 쳔도 연젹 옥촛디며/ 디ㅈ쓰는
종녀붓과 셰희쓰는 초호필과/ 양호 상호 회호 슈필 쥬먹같은 졔모필과/
황모 토모 마모필과 쥐ㄴ로시 긔털붓과…】
(다) 【**모물뎐을 볼죽시면** 촉묘피와 화셔피며/ 돈피붓치 두루마기 오
양피의 등거리며/ 담뷔털은 마으라니 여호털은 도금ㅎ고/ 표피휘항 괴
털보션 긔가족은 바지로다 …】
(라) 【**의뎐이라 ㅎ는딕는** 온갖의복 파는고나/ 보션슬갑 장슘이며 바
지젹슘 두루마기/ 비단관복 깁속것과 슘승무명 긔져긔며/ 공단니불 포
다기며 몽고뇨의 슈방셕과/ 아희입는 비오라기 복쥬감토 당감토며…】
(마) 【**과실장ㅅ 청근장ㅅ** 여긔져긔 버려노코/ 살고능금 복셩화셔 모
과ㅅ과 포도디초/ 호도긔얌 풋밤이며 은힝셕뉴 싱감이며/ 유ㅈ비ㅈ 귤
병민강 녀지농안 밀조들물/ 힝인당의 호도당과 빙당셜당 슈박씨며/ 머
루다리 아가회며 문비춤비 쏘아리며/ …향갓슉갓 아욱비츠 상치근딕
토련이며/ 버셧쥭슌 도라지며 콩기름의 녹두슉쥬/ 고비달닉 고시리며
콩입팟입 당호박과】

(바) 【곡식푸리 볼죽시면 돌방하의 노미쌀과/ 기장슈슈 피좁쌀과 모
밀보리 귀우리며/ 녹두격두 광젹이며 황디쳥디 쥐눈콩과/ 옥슈슈를 밧
츨갈고 씨를븨여 울을ᄒ고/ 피마즈를 타작ᄒ고 박을울녀 집을덥고/ 큰
미돌은 반간줍이 당ᄂ귀의 풍경다라/ 눈봉ᄒ고 도라가며 두부갈고 밀도
갈고…】

먼저 H 부분은 앞서 살펴본 융복사 근처에서 시전을 묘사한 장면
(〈표 5〉의 F)의 일부이며 I 는 일기 서사의 흐름에서는 보이지 않는
후반부의 군집화 부분(〈표 5〉의 G)의 일부에 해당한다. 두 자료를 비
교하는 것은 유사하면서도 차이를 보이는 점들이 발견되기 때문이다.
H 의 밑줄 친 '자발둥시'라는 단어에 보이듯이 이 부분은 '시장'이라는
상위 항목 내에 다양한 물품들이 나열되어 있는 장면이다. '댱도환도
시칼졉칼', '구렁이회 긔고리탕'과 같이 유사 범주의 소재들이 나열되
어 있는데 이 부분 역시 대체로 「주견제사」의 항목에 보이는 어휘들
과 유사성을 보인다. 특히 '의복푸리 셔칙푸리 약파는디 츠파는디'와
같이 '시장' 내에서도 물품들의 상점 이름이 제시되고 있는데 이 역시
「주견제사」의 〈시전〉 항목에서 확인된다.

그런데 주목할 만한 현상은 이처럼 시장의 상점들이 후반부에 이르
면 더욱 다양하게 제시되고 있는데 이 부분의 내용이나 어휘들은 『부
연일기』와의 일치도가 상당히 낮다는 점이다. (가)~(바)의 밑줄 친
어휘들을 보면 '책사, 보패, 문방제구, 모물전, 의전, 과실, 청근, 곡
식' 등과 같이 상위 개념이 제시된 후에 그 항목에 포함되는 소재들이
나열되고 있음을 알 수 있다. 이러한 양상은 병렬적으로 반복되고 있
는데 예컨대 (가) 부분을 보면 '경ᄉᄉ집 빅가셔와 소셜픠관 운부ᄌ뎐
슈학역학 텬문디리 의약복셔 불경이며'와 같이 서책의 다양한 종류가

열거되어 있다. 이는 「주견제사」에서 발견되지 않는 내용이며 '만고셔가 다잇는듸'라는 앞 구절에 보이듯이 서점의 방대한 규모를 강조하기 위한 전략이라 할 수 있다. (나)~(라) 또한 유사한 특징을 보이는데 이 과정에서 청나라에서만 볼 수 있는 소재들은 「주견제사」를 참조하면서 대부분의 물명은 작가가 임의로 배치하거나 나열한 것으로 보인다.

특히 (마)와 (바) 부분을 보면 과일과 곡식들이 종류가 나열되어 있는데 '버셧쥭슌 도라지며 콩기름의 녹두슉쥬', '기장슈슈 피좁쌀과 모밀보리 귀우리며' 등과 같이 자국의 시장에서도 볼 수 있는 익숙한 소재들도 첨가되어 있음을 알 수 있다. 집합적이고 첨가적인 특질 또한 구술문화에 입각한 사고와 표현들임을 의미하는데[53] 앞서 살펴본 '사설치레'와 같은 특징이 더욱 구체화·세분화되고 있다는 점도 중요하다. '치레'는 대상에 따라 몇 가지 유형으로 나누어지는데 특히 〈무자서행록〉의 사례들은 세간·기물·화초·음식 등 일상사와 연관된 온갖 사물들을 묘사·서술하는 '물상치레'[54]와 유사하다. 판소리의 '치레'에서 흔히 보이는 등가적 형상의 열거와 반복은 그 의미론적 의의는 약화되지만 사고의 과정을 감각적 경험의 과정으로 전이시켜 흥겹고 유연한 리듬의식과 함께 '치레' 대상에 감응되게 하여 정서적 충일감을 맛보게 한다.[55]

이처럼 기행가사는 자신이 경험한 세계의 풍경과 사물에 대한 '마

---

53 이기우·임명진 옮김, 월터옹(Walter J. Ong) 지음, 위의 책, 62~66쪽.

54 박영주, 위의 책, 46쪽.

55 박영주, 「판소리의 언어예술적 특성과 미학」, 『국어국문학』 145, 국어국문학회, 2007, 68~70쪽.

음'을 노래한 것으로 확장적 문체로 열거되는 경물 그 자체에 초점이 있다기보다는 그 '마음'의 움직임을 드러내는 것을 본질로 한다.[56] 그러므로 〈무자서행록〉에서 발견되는 군집화된 기록은 청나라 문물을 사실적으로 전달하려고 한 의식보다는 경험 주체로서의 흥취나 과시욕, 전달에의 욕망 등이 반영되어 있음을 알 수 있는 것이다. 그러한 '마음'으로 인해 한문일기와는 변별되는 독자적 영역이 생성된 것이며 이국적 문물뿐만 아니라 자국에서도 볼 수 있는 소재를 나열한다거나 부사어를 통해 소재를 설명하는 등 모국어를 자유롭게 활용하는 구술적 문맥이 작품에 반영되었고 이는 비유기적 병렬의 수사로 구체화되었다고 볼 수 있다. 이를 통해 보다 생동감 있게 묘사된 장면이나 다양한 소재들이 나열된 부분을 읽거나 들으면서 향유자는 청나라 문물의 기이함과 규모에 압도되면서 동시에 대리 만족의 충족감을 경험했을 것으로 보인다.

또한 확장된 장면의 주요 특징과 내용은 대부분 〈병인연행가〉에 수용되면서 체계적으로 변모되어 있다. 북경 내에서 견문이 형상화될 때 사용된 '구경', '볼작시면'과 같은 어휘가 〈무자서행록〉에서는 6회, 12회 정도인데 〈병인연행가〉에 이르면 각각 12회, 34회와 같이 그 빈도가 급증하고 있다. 내용은 유사하지만 군집화된 소재별 분류와 확장적 첨가의 방식이 더욱 구체화되고 있는 것이다.[57] 이러한 특징은 '사설치레'와 같이 군집화된 장면 단위에는 구술성의 개입이 강화되어

---

56 김대행, 「가사와 태도의 시학」, 『고시가연구』 21, 고시가학회, 2007, 39쪽.

57 김윤희, 「사행가사에 형상화된 타국의 수도 풍경과 지향성의 변모」, 『어문논집』 65, 민족어문학회, 2012, 119~120쪽.

있기 때문에 다른 부분들에 비해 가변적 독립성이 있었다는 것을 의미한다. 특히 일람각본과 연행록본에서 통사 단위로 차이가 나는 곳은 주로 물명이 군집을 이루고 있는 장면이다. 상세한 묘사나 물명 나열이 생략된 부분들이 보이는데 선행 연구에서는 연행록본이 귀국 후에 성립되었기 때문에 연행 도중 창작된 일람각본에 비해 유람지로서의 풍부한 묘사가 강화된 것으로 분석되었다.[58]

그러나 이처럼 장면 단위가 생략되는 현상은 〈병인연행가〉의 일부 이본들에서도 발견된다. 자금성의 경관에 대한 묘사가 생략되어 있고 유리창의 풍물에 대해서도 '안경푸리, 즙화푸리, 향푸리, 붓푸리, 먹푸리와'와 같이 항목 단위의 제목만 나열되었을 뿐 자세한 종류들은 생략된 경우를 발견할 수 있는 것이다.[59] 그렇지만 품목들이 나열된 순서가 동일하고 다른 부분들의 내용은 거의 유사하기 때문에 묘사의 방식이 정형화된 상태에서 '사설치레'가 생략된 이본들이 생성·유통되었던 것으로 볼 수 있다. 이처럼 군집화된 묘사의 이본별 출입 현상은 구술적 요인에 의한 유동적 변이로 보아야 하며 일람각본에 생략된 장면들 역시 이러한 맥락에서 이해될 수 있다.

---

58 한영규, 「새자료 〈무자서행록〉의 이본으로서의 특징」, 『한국시가연구』 33, 한국시가학회, 2012, 205~210쪽.

59 최강현 선생님은 〈병인연행가〉의 이본이라 할 수 있는 〈연행유기〉(1896 전사)와 〈북원록〉(1909 전사)의 원문을 학계에 공개하면서 이본으로서의 특징을 비교한 바 있다. 논자는 〈북원록〉에 비해 〈연행유기〉는 궁궐과 시장에 대한 묘사가 생략되어 있어 다른 계열의 이본임을 지적하였다. 최강현 번역, 김도규 주석, 『홍순학의 연행유기와 북원록』, 신성출판사, 2005, 9~21쪽.

2) 일람각본 〈무자서행록〉의 특징과 자국어 감각

조선후기 사행가사는 대체로 한문일기를 토대로 창작된 정황이 발견되는데 이 과정에서 생성된 가사 문학적 특질은 분석된 바 있다. 가사의 창작 주체들은 일기를 번역하면서 자국의 문화적 환경에 적합한 어휘를 선택하고 통사 구조 및 문단 단위에 따른 체계적 재구성을 시도하는 등 자국어의 가치와 효용성을 전제로 한 문학적 실천을 시도했다고 볼 수 있는 것이다.[60] 『부연일기』와 〈무자서행록〉의 유사성 역시 이러한 맥락에서 이해될 수 있는데 두 자료는 저자가 다르다는 점에서 여타 사행가사들의 경우와 차이를 보인다. 보다 거시적 시야에서 이러한 특징들을 해석해 보면 한문일기와 가사를 포함한 연행 기록물들은 닫힌 텍스트가 아니라 상호 간섭과 유동적 변이를 허용하는 열린 텍스트였음을 의미한다고 볼 수 있다. 다음의 예문은 가사를 필사하거나 낭독하는 과정에서 생성된 〈무자서행록〉의 언어적 감각과 구술적 특징을 보여준다.

그르술 싸회노코 보호로 덥허두고/ 다시금 ᄎᄌ보면 그릇간디 전혀 업니/ 판연이 보는중의 보미터셔 녹아진다/ 인ᄒ야 보우희로 싸을**툭툭** 싸리면셔/ 무어시라 지져괴며 **ᄎᄎ**로 더듬으니/ 그릇젼 동고라캐 **졈졈** 소ᄉ 오르는고/ 그놈이 몽둥이로 긔룡으로 메여치니/ 싸여지는 소리나게 스롭을 우이는고/ 젹은듯 보를여니 셩훈그릇 노혓는디/ 어이훈 묽은 물이 보아의 **찰찰**넘니/ 져편보아 열처너니 두썹되는 영지초가/ 오슉이 찬는ᄒ여 **혼들혼들** 니러션다/ …혼동안을 ᄂ온거시 바곤니로 둘셋되게

60 김윤희, 「조선후기 사행가사의 창작 과정과 언어적 실천의 문제」, 『한국시가연구』 29, 한국시가학회, 2010, 241~257쪽.

/ 구프리고 니러셔셔 **무궁무진** 쏘바닌다/ 흔쥿히 연홍조희 오리가 **졈졈**
굵어/ 버린입의 부둣흐게 홍도기 갓튼거슬/ 그러흐게 몃발인지 조희다
느온후의/ 입속으로 시두마리 **호로로** 나라난다/ 어이흔 입인완더 그속
이 그리널너/ 조곰아흔 조희오리 그더도록 만하지며/ 쯧밧겻희 산시둘
은 곡졀을 모를놋다/ 쇠몽치 쌍탄즈를 닭의알 갓튼거슬/ 입의너허 삼킨
후의 쎠로흔 젹은탄즈/ 그우희 쏘삼키고 **이리져리** 거러가니/ 비속의
드러가셔 **달낭달낭** 소리난다

위의 인용문은 환술이 형상화된 부분의 일부인데 기본적 내용은
「주견제사」〈기술(技術)-요술을 붙임〉과 동일하다. 그런데 위의 밑줄
친 어휘들에 보이듯이 다양한 부사어들이 배치되면서 표현의 효과가
배가되고 있다. '툭툭 짜리다', '무어시라 지져괴며 츳츠로 더듬으니',
'졈졈'과 같은 구절은 일기와 비교했을 때[61] 새롭게 첨가된 것이며 '물
이 가득 차 있다'라는 일기 내용이 가사에서는 '찰찰 넘니'로 표현되고
있다. 그릇 안에서 영지초가 나오는 모습은 '흔들흔들', 날아가는 새를
수식하는 '호로로', 삼킨 바늘이 부딪히며 나는 소리인 '달낭달낭'과
같은 어휘들 또한 가사에 첨가된 것으로 환술의 기이함과 생동감을
전달하기 위해 활용된 언어 감각의 우수성을 보여준다.

특히 이 장면과 같이 문자적 배경 지식이 요구되지 않는 경우에는
모국어만의 이러한 언어 감각이 가사를 '듣는 소리'로 이해하던 이들

---

61 이 부분과 유사성을 보이는 「주견제사」의 내용은 다음과 같다.
요술쟁이는 억지로 찾는 시늉을 하면서 몇 번이나 손으로 더듬거리니, 주발의 윤곽이
보자기 밑에서 반쯤 올라왔다. 요술쟁이가 막대기를 가지고 후려쳐 부숴 버리니 평지
에는 텅 빈 보자기만 붙어 있을 뿐이었다. 다시 찾아내는 시늉을 하니, 조금 후에
주발의 윤곽이 점점 땅에서 나와 보자기를 치밀면서 높이 치솟는데, 갑자기 보자기를
여니 맑은 물이 주발에 가득 차 있을 뿐, 쌀은 한 톨도 없었다.

까지도 향유층으로 포섭할 수 있게 했을 것으로 보인다. 위의 인용문 외에도 환술 장면에는 '쎄죽쎄죽', '굼틀굼틀', '츠츠로', '늣늣치로'와 같은 부사어들이 사용되고 있으며 코끼리를 묘사한 부분에서도 '들늑 늘낙', '두루루'와 같은 의태어가 첨가되어 있다. 나아가 '소반', '가지 입', '개발' 등과 같은 일상적이고 구체적인 소재들을 통해 전달의 효 용성이 배가되는 사례들도 쉽게 발견할 수 있다.

특히 일람각본 〈무자서행록〉을 보면 역사·지리·전고 등과 같이 한자적 지식이 요구되는 곳에서 주로 음운 오류가 발생하고 있으며 구술적·음운적 문맥이 요구되는 곳에서는 특히 예민한 언어 감각을 보이고 있다. 그로 인해 일람각본이 소개될 때 한문 지식의 면에서도 오류가 거의 없는 연행록본은 일람각본에 비해 공적인 언어, 문어적 으로 표현하려 했고 일람각본에 비해 구어의 생동감은 약화되었다고 평가되었다.[62] 그렇지만 『부연일기』와 연행록본의 유사성에 유의해 보면 연행록본 〈무자서행록〉을 '공적인 언어, 문어적 특징'이 있는 작 품으로 단정하기 어렵다. 위의 사례에 보이듯이 연행록본에서도 모국 어의 감각과 구어적 생동감을 발견할 수 있으며 이러한 특징이 더욱 강화된 일람각본의 경우 구술적 향유의 과정에서 변모된 것으로 보아 야 하는 것이다.

또한 〈무자서행록〉이 향유되는 과정에서 의미에 대한 정확한 전달 이나 이해를 중시한 이들도 있었겠지만 흥미로운 견문에 대한 감각적 수용의 층위에서 가사를 '듣고 이해하는' 이들 또한 많았을 것으로 보

---

62 한영규, 「새자료 〈무자서행록〉의 이본으로서의 특징」, 『한국시가연구』 33, 한국시가 학회, 2012, 212~214쪽.

인다. 그러므로 가사가 필사되는 과정에서 부사어와 같은 고유어의 다양한 변모는 '오류'가 아닌 향유 주체의 창의적 감각으로 이해되었을 것이다. 가사를 '소리 내어' 읽는 과정에서 허용된 이러한 즉흥성은 구술문화의 일반적 특징이기도 한데 다음은 〈무자서행록〉의 두 이본에서 이러한 구술성이 전면화된 사례에 해당한다.

⎣J⎦ 상여연장 **울긋불긋** 가갓발의 칙소리며/ 신창누비 계집들은 문간마다 느와셔고/ 말쏭줍는 아희들은 숨퇴들고 쏘다니고/ 소음타는 큰활소리 **짜랑짜랑** 소러나고/ 장군의 물장스는 쪽지게의 **지격비격**/ 동츠모는 거름장스 **쎈각시격** 모라가고/ 디츠소츠 노시말은 목테두리 열두방울/ **이골겨골** 모라갈졔 **와랑겨령** 소러느고/ 머리긕기 도부장스 **졩겅동당** 소러느고/ 멜목판의 방울장스 **쎈랑쎈랑** 흔들면서/ **여긔져긔** 다갈박기 마칫소리 두루나고/ **오락가락** 거마들은 우레쳐로 요란흐고/ 말삭타리 츠셰타리 **병문병문** 느러셔고/ 집비들기 방울다라 셔양텬의 놉히놀셰/ **쏘로로** 흐는소리 져도갓고 싱도갓고/ 명양문의 쎄가마기 아츰마다 조회흐고/ 만슈산의 소로기는 스면팔방 느라들고/ 비둘기알 오리알과 계란장스 웨는소리/ 닷는말의 굽소리와 박셕길의 박횟소리/ 원앙소리 칫소리며 노소늄녀 뉴걸들은/ 향불 흐나들고 소텬달느 비는소리/ **ᄌ부륵흔** 몬즷속의 **이길겨길 뭉게뭉게**/ 명양문밧 옹셩지어 그밧그로 도라가며

⎣K⎦ 상여연장 **울긋불긋** 가가발의 칙소리와/ 신챵누의 계집들은 문간마다 나와셔고/ 말쏭줍는 아희들은 삼퇴들고 쏘다이고/ 소음타는 큰활소리 **앗당앗당** 소러나고/ 통쟝균의 믈쟝스는 쪽지게의 **위격지격**/ 동츠모는 거름장스 **찌각찌격** 모라가고/ 디츠소츠 노시말은 목테두리 열두방울/ **이골겨골** 모라갈제 **와랑겨랑** 소러나고/ 머리싹기 도부쟝스 **징강동당** 소러나고/ 말에다는 방울쟝스 **쌀낭쌀낭** 흔들면서/ **여긔겨긔** 디갈

박아 마치소리 두루나고/ **오락가락** 거마들은 우마쳐로 요란ᄒ고/ 말삭 타리 츠셔타리 **병문병문** 느려셔셔/ 집비들기 방울다라 셔양쳔의 놉히 날졔/ <u>교로교로</u> ᄒ듯그려 져도갓고 싱도굿다/ 명양문의 쎄가마괴 아츰 마다 죠회ᄒ다/ 만슈산 솔기미는 스면탈발 나라들고/ 비들기알 오리알 과 겨란쟝스 외는소리/ 닷는 말의 굽소리와 박셕길의 박회소리/ 원앙소 리 츳소리며 노소남여 걸인들은/ 향쌀ᄒ나 부쳐들고 소쳔달나 비는소리 / **ᄌ부룩ᄒ** 믄지 속의 **이길져길 뭉게뭉게**/ 명양문밧 웅셩지의 그밧그 로 도라가셔

위의 인용문 Ⓙ는 『부연일기』에서 확인되지 않는 부분으로 시정(市 井) 삶의 군상(群像)과 역동성이 충만한 도회지의 풍경을 청각적 심 상을 중심으로 생동감 있게 재현한 장면으로 평가된 바 있다.[63] 또한 Ⓚ는 동일한 장면의 일람각본에 해당하는데 여성 독자를 의식한 부분 이며 '북경 거리에서 듣는 소리들'이라 칭할 수 있는 대목으로 작품의 압권으로 파악되었다.[64]

그런데 주목해 보아야 할 현상은 이 두 사례에서 발견되는 공통점 과 차이점이다. 우선 '강조 표시'를 한 단어들은 의성어나 의태어, 첩 어 등을 의미하는데 '울긋불긋', '오락가락', '뭉게뭉게' 등과 같은 부사 어들은 공통적이다. 그리고 다른 내용도 거의 유사한데 유독 밑줄 친 단어들만이 선명한 차이를 보이고 있다. '지격비격→찌각찌격', '졩경 동당→징강동당'과 같이 일부 음운이 교체된 경우부터 '짜랑짜랑→짓 당짓당', '쏘로로→교로교로'와 같이 음절이나 단어가 변화되는 양상

---

63 김윤희, 위의 책, 251~253쪽.

64 한영규, 「19세기 연행가사 「서행록」 연구」, 『민족문화논총』 52권, 영남대 민족문화 연구소, 2012, 682쪽.

도 확인된다. 이를 선행 연구[65]에서는 연경의 거리에 대한 애정에 기인한 현상으로 해석하였다. 김노상 일행은 일정이 변경되어 68일간 연경에 더 머물렀는데 이로 인해 연행 도중 창작된 일람각본에는 친숙한 연경 거리를 보다 잘 표현하기 위한 의식적 노력이 반영되어 있다는 것이다.

그러나 『부연일기』와 연행록본, 연행록본과 일람각본의 비교를 통해 확인되는 어휘들의 변이는 가사 문학에 개입된 구술성의 정도 차이와 유동성으로 이해하는 것이 적절해 보인다. 특히 위의 사례에서 다른 부사어들과 내용은 동일한데 '의성어'에 해당하는 어휘들만이 변화되어 있는 것은 향유 주체의 '의도적'인 변개라고 볼 수밖에 없다. 두 인용문에 해당하는 부분은 '소리'라는 단어도 각각 12회, 11회가 반복될 정도로 청각적 심상을 환기하고자 하는 지향성이 강하게 드러나는 장면이다. 필사나 낭독의 과정에서 청각적 심상이 활용될 수 있는 장면에서는 향유 주체의 모국어 감각을 더욱 능동적으로 발휘하고자 한 의식이 발현되었던 것이다.

의성어와 의태어는 개인적 신어(新語) 창조가 상당히 폭넓게 허용되는 독특한 어휘 부류인데 언어 감각이 뛰어난 한 개인이 기존의 의성어 의태어에 변화를 주거나 새로운 형태를 만들어도 쉽게 수용된다.[66] 특히 의성어는 다른 의미 기능보다도 주로 실감나는 묘사를 위해 사용되는데[67] 〈무자서행록〉을 향유 주체는 기록된 소리와 '다르게'

---

65 한영규, 「새자료 〈무자서행록〉의 이본으로서의 특징」, 『한국시가연구』 33, 한국시가학회, 2012, 215~216쪽.

66 채완, 「의성어 의태어의 텍스트별 특성」, 『국어국문학』 132, 국어국문학회, 2002, 139~142쪽.

표현함으로써 전달력을 강화하고자 했음을 알 수 있다. 기록으로서의 정확성이나 의미 전달이 요구되지 않은 부분에서는 더욱 능동적으로 의성어 의태어를 활용하거나 변개하면서 다소 평면적이고 지루할 수 있는 기록성의 한계를 보완하고 있는 것이다.

또한 이 장면이 〈무자서행록〉에서만 발견된다는 지적[68]과 달리 〈병인연행가〉에도 수용되었다는 점이 중요한데 그 변화 양상은 이미 논증된 바 있다. 내용은 유사하지만 소재가 유기적으로 재배치되면서 보다 세련되고 정돈된 방식으로 재구성되는데[69] 청각적 심상을 환기하는 표현들을 재검토해 본 결과 역시 차이를 보이고 있었다. '와랑저랑', '뽀랑뽀랑', '뽀로록'과 같이 유사한 의성어도 보이지만 '울룩룩 싹싹', '왱걸젱겅', '쏘닷도닥', '펑당도당', '썩각썩각', '덩강덩강' 등과 같이 더욱 다채롭고 창의적인 방향으로 의성어들은 변화된 양상을 보이고 있었다.[70] 이 역시 19세기 장편 연행가사에 반영된 구술성의 정도와 그 유동성을 보여주는 사례이며 특히 이러한 구술성은 청각적 심상의 활용 및 변이를 통해 가장 선명하게 발현되고 있음을 알 수 있다.

필사본은 기본적으로 필사의 횟수가 누적될수록 의식적·무의식적으로 본문에 변화가 일어나 원문의 오류와 변형이 증가될 수밖에 없

---

67 채완, 위의 논문, 137쪽.

68 한영규, 「19세기 연행가사 「서행록」 연구」, 『민족문화논총』 52, 영남대 민족문화연구소, 2012, 682쪽.

69 김윤희, 「조선후기 사행가사의 세계 인식과 문학적 특질」, 고려대학교 박사학위논문, 2010, 189~191쪽.

70 이처럼 〈무자서행록〉과 〈병인연행가〉에서 유사한 내용이지만 특히 감각어가 중점적으로 변모된 양상은 환희가 묘사된 장면에서도 발견된다. 두 작품의 이러한 특징에 대해서는 별도의 고찰이 요청된다.

다.[71] 위의 사례에 보이듯이 가사 문학의 경우에도 필사자의 구술적 욕망이 작동하는 곳일수록 변이의 정도도 증가했던 것으로 보이며 근래 소개된 일람각본 〈무자서행록〉이 연행록본보다 구술적 특징이 강화된 현상 역시 이러한 맥락에서 이해되어야 할 것이다. 두 이본의 선행 여부를 확언하기는 어렵지만 『부연일기』와 〈무자서행록〉이 유사성을 보이는 현상을 통해 〈무자서행록〉은 기본적으로 기록물로서의 특징을 보이는 동시에 곳곳에 구술적 요소가 간섭하면서 변이가 발생하며 필사·전승된 자료임을 확인할 수 있는 것이다. 그러므로 〈무자서행록〉과 〈병인연행가〉로 대표되는 19세기 장편 연행가사와 그 이본들은 유사하면서도 다른, 열린 텍스트들로 파악되어야 하며 그 변이의 기저에는 구술성이 지속적으로 개입하고 있었다는 점이 중요하게 고려되어야 할 것으로 보인다.

4. 결론

이 글은 근래 〈무자서행록〉의 이본이 새롭게 소개된 만큼 19세기 장편 연행가사에 대한 이해의 지평을 확장해 보고자 하는 목적으로 『부연일기』와 〈무자서행록〉에서 발견되는 유사성에 주목해 보았다. 이를 통해 19세기 초의 『부연일기』는 잡지 형식으로 다원화된 연행록의 일종인데 〈무자서행록〉은 이를 통합적으로 선택·수용한 장편 가사임이 확인되었다. 〈무자서행록〉의 작가는 기본적으로 「왕환일기」

의 서사와 내용을 반영하되 중국의 특징적 문물을 형상화하고자 한 부분에서는 「주견제사」 항목들을 반영하였다. 유사성이 두드러지는 「주견제사」 항목들을 살펴보면 천기, 지리, 인물, 방적, 공장, 돈 등과 같이 추상적 지식이나 개념·원리가 서술된 내용들은 가사에 대부분 배제되어 있다. 반면 풍속, 시전, 기술, 금축, 수목 등에서 구체적 가시화가 가능한 대상들이나 흥미를 유발할 수 있는 소재들은 중점적으로 형상화되어 있다.

이처럼 두 자료의 관련성이 선명한 곳에서는 기록성이 부각되지만 가사 문학이기 때문에 개입된 구술성 또한 발견되며 유사성이 발견되지 않는 부분에서는 〈무자서행록〉만의 구술적 특징이 더욱 선명해지는 양상을 보인다. 또한 유사성이 두드러진 장면의 기록 방식과 내용을 보면 〈무자서행록〉 또한 당대의 박물학적·실학적 경향성이 반영된 자료임을 알 수 있다. 그러나 『부연일기』를 참조하면서도 군집을 이루는 물명(物名)들이 비유기적으로 병렬되어 있는 〈무자서행록〉의 특징은 판소리의 '사설치레'와 유사하다. 구술적 문맥을 통해 보다 생동감 있게 묘사된 장면이나 다양한 소재들이 나열된 부분을 읽거나 들으면서 향유자는 청나라 문물의 기이함과 규모에 압도되면서 동시에 대리 만족의 충족감을 경험했을 것으로 보인다. 나아가 군집화된 장면 단위에는 구술성의 개입이 더욱 강화되어 있기 때문에 다른 부분들에 비해 가변적 독립성이 있었다는 점도 확인되었다. 〈무자서행록〉의 두 이본과 〈병인연행가〉와의 유사성을 통해 이러한 장면들의 변이와 출입 양상을 발견할 수 있기 때문이다.

지금까지 살펴본 것처럼 〈무자서행록〉의 두 이본이 창작 시기나 방식이 다르거나 서로 관련이 없는 자료라는 선행 연구는 재고될 필요가 있다. 거시적 시야에서 보면 『부연일기』와 두 이본, 나아가 〈병인 연행가〉의 여러 이본들은 연행 기록물로서의 닫힌 텍스트가 아니라 상호 간섭과 유동적 변이를 허용하는 열린 텍스트들이었다. 그리고 가사 문학의 경우 이 변이의 과정에 모국어 활용 감각과 구술적 요인 이 강하게 개입되면서 일람각본과 같은 필사본도 향유·전승될 수 있 었던 것이다. 이본별 계열 전승의 차이는 있을 수 있겠지만 더 많은 이본이 발견되기 전까지 연행록본 〈무자서행록〉과 『부연일기』와의 유사성이 19세기 장편 연행가사를 이해하는 데 있어 출발점이 되어야 한다는 것이 이 글의 결론이다.

근대 이전 사회의 기록문화, 필사문화, 낭독문화 등의 혼효되어 있 는 가사 필사본들은 기록성과 구술성이라는 두 자질이 상호 경계를 넘나들고 보완하면서 자국어 문학의 소통 및 향유 전승에 기여한 자 료들이라 볼 수 있다. 타국 체험을 소재로 한 장편 기행가사 작품들의 경우 작가의 체험 기간이 길고 견문의 범위가 확장되어 있기 때문에 이러한 특징이 보다 선명하게 발견되는 것이다.

19세기 장편 연행가사에 보이는 연경(燕京) 풍물(風物)의 감각적 재현 양상

1. 서론

19세기 장편 연행가사인 〈무자서행록〉과 〈병인연행가〉는 작가와 창작 시기가 다르지만 많은 부분에서 유사성이 있음이 확인된 바 있다. 1866년의 사행으로 창작된 〈병인연행가〉는 1828년에 김지수가 남긴 〈무자서행록〉을 참조하되 여러 장면과 어휘들을 체계적으로 재조정·재배치한 작품에 해당한다. 특히 〈무자서행록〉은 근래에 서울대 소장본이 학계에 소개되었는데[1] 일람각본 〈무자서행록〉이 연행록본에 비해 구술성이 두드러지는 특징이 확인되었다. 또한 〈무자서행록〉의 경우 같은 시기의 연행록인 『부연일기』의 내용과 상당 부분 중첩되는 양상이 확인되었고[2] 〈병인연행가〉 역시 〈무자서행록〉과의 상호

---

1 한영규, 「새자료 〈무자서행록〉의 이본으로서의 특징」, 『한국시가연구』 33, 한국시가학회, 2012. 이 자료는 서울대 도서관 '일사문고(一簑文庫)'에 소장되어 있는 것으로 1920~30년대 최남선의 개인 서재였던 '일람각(一覽閣)' 원고 용지에 필사되어 있다. 자료를 소개한 한영규 선생님은 임기중 교수 소장본은 『연행록선집』에 영인되어 있으므로 '연행록본', 새자료는 '일람각본'으로 지칭하였다.

텍스트성이 논증된 바 있다.[3] 즉『부연일기』에서 〈무자서행록〉 그리고 〈병인연행가〉로 변화되는 과정에서의 연속성과 유사성을 발견할 수 있는 것이다.

그런데 이 유사성이 대체로 연경에서의 풍물(風物)이 형상화된 부분에서 집중적으로 발견된다는 점에 유의해 볼 필요가 있다. 주로 이국적(異國的)이고 인상적인 소재들의 경우 산문 기록인『부연일기』의 내용 중에서 선별되어 〈무자서행록〉에 형상화되어 있고 이 장면들은 〈병인연행가〉에도 유사하게 수용되고 있기 때문이다. 그리고 〈무자서행록〉의 두 이본과 〈병인연행가〉, 〈병인연행가〉의 몇몇 이본을 검토해 보면 이 유사한 장면들에 보이는 다양한 의성어·의태어들이 능동적으로 변이되는 양상 또한 발견된다. 이는 연경에서 경험한 풍물과 그 기억을 감각적으로 재현하고자 한 작가 의식의 반영임과 동시에 작품을 향유하던 이들의 능동적 몰입을 확인케 하는 사례로 해석될 필요가 있어 보인다.

우리말에서 의성어와 의태어는 특이한 문체적 기능을 가지고 있어서 텍스트의 성격에 따른 빈도별 차이가 크다. 예컨대 조선후기 시조와 판소리 사설에서만 200개 가까운 의성어가 발견이 되는데 이는 의성어와 의태어가 감각에 직접 호소하는 언어이기 때문에 현장성이 수반되는 두 갈래에 애용되었던 것으로 볼 수 있다.[4] 통사 구조 내에

---

2 김윤희, 「『부연일기』와의 관련성을 통해 본 19세기 연행가사 〈무자서행록〉의 특징」, 『한국시가연구』35, 한국시가학회, 2013.

3 김윤희, 『조선후기 사행가사의 문학적 흐름』, 소명출판, 2012, 291~313쪽.

4 채완, 「시조와 판소리 사설의 의성어 연구」, 『한민족문화연구』7, 한민족문화학회, 2000, 19~22쪽.

서 중심 의미와 크게 관련되지 않는 의성어・의태어의 사용은 문체상으로 독특한 표현적 효과를 가지며 이는 반복의 표현적 가치와도 연계되는 것이다. 주로 감정적이고 수사적인 장면이나 주관적 판단이 개입된 곳에서 많이 쓰이는 어휘들[5]이라는 점도 이를 방증한다.

또한 이국적 풍물에 대한 기억과 재현의 장면에서 시각이나 청각과 같은 감각적 이미지가 주를 이루는 것은 19세기 장편 연행가사에서만 발견되는 특징적 면모이기도 하다. 이러한 특징은 고대의 그림문자의 기능과 유사하다고 볼 수 있는데 이 그림문자는 상상력을 각별히 자극하여 특별한 각인력을 지니고 있는 이미지에 관심을 가졌다는 점에서 문자와는 다른 재현 논리를 따른다. 이미지의 결정적 변별성은 자의성이나 유사성이 아닌, 뚜렷함의 여부이며 고대의 기억술에서 이 개념을 나타내는 것이 '생동 이미지(Imagines agentes)'이다.[6] 수용자에게 강한 인상을 주는 이러한 '능동적인' 이미지는 기억과 상상의 상호 작용을 가능케 한다. 19세기 장편 연행가사에서 연경의 풍물이 재현되고 있는 장면들에는 '생동 이미지'로 볼 수 있는 감각적 표현들이 다수 발견되는데 이는 수용자들에게 선명하고 능동적인 연상(聯想) 작용을 가능케 했던 것으로 보인다. 다음 장에서는 이러한 특징을 산문 기록과의 대비를 통해 살펴보도록 하겠다.

5　채완, 「의성어・의태어의 통사와 의미」, 『새국어생활』 3권 2호, 국립국어연구원, 1993, 65∼71쪽.

6　알라이다 아스만 지음, 변학수・채연숙 옮김, 『기억의 공간』, 그린비, 2012, 299∼302쪽.

2. 소재의 선택적 재구성과 시각적 재현

19세기 초 의관 겸 비장(醫官兼裨將)으로 정사(正使)를 따라 중국에 다녀온 이재흡(李在洽, 1799~1843)이 남긴 『부연일기』는 잡지(雜誌) 형식으로 다원화된 연행록의 일종인데 〈무자서행록〉은 이를 통합으로 수용한 장편 가사임이 논증된 바 있다.[7] 〈무자서행록〉의 작가였던 김노상은 기본적으로 『부연일기』내 「왕환일기」의 서사와 내용을 반영하되 중국의 특징적 문물을 형상화하고자 한 부분에서는 「주견제사」 항목들을 선택적으로 수용했던 것이다. 특히 「주견제사」 항목들 중 천기(天氣), 지리(地理), 인물(人物), 방적(紡績), 공장(工場), 돈 등과 같이 추상적 지식이나 개념·원리가 서술된 내용들은 가사에 대부분 배제되어 있는 반면 풍속(風俗), 시전(市廛), 기술(技術), 금축(禽畜), 수목(樹木) 등에서 구체적 가시화가 가능한 대상들이나 흥미를 유발할 수 있는 소재들은 중점적으로 형상화되어 있다.

그렇기 때문에 〈무사서행록〉에는 인상적 풍물(風物)들을 선택하여 감각적으로 재현하고자 한 작가의 의식적 노력이 발견된다. 그리고 이러한 장면들은 〈병인연행가〉에 고스란히 수용되어 있는 경우가 많은데 〈병인연행가〉의 경우 〈무자서행록〉에 비해 더욱 주관적 표현이 강화되어 있는 양상 또한 확인할 수 있다. 몇몇 사례를 통해 이러한 특징을 검토해 보도록 하겠다.

---

7 김윤희, 「『부연일기』와의 관련성을 통해 본 19세기 연행가사 〈무자서행록〉의 특징」, 『한국시가연구』 35, 한국시가학회, 2013, 188~198쪽.

상례 · 장례 · 제례에 있어서는 전연 예절을 지키지 않는다. 초상이 나면 패루(牌樓)를 문밖에 세우고 삿자리로 싸며, 동자기둥과 기둥머리에 산과 마름을 그리는데 매우 교묘하였다. 뜰 가운데에는 점루(簟樓)를 세우고 문밖에는 점막(簟幕)을 설립하며, 광대 무리들이 풍악을 울리고 나팔을 불고 북을 울리면서 조객들을 맞이하고 보내곤 한다. 당(堂) 앞에는 큰 상 하나를 펴놓고 떡 · 밥 · 탕 · 면을 진설하고 향촉(香燭)의 기구를 아울러 벌여 놓았는데, 그것은 곧 이른바 사자상(使者床)이라는 것이다. 비록 빈천한 사람이라 하더라도 초상이 났을 적에 악곡을 사용하는 것은, 예제상 폐지할 수 없는 것이라 한다.

발인하는 것을 보았는데 상여에는 채색 비단을 사용하여 묶어 놓아서 구조가 마치 층루(層樓)와 같았으며, 겹처마의 8각에는 오색 술이 너울대어 높이가 한 발 반이나 되었고, 비단 장막으로 덮어 놓았다. 『부연일기』, 「주견제사」

상가라 ᄒᆞ는거슨 뜰가온ᄃᆡ 삿집짓고/ 문밧긔 초막짓고 디취타와 셰희젹이/ 됴긱의 출입마다 풍유로 영송ᄒᆞᆫ다/ 상여를 볼죽시면 소방상 틀을ᄯᅩ고/ 오싴비단 두로얽어 황홀ᄒᆞ고 긔이ᄒᆞ게/ 뒤얽어셔 문을 노하 꼿송이도 쳔연ᄒᆞ게/ 아리우희 길반되게 층층이 ᄭᅮ며시며/ 스면 춘혀 층도리의 누각과 일톄로다 〈무자서행록〉

쌍가라 ᄒᆞ는ᄃᆡ는 뜰가온ᄃᆡ 삿집짓고/ 문밧긔 초막지어 디취터와 필이젹이/ 됴작의 출입마다 풍뉴로 영송ᄒᆞᆫ다/ 상여을 볼작시면 소방상 틀을ᄲᅢᆼ고/ 오싴비단 두루얽어 황홀ᄒᆞ고 긔이ᄒᆞ게/ 뒤얼겨셔 문을 노하 꼿숑이도 쳔연ᄒᆞ고/ 아리우히 결반되게 층층이 ᄭᅮ며스며/ 스면 츈여 층도리의 누각과 일쳬로다 〈병인연행가〉

위의 첫 번째 인용문은 연경에서 목도하거나 전해 들은 상례의 절차가 설명된 『부연일기』의 내용에 해당한다. 조문을 받는 상가(喪家)

의 모습을 설명하면서 논자는 '예절'을 지키지 않는 풍습에 대해 비판적인 언급을 하고 있다. 유자(儒者)의 시선으로 보면 상가집에서 풍악을 울리고 나팔을 부는 등 악곡을 사용하는 모습에 대해 거부감이 발생될 수밖에 없었을 것이다. 그런데 〈무자서행록〉을 보면 이러한 가치 판단과 관련된 설명은 생략되고 상가(喪家)와 상여의 모습이 원경(遠景)화된 시점에서 형상화되고 있다. '강조 표시'된 부분이 바로 공통된 내용에 해당하는데 〈무자서행록〉의 작가는 특이하다고 생각되는 내용만을 선별하여 재구성했음을 알 수 있다. '예의'와 같은 추상적 층위에서의 해석이나 설명은 연경에서의 낯선 풍물을 보여주고자 한 작가 의식에서 보면 굳이 필요가 없는 내용이었던 것이다.

그런데 상여를 묘사하고 있는 〈무자서행록〉의 구절을 보면 『부연일기』와 달리 '황홀ᄒ고 긔이ᄒ게', '꼿송이도 쳔연ᄒ게', '아리우희 길반되게' 등과 같은 수사적 표현들이 추가되어 있다. 상여에 사용되고 있는 채색 비단과 높은 규모를 보다 효율적으로 묘사하기 위해 작가는 감탄이나 비유 등의 수사를 활용하며 시각적 재현을 시도하고 있는 것이다. 이처럼 감각적이고 간명한 묘사는 가사 작품을 접하는 향유자들로 하여금 타국의 풍물에 대한 연상과 이해를 용이하게 했을 것으로 보인다.

이러한 효용성은 이 장면이 거의 그대로 〈병인연행가〉에 수용되고 있는 현상을 통해서도 짐작해 볼 수 있는 것이다. 위의 두 번째, 세 번째 인용문에서 확인되듯이 두 가사 작품에서 이 장면은 표현과 어휘 등이 완전히 일치하고 있다. 〈병인연행가〉의 작가는 〈무자서행록〉에서 발견한 이 내용이 흥미롭고 전달의 효용성이 있다고 판단하여 그대로 수용했을 가능성이 높은 것이다. 그런데 다음의 사례를 보면 수용 과정에서의 부분적인 변모 양상 또한 발견된다.

태화전(太和殿)은 정전(正殿)이니, 천자의 대당(大堂)이다. 3층의 백옥계(白玉階)가 있는데, 매층의 높이가 1장(丈) 반에 이르며, 모두 모란을 새겼다. 세 겹의 옥난간에는 용을 새겼고 중간 계단의 중앙에도 용 모양의 계단을 만들었는데, 돌 하나의 길이가 3장을 넘고, 너비는 1장이 넘는다. 이곳에는 아홉 마리의 용을 새겼는데 이는 뜰과 계단 사이의 정로(正路)이다. 계단 위의 좌우에는 동구(銅龜)·동원로(銅鵷鷺 구리로 만든 원추(鵷雛)새와 백로)가 있고, 계단의 위아래에는 큰 향로 수십 개를 줄을 지어 벌여 놓았으며, 뜰 남쪽 가에는 품철(品鐵 품계를 표시한 쇠말뚝)을 세웠다.

중화전(中和殿)은 바로 태화전(太和殿)의 후당으로서 태화전보다는 약간 작으며 네모졌고, 보화전(保和殿)은 중화전의 후당이다. 모두 3층 난간을 둘렀는데, 계단은 태화전과 차이가 없다. 태화전은 크기가 몇 기둥이나 되는지 헤아려보지 않았다. 태화전과 중화전의 문은 동서에 있는 것이 좌익문(左翼門)·우익문이고, 동북·서북에 있는 것이 바로 중좌문(中左門)·중우문이다. 동서쪽에는 월랑(月廊 행랑(行廊)과 같음)이 있는데 고르게 빙 둘러서 몇 칸인지도 모르며, 동쪽에는 체인각(體仁閣)이 있고 서쪽에는 홍의각(弘義閣)이 있다. 뜰에는 큰 벽돌을 깔았고 측면에 정문을 세웠으니 곧 태화문(太和門)으로, 문에는 난폐(欄陛)가 있다.

태화문의 동쪽과 서쪽의 좁은문은 왼편이 소덕문(昭德門), 오른편이 정도문(貞度門)이며, 그 밖의 정문은 오문(午門)·단문(端門)·천안문(天安門)·대청문(大淸門)이다. 대청문 밖에는 석책(石柵)의 울타리를 쳤는데, 정로(正路)를 끼고 사방 6, 70보쯤 된다. 울타리 밖은 바로 정양문(正陽門)으로서 서로의 거리가 200보도 못 된다. 정양문은 도성의 정남문이다. 문에는 반드시 중성(重城)이 있고 이어 네 개의 문을 만드는데, 밖의 중문은 닫아 두고 열지 않았다가 오직 천자가 거둥할 때에만 연다.

외성의 정남문은 영정문(永定門)인데, 태화문에서 영정문까지는 7문으로 정양문의 중문은 그 수에 들지 않는다. 정양문의 왼쪽에는 숭문문(崇文門), 오른쪽에는 선무문(宣武門)이 있다. 동직문(東直門)·서직문·덕승문(德勝門)의 여러 문은 도성의 동·북·서쪽의 정문이며, 조양문(朝陽門)은 아래의 동문이다.

정궐의 좌익문 밖 동북쪽에는 석경문(錫慶門)이 있으니 이는 동화문(東華門) 안으로서 내전과 춘궁(春宮)이 모두 그 사이에 있는데, 조각한 담장과 채색한 용마루가 얼굴은 숨고 모퉁이만 드러나서 헤아릴 수 없고, 담 아래 뜰의 후미진 곳에는 칸칸이 쇠로 만든 항아리에 물을 담아 놓은 것이 수없이 많다.

태묘(太廟)도 또한 궁성 안에 있다. 단문(端門) 밖 동쪽 가에 문이 있는데 '태묘가문(太廟街門)'이라는 현판이 걸려 있고, 그 안은 매우 깊숙하며 문정(門庭)과 당무(堂廡)는 곧고 평평해서 조금도 비뚤어지지 않았다. 『부연일기』, 「역람제처(歷覽諸處)」, 〈연경(燕京)〉

티화문 드러가면 티화뎐이 뎡뎐이니/ 황극뎐이라 ᄒᆞ는거시 티화뎐 긔아닌가/ <u>놉기도 금즉ᄒᆞ고 웅당도 ᄒᆞ온지고</u>/ ᄉ방의 월랑짓고 덧돌은 길이놉고/ 큰벽돌 모박여서 쓸안의 좀속쌀고/ 티화문의 옥난ᄒᆞ고 그압흐로 품텰잇고/ 티화뎐 볼죽시면 옥계가 슴층인디/ 한층이 길반되게 셥삭여 무어두고/ <u>뎡노의 노혼돌이 크기도 댱ᄒᆞ도다</u>/ 너븨는 간반이요 기리는 슴간되게/ <u>아홉뇽 도도삭여 왼쟝돌을 걸쳐노코</u>/ <u>그우층 쏘우층이 옥계가 일반이오</u>/ 민우층 셤돌우희 좌우로 노혼거시/ 동의는 오동거복 셔의는 완노로다/ 층층이 난간속의 오동향노 노핫는디/ 놉기는 길이놉고 슈십긔 느러셧다/ 톄인각 홍인각은 좌우의 ᄉ각이요/ 좌익문 우익문은 동셔의 명문이오/ 중좌문 중우문은 북편의 협문이라/ <u>삼층뎐 놉히지어 구챵이 됴요ᄒᆞ고</u>/ 그뒤희 중화뎐은 모지게 집을지어이고/ 쏘그뒤희 보화뎐은 그역시 조당이라/ 티화뎐 뒤

뎐가지 아오로 숨뎐인디/ 다각각 담을막고 삼층계 쏙갓튼디/ 틱화뎐 섬돌부터 멋물인 옥난간의/ 삼층난간 혼더이어 셰뎐을 둘너고나/ ▣좌 익문밧 동북으로 **셕경문을 여어보면**/ 아로삭인 담을빤하 오쳐가 영농 ㅎ고/ 궁뎐이 몃곳진디 궁슝ㅎ고 조쳡ㅎ니/ 너외궁뎐 동궁가지 즈비가 무슈ㅎ다/ **쇠독의 물을너어 셤돌밋터 느러노하/ 여긔겨긔 간더마다 쳔빅이 눕아ㅎ니**/ 만일의 실화ㅎ면 방비ㅎ는 거시로다 〈무자셔행록〉

틱화문안 틱화뎐은 황극뎐이 져러토다/ 놉기도 금직ㅎ며 웅위도 ㅎ온지고/ 길이너문 놉혼옥계 월더가 삼층이오/ 층층이 옥난간의 겹 시김 용트림과/ 삼층뎐각 놉히지어 구쳔이 포모ㅎ니/ 금벽도 휘황ㅎ고 단확도 찬난ㅎ다/ 오동으로 민든거북 구리로 지은학은/ 동셔로 빵을 지어 엇지ㅎ여 노하시며/ 오동향노 큼도큼사 수십개 버려노코/ 순금두 멍 물리러다 여긔겨긔 몃쳐러냐/ 쓸아리 품셕들은 일품이품 삭여세위/ 빅관이 조회홀제 품슈디로 션다ㅎ데/ 좌우의 월낭지어 의장을 둔다ㅎ고 / **틱인각 홍의각은 좌우의 즈각이오/ 좌익문 우익문은 동셔의 졍문 이며/ 듕하문 듕우문은 북편의 협문이니/ 그안의 듕화뎐은 이층이 놉히잇고/ 그위히 보화뎐은 그역시 졍뎐이라**/ 틱화뎐 셤돌부터 멋물 닌 옥난간이/ 보화뎐 셤돌가지 셰뎐을 둘너고나/ ▣그뒤ㅎ 건쳥뎐은 황뎨의 편뎐이오/ 그뒤히 교틱뎐과 쏘그뒤히 교녕뎐은/ 황후잇는 너뎐 이니 구즁궁궐 이아니냐/ 궁뎐이 몃곳인지 쳐쳐의 조쳡ㅎ여/ 아로삭인 장원이며 치식칠혼 바람벽과/ 벽돌쌀아 길을 니고 박셕쌀아 쓸이로다/ 울긋불긋 오식기와 슈면의 녕농ㅎ니/ 것흐로 얼는보아 져러틋 휘항홀제 / 안의들어 즈셰보면 오죽히 장홀호냐 〈병인연행가〉

위의 세 인용문에서 '강조 표시'가 된 내용들은 『부연일기』와 〈무자 서행록〉, 〈병인연행가〉에서 공통적으로 발견되는 부분에 해당한다. 앞서 언급했듯이 〈무자서행록〉은 『부연일기』의 내용을 토대로 구성

연행의 최종 목적지 북경(베이징)에 있는 자금성

된 작품인데 이 〈무자서행록〉이 〈병인연행가〉의 창작에도 직접적 영
향을 주었음을 확인케 하는 것이다. 그런데 이 변화의 과정을 살펴보
면 태화전, 황극전과 같은 명칭과 장소의 대략적 규모와 특징적 구조
물 등의 사실적 정보 등은 일치하되 그것을 형상화하는 과정에서의
방식과 표현 등은 상당한 차이를 보이고 있다. 두 가사의 밑줄 친 내
용들은 산문 기록과 다른 표현 방식이 두드러지는 부분에 해당하는데
'놉기도 금즉ᄒ고 웅댱도 ᄒ온지고'와 같은 감탄구가 추가된 것은 물
론 '아홉놉 도도삭여', '그우층 쏘우층', '놉기는 길이놉고' 등과 같이
궁궐의 높이와 규모를 강조하기 위한 방식이 곳곳에서 확인된다. 궁
궐의 형상을 객관적이고 상세하게 묘사하고 있는 『부연일기』와 달리
〈무자서행록〉의 작가는 그 높이와 웅장함을 강조하기 위한 내용들만
을 선택하여 시각적 이미지를 반복적으로 강조하고 있는 것이다.

그런데 이러한 변화의 양상은 〈병인연행가〉에 더욱 강화되어 있다. '놉기도 금즉ᄒ고 웅당도 ᄒ온지고'라는 구절은 〈무자서행록〉과 동일한 반면 '금벽도 휘황ᄒ고 단확도 찬난ᄒ다', '오동향노 큼도큼사 수십개 버려노코'와 같은 감각적 수사가 추가되어 있다. 또한 '엇지ᄒ여 노하시며', '여긔저긔 멋치러냐'와 같은 주관적 감탄의 표현과 '빅관이 조회홀제 품슈더로 션다ᄒ데', '좌우의 월낭지어 의장을 둔다ᄒ고'와 같은 견문(見聞) 정보도 〈병인연행가〉에서만 발견된다.

이처럼 정보가 아닌 이미지를 강조하고자 하는 의도로 인해 객관성보다는 주관적 수사를 중심으로 재구성된 가사 작품은 〈무자서행록〉에서 〈병인연행가〉로, 유사하지만 다른 방식으로 변모되는데 Ⓐ와 Ⓑ로 구획된 장면은 이러한 유동성을 더욱 선명하게 보여준다. 먼저 〈무자서행록〉의 Ⓐ부분을 보면 『부연일기』에 보이는 '쇠로 만든 항아리에 물을 담아 놓은 것이 수없이 많다'라는 객관적 현상이 '쇠독의 물을 너어 섬돌밋터 느러노하 여긔져긔 간듸마다 쳔빅이 놉아ᄒ니 만일의 실화ᄒ면 방비ᄒ는 거시로다'로 재구성되어 있다. 〈무자서행록〉의 작가는 물이 든 쇠독이 '많다'라는 것을 강조하면서도 불이 났을 때 대비하기 위한 것이라는 부연 설명을 덧붙이고 있는 것이다.

그런데 〈병인연행가〉를 보면 이 부분이 아예 생략되고 궁궐에 대한 설명과 감탄이 추가되고 있다. Ⓑ 부분을 보면 뒤 쪽으로 건청전, 교태전 등이 보이는데 '궁전이 몃곳인지 쳐쳐의 조첩ᄒ여'라는 구절처럼 끝없이 건물들이 연속되고 있는 자금성의 '규모'가 재차 강조되고 있는 것이다. '울긋불긋 오식기와 ᄉ면의 녕농ᄒ니 겻ᄒ로 얼는보아 져러틋 휘항홀제 안의들어 ᄌ셰보면 오즉히 장홀호냐'라는 내용 역시 〈병인연행가〉의 작가가 독자적으로 재구성한 것이다. 〈병인연행가〉

의 작가는 이 부분에서 〈무자서행록〉을 참조하되 궁궐의 웅장함과 화
려함을 강조하는 방향으로 독자적 변개를 시도한 것으로 보인다. 두
작품 사이에서 보이는 이러한 유동성은 작품의 곳곳에서 발견되는데
다음은 그 대표적 사례에 해당한다.

> 관치례를 볼죽시면 놉히는 반길되게/ 왜쥬홍으로 칠을ᄒ고/ 황금으
> 로 그림그려/ 모양도 괴려ᄒ고 크기도 영댱ᄒ다/ 더틀의 줄을거러 간간
> 이 메여시되/ 저근연츄 줄을언져 두놈이 마조메여/ 이우물 져우물의
> 우물마다 그러ᄒ니/ 샹여는 달니워셔 물담은듯 편안ᄒ다/ 샹여앎희 샹
> 인셔고 샹졔앎희 공포셔고/ 동ᄌ삼텬 그압셔고 계집복인 츠를 타고/
> 흰슈건의 머리미고 흰옷슬 입어시며/ 츠례로 슈샹ᄒ니 멋슈렌지 모를노
> 다/ 조희로 긔를ᄒ여 쥬룽쥬룽 너푼너푼/ 노로사슴과 긔들과 토기ᄉ지
> 죽산미며/ 신션과 귀신들도 멋쌍인지 모르겟고/ 가화분은 멋쌍이며 즙
> 물은 멋수레니/ 향졍ᄌ와 치여들도 ᄲᅩᄲᅩ이로 느러셔고/ 좌ᄎ가지 조작
> 이요 의복금침 조희로다/ 교의반등 셔안문갑 셔칙필통 무슨일고/ 슈긔
> 치의 쳥홍긔며 스인교는 영좌로다/ 길앎희 느러셔니 그도ᄯᅩᄒ 볼만ᄒ다
> / 젼후고취 증을치고 들가온더 영댱ᄒ니/ 산디도 조흘시고 밧두듥이
> 명당이라/ 관을노코 벽을싸하 밧긔는 회를쓰고/ 봉분모양 넙젹둥굴 웃
> 둑웃둑 이러셔고/ 스초업시 나무심어 그늘속의 무덤잇고/ 사방으로 담
> 을싸고 가온더는 고쥬디문/ 문앎희는 신도비요 좌우의는 망쥬로다/ 묘
> 막졔쳥 기와집을 그담안의 지어두고/ 셩명삭여 표셕셰워 묘졍계란 ᄒ엿
> 고나/ 빅년후의 밧츨갈면 힌골을 어이ᄒ며/ 슈지목근 응당이오 젼장도
> 기 가려로다/ 호인의 인ᄉ도리 칙망키야 ᄒ려마는/ 목소견과 샹슬긔의
> 지려가 바히업다/ 무량옥은 무산일고 외모가 슈통ᄒ다 〈무자서행록〉[8]

---

8   이 글에서 인용하는 〈무자서행록〉 연행록본과 〈병인연행가〉의 원문은 임기중, 『연행
    가사연구』, 아세아문화사, 2001.에 의거함.

관치례을 볼작시면 놉히는 간반되게/ 쥬홍으로 칠을ᄒ고 황금느로 그림그려/ <u>모양도 긔려ᄒ고 크기도 굉장ᄒ다</u>/ 디틀의 줄을걸어 간간이 머여시더/ 져근연츄 줄을 달아 두놈식 마죠메니/ 샹어는 달녀셔 물담은 듯 평안ᄒ더/ 스ᄂᆡ샹졔 계집샹졔 일가친쳑 복인들이/ 츠을타고 뒷ᄃ로ᄃ더 흰무명옷 입어시니/ 스나희는 흰두루막이 흰슈건 머리동여/ 계집은 흰무명을 <u>ᄶᅩ아리를 ᄒ여이고</u>/ 무명흔ᄭᅳᆺ 뒤로느려 <u>발뒤꿈치 치렁치렁</u>/ 샹여압히 션동들은 식등거리 <u>ᄲᆼ샹토의</u>/ 쌍을지어 느러셔니 몃쌍인지 모르겟고/ 압뒤풍악 즈아져셔 증괭과리 <u>요란ᄒ더</u>/ 명졍공포 운아압과 일산식긔 몃쌍인지/ 오식능화 당죠회로 차와말을 믿드러셔/ 혼빅위ᄒ 뷘츠이라 츠속을 술펴보니/ 왼갓화로 담비쩌와 이부즈리 금침까지/ 모도다 식죠회로 죠작이나 <u>휘황ᄒ다</u>/ 관을갓다 졀의두고 샴연을 지닌후의/ 벌편의 산지즈바 밧두둑이 명당이라/ 아모더나 영장ᄒ더 그우히 벽덕ᄲᅡ하/ 회을발나 봉분ᄒ여 잔더ᄂᆞᆫ 아니덥고/ 뒤ᄒ로 담을ᄲ고 압ᄒ로 문을너여/ 문압히 비셕포셕 단쳥흔 픠루들과/ 슈기디 흔쌍셰워 <u>위의가 굉장ᄒ다</u>/ ᄶᅩ흔곳 지니더니 혼인구경 맛춤한다 〈병인연행가〉

위의 두 인용문은 '관'에 대한 묘사를 포함해 장지(葬地)까지 이동하는 과정에서 보이는 인상적 장면들이 형상화되어 있는 부분에 해당한다. 이 장면의 내용 역시 앞의 사례와 마찬가지로 『부연일기』의 「주견제사」내 풍속 항목에서 대부분 확인된다. 산문 기록은 〈무자서행록〉에 비해 길이도 길고 설명도 상세한데 가사로 형상화되는 과정에서 시각적 재현이 가능한 대상들 위주로 묘사의 범위가 간결하게 조정되고 있다.

그런데 밑줄 친 구절들은 산문 기록에서 확인되지 않는, 〈무자서행록〉 작가의 주관적 표현에 해당한다. 여타 내용들은 묘사 대상의 순서나 방법이 다소 변경되었을 뿐 대부분 산문 기록과 일치하고 있다.

반면 '모양도 괴려하다' 등과 같은 감탄의 수사와 '쥬룽쥬룽 너푼너푼', '넙적둥굴 웃둑웃둑' 등과 같은 의태어는 작가가 문맥에 따라 적절히 추가한 표현에 해당하는 것이다. 이러한 주관적 변이 양상은 두 번째로 인용된 〈병인연행가〉의 장면에서도 발견된다. 〈병인연행가〉의 작가는 연경의 장례 문화와 관련된 이국적 풍경을 〈무자서행록〉에서 그대로 가져오되 부분적으로 어휘나 표현들을 재조정했던 것이다. 특히 〈무자서행록〉에 보이는 밑줄 친 구절들이 〈병인연행가〉에는 거의 보이지 않고 '쏘아리를 흐여이고'와 같은 비유나 '치렁치렁'이라는 의태어가 새롭게 첨가되어 있다. '요란ᄒ다', '휘황ᄒ다', '굉장ᄒ다'와 같은 감탄의 수사와 그 배치의 방식도 차이를 보이고 있다.

즉 연속성이나 유사성이 발견되는 가사 작품들의 경우 일차적 작가는 물론 이후 필사자들의 독자적 표현 미감(美感)과 개성(個性)이 반영되어 있음을 위의 사례를 통해 확인해 볼 수 있는 것이다. 이처럼 19세기 장편 연행가사에서는 시각적 가시화가 가능한 이국적 풍물들을 산문 기록에서 선별하여 보다 효율적인 방향으로 형상화하기 위한 향유자의 능동적 개입이 확인되며 그 양상은 주로 주관적이고 감각적인 수사가 추가되는 방식이라고 볼 수 있다. 다음 장에서는 이러한 특징이 더욱 예각화된 양상을 확인해 보고자 한다.

3. 기억에 대한 청각적 환기와 그 유동성

근래의 한 연구[9]에 의하면 한시(漢詩)에서도 소리가 음성적 기호에 그치지 않고 의미에 간여하고 느낌을 증폭시키는 중요한 요소로 작용

했음이 확인된다. 언어에 민감한 시인들은 의미의 전달을 강화하는
데 소리의 효과를 극대화하는 능력을 보였으며 이로 인해 독자는 의
식하지 않는 가운데서도 시의 음감(音感)에 동감하거나 여운의 울림
에 동참하게 된다는 것이다. 현대시에 해당하는 백석(白石, 1912~
1996)의 시에서도 청각 이미지는 소리를 통해 감각을 예각화하거나
공간을 형상하거나, 친근감과 애정 등과 같은 화자의 태도를 드러내
는 데 유용한 작용을 하고 있음이 분석된 바 있다.[10] 19세기 장편 연행
가사에 보이는 풍물 재현의 장면에서 또 하나 두드러지는 특징은 이
러한 청각적 심상이 극대화되어 있는 현상이 발견된다는 점이다.

> 맑음. 밥 먹은 뒤 **정양문(正陽門)**으로 나왔는데, 이는 대청문(大淸
> 門)의 앞면으로서 내성(內城)의 정남문이다. 문밖은 곧 외성인데 내성
> 보다 조금 컸다. 성에 가득한 여염에다 큰 전(廛)과 가게가 두루 두르고
> 사방으로 통했으며, 교차된 가로(街路)가 내성보다 조밀한데 진기하고
> 보기좋은 물건이 찬란하게 눈부시어, 마치 시골 큰애기가 파사(波斯 페
> 르시아) 시장에 들어온 것과 같아 보는 것마다 마음이 동했고, 수레가
> 부딪치고 사람이 붐벼 어느 곳이든 시끄럽지 않은 곳이 없었다. 나는
> 다음과 같이 스스로 판단하였다.
> "내성은 곧 황제의 도읍지로서 금(金), 원(元), 명(明), 청(淸)이 천
> 년을 서로 이어온 천하의 큰 도읍지이니 그렇게 부요 화려하고 웅장
> 거대함이 마땅하나 외성의 설비가 팽창되어 감은 알 수 없는 일이다.
> 생각건대, 연경 땅이 서북쪽으로는 산에 의지하기를 3, 40리나 계속되

---

9 안대회, 「한국 한시의 소리미학에 대한 연구」, 『한국한시연구』 22, 한국한시학회,
   2014.
10 박순원, 「백석 시에 나타난 청각 이미지 연구」, 『우리어문연구』 35, 우리어문학회,
   2009.

나, 동남쪽은 광막하여 들이 아니면 바다가 수만 리나 되어 하늘로써 한계를 하였으니, 외성이 설치된 것은 그 빈 데를 감추고 허한 데를 가리는 의미로써 물화(物貨)를 모아 들게 하고 따라서 차게 하는 계책이다. 번화하여 시끄럽고 혼잡함이 실로 까닭이 있는 것이다."『부연일기』, 무자년(1828, 순조 28) 6월 16일(갑신)

신창누비 계집들은 문간마다 ㄴ와셔고/ 말쏭줍는 아희들은 숨티들고 쏘다니고
소음타는 큰활소리 싸랑싸랑 소리나고
장군의 물장ㅅ는 쪽지게의 지격비격
동촛모는 거름장ㅅ 쌘각시격 모라가고
디촛소촛 노시말은 목테두리 열두방울/ 이골져골 모라갈졔 와랑져령 소리ㄴ고
머리ㅋ기 도부장ㅅ 졩경동당 소리ㄴ고
멜목판의 방울장ㅅ 쌘랑쌘랑 흔들면서
여긔저긔 다갈박기 마칫소리 두루나고
오락가락 거마들은 우레쳐로 요란ㅎ고
말삭타리 츠셰타리 병문병문 느러셔고
집비들기 방울다라 셔양텬의 놉히눌셰/ 쏘로로 ㅎ는소리 져도갓고 싱도갓고
뎡양문의 쩨가마기 아춤마다 조회ㅎ고/ 만슈산의 소로기는 ㅅ면팔방 ㄴ라들고
비둘기알 오리알과 계란장ㅅ 웨는소리
닷는말의 굽소리와 박셕길의 박횟소리
원앙소리 칫소리며
노소늠녀 뉴걸들은 향불 ㅎ나들고 소텬달ㄴ 비는소리
주부룩훈 몬즛속의 이길져길 뭉게뭉게
뎡양문밧 옹셩지어 그밧그로 도라가며 〈무자서행록〉 연행록본

위의 첫 번째 인용문은 『부연일기』의 작자가 정양문(正陽門) 밖으로 나와 목도한 시전(市廛)의 웅장함이 묘사되어 있는 장면이다. 밑줄 친 부분에 보이듯이 작자는 진기하고 보기 좋은 물건들이 가득한 시전 앞에 있는 자신이 '마치 시골 큰애기가 페르시아 시장에 들어온 것 같다'고 표현하고 있다. 이국적 풍물의 화려함과 시전의 번성함에 경탄의 시선을 보이고 있으며 그 기억은 '수레가 부딪치고 사람이 붐벼 어느 곳이든 시끄럽지 않은 곳이 없었다'라는 구절에 보이듯 청각적 심상으로 환기되고 있는 것이다. 이러한 상황에 대해 『부연일기』의 작자는 내성(內城)의 부요(富饒)함이 외성(外城)의 설치로 인해 더욱 강화되었을 것으로 추론하며 번화함과 혼잡함의 이유에 대한 나름의 견해를 개진하고 있다.

그런데 이 장면에 대한 〈무자서행록〉의 형상화 과정이 상당히 흥미롭다. 위의 두 번째 인용문에 보이듯 〈무자서행록〉에서 이 부분은 가히 '소리의 향연'이라 할 수 있을 정도로 청각적 심상이 부각되고 있기 때문이다. '페르시아 시장'에 들어온 것 같은 이국적 감흥과 번잡하고 역동적인 시전의 풍경에 대한 기억을 재현하기 위해 화자는 '청각적 심상'을 적극 활용하고 있음이 확인된다. 밑줄 친 어휘들에 보이듯이 활소리, 지게소리, 방울소리, 마차소리, 말굽소리, 워낭소리, 채찍소리, 장사꾼들의 외침 등 시장의 활기찬 모습을 연상케 할 수 있는 소리들이 다채로운 의성어로 형상화되고 있다.

이러한 장면은 가사를 접하게 된 독자들에게 흥미롭게 수용되었을 것임이 분명하다. 연경이라는 낯선 공간을 연상케 하는 기제로서 이러한 의성어들이 효과적으로 작용했을 것이기 때문이다. 그런데 〈무자서행록〉의 두 이본을 비교해 보면 이 의성어들 사이의 변이 양상이 발견된다.[11] 기록으로서의 정확성이나 의미 전달이 요구되지 않은 부분이기에 더욱 능동적으로 의성어와 의태어를 활용하거나 변개하면서 독자적인 언어 미감(美感)을 충족하고 있는 것이다. 나아가 이 장면은 〈병인연행가〉와 다른 이본들에도 고스란히 수용되어 있는데 이본마다 감각어가 조금씩 변용되는 양상 또한 유사하게 발견된다.

> 큰길로 ᄎᆞ즈나와 졍양문 니다르니/ 온는ᄎᆞ며 가는ᄎᆞ가 나가락 들어오락/ 박셕우희 박회쇼리 **울룩룩 싹싹**ᄒᆞ여/ 쳥쳔빅일 말근날의 우리소리 일너나듯/ 노시목의 줄방울은 **와랑져랑** 소리나고/ 발목아지 미단방울 **웽걸졍경** ᄒᆞ는서리/ 디갈박는 마치서리 **쏘닥쏘닥** 소리나며/ 소음타는 큰활쇼리 **짜랑짜랑** 소리나고/ 외엇크 물통지게 **지격비격** 메고가셔/ 외박회예 쏭거름ᄎᆞ 각식소들 모라가고/ 머리싹기 쟝ᄉᆞ놈은 **펑당도당** 쇼리나며/ 멜목판의 방울쟝ᄉᆞ **뽀랑뽀랑** 소리나고/ 쩍쟌ᄉᆞ의 경쇠소리 기름쟝ᄉᆞ 목탁소리/ 두부쟝ᄉᆞ 큰방울과 방물쟝ᄉᆞ 징소리며/ 놋졉시둘 맛브터져 **쩍각쩍각** 슈박쟝슈/ 셔양쳘 여넛달아 **딩강딩강** ᄇ눌쟝슈/ 집비들기 목방울은 셕양쳔의 놉히나니/ **뽀로록** ᄒᆞ는소리 져도갓고 싱도ᄌᆞᆺ고/ 소경놈은 비파들고 길노가며 타는서리/ 여러거지 향불들고 돈훈푼 비는소리/ 말쏭줍는 이희놈은 쏨터들고 뽀다니며/ ᄉᆞᄎᆞ누비 계집년은 디문밧계 나와셧고/ ᄌᆞ옥헌 몬지속의 ᄉᆞ룸들은 와글와글/ 졍신이 아득ᄒᆞ듕 좌우롤 술펴보니 〈병인연행가〉

> 큰갈노 ᄎᆞ즈나와 졍냥문 니다라셔/ 오는슈리 가는슈리 ᄂᆞ악가락 드러가락/ 박셕우회 박휘소리 **우루루 싹다**그려/ 靑天白日 말근날의 우리소리 니러나듯/ 노시목의 쥴방울은 **와룽져렁** ᄒᆞ는고나/ 말모가지의 미

11 이에 대한 분석은 김윤희, 「『부연일기』와의 관련성을 통해 본 19세기 연행가사 〈무자서행록〉의 특징」, 『한국시가연구』 35, 한국시가학회, 2013, 212~213쪽.

단 원앙 **왱강젱겅** 흐는소리/ 더갈박는 마치쇼리 **쏘닥쏘닥** 소리느며/
소음타는 큰활소리 **타랑타랑** 소리느며/ 외억기의 물통지게 **찌걱쎄걱**
미어가며/ 외박휘의 쏭거름츠는 가막소속 모라가며/ 불려셔셔 즁ᄉ놈
은 **펑당퉁당** 쇼리나며/ 쩍즁ᄉ의 경쇠소리 **쎙겅쎙겅** 소리느고/ 말모판
의 방물즁ᄉ **쓰롱쓰롱** 소리느고/ 기름즁ᄉ 木槖소리 **쏘드락쏘드락** 소
리느고/ 두부즁ᄉ 큰 방울은 **져렁져렁** 소리느며/ 방울즁ᄉ 증소리는
꽹꽹 흐는 소리로다/ 놋졉시 맛부듯쳐 **쎙강쎙강** 슈박즁ᄉ/ 西洋쳘을 여
럿다라 짜랑방울 증ᄌ집/ 비둘기목 방울은 夕陽天의 놉피나라/ **소로록**
흐는소리 뒤도갓고 시도갓다/ 소경놈은 비파들고 길노가며 틋는소리/
여러그지 향불들고 돈흐푼 비는소리/ 말쏭줍는 ᄋ희들은 삼티들고 깃다
기며/ 신츙누비 계집년은 大門外의 느와셔고/ ᄌ오록흔 먼지속의 ᄉ롭
드른 와글와글/ 精神니 어득흐즁 左右을 술펴보니 〈북원록〉[12]

위의 두 인용문은 〈병인연행가〉와 그 이본에 해당하는 〈북원록〉의
장면인데 '강조 표시'된 부분에 보이듯이 의성어의 다채로운 활용 양
상은 유사하게 발견된다. 그런데 밑줄 친 단어들에서 보이듯이 의성
어들의 차이 또한 확인된다. 〈북원록〉에는 경쇠소리가 '쎙겅쎙겅'. 목
탁 소리가 '쏘드락쏘드락', 방울 소리가 '져렁져렁', 종소리가 '꽹꽹' 등
과 같이 〈병인연행가〉에는 없는 새로운 의성어들이 추가되어 있다.
위의 두 장면에 보이는 의성어들의 경우 부분적인 음운의 차이는 대
부분 발견되는데 이 외에도 이처럼 새로운 단어를 추가하고 있는 것
은 향유자의 창의적 감각을 보여주는 사례라고 볼 수 있다.

---

12 〈북원록〉(국립중앙도서관본)은 1909년에 필사된 〈병인연행가〉의 이본으로 인용문
　은 다음의 책에 의거함. 최강현 번역, 김도규 주석, 『홍순학의 연행유기와 북원록』,
　신성출판사, 2005.

필사본은 기본적으로 필사의 횟수가 누적될수록 의식적 · 무의식적으로 본문에 변화가 일어나 원문의 오류와 변형이 증가될 수밖에 없다.[13] 그런데 위의 사례는 단순한 음운의 오류나 변이가 아닌, 필사자의 능동적 개입과 독자적 언어 감각을 보여준다는 점에서 주목할 만한 현상으로 보아야 하는 것이다. 다음의 사례 또한 이러한 맥락에서 해석될 수 있다.

> 이곳에서는 수백 명의 몽고(蒙古 몽골) 중이 송경(誦經)하고 회식
> (會食)하는데, 그 소리가 마치 <u>개구리 우는 소리 같으면서 웅대하다.</u>
> 『부연일기』
> 　흔표ㅈ식 쩌가지고 일시의 송경소리 <u>쐬약쐬약</u> ᄒ는 소리 듯기슬코
> 고이ᄒ다 〈무자서행록〉 연행록본
> 　흔표ㅈ식 퍼가지고 일시의 송경소리 <u>쏘약쏘약</u> ᄒ눈고나 중의 모양
> 볼작시면 〈무자서행록〉 일람각본
> 　불경을 느러노코 일시의 송경ᄒ니 <u>웅웽웅웽</u> ᄒ는소리 듯시슬코 보기
> 슬타 〈병인연행가〉
> 　불경을 느러노코 일시의 송경하니 <u>웅왕웅왕</u> ᄒ난 소리 듯기슬코 보기
> 슬타 〈연행유기〉
> 　불경을 버러 노코 일시의 송경ᄒ니 <u>웅웅왕왕</u> ᄒ난 소리 듯기슬코 보
> 기슬타 〈연힝가〉
> 　佛經을 늘어노코 一時의 訟經ᄒ니 <u>우렁우렁</u> ᄒ는 소리 듯기슬코 보기
> 슬타 〈북원록〉[14]

---

13 송정숙, 「조선시대 사본 연구 - 특성 · 종류 · 필사자를 중심으로」, 『서지학연구』 26, 서지학회, 2003, 350~351쪽.

14 〈연행유기〉는 1896년에 전사된 이본이고 〈연힝가〉 낙은본은 필사 연대를 알 수 없는 이본이다. 이 원문들 역시 다음의 책에 의거함. 최강현 번역, 김도규 주석, 『홍순학의

위의 인용문에서는 몽고 중들이 송경(誦經)하는 소리에 대한 다채로운 표현들을 확인할 수 있다. 『부연일기』에 '마치 개구리 우는 소리 같다'라고 기록된 부분이 〈무자서행록〉에서는 '쾨약쾨약', '쑈약쑈약'과 같은 의성어로 형상화되고 있는 것이다. 그런데 이 의성어는 〈병인연행가〉에서 '웅왱웅왱'으로 변화되고 있는데 이 역시 청각적 이미지에 대한 향유자의 예민한 감각을 선명하게 보여주는 사례이다. 〈무자서행록〉의 작가와 향유자는 형상화 과정에서 '개구리 우는 소리'에 보다 초점을 둔 것으로 보이는데 〈연행가〉의 일차적 작가는 '송경(誦經)하는 소리'에 보다 주목하여 보다 적절한 의성어로 의도적 변개를 시도한 것이다. 〈무자서행록〉의 작가는 『부연일기』를 참조하였기 때문에 '개구리 우는 소리'라는 구절을 확인한 반면 〈병인연행가〉의 작가는 '송경(誦經) 소리'라는 가사의 구절만 보았기 때문에 '쾨약쾨약'보다는 '웅왱웅왱'이 더 적절한 감각어라고 판단했던 것으로 보인다.

또한 〈병인연행가〉의 이본들을 보아도 '웅왕웅왕', '웅웅왕왕', '우렁우렁'과 같이 유사면서도 '다른' 소리로 형상화되고 있음을 알 수 있다. 이 의성어들을 제외한 전후(前後) 구절들은 거의 일치하고 있기 때문에 이 단어들의 유동적 변이 현상은 당시 가사 향유자들의 예민하고 능동적인 언어 감각을 보여준다고 할 수 있다. 〈무자서행록〉에서 발견되는 기본적 작가 의식은 청각적 심상이 두드러지는 장면을 감각적으로 재현하고자 한 것이었겠지만 이후의 향유자들은 독자적으로 의성어를 변용해 보기도 하면서 이국적 감성을 환기하고 언어적 유희를 즐긴 것으로 보인다. 〈병인연행가〉는 많은 이본을 남아 있는

연행유기와 북원록』, 신성출판사, 2005.

데 독자들로 하여금 능동적 몰입과 참여를 가능케 했던 이러한 장면은 여행 서사로 진행되는 가사의 단조로움을 극복하게 함으로써 작품의 활발한 향유 과정에 기여했던 것으로 보인다.

4. 결론

이 글은 19세기 연행록 『부연일기』에서 가사 〈무자서행록〉 그리고 〈병인연행가〉로 변화되는 과정에서의 연속성과 유사성이 대체로 연경에서의 풍물(風物)이 형상화된 장면에 집중되어 있는 현상에 주목해 보았다. 주로 이국적(異國的)이고 인상적인 소재들의 경우 산문 기록인 『부연일기』의 내용 중에서 선별되어 〈무자서행록〉에 형상화되어 있고 이 장면들은 〈병인연행가〉에도 유사하게 수용되고 있음이 확인되었다. 그리고 〈무자서행록〉의 두 이본과 〈병인연행가〉, 〈병인연행가〉의 몇몇 이본을 검토해 보면 이 유사한 장면들에 보이는 다양한 의성어·의태어들이 변이되는 양상 또한 발견되었다. 이는 연경에서 경험한 풍물과 그 기억을 감각적으로 재현하고자 한 작가 의식의 반영임과 동시에 작품을 향유하던 이들의 능동적 몰입을 확인케 하는 사례로 해석될 수 있을 것이다. 이국적 풍물에 대한 기억과 재현의 장면에서 시각이나 청각과 같은 감각적 이미지가 주를 이루는 것은 19세기 장편 연행가사에서만 발견되는 특징적 면모이기 때문이다.

특히 산문 기록이 가사 작품으로 변화되는 과정을 살펴보면 인상적인 정보들의 선택과 나열, 그리고 주관적이고 감각적인 수사가 추가되는 방식이 주를 이루고 있었다. 19세기 장편 연행가사에서 연경의 풍물이 재현되고 있는 장면들에는 '생동 이미지'로 볼 수 있는 감각적 표현들이 다수 발견되는데 이는 수용자들에게 선명한 연상(聯想) 작용을 가능케 했던 것이다. 수용자에게 강한 인상을 주는 이러한 '능동적인' 이미지는 기억과 상상의 상호 작용을 가능케 한 것으로 보인다. 그로 인해 향유자들은 이 장면에서 발견되는 감각어를 주관적으로 변용해 보는 등의 실천적 몰입을 지속하면서 여러 이본들이 생성된 것으로 보인다. 필사자들의 독자적 표현 미감(美感)과 개성(個性)이 반영되어 있는 유동적 변이 현상이 확인되는 것이다.

　이처럼 산문 기록에서 가사로, 가사의 이본들로 연속되는 과정에서 발견되는 시각·청각 이미지의 강화 양상과 감각어들의 변이 현상은 연행가사 작품이 향유·유통되는 과정에서의 능동적 변모를 보여준다는 점에서 유의미한 현상이라 할 수 있다. 상호텍스트성에 기반하여 창작된 작품이라 할지라도 단순히 기존 자료를 모방하거나 답습하는 차원에 그치지 않고 독자적 표현 미감을 생성한 측면이 발견되며 이는 유사하면서도 '다른', 근대 이전 필사 문화의 다양성과 능동성을 보여주는 사례로 해석될 수 있기 때문이다.

참고문헌

미국 기행가사 〈해유가〉의 문학적 형상화 양상과 시대적 의미

김윤희, 『조선후기 사행가사의 세계 인식과 문학적 특질』, 고려대 박사학위논문, 2010.

김원모, 「李鍾應의 『西槎錄』과 〈셔유견문록〉 解題·資料」, 『동양학』 32, 단국대 동양학연구소, 2000.

김원모, 「하와이 한국 이민과 민족 운동」, 『미국사연구』 8, 한국미국사학회, 1998.

박노준, 「海遊歌(일명 西遊歌)의 세계 인식」, 『한국학보』 64, 일지사, 1991.

박노준, 「〈해유가〉와 〈셔유견문록〉 견주어 보기」, 『한국언어문화』 23, 한국언어문화학회, 2003.

박애경, 「대한제국기 가사에 나타난 이국 형상의 의미-서양 체험가사를 중심으로」, 『고전문학연구』 31, 한국고전문학회, 2007.

장정수, 「20세기 기행가사의 창작 배경과 작품 세계」, 『어문논집』 47, 민족어문학회, 2003.

정흥모, 「20세기 초 서양 기행가사의 작품 세계」, 『한민족문화연구』 31, 한민족문화학회, 2009.

최현재, 「미국 기행가사 〈海遊歌〉에 나타난 자아인식과 타자인식 고찰」, 『한국언어문학』 58, 한국언어문학학회, 2006.

〈일본유학가〉에 형상화된 유학 체험과 가사 문학적 특질

김윤희, 「미국 기행가사 〈해유가〉의 문학적 형상화 양상과 시대적 의미」, 『고전문학연구』 39, 한국고전문학회, 2011.

김윤희, 「1920년대 일본 시찰단원의 가사 〈동유감흥록(東遊感興錄)〉의 문학적 특질」, 『우리말글』 54, 우리말글학회, 2012.

김윤희, 『조선후기 사행가사의 세계 인식과 문학적 특질』, 고려대학교 박사학위논
문, 2010.

김진량, 「근대 일본 유학생 기행문의 전개 양상과 의미」, 『한국언어문화』 26, 한국
언어문화학회, 2004.

윤정하, 『유학실기(留學實記)』, 고려대학교 도서관 소장본, 1906.

이계형, 「1904~1910년 대한제국 관비 일본유학생의 성격 변화」, 『한국독립운동사
연구』 31, 한국독립운동사연구학회, 2008.

정재호, 『韓國 歌辭文學의 理解』, 고려대학교 출판부, 1998.

정흥모, 「20세기 초 서양 기행 가사의 작품세계」, 『한민족문화연구』 31, 한민족문
화학회, 2009.

1920년대 일본 시찰단원의 가사 〈동유감흥록〉의 문학적 특질

김기형, 「'새타령'의 전승과 삽입가요로서의 수용 양상」, 『민족문화연구』 26, 고려
대 민족문화연구원, 1992.

김윤희, 『조선후기 사행가사의 세계 인식과 문학적 특질』, 고려대학교 박사학위논
문, 2010.

류준필, 「박학사포쇄일기(朴學士曝曬日記)와 가사의 기록성」, 『민족문학사연
구』 22권, 민족문학사학회, 2003.

박성용, 「일제시대 한국인의 일본여행에 비친 일본」, 『대구사학』 99, 대구사학회,
2010.

박애경, 「장편가사 〈同遊感興錄〉에 나타난 식민지 근대체험과 일본」, 『한국시가
연구』 16, 한국시가학회, 2004.

박애경, 「1920년대 내지시찰단 기행문에 나타난 향촌 지식인의 내면의식」, 『현대문
학의 연구』 42, 한국문학연구학회, 2010.

박찬모, 「'전시(展示)'의 문화정치와 '내지' 체험」, 『한국문학이론과 비평』 43, 한국
문학이론과 비평학회, 2009.

박찬승, 「식민지시기 조선인들의 일본시찰 – 1920년대 이후 이른바 '內地視察團'을
중심으로」, 『지방사와 지방문화』 9(1), 2006.

배연형, 「판소리 새타령의 근대적 변모 – 유성기음반을 중심으로」, 『판소리연구』
　　31, 판소리학회, 2011.

심복진, 「東遊感興錄」, 京城 東昌書室, 1926.

이혜순, 「여행자 문학론의 정립」, 『비교문학의 새로운 조명』, 태학사, 2003.

조성운, 「1920년대 초 일본시찰단의 파견과 성격(1920~1922)」, 『한일관계사연
　　구』 25, 한일관계사학회, 2006.

조세형, 「가사의 시적 담화 양식」, 『가사의 언어와 의식』, 보고사, 2008.

1920년대 가사 〈동유감흥록〉 내 조선인 '설움 타령'의 특질과 그 의미

김윤희, 「1920年代 日本 視察團員의 歌辭 〈東遊感興錄〉의 文學的 特質」, 『우
　　리말글』 54, 우리말글학회, 2012.

박성용, 「日帝時代 韓國人의 日本 旅行에 비친 日本」, 『大邱史學』 第99集, 大
　　邱史學會, 2010.

박애경, 「長篇歌辭 〈同遊感興錄〉에 나타난 植民地 近代體驗과 日本」, 『韓國詩
　　歌硏究』 第16集, 韓國詩歌學會, 2004.

박찬모, 「'展示'의 文化政治와 '內地' 體驗」, 『韓國文學理論과 批評』 第 43集,
　　韓國文學理論과 批評學會, 2009.

沈福鎭, 『東遊感興錄』 大正 15年: 1926年, 京城 東昌書室.

전영주, 「판소리 流行대목의 歌謠化 樣相과 그 意味 – 〈쑥대머리〉, 〈秋月滿庭〉,
　　〈軍司설움打令〉의 詩的 構造를 中心으로」, 『韓國文學理論과 批評』
　　47, 韓國文學理論과 批評學會, 2010.

최진형, 「판소리 單位辭說의 類型과 實現 樣相」, 『國際語文』 第20集, 國際語文
　　學會, 1999.

20세기 초 대일 기행가사와 '동경(東京)' 표상의 변모

김윤희, 「사행가사에 형상화된 타국의 수도 풍경과 지향성의 변모」, 『어문논집』

65, 민족어문학회, 2012.

김윤희, 「1920년대 일본 시찰단원의 가사 〈동유감흥록〉의 문학적 특질」, 『우리말
글』 54, 우리말글학회, 2012.

김윤희, 「20세기 초 외국 기행가사의 세계 인식과 문학사적 의미」, 『우리문학연구』
36, 우리문학회, 2012.

김윤희, 『조선후기 사행가사의 세계 인식과 문학적 특질』, 고려대학교 박사학위논
문, 2010.

박애경, 「장편가사 〈同遊感興錄〉에 나타난 식민지 근대체험과 일본」, 『한국시가
연구』 16, 한국시가학회, 2004.

박찬모, 「'전시(展示)'의 문화정치와 '내지(內地)' 체험」, 『한국문학이론과 비평』
43, 한국문학이론과 비평학회, 2009.

우미영, 「식민지 지식인의 여행과 제국의 도시 '도쿄': 1925~1936」, 『한국언어문
화』 43, 한국언어문화학회, 2010.

이태직 원저·최강현 옮김, 『명치시대 동경일기 - 원제 泛槎錄』, 서우얼출판사,
2006.

임기중, 『연행가사연구』, 아세아문화사, 2001.

허병식, 「장소로서의 동경 - 1930년대 식민지 조선작가의 동경 표상」, 박광현·이
철호 엮음, 『이동의 텍스트 횡단하는 제국』, 동국대 출판부, 2011.

20세기 초 외국 기행가사의 세계 인식과 문학사적 의미

구인모, 「가사체(歌辭體) 형식의 창가화(唱歌化)에 대하여」, 『한국어문학연구』
51, 한국어문학회, 2008.

김우창, 「풍경과 선험적 구성」, 『풍경과 마음』, 생각의 나무, 2003.

김원모, 「李鍾應의 『西槎錄』과 〈셔유견문록〉 解題·資料」, 『동양학』 32, 단국대
동양학연구소, 2000.

김윤희, 「미국 기행가사 〈해유가〉의 문학적 형상화 양상과 시대적 의미」, 『고전문
학연구』 39, 한국고전문학회, 2011.

김윤희, 「사행가사에 형상화된 타국의 수도(首都) 풍경과 지향성의 변모」, 『어문
논집』 99, 민족어문학회, 2012.

김윤희, 『조선후기 사행가사의 세계 인식과 문학적 특질』, 고려대학교 박사학위논문, 2010.

김윤희, 「1920년대 일본 시찰단원의 가사 〈동유감흥록〉의 문학적 특질」, 『우리말글』 54, 우리말글학회, 2012.

김흥규, 『한국문학의 이해』, 민음사, 2000.

박노준, 「〈海遊歌〉와 〈셔유견문록〉 견주어 보기」, 『한국언어문화』 23, 한국언어문화학회, 2003.

박노준, 「海遊歌(일명 西遊歌)의 세계 인식」, 『한국학보』 64, 일지사, 1991.

박성용, 「일제시대 한국인의 일본여행에 비친 일본」, 『대구사학』 99, 대구사학회, 2010.

박애경, 「대한제국기 가사에 나타난 이국 형상의 의미-서양 체험가사를 중심으로」, 『고전문학연구』 31, 한국고전문학회, 2007.

박애경, 「장편가사 〈同遊感興錄〉에 나타난 식민지 근대체험과 일본」, 『한국시가연구』 16, 한국시가학회, 2004.

박찬승, 「식민지시기 조선인들의 일본시찰 – 1920년대 이후 이른바 '內地視察團'을 중심으로」, 『지방사와 지방문화』 9(1), 역사문화학회, 2006.

배연형, 「판소리 새타령의 근대적 변모 – 유성기음반을 중심으로 」, 『판소리연구』, 판소리학회, 2011.

심복진, 「東遊感興錄」, 京城 東昌書室, 1926.

윤정하, 『유학실기(留學實記)』, 고려대학교 도서관 소장본, 1906.

이태직 원저·최강현 옮김, 『명치시대 동경일기 – 원제 泛槎錄』, 서우얼출판사, 2006.

장정수, 「20세기 기행가사의 창작 배경과 작품 세계 – 1945년 이전 작품을 중심으로」, 『어문논집』 47, 민족어문학회, 2003.

정재호, 「일본유학가고(日本留學歌攷) – 유학실기(留學實記)를 중심(中心)으로」, 『인문과학연구』 2, 성신여자대학교 인문과학연구소, 1983.

정재호, 『韓國 歌辭文學의 理解』, 고려대학교 출판부, 1998.

정흥모, 「20세기 초 서양 기행 가사의 작품세계」, 『한민족문화연구』 31, 한민족문화학회, 2009.

최현재, 「미국 기행가사 〈海遊歌〉에 나타난 자아인식과 타자인식 고찰」, 『한국언어문학』 58, 한국언어문학학회, 2006.

사행가사의 창작 과정과 관련된 언어적 실천의 문제

구인모, 「국토 순례와 민족의 자기구성 - 근대 국토기행문의 문학사적 의의」, 『한국
　　문화연구』 27, 동국대 한국문학연구소, 2004.
김기영, 「〈셔유견문록〉의 문예적 실상과 교육적 가치」, 『한국문학 이론과 비평』 17,
　　한국문학 이론과 비평학회, 2002.
김상진, 「李鍾應의 〈셔유견문록〉에 나타난 서구 체험과 문화적 충격」, 『우리어문
　　연구』 23, 우리문학회, 2008.
김윤희, 『조선후기 사행가사의 세계 인식과 문학적 특질』, 고려대학교 박사학위논
　　문, 2010.
김원모, 「李鍾應의 『西槎錄』과 〈셔유견문록〉 解題·資料」, 『동양학』 32, 단국대
　　동양학연구소, 2000.
김흥규, 「조선후기 시조의 '불안한 사랑' 모티프와, '연애 시대'의 前史」, 『한국시가
　　연구』 24, 한국시가학회, 2008.
문혜윤, 『문학어의 근대 - 조선어로 글을 쓴다는 것』, 소명, 2008.
리디아 리우 지음, 민정기 옮김, 『언어횡단적 실천』, 소명, 2005.
박노준, 「〈해유가〉와 〈셔유견문록〉 견주어 보기」, 『한국언어문화』 23, 한국언어문
　　화학회, 2003.
박찬승, 「한국학 연구 패러다임을 둘러싼 논의: 내재적 발전론을 중심으로」, 『한국
　　학논집』 35, 계명대 한국학연구소, 2007.
발터 벤야민 지음, 최성만 옮김, 「번역자의 과제」, 『언어 일반과 인간의 언어에 대
　　하여』, 길, 2010.
배수찬, 『근대적 글쓰기의 형성 과정 연구 - 논설문의 성립 환경과 문장 모델을 중
　　심으로』, 소명, 2008.
사카이 나오키 지음, 후지이 다케시 옮김, 『번역과 주체』, 이산, 2005.
신지연, 『글쓰기라는 거울』, 소명, 2007.
이연숙 지음, 고영진·임경화 옮김, 『국어라는 사상 - 근대 일본의 언어 인식』, 소
　　명, 1996.
이태직 원저·최강현 옮김, 『명치시대 동경일기 - 원제 泛槎錄』, 서우얼출판사,
　　2006.

임형택, 「한국문학에 있어서 국문문학과 한문문학의 관련이 갖는 역사적 의미」, 『한국한문학연구』 22, 한국한문학회, 1998.

임형택, 「민족문학의 개념과 사적 전개」, 『한국문학사의 논리와 체계』, 창작과 비평사, 2002.

정우봉, 「조선후기 민족어 문학에 대한 인식과 그 의미」, 인권환 외, 『고전문학 연구의 쟁점적 과제와 전망』 下, 월인, 2003.

정흥모, 「20세기 초 서양 기행가사의 작품 세계」, 『한민족문화연구』 31, 한민족문화학회, 2009.

최강현, 『韓國 紀行文學 硏究』, 일지사, 1982.

최재남, 「국문시가와 한시의 존재기반과 미의식의 층위」, 인권환 외, 『고전문학 연구의 쟁점적 과제와 전망』 下, 월인, 2003.

사행가사에 형상화된 타국의 수도(首都) 풍경과 지향성의 변모

강명관, 『책벌레들 조선을 만들다』, 푸른역사, 2008.

구지현, 『계미통신사 사행문학 연구』, 보고사, 2006.

김민호, 「연행록에 보이는 북경 이미지 연구」, 『중국어문학지』 32, 중국어문학회, 2010.

김우창, 「풍경과 선험적 구성」, 『풍경과 마음』, 생각의 나무, 2003.

김윤희, 「〈장유가〉의 표현 양상과 공간관을 통해 본 17세기 사행가사의 특징」, 『어문논집』 56, 민족어문학회, 2007.

김윤희, 『조선후기 사행가사의 세계 인식과 문학적 특질』, 고려대학교 박사학위 논문, 2010.

김은희, 「18~19세기, 시적 공간으로서의 한양에 대한 일고찰」, 『한국시가연구』 29, 한국시가학회, 2010.

김인겸 원저, 심재완 역주, 〈일동장유가제삼〉, 한국어문학회, 어문학, 통권 19, 1968.

김원모, 「이종응의 『서사록』과 〈셔유견문록〉 해제·자료」, 『동양학』 32, 단국대 동양학 연구소, 2000.

김중철, 「근대 초기 기행 담론을 통해 본 시선과 경계 인식 고찰 – 중국과 일본 여행을 중심으로-」, 『인문과학』 36, 성균관대학교 인문과학연구소, 2005.

김진량, 「근대일본 유학생 기행문의 전개양상과 의미」, 『한국언어문화』 26, 한국언어문화학회, 2004.

김현미, 『18세기 연행록의 전개와 특성』, 혜안, 2007.

김현주, 「근대초기 기행문의 전개 양상과 문학적 기행문의 '기원'」, 『현대문학의 연구』 16, 한국문학연구학회, 2001.

계승범, 「조선시대 동아시아 질서와 한중관계-쟁점별 분석과 이해」, 『한중일 학계의 한중관계사 연구와 쟁점』, 동북아역사재단, 2009.

박남용·임혜순, 「김사량 문학 속에 나타난 북경 체험과 북경 기억」, 『중국연구』 45, 한국외대 중국연구소, 2009.

박애경, 「후기 가사의 흐름과 '록'으로의 지향」, 『한국 고전시가의 근대적 변전과정 연구』, 소명, 2008.

서종문, 「한양 도읍에 대한 문학적 형상화의 두 방향」, 『문학 작품에 나타난 서울의 형상』, 한국고전문학회, 1994.

안대회, 「〈城市全圖詩〉와 18세기 서울의 풍경」, 『고전문학연구』 35, 한국고전문학회, 2009.

염은열, 「기행가사의 '공간' 체험이 지닌 교육적 의미」, 『고전문학과 교육』 12, 한국고전문학교육학회, 2006.

우미영, 「시각장의 변화와 근대적 심상 공간-근대 초기 기행문을 중심으로」, 『어문연구』 124, 한국어문교육연구회, 2004.

우미영, 「식민지 지식인의 여행과 제국의 도시 "도쿄": 1925~1936」, 『한국언어문화』 43, 한국언어문화학회, 2010.

이태직 원저, 최강현 역주, 『조선 외교관이 본 명치시대 일본』, 신성출판사, 1999.

이형대, 「17·18세기 기행가사와 풍경의 미학」, 『민족문화연구』 40, 고려대 민족문화연구원, 2004.

이혜순, 『조선통신사의 문학』, 이대출판부, 1996.

임기중, 『연행가사 연구』, 아세아문화사, 2001.

임준철, 「대청사행의 종결과 마지막 연행록」, 『민족문화연구』 49, 고려대 민족문화연구소, 2008.

임형택, 『문명의식과 실학』, 돌베개, 2009.

임형택 편, 〈장유가〉, 『옛노래, 옛사람들의 내면풍경』, 소명출판, 2005.

정민, 『18세기 조선 지식인의 발견』, 휴머니스트, 2008.

정인숙, 「국문학 분야 도시 연구의 동향과 전망」, 『도시인문학연구』 3(1), 서울시
　　립대 도시인문학연구소, 2011.

정인숙, 「19세기~20세기 초 시가를 통해 본 서울의 인식과 근대도시의 의미지향」,
　　『문학치료연구』 20, 한국문학치료학회, 2011.

차혜영, 「1920년대 해외기행문을 통해 본 식민지 근대의 내면 형성」, 『국어국문학』
　　137, 국어국문학회, 2004.

차혜영, 「동아시아 지역표상의 시간・지리학」, 『한국근대문학연구』, 한국근대문학
　　회, 2009.

최강현 번역, 김도규 주석, 『홍순학의 연행유기와 북원록』, 신성출판사, 2005.

최현식, 「근대계몽기 '한양-경성'의 이중 표상과 시적 번역」, 『상허학보』 26, 상허
　　학회, 2009.

하우봉, 『조선시대 한국인의 일본 인식』, 혜안, 2006.

허병식, 「장소로서의 동경 - 1930년대 식민지 조선작가의 동경 표상」, 박광현・이
　　철호 엮음, 『이동의 텍스트 횡단하는 제국』, 동국대 출판부, 2011.

홍여구, 「〈한양가〉와 예술사의 한 단면」, 『계명어문학』 5, 한국어문연구학회, 1990.

이-푸 투안(Yi Fu Tuan), 구동회・심승희 옮김, 『공간과 장소』, 대윤, 2011.

피터 버크(Peter Burke), 조한욱 옮김, 『문화사란 무엇인가』, 길, 2006.

『부연일기』와의 관련성을 통해 본 19세기 연행가사 〈무자서행록〉의 특징

한국고전번역원(http://db.itkc.or.kr), 고전번역총서 『연행록선집』

강혜선, 「조선후기 박물학적 취향과 김려의 한시」, 『한국문학논총』 43, 한국문학
　　회, 2006.

고순희, 「가사문학의 구비적 성격」, 한국고전문학회 엮음, 『국문학의 구비성과 기
　　록성』, 태학사, 1999.

김대행, 「가사와 태도의 시학」, 『고시가연구』 21, 고시가학회, 2007.

김아리, 「『노가재연행일기』의 글쓰기 방식-상호텍스트성을 중심으로」, 『한국한문
　　학연구』 25, 한국한문학회, 2000.

김윤희, 「조선후기 사행가사의 세계 인식과 문학적 특질」, 고려대 박사학위논문,

2010.

김윤희, 「조선후기 사행가사의 창작 과정과 언어적 실천의 문제」, 『한국시가연구』 29, 한국시가학회, 2010.

김윤희, 『조선후기 사행가사의 문학적 흐름』, 소명출판, 2012.

김윤희, 「사행가사에 형상화된 타국의 수도 풍경과 지향성의 변모」, 『어문논집』 65, 민족어문학회, 2012.

김윤희, 「1920년대 일본 시찰단원의 가사 〈동유감흥록〉의 문학적 특질」, 『우리말글』 54, 우리말글학회, 2012.

김현미, 『18세기 연행록의 전개와 특성』, 혜안, 2007.

박영주, 「기행가사의 진술방식과 문학적 형상화 양상」, 『한국시가연구』 18, 한국시가학회, 2005.

박영주, 「판소리의 언어예술적 특성과 미학」, 『국어국문학』 145, 국어국문학회, 2007.

박영주, 『판소리 사설의 특성과 미학』, 보고사, 2009.

박애경, 「후기 가사의 흐름과 '록'으로의 지향」, 『한국 고전시가의 근대적 변전과정 연구』, 소명, 2008.

서경희, 「18·19세기 학풍의 변화와 소설의 동향」, 『고전문학연구』 23, 한국고전문학회, 2003.

송정숙, 「조선시대 사본 연구 -특성·종류·필사자를 중심으로」, 『서지학연구』 26, 서지학회, 2003.

염은열, 「기행가사의 '공간' 체험이 지는 교육적 의미」, 『고전문학과 교육』 12, 고전문학과교육학회, 2006.

유정선, 『18·19세기 기행가사 연구』, 역락, 2007.

유정선, 「19세기 중국 사행가사에 반영된 기행체험과 이국취향」, 『한국고전연구』 17, 한국고전연구학회, 2008.

유정선, 「1920년대 인쇄본 기행가사, 전통의 지속과 변용 -〈동유감흥록〉을 중심으로」, 『고전문학연구』 41, 고전문학회, 2012

이기우·임명진 옮김, 월터옹(Walter J. Ong) 지음, 『구술문화와 문자문화』, 문예출판, 2009.

이동찬, 「가사의 텍스트 상호관련성과 '여러 목소리' 현상」, 『가사문학의 현실 인식과 서사적 형상』, 세종출판사, 2002.

이지영, 「한글 필사본에 나타난 한글 筆寫의 문화적 맥락」, 『한국고전여성문학연구』 17, 한국고전여성문학회, 2008.

임기중, 「기행문학사의 신기원 서행록」, 『문예중앙』 가을호, 1978.

임기중, 『연행가사 연구』, 아세아문화사, 2001.

조규익, 「조선조 국문 사행록의 흐름」, 『국문 사행록의 미학』, 역락, 2004.

조세형, 「후기 기행가사 〈동유가〉의 작자의식과 문체」, 『가사의 언어와 의식』, 보고사, 2009.

채완, 「의성어 의태어의 텍스트별 특성」, 『국어국문학』 132, 국어국문학회, 2002.

한수영, 「시의 청각적 요소와 리듬의 상관성」, 『비평문학』 44, 한국비평문학회, 2012.

한영규, 「19세기 한중 문인 교류의 새로운 양상-〈赴燕日記〉, 「서행록」을 중심으로」, 『인문과학』 45, 성균관대 인문과학연구소, 2010.

한영규, 「19세기 연행가사 「서행록」 연구」, 『민족문화논총』 52, 영남대 민족문화연구소, 2012.

한영규, 「새자료 〈무자서행록〉의 이본으로서의 특징」, 『한국시가연구』 33, 한국시가학회, 2012.

홍윤표, 「18·19世紀의 한글 類書와 實學-특히 '物名考'類에 대하여」, 『동양학』 18(1), 단국대학교 동양학연구소, 1988.

19세기 장편 연행가사에 보이는 연경(燕京) 풍물(風物)의 감각적 재현 양상

한국고전번역원(http://db.itkc.or.kr)의 고전번역총서, 『부연일기』

김윤희, 「『부연일기』와의 관련성을 통해 본 19세기 연행가사 〈무자서행록〉의 특징」, 『한국시가연구』 35, 한국시가학회, 2013.

김윤희, 『조선후기 사행가사의 문학적 흐름』, 소명출판, 2012.

박순원, 「백석 시에 나타난 청각 이미지 연구」, 『우리어문연구』 35, 우리어문학회, 2009.

변학수·채연숙 옮김, 알라이다 아스만 지음, 『기억의 공간』, 그린비, 2012.

송정숙, 「조선시대 사본 연구 -특성·종류·필사자를 중심으로」, 『서지학연구』 26, 서지학회, 2003.

안대회, 「한국 한시의 소리미학에 대한 연구」, 『한국한시연구』 22, 한국한시학회,

2014.

임기중, 『연행가사연구』, 아세아문화사, 2001.

채완, 「의성어·의태어의 통사와 의미」, 『새국어생활』 3(2), 국립국어연구원, 1993.

채완, 「시조와 판소리 사설의 의성어 연구」, 『한민족문화연구』 7, 한민족문화학회, 2000.

최강현 번역, 김도규 주석, 『홍순학의 연행유기와 북원록』, 신성출판사, 2005.

한영규, 「새자료 〈무자서행록〉의 이본으로서의 특징」, 『한국시가연구』 33, 한국시가학회, 2012.

초출일람

「미국 기행가사 〈해유가〉의 문학적 형상화 양상과 시대적 의미」, 『고전문학연구』 39, 한국고전문학회, 2011.

「〈일본유학가(日本留學歌)〉에 형상화된 유학(留學) 체험과 가사 문학적 특질」, 『한민족문화연구』 40, 한민족문화학회, 2012.

「1920년대 일본 시찰단원의 가사 〈동유감흥록〉의 문학적 특질」, 『우리말글』 54, 우리말글학회, 2012.

「1920년대 가사 『동유감흥록』 내 조선인 '신세 타령'의 특질과 그 의미」, 『어문연구』 40(2), 한국어문교육연구회, 2012.

「20세기 초 대일 기행가사와 '동경(東京)' 표상의 변모」, 『동방학』 24, 한서대학교 동양고전연구소, 2012.

「20세기 초 외국 기행가사의 세계 인식과 문학사적 의미」, 『우리문학연구』 36, 우리문학회, 2012.

「조선후기 사행가사의 창작 과정과 언어적 실천의 문제」, 『한국시가연구』 29, 한국시가학회, 2010.

「사행가사에 형상화된 타국의 수도(首都) 풍경과 지향성의 변모」, 『어문논집』 99, 민족어문학회, 2012.

「『부연일기』와의 관련성을 통해 본 19세기 연행가사 〈무자서행록〉의 특징」, 『한국시가연구』 35, 한국시가학회, 2013.

「19세기 장편 연행가사에 보이는 연경 풍물의 감각적 재현 양상」, 『우리어문연구』 54, 우리어문학회, 2016.

찾아보기

저자 **김윤희**

강원도 정선 출생으로 고려대 국어국문학과 졸업 후 동대학원에서 고전문학으로 석사와 박사학위를 받았다. 2011년부터 고려대, 한성대, 경희대 등에서 강의를 했고 고려대학교 BK21 한국어문학교육연구단 및 BK21플러스 고려대학교 한국어문학 미래인재육성사업단의 연구교수로 재직한 바 있다. 저서로는 『조선후기 사행가사의 문학적 흐름』(소명출판, 2012)이 있고 조선후기 시조와 가사 작품들에 대한 연구를 지속하고 있다. 현재 국립 안동대학교 국어국문학과 조교수로 재직 중이다.

20세기 초 외국 기행가사의 특징과 미학

2017년 7월 14일 초판 1쇄 펴냄

지은이 김윤희
펴낸이 김흥국
펴낸곳 도서출판 보고사

등록 1990년 12월 13일 제6-0429호
주소 경기도 파주시 회동길 337-15 보고사 2층
전화 031-955-9797(대표), 02-922-5120~1(편집), 02-922-2246(영업)
팩스 02-922-6990
메일 kanapub3@naver.com / bogosabooks@naver.com
http://www.bogosabooks.co.kr

ISBN 979-11-5516-699-4 93810
ⓒ 김윤희, 2017

정가 22,000원